Laonhwizen Ruadel Katerse

Asell Rigeulle

흰나비

정령왕 엘퀴네스

이환 판타지 장편소설

10

dream books
드림북스

정령왕 엘퀴네스 10

초판 1쇄 인쇄 / 2016년 9월 13일
초판 5쇄 발행 / 2022년 9월 9일

지은이 / 이환

발행인 / 오영배
책임편집 / 편집부
펴낸 곳 / (주)삼양출판사 · 드림북스

주소 / 서울시 강북구 도봉로 173
대표 전화 / 02-980-2112 팩스 / 02-983-0660
편집부전화/ 02-987-9393 팩스/ 02-980-2115
블로그 / blog.naver.com/dreambookss

등록번호 / 제9-00046호
등록일자 / 1999년 3월 11일

ISBN 979-11-313-0452-5 (04810) / 978-89-542-4481-7 (세트)

* 지은이와 협의하에 인지는 생략합니다.
* 잘못된 책은 구입한 곳에서 바꾸어 드립니다.

이 도서의 국립중앙도서관 출판시도서목록(CIP)은 서지정보유통지원시스템홈페이지
(http://seoji.nl.go.kr)와 국가자료공동목록시스템(http://www.nl.go.kr/kolisnet)에서
이용하실 수 있습니다. **(CIP제어번호: 2016021739)**

정령왕
엘퀴네스
개정판
이환 판타지 장편소설
10
dream
books
드림북스

정령왕 엘퀴네스 10

Contents

제1화

1.

아발론 점거 이후 황제군의 진군 속도는 오히려 느려졌다. 계절이 겨울로 접어들면서 날씨의 영향을 받았기 때문이다. 아크아돈은 지구의 중세와 완전히 똑같은 환경은 아니었지만 어느 정도는 동일한 부분이 많았다. 중세에선 계절 때문에 전쟁이 중단되기도 했다던데, 그만큼은 아닐지라도 진행 속도가 더뎌지긴 했다. 눈이 많이 내리는 날엔 몇 날 며칠 한 장소에 발이 묶이는 경우도 허다했다.

너무 심하다 싶을 땐 날씨를 조절해 주기도 하지만 매번 신경 쓰는 것도 귀찮고 해서 대부분은 방치하는 편이었다. 어쨌거나 느린 속도라도 진군은 꾸준히 이어졌고, 양측 간의 교전 또한 본격적으로 전개됐다. 처음 예측대로 출정 후 한 달쯤 지났을 무렵이었다.

전투는 기습적으로 이뤄지는 것보다 성문을 사이에 두고 대치하는 일이 더 잦았다. 군이 수많은 짐과 장비를 지고 이동할 수 있는 경로는 한정적이었고, 그렇다 보니 대치하는 장소도 이미 처음부터 정해져 있는 거나 다름없었다. 그리고 그런 장소는 대개 구조 자체가 안쪽에서 방어하기 좋게 만들어져 있는 편이라 진격하는 쪽에서는 가장 고심하는 부분이기도 했다.

물론 그건 어디까지나 일반적인 경우고, 딱히 우리들에겐 해당 사항이 없었다. 이쪽엔 방어진 자체를 무용지물로 만들어버리는 무시무시한 존재가 있었으니까.

바로 '스피어의 딸' 알리사가.

"으아악! 무너진다!"

"다들 달아나! 후퇴! 후퇴하라!"

요란한 폭음과 함께 혼란에 빠진 적군의 비명 소리, 굳건한 성벽이 두부처럼 무너지는 모습은 이제는 너무나 익숙해진 광경 중 하나였다. 이걸로 세 번째. 아군의 진로를 방해하던 성벽들이 알리사—를 앞세운 나—의 활약에 힘입어 차례차례 그 기능을 상실해 가고 있었다. 사방 가득 요란하게 울려 퍼지는 아군의 함성을 들으며 나는 멍하니 중얼거렸다.

"……이게 온라인 게임이었으면 성벽 브레이커 타이틀을 얻었을 것 같아.”

“온라…… 뭐?”

“성벽 붕괴 마스터 타이틀이라거나.”

“……?”

“설마 ‘국가 재정을 파탄 낸’ 타이틀일까?”

“……아까부터 대체 무슨 소리를 하는 거야?”

옆에 있던 라피스가 황당하다는 눈길을 쏘았다. 새치름하게 가늘어지는 눈꼬리에서 제대로 설명하지 않으면 괴롭혀 주겠다는 강렬한 의지가 전해졌다.

“아니, 왠지 가는 곳마다 다 때려 부수니까 내가 악당이 된 기분이라서.”

“하?”

“저거 다 복구하려면 돈 엄청 들겠지?”

내전이라는 건 이래서 문제다. 자국 땅에서 싸우니 이겨도 져도 결국은 손해를 입는 구조가 될 수밖에 없었다. 지금 눈앞에서 무너져 가는 성벽만 해도 그렇다. 당장이야 우리가 뚫고 들어갈 통로에 불과하다지만, 사실은 제국을 지키는 주요 방어전선 중 하나라서 없어지면 매우 곤란했다.

아마 이 전쟁이 끝나고 나면 이사나는 망가진 관문들부터 보수하느라 정신없이 바빠질 것이다. 그런데 그 관문을 망가트리는 주범이 하필이면 바로 나라니. 하나 부술 때마다 그의 어깨에 짐도 하나씩 얹어주는 기분이랄까. 내 딴엔 나름의 책임감이 들어 한 말이었는데, 라피스는 그렇게 생각하지 않는 모양이다. 그의 얼굴이 아까보다 더 많이 찌푸려졌다.

"이번엔 무슨 궁상인가 했더니. 걱정할 게 없어서 이젠 복구비용 따위를 신경 쓰고 있냐? 저거 좀 부순다고 안 망하거든?"

"그래도 손해는 손해잖아."

"전쟁은 원래 돈지랄 싸움이야. 그 정도 손해도 감수 안 하고 무슨 전쟁을 해? 성벽 하나로 끝낼 수 있으면 오히려 남는 장사지. 너도 그래서 이 방식을 택한 거 아냐?"

"……."

백번 맞는 말이었기에 나는 아무런 대답도 하지 못했다. 사실 효율 면에서 보자면 이보다 더 좋은 방법을 찾기가 어렵긴 했다. 공략이 수월해진다는 점도 그렇지만, 무엇보다 쓸데없는 사상자를 줄일 수 있다는 점이 컸다. 일단 성벽이 무너지고 나면 적들이 사기를 잃었기 때문이다.

절대적인 힘은 누구에게나 공포를 불러일으킨다. 이능력이 존재하는 세계라도 인간의 한계는 정해져 있는 법. 알리사의 힘은 이곳의 상식을 가볍게 뒤엎는 수준이었다(실제로는 내 힘이니 당연한 일이다). 적들은 땅이 흔들리고 성벽이 무너지는 공포를 좀처럼 이겨내지 못했다. 그리고 두려움에 사로잡힌 자들은 저항하기보다는 달아나거나 투항하는 쪽을 택하기 마련이다.

지금도 성벽이 무너지자 적병들이 썰물처럼 빠르게 물러나고 있었다. 아군이 하는 건 적당한 지점까지 그들을 뒤쫓는 것뿐이었다.

“오늘도 쉽게 끝나겠네.”

무료한 얼굴로 상황을 지켜보던 시벨리우스가 나직하게 중얼거렸다. 그 말에 동의를 표하며 나는 차분히 주위를 돌아보았다. 한창 달궈졌던 현장이 한산해지면서 차츰 정리되어 가는 분위기였다. 적이 그냥 달아난 만큼 사상자는 거의 보이지 않았다.

지난 시간 동안 수차례 이어진 교전에서 생긴 우리 측 사상자는 약 백여 명 정도. 선발대의 주력부대 안에서만 추린 집계라는 점을 감안해도 역사상 유례없는 수치라고 했다. 그것도 대부분 기습에 의한 교전에서 생긴 결과로, 공성전에선 거의 없는 것이나 다름없었다. 확실히 이런 점들을 생각하면 고작 성벽에 들어가는 복구비용 같은 걸 염려할 건 아니었다.

“그래도 아깝긴 하단 말이지.”

“쯧, 이제 와서 새삼 전전긍긍하지 마. 생각나지 않는 모양인데, 넌 이미 이보다 더한 짓도 했거든?”

“더한 짓이라니?”

“지난 10년 가뭄 말이야. 손해라고 치면 이런 전쟁보다야 그때 입은 피해가 몇백 배는 더 크지 않겠어? 그거에 비하면 보수 공사에 들어가는 비용쯤이야 그냥 육포값이지.”

“……그것참 가슴 벅찬 위로의 말, 참으로 고오맙다.”

“천만에.”

이를 갈며 노려보는 눈길에 라피스는 상큼한 웃음으로 화답했다. 뿌듯해하는 얼굴을 보니 정말로 나를 깨우쳤다고 생각하는 게 분명했다.

"알드레프 경! 적들이 모두 달아났습니다! 이번 전투도 대승입니다!"

때마침 전투가 마무리되었는지 선봉장인 마커스 백작이 벅찬 얼굴로 소리쳤다. 그는 언제부터인가 알리사에게 경어를 쓰고 있었다. 군대 안의 위계질서에 반하는 일이었지만 아무도 그 사실을 문제 삼지 않았다. 아니, 오히려 당연시 여기는 분위기였다.

연이은 승전은 알리사의 서열을 완전히 뒤바꿔 놓았다. 안 그래도 스피어의 딸이라 추앙받고 있었는데 지금은 아예 그녀를 스피어 그 자체로 여기는 중이었다. 처음엔 민망해하고 번민에 차 있던 알리사도 이젠 될 대로 돼라 싶었는지 상황을 즐기는 중이었다.

"수고하셨어요, 백작님. 주변을 정리하고 병사들을 쉬게 하죠."

"예, 알겠습니다!"

우아한 말투로 지시를 내리는 모습이 마치 타고난 것처럼 자연스럽다. 이런 걸 보면 역시 인간은 적응의 동물이었다. 가끔씩 심란한 얼굴로 나를 돌아본다는 점에서 체념에 더 가까워 보이긴 하지만. 그럴 때마다 웃으며 손을 흔들어 주었더니 이젠 눈을 마주칠 때마다 심통이 난 얼굴로 볼을 부풀린다. 그걸 지켜보는 재미가 제법 쏠쏠했다.

속으로 이런 생각을 한다는 걸 알면 날 정말 원망하겠지. 솔직히 조금 미안하기도 했다. 알리사가 나날이 눈에 띄는 것과는 반대로 나와 일행들은 일선에서 완전히 물러서 있었으니까. 호위로 참전했다는 것을 핑계 삼아, 교전이 벌어져도 최소한의 방어밖에 하지 않는 중이다. 그마저도 대다수 시벨리우스가 도맡고 있어서 나와 라피스는 눈에 띌 일이 전무했다. 데르온과 아스는 자리를 비우는 경우가 더 많으니 처음부터 논외다. 지금도 두 마족은 며칠째 행방이 묘연한 상태였다. 어쨌거나 어린애한테 총대를 맡기고 뒤에서 놀고 있는 거나 다름없었다.

"무슨 생각이야?"

사람들의 환호 속에서 입성하는 알리사를(그 옆에서 시벨리우스는 주위를 경계하느라 정신이 없었다) 흐뭇하게 지켜보며 뒤따르고 있는데 라피스의 목소리가 들렸다. 묘하게 응시하는 시선의 의미를 알면서도 나는 일부러 모르는 척 되물었다.

"뭐가?"

"알아들었으면서 딴청 피우지 마. 너무 노골적으로 저 꼬마를 밀어주고 있잖아. 대체 무슨 생각으로 네 공을 다 넘겨주고 있는 거냐고."

예상했던 화두에 나는 슬쩍 주위를 돌아보았다. 혹시 누군가가 듣지는 않았을까 우려심이 들어서였는데, 그보다 얇은 마나의 막이 먼저 느껴졌다. 우리의 대화가 새어나가지 않도록 어느새 주변에 마법을 걸어 둔 거다. 이럴 때만 발군인 눈치에 저절로 감탄이 일었다.

"저 꼬마가 인간치고는 제법 재능이 있는 건 맞아. 하지만 지금

얻는 것들은 지나치게 과분한 명예야. 저렇게 유명세를 타게 만들어 두면 훗날 뒷감당이 어려워질 텐데?"

"뒷감당이랄 것까지야. 전장에서 영웅이 만들어지는 건 흔한 일이잖아. 대다수는 그냥 과장된 소문이라고 여기지 않겠어?"

"그렇다 해도 공적은 인정받겠지. 그것만으로도 제국에선 저 꼬마를 대우할 수밖에 없어. 이미 작위 하나 던져주고 끝낼 수준은 지난 거 알지? 저 공로에 맞게 포상하려면 이사나도 고심이 커질 것 같은데, 왜 굳이 일을 이렇게 크게…… 아하, 그렇구만."

미간을 찌푸리며 추궁하던 라피스가 퍼뜩 깨달은 얼굴을 하더니 피식 웃었다. 이어지는 말엔 가슴이 뜨끔해질 수밖에 없었다.

"네 계약자랑 붙여주려는 거냐?"

"……음."

역시 너무 티가 많이 났나. 어색하게 볼을 긁자 라피스의 얼굴이 시큰둥해졌다. 대놓고 비웃을 줄 알았는데 의외로 금방 납득하는 모습이었다.

"서로 호감이 있는 눈치긴 했지. 승리의 주역이나 다름없는 전장의 여신과 미혼인 젊은 황제라……. 확실히 그림은 좋네. 그쯤 되면 내버려 둬도 주위에서 혼담을 미는 분위기가 형성되겠지. 최소한 명분은 될 거고."

"헤헤, 그렇지?"

"근데 뭘 이렇게까지 해? 트로웰이 한 말로 봐선 이미 두 사람 사이에 인연의 별이 닿아 있는 것 같더만. 그 정도면 누가 나서지 않아도 어떻게든 될걸? 보아하니 이 제국은 황후를 정할 때 신분이나 출신을 문제 삼지도 않는 것 같던데."

"응, 그렇다고 하더라."

"그걸 알면서 이런 거창한 판은 왜 깔아 두는 거냐고. 저 꼬마를 걱정하는 마음이라는 건 알겠지만, 너무 과하게 챙기는 거 아냐?"

"모르는 소리. 정확히 말하면 이건 알리사가 아니라 이사나를 위한 거야."

"흐음?"

"일찌감치 이쪽에 발목이 잡혀야 알리사가 다른 곳에 시선을 안 줄 거 아냐."

어리둥절한 표정을 짓는 라피스에게 나는 두 사람이 지니고 있는 정확한 운명을 알려 주었다. 제왕의 별을 타고난 두 남자와 하나의 반려성. 이미 내정되어 있는, 언젠가는 반드시 겪게 될 삼각관계에 대해서.

"푸핫!"

설명이 끝나기 무섭게 라피스는 경박한 웃음을 터트렸다. 나름대로 심각한 사안이건만, 아무튼 진지함이라고는 눈곱만큼도 찾기 힘든 녀석이었다.

"뭐야, 그게. 제왕씩이나 돼서 여자 하나 차지하겠다고 싸운다고? 제왕의 스케일치고는 너무 유치한 거 아니야?"

"다른 사람은 몰라도 네가 할 말은 아닌 것 같은데."

"내가 뭘?"

"드래곤씩이나 돼서 물의 정령왕과 계약하겠답시고 수백 차례 소환해 댄 어느 누군가를 상기해 보시지."

심지어 그 누군가는 강제로 계약하기 위해 이상한 새장까지 만들어냈더랬다. 내 입으로 말하기도 민망한 그 유치찬란한 짓을 직접 실행한 당사자가 다른 사람을 비웃고 있는 걸 보려니 어처구니가 없었다. 정작 본인은 전혀 그렇게 생각하지 않는 것 같았지만.

"하, 지금 무슨 소리를 하는 거야? 여자 같은 것보다야 정령왕이 더 가치가 높지."

"그냥 여자가 아니라 평생을 함께할 운명의 반려거든?"

"그래 봤자 인간이잖아."

……그래, 다른 건 몰라도 네가 평생 연애를 안 해 봤다는 건 알겠다. 앞으로도 평생 못 할 거라는 것도.

뭐가 문제냐는 듯 눈을 동그랗게 뜨는 라피스를 보며 나는 한숨을 내쉬었다. 공부 머리만 천재적인 저 도마뱀이 감성 연령은 다섯 살에도 미치지 못하는 둔재라는 사실을 잠시 잊었다. 괜히 실랑이를 해 봤자 나만 피곤해질 게 분명했다.

"아무튼 난 두 사람을 팍팍 밀어줄 생각이야. 도와 달라는 말은 안 할 테니까 방해는 하지 마."

"흠, 명예와 부를 잔뜩 안겨 줘서 자리 굳히기를 하시겠다? 너치곤 꽤 영악한 생각을 다 했네."

"뭐어, 전부 그런 목적인 건 아니고, 그냥 겸사겸사하는 거야.

어차피 알리사는 이미 이곳 일에 깊숙이 개입한 상태고, 그렇다면 차라리 성과를 올려서 인정받는 쪽이 더 낫잖아.”

“그거야 그렇긴 하지. 근데 그건 알고 있는 거냐? 꽃이 피면 향기가 난다는 거.”

“엉?”

“덧붙여 향기가 퍼지면 벌이 날아들기 시작하지. 더구나 저 꼬마는 이 제국 태생도 아니잖아. 아마 나라마다 꾀어 가려고 잔뜩 몰려들 거다. 그들 중에 또 다른 제왕이란 녀석이 들어가지 않을 확률이 얼마나 될까? 그쯤 되면 모르고 있다가도 관심을 보일 것 같은데.”

“…….”

“저 꼬마의 유명세가 오히려 서로 만나게 되는 계기가 될지도 모르지. 기껏 맛있는 스튜를 끓여 놓고 개밥으로 주는 꼴이랄까. 뭐, 그냥 그렇다고.”

아주 악담을 해라, 악담을!

얄밉게 웃는 얼굴에 속이 부글부글 끓었다. 대놓고 반박하지 못한 건 그 말을 차마 부정할 수가 없었기 때문이다. 유명해질수록 알리사는 눈에 띌 테고, 그만큼 다른 제왕의 별이 그녀를 알아볼 가능성도 높아진다. 나라고 그 점을 모르진 않았다. 당연히 처음부터 알고 있었다.

“엘 님! 라피스 님! 안 오고 뭐 해? 계속 거기 있을 거야?”

멀찍이서 맑은 소녀의 음성이 들렸다. 우리가 따라오지 않는 걸 눈치챈 알리사가 돌아보며 손을 흔들고 있었다. 해맑게 웃고 있는 얼굴은 승리의 여신이란 별칭답게 세상의 근심 걱정 같은 건 전혀 모르는 얼굴이었다. 지금 우리가 나누고 있는 화제가 무슨 내용인지 알게 되면 난리가 나겠지. 설마하니 본인도 자신이 두 남자한테 시달리게 될 운명이라고는 조금도 생각지 못할 것이다. 앞으로도 알 일이 없었으면 좋겠지만…….

'그러긴 힘들겠지.'

억지로 웃는 입 안이 썼다. 라피스의 말은 반은 맞고 반은 틀리다. 내가 알리사를 유명하게 만들고 있는 건 사실이지만, 그렇게 하지 않아도 결과는 다르지 않았다. 꽁꽁 감춰 두고 숨긴다 해도 그녀는 언젠가 꽃을 피울 거고, 스스로 향기를 내기 시작할 것이다. 그 향기가 다른 쪽 별을 이끌어 올 것은 자명한 일이었다. 이르든 늦든 결국 어떤 식으로든 만나도록 정해져 있다. 그런 운명이라고 했었다. 연고도 닿지 않은 먼 이국의 땅, 우연히 지나던 그 작은 마을에서 이사나와 알리사가 만났듯이.

그러니 조금쯤은 준비를 해 둬도 괜찮을 것이다. 그게 누군가에게는 조금 치사하게 여겨질 일이더라도, 알면서 당하게 둘 수도 없는 노릇 아닌가. 그런 의미에서 알리사와 먼저 만난 제왕의 별이 이사나라는 게 정말 다행이다 싶다.

카웰 공작이 저주에 걸리지 않았다면 그 먼 땅까지 갈 일도 없었겠지. 대공에게 쫓겨 다니다 운 좋게 나를 소환해 낸 것도 그렇고, 사촌을 구하기 위해 떠난 여정에서 운명의 여인을 만난 것도 그렇고. 의외로 악운에 강한 녀석이었다.

'부디 아무도 다치거나 괴로워지지 않기를.'

앞날은 아무도 알 수 없지만, 내가 아끼는 두 사람이 서로를 원망하는 관계가 되지는 않았으면 좋겠다. 채근하는 알리사를 향해 걸어가면서, 나는 그들의 평온한 미래를 마음속으로 조용히 기원했다.

2.

"축제?"

나라가 내전으로 앓고 있어도 주민들의 일상은 이어지기 마련이다. 다스리는 영주가 어느 쪽을 지지하든 그 땅에 사는 자들은 결국 다 같은 자국 백성이었다. 민간인들에게 딱히 해코지를 한 적도, 할 필요도 없었기 때문에 군대가 민가까지 내려가는 경우는 거의 없었다. 그래도 지금 들려온 소식은 조금 뜻밖이었다. 근방의 마을에서 작은 축제가 열렸다는 것이다.

"삼백 년이나 된 전통 축제래. 가뭄이 한창 심했을 때조차 명맥이 끊어진 적이 없을 정도로 유명한가 봐. 내전 중이라고 해서 예외는 아니었던 거지."

호들갑스럽게 소식을 전해 온 사람은 알리사였다. 보급 때문에 잠시 민가에 내려간 병사들이 있었는데 그들이 다녀오면서 알려

줬다는 모양이다. 두 손을 꽉 쥔 채 나를 응시하는 알리사의 눈은 부담스러울 정도로 반짝거리고 있었다.

"스왈트 제국에서 겨울 축제가 열리는 곳은 이 지역이 유일하대. 얼음 조각상 같은 것도 세우고 얼음낚시 같은 것도 한대. 장도 크게 들어서서 볼거리가 굉장히 많다는 것 같아."

"그래서, 구경 가자고?"

"어차피 내일 오전 출발이잖아. 그때까진 자유 시간이니까 그 사이에 다녀오는 건 괜찮지 않아?"

"그거야 그렇지만."

"질 좋은 고기와 과일들도 많이 들어온다고 해서 시벨 씨도 기대하는 눈치야. 갔다 오자, 엘 님. 응? 안 가면 후회한다고 내 예감이 외치고 있단 말이야. 응?"

붙잡고 허락을 구하는 말투에 애교가 섞였다. 평소 잘 하지도 않던 행동을 하는 걸 보니 정말 가고 싶긴 한 모양이다. 이렇게 들뜬 모습을 한 알리사를 보는 것은 오랜만이라 차마 안 된다고 말할 수가 없었다. 하기야 한창 감성이 풍부한 시기의 소녀가 계속 피 튀는 전투 현장에서만 살았으니 질리기도 했을 것이다. 오랜만의 소소한 유희에 마음이 쏠리는 것도 당연했다.

더구나 사막 국가 출신인 알리사에겐 이번이 처음으로 접하는 '추운 겨울'이었다. 지금은 꽤 익숙해졌지만, 처음 눈이 내렸을 땐 거의 정신을 차리지 못했었다. 하늘에서 차가운 솜이 떨어진다며 경악하던 모습이 지금도 눈에 선했다. 낯선 이국에 떨어져 신기한 것도 궁금한 것도 많을 텐데 의연하게 전쟁에만 집중하는 일이 쉬울 리가 없었다. 정서 건강을 위해서라도 기분 전환을 할 필요는 있겠지. 나는 오래 고민하지 않고 고개를 끄덕였다.

"좋아. 그러지, 뭐."

"정말이지? 축제 구경 가는 거야?"

"그래. 대신 후드를 쓰고 절대 벗지 말 것. 네 얼굴이 알려졌을 수도 있으니까."

"응, 알았어! 고마워, 엘 님!"

기쁨을 주체하지 못한 알리사가 나를 꽉 끌어안고 발을 동동 굴렀다. 아무리 의젓하게 굴어도 이럴 때 보면 영락없는 어린아이였다.

그리하여 나와 알리사, 시벨리우스로 조합된 축제 원정대(?)가 형성됐다. 자발적 공동체 의식 따위는 없는 라피스는 몹시 귀찮아했기에 그냥 남겨 두고 가기로 했다. 본체가 거대하고 무거워서 그런가, 움직이는 걸 정말 싫어하는 성격이다. 어차피 저러다가도 심심하면 찾아올 것이 뻔하기 때문에 딱히 신경 쓰이지도 않았다.

"아스도 있으면 좋았을 텐데."

정작 아쉬운 쪽은 데르온과 아스의 부재였다. 알리사 역시 같은 생각을 했는지 안타까워하는 얼굴로 중얼거렸다.

세 번째 공성이 끝난 후로 며칠이 더 지났지만 두 마족은 여전히 돌아올 생각을 하지 않고 있었다. 아니, 정확히 말하면 돌아오지 못하는 중이었다. 전쟁이 심화하면서 생긴 의외의 부작용이랄까. 누구보다도 교전을 기대했던 두 마족은 정작 그런 상황이 잦아지자 전장을 떠나야 했다. 사방 가득한 살기와 피 냄새가 아스의 본능을 자극했기 때문이다. 마족으로서는 나쁠 거 없는 환경이었으나, 자칫하면 피에 취해 대량 학살이 일어날 수도 있다는 게 문제였다. 아직 어린 아스는 본능을 제어하는 걸 매우 힘들어했다.

"아스는 언제쯤이나 돌아올까?"

"으음, 글쎄. 앞으로 두세 달 정도는 더 훈련해야 괜찮아진다고 하니 할 수 없지. 그때까진 보고 싶어도 참는 수밖에."

"으으, 그치만 생각할수록 아쉬워. 아스는 하루가 다르게 훌쩍 크잖아. 귀여운 모습도 얼마 안 남았는데 계속 볼 수가 없다니."

"아, 그건 그래."

공감할 수밖에 없는 화제에 절로 고개가 끄덕여졌다. 며칠 전 마지막으로 봤을 때도 그전보다 한 자나 자라 있었다. 아스의 성장 속도는 마족치고도 빠른 편이었다. 데르온이 짐작한 바에 의하면 앞으로 180까지는 무난히 클 거라고 했다. 이번에 만나면 알리사의 키를 넘어서 있을지도 모르겠다. 내 키를 따라잡는 것도 순식간이겠지. 대자보다 작은 대부라니, 생각하니 왠지 우울해진다. 사실 그렇게 치면 라피스의 대부인 트로웰도 그보다 작기는 하지만. 이상하게도 트로웰은 작아도 작다는 느낌이 아니라서 그다지 위로가 되진 않는다. 솔직히 키가 작다는 이유로 그를 무시할 수 있는 사람이 이 세상에 존재할 수 있기나 할는지 의문이다.

"성장 속도가 빠른 건 그 녀석이 강한 마족이란 증거야. 하지만 그렇다 해도 몇 달 만에 본능을 제어할 수 있다니 정말 대단한 녀석이야. 보통 마족 유체들은 몇 년까지도 제어하지 못한다고 들었는데."

"……!"

그 순간 들려온 목소리에 나와 알리사가 눈을 부릅떴다. 대화에 끼어들었다가 강렬한 시선을 받게 된 시벨리우스가 흠칫 몸을 떨었다.

"왜, 왜?"

"아니, 그냥. 네가 아무렇지 않게 아스를 칭찬하니까 신기해서."

"맞아. 시벨 씨, 그런 말 잘 안 하잖아."

당황하던 시벨리우스가 그 말에 머쓱한 표정을 지었다. 본인도 자기답지 않은 발언이라는 걸 아는 것 같았다.

오랜 시간 마족에 관해 부정적으로 학습된 그는 좀처럼 두 마족과 어울리지 않으려 들었다. 좋은 감정을 느껴도 그것을 인정하는 것조차 꺼려해 늘 불편한 얼굴을 하곤 했다. 지금처럼 거부감을 드러내지 않고 순순히 칭찬하는 일은 상당히 드문 일이었다.

"……뭐, 사실은 사실이니까."

뒤늦게 변명처럼 한마디 덧붙이긴 하지만 확실히 이전보다는 온건한 반응이다. 시간이 약이라더니. 알게 모르게 교류하며 지내는 동안 경계심이 꽤 느슨해진 모양이었다. 여기서 괜히 파고들어서 자극할 필요는 없겠지. 알리사도 같은 생각이었는지 재빠르게 화제를 돌렸다.

“아무튼 지금 그게 중요한 게 아니야. 아스가 너무 빨리 커서 난 너무 속상하다고. 그냥 지금 모습으로 쭉 있으면 안 되나? 인형 같아서 정말 예쁜데.”

“그 말 아스가 들으면 싫어할걸?”

“응, 그러니까 아스한테는 비밀로 해 줘.”

진지하게 당부하는 얼굴에 나는 웃으며 고개를 끄덕였다. 하지만 의미가 없는 약속이긴 했다. 이미 알리사는 아스만 보면 예쁘다고 노래를 부르고 있는 중이었으니까. 비밀이라고 해 봤자 본인이 알고 있는 시점에서 성립이 될 리가.

이후로는 누가 들어도 상관없을 가벼운 잡담만 쭉 이어졌다. 그러는 동안 주변 전경도 천천히 바뀌어 갔다. 황량한 겨울 숲이 끝나고, 잘 다듬어진 길과 건물들이 조금씩 들어서기 시작했다. 점차 늘어나는 행인들이 목적지가 근방에 있음을 알려 주고 있었다.

“와아아!”

도착한 마을은 입구에서부터 새하얀 조각상들로 장식되어 있었다. 곰이나 여우 따위를 비롯해서 여신의 모습까지, 전부 얼음으로 만들어진 조각상이었다. 한껏 상기되어 있던 알리사가 그것을 발견하고 함성을 터트렸다. 근방에는 넓은 호수가 펼쳐져 있었는데 그 위에서 얼음낚시가 한창이었다. 조금 멀찍이 떨어진 곳에선 인부들이 두꺼운 얼음을 잘라내어 옮기고 있었다. 이 시기의 마을 행사를 보는 건 나 또한 처음이었기 때문에 꽤 생소한 광경이었다.

"굉장해! 저게 다 얼음이야!"

"너무 펄펄 뛰지 마. 그러다 후드 벗겨진다."

부산스럽게 돌아다니던 알리사는 주의를 받고 나서야 조금 얌전해졌다. 시벨리우스도 덩달아 찔끔했는지 자신의 옷차림을 점검했다. 늘 알리사를 밀착 호위하는 데다 블루 엘프라는 특징을 지닌 만큼, 그 또한 외부에 알려졌을 가능성이 높았기 때문에 후드를 쓴 상태였다. 반대로 평소에 가리고 다니는 편인 나는 이번엔 후드를 쓰지 않고 얼굴을 드러냈다. 그게 이상했는지 알리사가 의아한 어조로 물었다.

"엘 님은 후드 안 써?"

"응, 세 명 다 얼굴을 가리고 있으면 오히려 수상한 집단처럼 보일 수 있잖아. 한 명쯤은 드러내 놓고 있어야 눈길을 덜 받을 거야."

"……괜찮을까."

"괜찮아. 난 얼굴 알려지지 않았을걸? 너랑 조금 떨어져서 다니는 편인 데다 교전 때 앞에 나서는 일도 없고."

"아니, 엘 님은 그런 것보다 좀 더 근본적인 문제가……."

"무슨 문제?"

"그…… 엘 님의 외모 말이야."

"아아, 뭐야. 또 여자로 오해받는다고? 됐어, 그런 거 일일이 신경 쓰고 발끈하는 것도 이제 귀찮아. 내가 남자면 된 거지, 뭐. 오해할 테면 하라고 해."

"아하하, 그런 말이 아닌데."

"그게 아니면?"

"……아냐. 자각하지 못하면 됐어."

말투에서 묘한 여운이 느껴지는 것 같은데 착각인가. 어리둥절해져서 시벨리우스를 돌아보았더니 그에게서도 머뭇거리는 기색이 느껴졌다. 뭔가 할 말이 있는데 삼키는 것 같은 모습이었다.

"엘 님. 라피스 님 외모에 대해서 어떻게 생각해?"

"응? 화려하지. 부담스러울 정도로."

"으음. 심미안은 정상인데 말이야."

"……?"

좀 더 마을 안쪽으로 들어가자 본격적인 장이 펼쳐졌다. 거리마다 거대하고 화려한 좌판의 행진이 늘어서 있었고, 가지각색의 즉석 공연들이 오가는 행인의 시선을 끌어 모으는 중이었다. 불과 얼마 떨어지지 않는 곳에선 군대가 진을 치고 있는데, 이곳만 다른 세상인 것처럼 평화로운 광경이었다.

"의외로 분위기가 좋네. 사람도 꽤 많고. 물건 질도 생각보다 더 괜찮은걸?"

둘러보는 시벨리우스의 목소리에 기대감이 서렸다. 식료품을 고를 생각에 들뜬 것이 분명했다. 알리사는 화려한 좌판들에 이미 넋이 나가 있었다.

두 사람이 신나서 장을 보는 동안 나는 차분히 주변을 살폈다. 분명 빈틈없이 평화로운 분위기이건만 어딘지 모를 위화감이 든다. 그 위화감의 정체를 알아내는 데는 오랜 시간이 지나지 않았다. 지나는 사람 중에 젊은 남자는 대부분이 여행자거나 한눈에도 외부에서 온 것으로 보이는 용병들뿐, 주민들 중에선 청년이 거의 보이지 않았다. 일부러 빠졌을 리는 없고, 이 시기에 짐작이 갈 만한 일이라면 하나밖에 없었다. 모두 군에 차출된 거다. 내전의 영향을 이런 식으로 발견하니 입맛이 썼다.

하지만 이런 생각도 오래 이어지지는 못했다. 뒤이어 눈에 들어오기 시작한 광경 때문이었다. 거리 한쪽에 긴장감이 감도는가 싶더니 그 방향에서 한 무리의 병사들이 들어서고 있었다. 복장을 보아 대공군의 병사들이었다. 수레를 끌고 있는 점을 미루어 보급품을 구하러 온 모양이었다.

하필이면 여기서 대공군과 마주칠 줄이야. 짜 맞춘 것 같은 순간에 저절로 혀가 차였다. 시벨리우스와 알리사도 그들을 발견한 듯, 신나게 떠들던 대화를 멈추고 숨죽이고 있었다. 나는 대공군을 주시하는 상태로 두 사람에게 속삭였다.

"저쪽은 신경 쓰지 말고 더 안으로 들어가. 저 사람들은 내가 허튼짓하지 못하게 지켜보고 있을게."

"엘 님 혼자서?"

"왜, 나 혼자면 위험할 것 같아?"

피식 웃으며 물었더니 주저하던 알리사가 냉큼 입을 다물었다.

본인이 생각하기에도 괜한 염려다 싶은 것 같았다.

"이쪽은 염려 말고 편하게 놀고 있어. 저자들이 얌전히 떠나는 걸 확인하는 대로 나도 뒤따라갈 테니까."

"그냥 따돌리면서 다니면 안 돼?"

"매번 위치 확인하는 거 귀찮아. 차라리 대놓고 감시하고 있는 게 편하지."

"으음, 알았어. 근데 엘 님, 왠지 은근히 분위기가 바뀐 것 같아."

"응? 그런가?"

"남자다워졌어."

"……남자 맞거든?"

그럼 지금까지 내 분위기는 여자 같았단 말인가? 어이없었지만 그 질문에 대답해 줄 사람은 없었다. 알리사가 어느새 시벨리우스를 끌고 달아났기 때문이다.

"나 참."

저 녀석은 정령왕을 대체 뭐라고 생각하는 거람. 아무래도 조만간 날을 잡고 경고해 둘 필요가 있을 것 같다. 잘해 주기만 했더니 너무 만만히 보는 것 같아.

거기까지 생각한 후 나는 고개를 숙이고 신음을 흘렸다. 망했다. 지금 내가 뭐라고 한 거야? 경고하겠다고? 그것도 알리사 같은 어린애를 상대로? 이런 생각을 아무렇지 않게 하는 걸 보니 또 본성이 살아나고 있는 모양이다.

'그래서 분위기가 바뀌었다고 했구나.'

엘퀴네스의 본능이라고 했던가. 라피스로부터 '거지 같다'고 평가받은 이 성격은 처음 발현한 이후로 종종 머리를 들이밀곤 했다. 최대한 절제하고 있는 편이라 처음만큼 거친 방식으로 나타나진 않았지만, 정도의 차이일 뿐 무례한 양상인 건 변함이 없다.

이 감성은 놀라울 정도로 무심하고, 시리도록 차갑다. 똑같은 정보를 인지하면서도 전혀 다른 태도로 받아들이게 된다. 그래서 가끔은 좀 불안하기도 했다. 이 본성이 언젠가는 완전히 나를 잠식하게 될까 봐. 만약 그렇게 된다면 난 어떻게 변해 버리는 걸까. 그때의 내가 과연 나라고 할 수 있을까?

마치 날마다 조금씩 내가 지워져 가는 기분이다. 나타나기 전에 제어할 수 있다면 좋을 텐데, 어느 때 발현하는 건지 종잡을 수가 없어서 더 골치 아팠다.

"아악! 대체 왜 이러시오!"

"……!"

정신을 차린 건 갑자기 들려온 비명 소리 때문이었다. 깜짝 놀라 고개를 들자 눈앞에 어수선한 광경이 들어왔다. 조금 전까지 멀쩡하게 곡물이 놓여 있던 좌판이 크게 엎어져 있었고, 그 주인으로 보이는 남자는 누군가에게 매달려 있었다. 아니, 정확히는 멱살이 잡힌 채 들어 올려진 상태였다. 상인에게 드잡이질을 하는 상대는 대공군의 병사들이었다. 근처에 있던 사람들은 그들 주위에서 모두 우르르 물러나 있었다.

"다시 한 번 말해 봐라. 뭐가 어쨌다고?"

"이, 이 돈은 부족하니 더 주셔야 한다고 하였소."

"지금이 전시인 거 모르나! 군에 보급하는 물품은 그냥 가져가도 너희들은 할 말이 없어! 그래도 사정 생각해서 값을 쳐주는 건데 그걸 고마워하지는 못할망정 돈을 더 내라? 게다가 뭐? 황제군은 값을 제대로 치렀다고? 이 미친놈이 지금 누구한테 보급품을 넘겼다는 소리를 하는 거야!"

"나, 난 상인이오! 물건을 구하는 사람에게 정당한 값을 받고 판 것뿐이오!"

"그게 황제군이라면 말이 다르지!"

아무래도 가격을 흥정하는 과정에서 상인이 황제군한테 곡물을 팔았다는 사실이 알려져 시비가 붙은 모양이다. 그러고 보니 우리 쪽 보급병들이 민가에 다녀왔다고 했었지. 하필이면 이런 곳에서 저들을 마주쳤다고 생각했는데 이제 보니 오히려 운이 좋았던 셈이었다. 보급병끼리 마주쳤다면 서로 곤란한 상황을 겪었을 테니까.

"이곳 영주이신 쿠거 남작님은 대공 전하의 오랜 충신이라는 걸 모르나! 네놈은 네가 나고 자란 땅을 배신한 거다!"

"그, 그런 억지가! 우, 우리는 황제 폐하의 백성이기도 하오! 이번 내전은 우리와는 아무런 상관이……!"

"이놈이 그래도 끝까지 반성을 하지 않고!"

벼락같은 노성과 함께 병사가 잡고 있던 상인을 바닥에 떠밀었다. 넘어진 상인은 정신을 수습하기도 전에 얼어붙어야 했다. 그를 밀친 병사가 검을 꺼내 들었기 때문이다.

"배신자에겐 죽음이다!"

"꺄아악!"

병사의 검이 곧 찍어 내릴 듯이 높이 세워졌고, 사방에서 비명이 울려 퍼졌다. 저대로 내버려 두면 상인은 틀림없이 죽을 터였다. 고민은 짧고 실행은 빨랐다. 나는 바닥에 굴러다니던 돌 하나를 집어 든 다음 힘을 실어 던졌다. 퍼억! 빠르게 날아간 돌멩이가 막 검을 들고 내리찍으려던 병사의 이마를 정확히 가격했다. 그는 압력에 밀려 뒤로 널브러졌고, 쓰러진 후에는 축 늘어져 움직이지 못했다. 그대로 기절한 것이다.

"……."

"……."

눈앞에서 순식간에 벌어진 상황에 사람들은 잠시 아무런 반응을 하지 못했다. 의식을 잃은 병사는 당연했고, 조금 전 죽을 뻔한 상인조차 멀뚱히 눈을 깜빡거리고 있을 뿐이었다. 얼어붙은 공기와 함께 사방이 쥐 죽은 듯이 고요해졌다.

"누, 누구냐!"

뒤늦게야 정신을 차린 대공군의 다른 병사들이 검을 빼 들고 주위를 두리번거렸다. 그래 봤자 내가 서 있는 곳은 제법 멀리 떨어져 있어 저들에게 발각될 리는 없었다. 이제 어떻게 할까. 나는 주먹을 가볍게 쥐었다 피면서 다음 일을 고민했다. 기절한 병사가 상인을 농락하는 동안 다른 병사들 역시 물품을 갈취하며 낄낄거리고만 있었다. 전부 똑같은 놈들이긴 한데 되도록 저들까지 건드리고 싶진 않았다. 사건이 커진다는 우려심도 있었지만, 적당한 선에서 끝낼 수 있을지가 문제였다.

본성이 살아난 상태라서 그런가. 머리가 냉정해지다 못해 잔인한 생각을 품으려고 한다. 조금 전 돌을 던질 때도 나도 모르게 힘이 더 실리려고 해서 긴장했었다. 만약 이곳이 민가가 아니고 사람들이 지켜보는 장소가 아니었다면, 전부 다 죽여서 마무리하는 것도 나쁘지 않다고 여겼을 것 같다. 이렇게 생각하는 나 자신이 낯설어서 소름이 돋았다.

'이러다 사고 치겠어.'

이쯤에서 자리를 떠나야겠다는 생각이 커졌다. 어차피 저들도 내가 나타나지 않으면 찾는 걸 포기하고 돌아갈 터였다. 결정을 내린 즉시 나는 발길을 돌렸다. 하지만 유감스럽게도, 대공군의 병사들은 내가 평온한 선택지를 고르도록 놔둘 생각이 없는 듯했다.

"아악! 왜 이러세요!"

"엄마아!"

"……!"

뒤에서 터져 나오는 비명 소리에 나는 흠칫 놀라 돌아보았다가 어안이 벙벙해졌다. 병사들이 근처에 있던 여인과 어린아이를 강제로 끌어내더니 검을 들이밀고 있는 게 아닌가.

“어디로 숨은 거냐! 모습을 드러내지 않으면 이곳에 있는 사람들을 전부 다 베어 죽이겠다! 숨어 있지 말고 당장 앞으로 나오지 못해!”

……와아, 졸렬해라.

사람이 너무 기가 막히면 오히려 감탄하게 되는 모양이다. 얼굴을 잔뜩 찌푸리고 싶은 기분과는 반대로 입에서는 저절로 탄성이 흘러나왔다. 황제군한테 보급품을 팔았다는 이유로 배신자로 몰아서 죽이려고 하더니, 정작 본인들은 (그들의 주장에 의하면) 자기편이라는 사람들을 붙잡고 인질극을 벌이고 있다. 이쯤 되면 누가 배신자인 건지 다시 판단해 봐야 할 것 같은데, 저들이 그 사실을 깨달을 것 같진 않았다.

아마 평생 자신의 잘못은 모르고 살 테지. 호되게 혼난다 해서 반성 같은 걸 할 리도 없다. 사회 발전에 이바지하기 위해서라도 저런 쓰레기들은 그냥 제거하는 게 더 낫지 않을까. 불쾌감이 더해지니 억누르고 있던 잔인한 충동이 다시 스멀스멀 피어올랐다.

‘안 돼. 나중에 분명 후회할 거야.’

나는 차분히 마음을 진정시켰다. 사람을 죽이는 건 싫다. 아직은 그 선을 넘고 싶지 않았다. 더구나 눈앞의 병사들은 그저 오합지졸에 불과한 자들이었다. 대충 손봐주기만 해도 충분히 겁먹을 텐데 굳이 과하게 대응할 필요가 없었다.

‘……근데 ‘대충’이 어느 정도였지?’

아, 큰일이다. 이제 뭐가 뭔지 모르겠어.

애써 정리되어가던 머릿속이 다시 엉켜 들기 시작했다. 이 문제가 이렇게 어렵게 느껴지기도 처음인 것 같다. 지금까지 당연히 알던 것들을 전부 다 잊어버린 기분이었다.

이러지도 저러지도 못하고 있으려니 온몸에서 식은땀만 흘렀다. 이 순간에도 대공군의 병사들은 붙잡은 주민들에게 위협을 가하는 중이었다. 굳어 있는 여인과 아이의 얼굴은 하얗다 못해 파랗게 질려 있었다. 그들의 목에 닿은 검이 움직일 때마다 피부에 붉은 상흔을 남겼다. 여러모로 느긋하게 고심하고 있을 때가 아니었다. 할 수 없이 나는 일단 급한 불부터 끄기로 했다. 병사들의 요구에 응해, 그들 앞에 모습을 드러내 주기로.

"내가 했어요. 사람들을 풀어 주세요."

자백하며 나서자 주위가 온통 술렁거렸다. 협박하던 병사들도 정말 범인이 나타날 줄은 몰랐는지 꽤 당황한 얼굴이었다. 하지만 그보다는 다른 의미에서 더 놀라워하는 것 같았다. 위에서부터 아래로 훑어 내리는 시선이 노골적이라 그들의 생각이 뻔히 읽혔다. 또 여자로 오해받았군.

"우릴 공격한 게 너라고?"

의심을 거두지 못하는 기색에 나는 어깨를 으쓱인 다음 허리를 굽혀 돌을 주워들었다. 여차하면 보여서 증명할 작정이었는데, 저들도 의도를 파악했는지 기겁해서 소리쳤다.

"됐으니까 돌을 다시 내려놔! 허튼 짓 하지 마라!"

그들의 손엔 아직 풀려나지 않은 인질이 고스란히 잡혀 있었다.

나는 순순히 돌을 내려놓고 두 손을 들어 보였다. 그래도 안심을 하지 못하겠는지 병사들은 한참 동안 내 근처를 살폈다. 혹시 숨어 있을지 모를 내 동료를 찾으려는 것 같았다.

"얌전히 이쪽으로 걸어와. 손은 그대로 들고 있어."

병사들이 내리는 지시에 나는 묵묵히 따랐다. 가까이 다가가자 그들은 서둘러 나를 붙잡아 밧줄로 묶었다. 그 과정에서 잡혀 있던 인질들은 밀쳐나듯이 풀려났다. 겁에 질린 그들이 일렁이는 눈으로 나를 돌아보는 것이 느껴져 나는 안심하라는 의미로 빙긋 웃어 주었다. 곧 억센 손이 턱을 붙잡았기 때문에 오래 가지 못했지만.

"흐음, 이곳 주민은 아닌 것 같군?"

시선이 강제로 틀어지면서, 별로 보고 싶지 않은 병사들의 얼굴이 눈에 들어왔다. 비열하게 웃고 있는 그들은 조금 전보다 한결 여유로워진 모습이었다. 돌멩이 하나 주워 든다고 날을 잔뜩 세우더니, 완전히 제압하고 나자 긴장이 풀린 모양이다. 혹여 다른 동료가 나타나더라도 내가 그들 손에 있으니 어쩌지 못할 거라 여기는 것 같았다.

"얼굴은 꽤 반반하다만 차림을 보니 귀족가의 여식일 리는 없고. 대공군에게 대놓고 저항하다니, 꽤나 대담한 아가씨로군. 설마 여자라고 봐줄 거라 생각한 건 아니겠지?"

젠장. 그것 봐. 역시 여자로 오해할 줄 알았어. 예상했다고 서글프지 않은 건 아니라서 기분이 급격히 우울해졌다.

중성적인 외모니까 보는 관점에 따라 해석이 갈릴 수 있다는 건 이해한다. 그래도 이렇게까지 여성으로 보는 비율이 압도적인 건 너무 심한 거 아닌가? 왜 예쁘장한 남자라고는 생각하질 못하는 거지? 예쁜 얼굴을 무조건 여성성이라고 생각하는 건 남자에 대한 역차별이라고!

잠시 헛생각을 하느라 떠드는 소리에 반응하는 것도 잊었다. 그걸 다른 쪽으로 이해했는지 병사들이 키득거리기 시작했다.

"대답을 못 하는 걸 보니 겁먹은 모양인데?"

"야야, 네 얼굴이 너무 험악해서 그렇잖아. 곱게 자란 아가씨 같은데 너무 거칠게 다루지 말라고."

낄낄거리는 잡담 속에 나를 얕잡아 보는 기색이 완연했다. 그 곱게 자란 아가씨 때문에 동료가 기절했다는 건 어느새 잊은 모양이다. 실제로 그들은 내 공격이 성공한 걸 단순한 운으로 치부하는 듯했다. 일단 제압부터 하긴 했는데 이제 와서 다시 생각해 보니 (그들이 보기에) 연약한 여성이 돌을 던져 봤자 얼마나 강하게 던졌겠나 싶었나 보다. 상황 판단력을 보아 그리 머리가 좋은 자들은 아니었다.

"자, 이제 어떻게 해 줄까. 그냥 좋게 넘어가 줄 생각은 없는데 말이야."

"감히 대공군을 건드렸으니 그에 상응하는 대가를 치러야겠지?"

히죽거리는 얼굴들이 기분 나빠서 저절로 미간이 찌푸려졌다.

음흉한 시선이라든지 태도가 너무 노골적이라 저들의 의도를 몰라보려야 모를 수가 없었다. 이런 상황에서 악당들이 할 만한 생각이란 게 다 뻔하디뻔하겠지만. 어쩜 이렇게 개성이 없나 싶어 안타깝기까지 했다.

'야단났네. 여기서 더 화나면 안 되는데.'

적당히 시간이나 끌다가 좋은 선에서 마무리할 방법을 찾아보려고 했건만. 이러다 정말로 유혈사태가 벌어지게 생겼다. 나는 속으로 참을 인을 새기면서 이들을 어떻게 손봐주는 게 가장 적절할지 필사적으로 고심했다.

"그, 그 아가씨를 어쩔 작정이오!"

그때 주민들 중에서 누군가가 소리쳤다. 처음 대공군에게 위협당했던 상인이었다. 그가 애원하듯이 바라보자 병사들이 코웃음쳤다.

"어떻게 하든 우리들 마음이지. 군이 하는 일에 감히 끼어들지 마라."

"이러지들 마시오! 아직 어린 아가씨지 않소! 당신들이 그러고도 사람이오?"

"뭐야? 이놈이!"

"저기요!"

그대로 놔두면 상인을 걷어찰 기세라 나는 다급히 소리쳤다. 다행히 병사들의 신경이 내게 더 쏠려 있는 상태였기에 그들의 주의를 끄는 건 어렵지 않았다.

"용건은 나한테 있잖아요. 무관한 사람 건드리지 말고 그냥 아까 하던 얘기나 계속하죠."

단호하게 말하자 병사들은 서로를 바라보며 어이없다는 듯이 웃었다. 내가 가진 것 없이 호기를 부린다고 여긴 듯했다.

"제법 당돌하게 나오는데? 지금 네가 어떤 상황에 처했는지 알고는 있는 거냐?"

"대공군을 건드렸으니 대가를 치러야 한다고 했던가요?"

"맞아. 너 때문에 우리 소중한 동료가 심하게 다쳤잖아. 일부러 그런 게 아니라고 변명하고 싶겠지만 그래 봤자 결과가 달라지진 않을 거야. 우린 너무 화가 나서 무조건 보상을 받아야겠거든."

"흐흐, 유감이야, 아가씨. 그러니까 사람한테는 함부로 돌을 던지면 안 되지. 운이 나쁘면 이렇게 기절할 수도 있다고."

나무라듯 건네는 말은 이 시점에선 희롱에 더 가까웠다. 나는 가만히 서서 그들을 빤히 쳐다보았다.

"운이 나빴다? 정말 그렇게 생각해요?"

"뭐?"

"공격한 사람의 정체가 예상 밖이라서 상황 판단이 잘 안 되나 본데. 현실은 알아두는 게 좋을 것 같아서요. 사실 난 민간인이 아니에요. 황제군에 소속되어 있거든요."

그 말에 느긋하던 병사들의 얼굴이 설핏 굳었다. 그들은 당황한 표정을 한 채 빠르게 시선을 교환했다. 나를 보호하려고 나섰던 상인 또한 두 눈이 휘둥그레진 상태였다.

"무슨…… 네가 군인이라고?"

"네, 아닌 것 같나요?"

"하하, 웃기는 주장을 하는군. 황제군은 너 같은 여자애도 받아주는 모양이지? 그런 허무맹랑한 소리를 누가……."

헛웃음을 흘리며 대꾸하던 병사가 곧 입을 다물었다. 다른 쪽 병사가 굳은 얼굴로 눈짓을 보냈기 때문이었다.

"있잖아. 황제군에."

"응?"

"그, 여기사. 스피어의 딸 말이야."

"……어?"

그제야 상대의 기색이 조금 주춤거렸다. 조심스럽게 나를 살피기 시작한 병사들이 한데 모여 수군거리는 것을, 나는 느긋하게 지켜보았다. "태연한 걸 보니까 정말 황제군이 맞나 봐.", "황제군에 스피어의 딸 말고 또 알려진 여자가 있던가?", "스피어의 딸이 몇 살쯤이었지?", "나이가 그리 많지는 않을걸?", "지금 저 애랑 비슷한 또래 아니야?" 등등, 혼란에 가득한 대화 소리가 들려왔다.

"어, 어이. 잠깐 기다려 봐. 저 여자가 정말 스피어의 딸이라면 정령사라는 거잖아. 그럼 이렇게 묶어 두는 건 아무 소용없는 거 아냐?"

"!"

마침내 현실을 인지한 발언이 떨어졌고, 병사들은 일제히 숨을 삼켰다. 그들은 뻣뻣하게 경직된 얼굴로 나를 돌아보았다. 조금 전까지만 해도 능글맞게 바라보던 시선에 지금은 두려움만 깃들어 있었다. 이들을 접한 이후로 가장 마음에 드는 분위기였다.

대화의 흐름을 보니 아무래도 저들은 나를 알리사라고 여기게 된 것 같았다. 평소와는 반대의 상황이긴 했지만 나로선 나쁠 거 없는 오해였다. 덕분에 이 상황을 타개할 방법도 보이기 시작했다. 알리사의 방식이라면 '적당한 선'에서 손봐 줄 수 있는 탁월한 방법이 있지 않은가.

빙긋 웃어 주자 병사들이 흠칫 어깨를 떨었다. 그것을 신호 삼아 나는 지하수를 일으켜 내부에서 요동치도록 했다. 우르르릉! 몰아친 물줄기가 지반을 강타하며 땅이 흔들리기 시작했다. 병사들의 얼굴이 사색이 됐다.

"히이이익!"

"제, 제기랄! 진짜였어!"

몇 차례 이어진 승전 이후로 지진은 알리사의 힘을 나타내는 상징처럼 여겨지고 있었다. 자라 보고 놀란 가슴이 솥뚜껑을 보고도 놀란다고. 약하게 지진 징후를 비추는 것만으로도 그들은 바로 경기를 일으켰다. 기겁한 병사들은 뒤도 돌아보지 않고 달아나기 시작했다.

물론 여기서 끝낼 거였다면 애초에 그토록 고심하지도 않았을 것이다. 저들은 그냥 보내 주기엔 질이 나빴고, 개선이 필요한 자들이었다. 다시는 허튼짓을 하지 못하게 혼쭐이 날 필요가 있었다. 이건 절대 그들이 나를 아가씨라고 불러대서가 아니다!

무엇보다 친히 알리사라고 오해하고 있는데 그 기대엔 부응해 줘야 하지 않겠는가. 그래서 나는 끝까지 '땅의 정령사' 다운 방식을 썼다. 다시 말해, 그들이 밟고 있는 지면을 공략했다.

"으아악!"

트로웰이 아니라도 지층 한 부분을 뚫어 통로를 내는 것쯤은 별로 어려운 일이 아니다. 바닥이 푹 꺼지며 순식간에 거대한 구멍이 생겼다. 미처 피하지 못한 병사들은 버텨보지도 못한 채 고스란히 땅속으로 끌려들어 갔다. 그들이 내지른 비명 소리가 지하에서 아득하게 울려 퍼지다 이내 잠잠해졌다.

직후 주위에 있던 사람들이 우르르 몰려나와 구덩이 안을 들여다보았다. 하지만 이미 병사들의 모습은 찾을 수 없을 터였다. 곧장 수로로 끌려 들어갔을 테니까. 밑에서 대기하고 있던 물의 정령들이 그들을 이리저리 굴리고 다니며 평생 잊을 수 없는 경험을 선사해 줄 예정이었다. 아마 몇 시간이 지난 후에야 호수 위에 떠오를 거다. 숨구멍을 만들어 줬으니 죽지는 않겠지만.

"흥, 실컷 고생이나 해라."

밧줄을 풀어낸 다음 홀가분하게 중얼거리고 있는데 어디선가 찌르는 듯한 시선이 느껴졌다. 그쪽을 보았다가 나는 잠시 멈칫했다. 전부 다 구덩이에 빠진 줄 알았는데 대공군의 병사 하나가 멍한 얼굴로 나를 바라보고 있었다. 그의 정체는 곧 알아보았다. 나한테 돌을 맞고 기절한, 이 모든 사건의 시발점이 된 존재였다. 어떻게 보면 원흉이나 다름없는 사람이건만 정작 의식이 없어 방치되는 바람에 혼자 화를 면하게 된 모양이다. 마침 정신을 차렸다가 동료들이 당하는 꼴을 목격했는지 그는 연신 딸꾹질을 하고 있었다.

"당신도 저 안에 들어가고 싶어요?"

친절하게 건넨 질문에 그가 창백한 얼굴로 고개를 도리도리 저었다. 나 또한 군이 그렇게까지 집요하게 굴 생각은 없었다. 그냥 가라는 뜻으로 손을 휘휘 내젓자 병사는 엉거주춤 일어나 허둥지둥 달려 나갔다. 이건 짐작에 불과하지만, 왠지 그가 군으로 복귀할 것 같지는 않았다.

'그나저나 이렇게 난리를 쳐 놔서 괜찮은가 모르겠네.'

그때쯤 주변의 광경도 슬슬 눈에 들어오기 시작했다. 상황은 마무리되었지만 이미 이 근방은 축제와는 거리가 멀어진 분위기였다. 나름대로 조절했는데도 불구하고 지진의 영향을 아주 피할 순 없었는지 엉망이 된 장식물과 노점들이 꽤 많았다. 멀쩡한 바닥에 구멍까지 뚫어 둔 상태라 더 마음에 걸렸다. 대공군이 먼저 잘못했다곤 하나 나 또한 황제군이라고 밝혔으니 민가에서 교전을 벌인 셈이다. 어쩌면 이번 일로 이사나를 원망하는 사람이 생길지도 몰랐다.

보상한다고 하면 수습할 수 있을까? 얼굴에 와 닿는 시선들을 의식하며 속으로 심각하게 고심하고 있을 때였다. 짝짝짝! 갑자기 어디선가 박수 소리가 들려왔다. 군중 속에서 한 남자가 나를 향해 손뼉을 치고 있었다. 내가 도왔고, 나를 도우려다 다칠 뻔한 바로 그 상인이었다. 그러자 그에게 감화를 받았는지 주위에 있던 다른 사람들까지 모두 박수를 치기 시작했다.

"어, 저, 저기……?"

주위가 뜨거운 박수와 환호 소리로 가득 채워졌다. 마치 괴수를 물리치고 귀환한 영웅이라도 된 것 같은 기분이었다. 이런 식으로 주목을 사 본 적이 없어서 얼굴이 마구 화끈거렸다. 어찌할 바를 몰라 머뭇거리고 있는 내게 상인이 웃으며 악수를 청해 왔다.

"정말 대단한 활약이었습니다. 아가씨가 그 유명한 스피어의 딸이시군요! 소문으로는 들었지만 이렇게 굉장할 줄이야! 제가 얼마나 감격했는지 모르실 겁니다."

"네? 아하하…… 네에, 가, 감사합니다."

그러고 보니 나를 알리사라고 오해하는 게 대공군에게만 해당될 일은 아니었다. 아예 작정하고 일을 벌려둔 만큼, 지금은 몰랐던 사람도 그렇게 여기게 되었을 것이다. 이제 와서 다른 사람이라고 말할 수도 없어서 나는 어색한 웃음만 흘렸다. 그동안 알리사가 이런 기분이었겠구나. 좋은 게 좋은 거라고 넘어가고 있었는데 이거 생각보다 굉장히 민망하다. 결과적으로는 녀석의 이름을 더 알린 셈이기도 해서 조금 미안해졌다.

"소란을 일으켜서 죄송해요. 축제를 망치고 말았네요."

"아닙니다. 덕분에 아무도 다친 사람이 없는 걸요. 사실 대공군이 보급품 문제로 저희를 괴롭힌 게 오늘 일만은 아니라서요. 징

수도 적당히 해야지, 이 겨울에 얼마나 요구하는 것이 많던지. 다들 불만이 크던 참이었는데 정말 속이 다 시원했습니다."

상인은 호쾌하게 대답했다. 다른 사람들도 그 말에 동감하는 얼굴로 고개를 끄덕이고 있었다. 다행히 이 일 때문에 민심을 잃지는 않으려나 보다. 가장 걱정했던 일이 해소되자 나도 모르게 안도의 한숨이 흘러나왔다. 그런 나를 흐뭇한 얼굴로 지켜보던 상인이 다음 말을 이었다.

"솔직히 저는 그동안 대공군이나 황제군이나 다 똑같다고 생각하고 있었습니다. 오늘 아침엔 황제군이 식품을 사러 오기에 저들은 어떤 행패를 부릴까 내심 혀를 찼었지요. 그런데 황제군들은 다들 정중하고 물건도 제값을 치르고 사가더군요. 설마 그렇게 차이가 날 줄은 몰랐습니다."

"아, 맞아. 그뿐만이 아니야. 내 곡식은 구하기 어려운 거라면서 오히려 돈을 더 쳐주더군."

"흥정을 안 하려고 하기에 그냥 깎아 줬더니 얼마나 고마워하던지. 더 끼워 주고 싶어지더라니까?"

옆에 있던 다른 주민들이 맞장구를 치며 거들기 시작했다. 그들 모두 오전에 황제군의 보급병과 대면했다는 상인들이었다.

전쟁 중 보급품을 보충하는 방식은 지휘관의 방침에 따라 천차만별이다. 일반적으로는 그냥 징수해 가도 문제가 없지만, 민심을 달래기 위해 대부분 적당한 값을 치르고 사들이는 편이었다. 단지 후자라 해도 제값을 전부 다 쳐주는 경우는 거의 없어서, 주민들 입장에서는 크든 적든 무조건 손해를 보게 되어 있었다. 그 점을 주목한 이사나는 이번 내전에서 모든 황제군이 보급품을 정가에 사들이도록 정했다. 지독한 가뭄이 끝나 이제 겨우 숨통이 트인 백성들에게 또 다른 피해를 줘서는 안 된다고 여겼기 때문이다. 알아봐 주길 바라고 정한 방침은 아니었는데, 그 배려가 생각보다 사람들에게 좋은 인상을 남긴 것 같았다.

"사실 저희같이 무지한 사람들이 뭘 알겠느냐만은. 아랫사람들의 행동을 보면 윗전이 어떤 분일지도 대강 짐작이 가더군요. 다른 건 몰라도 황제 폐하가 좋은 분이시라는 건 알 것 같습니다."

"아……."

무엇보다 기쁜 말에 가슴이 뭉클해졌다. 그동안 이사나가 얼마나 힘든 시기를 거쳐 왔는지 알고 있기에 더더욱. 군주에게 백성들이 보내는 지지만큼 든든한 것이 또 있을까. 이 자리에 이사나가 함께 있지 않다는 사실이 몹시 아쉬워졌다.

"좋게 봐주셔서 감사합니다."

"아닙니다, 감사 인사는 저희가 해야지요. 여신의 딸이 폐하 곁에 계셔서 정말 다행입니다. 황제 폐하를 잘 부탁드립니다. 아가씨가 지니고 계신 승리의 별로, 부디 그분을 꼭 황성으로 무사히 모셔가 주십시오."

정중한 부탁과 함께 주민들이 일제히 내게 허리를 숙였다. 고마운 일이긴 했지만 알리사로 오해받는 채로 있으려니 민망함도 그 못지않게 컸다. 대접을 받는 만큼 상대를 기만하는 기분이라 죄책감이 더 심했다. 돌아가면 알리사한테 정말 잘해 줘야겠다는 생각이 무럭무럭 샘솟았다. 어색한 기분을 감출 겸 나는 품속에서 보석 꽃을 꺼냈다. 너무 큰 건 부담스러워 할 것 같아서 그나마 작은 크기인 제비꽃으로, 하나는 심심한 것 같아 3개로 된 다발을 만들었다.

"저기, 이거 받으세요."

"예? 이, 이게 뭡니까?"

가장 앞에 있던 상인에게 보석 꽃을 내밀자 그의 두 눈이 휘둥그레졌다.

"이 주변이 저 때문에 망가졌잖아요. 수리 비용으로 쓰세요."

"아닙니다! 이런 걸 받을 수는……."

"제가 마음이 편하지 않아서 그래요. 이렇게라도 보상을 해드리고 싶어요."

"하지만……!"

"괜찮아요. 작아서 많이 비싼 것도 아니에요. 편하게 받아주세요."

극구 거부하는 사람들에게 억지로 떠넘기다시피 보석을 쥐어 준 후에야 나는 간신히 자리를 떠날 수 있었다. 달아나다시피 달려가는 나를 향해 주민들이 연신 고맙다고 소리치는 것이 들렸다. 그 중 몇몇은 스피어를 찬양하는 찬가까지 불렀다. 아무래도 이 마을에는 이제 두 번 다시 들리지 못하게 될 것 같았다.

다행히 마을은 제법 큰 편이었고, 다른 쪽에선 아무것도 모르는 채로 여전히 축제가 진행되고 있었다. 후드를 깊이 눌러쓴 뒤 북적북적한 인파 사이에 섞이고 나자 겨우 마음이 안정됐다. 날을 세우고 있던 본성도 다시 잠잠해져서 지금은 평소 상태와 같았다. 또 언제 다시 튀어나올지는 모르겠지만 가장 큰 고비는 넘긴 기분이었다.

'알리사와 시벨리우스는 잘 구경하고 있으려나?'

대공군과 한차례 충돌했으니 또 마주치게 될지도 모른다. 한창 즐거워하고 있을 두 사람에게는 미안하지만 이제 그만 돌아가자고 해야 할 것 같았다.

이윽고 알리사와 시벨리우스의 위치를 찾기 위해 감각을 집중하려는 때였다. 문득 근처에서 나를 주시하는 기척이 느껴졌다. 내가 평범한 사람이었다면 느끼지 못했을 만큼 신중하고 은밀한 기척이었다. 그것도 한 명도 아니고 서너 명은 되는 것 같았다.

처음엔 대공군이 따라붙은 건가 했는데 적의를 품고 접근하는 느낌은 아니었다. 어떻게 할까 고민하다가 나는 일단 그냥 두고 보기로 했다. 눈치채지 못한 것처럼 태연하게 걷기 시작하자 다가오는 기척이 점점 더 빨라졌다. 단순한 미행인 것치고는 간격이 지나치게 좁혀지고 있었다.

'이건 왠지 납치 전조인데.'

아니나 다를까. 으슥한 골목을 스치는 순간 그들이 본격적으로 행동을 개시했다. 단숨에 접근해서 내 입을 틀어막고는 골목 안쪽으로 끌고 들어간 것이다.

"조용히. 당신을 해치려는 것이 아닙니다."

"……."

반응을 보이기도 전에 낮은 목소리가 먼저 떨어졌다. 생각했던 것보다 더 어린 음성이었다.

"이런 거친 방법을 사용해서 죄송합니다. 잠시만 당신과 얘기를 나누고 싶습니다. 매우 중요한 이야기입니다. 소리를 지르지 않는다고 하시면 바로 풀어드리겠습니다."

목소리의 주인은 상당히 초조해 보였다. 나를 붙잡고 있는 팔에서 심한 떨림이 전해졌다. 납치당해 보는 건 처음이긴 한데(누가 이런 경험을 자주 해 보겠냐만), 상대가 이런 일에 익숙하지 않다는 것만은 알 것 같았다. 거부하면 어떻게 나올까 잠시 궁금해졌지만 괜한 모험은 하지 않기로 했다. 긁어 부스럼이라고, 무난히 끝날 수도 있는 일을 오히려 더 복잡하게 만들어 버릴지도 모르니까.

천천히 고개를 끄덕이자 안도의 한숨과 함께(본인도 무의식적으로 뱉은 것 같았다) 입을 막고 있던 손이 떨어져 나갔다. 돌아보았더니 잔뜩 굳은 얼굴로 머뭇거리고 있는 남자들이 보였다. 짐작했던 대로 인원은 세 명. 그중 가장 앞에 있는 자는 아직 십 대로 보였고, 나머지 두 사람도 많아 봤자 이십 대 중반을 넘기지 않았을 것 같았다. 당연한 말이지만 그들 전부 모르는 얼굴들이었다.

"누구시죠? 저한테 무슨 용건이세요?"

차분히 건넨 질문에 남자들은 몸을 움찔 떨었다. 납치를 시도한 사람들치고는 반응이 지나치게 수줍었다. 협박을 당한 사람은 난

데, 왜 내가 오히려 그들을 핍박하고 있는 기분이 드는 건지 모르겠다. 아무도 선뜻 말을 잇지 못하는 기세라 나는 가장 앞에 있는 십 대 쪽을 빤히 응시했다. 아마도 그가 조금 전 내 입을 틀어막은 장본인일 터였다.

그는 평소 이런 일과 거리가 멀다는 것을 증명하듯, 티 없이 깨끗한 초록색 눈동자를 갖고 있었다. 머리 색은 어디에서나 흔히 볼 수 있는 갈색이었지만 마치 일부러 만 것처럼 화려하게 구불거려서 쉽게 잊힐 인상은 아니었다. 시선이 닿는 것을 느꼈는지 그는 꿀꺽 마른침을 삼켰다. 그런 후에도 한참이나 망설이다가, 내 눈빛이 점점 더 집요해지자 체념한 얼굴로 입을 열었다.

"저어, 다시 한 번 사과드립니다. 저는 아셀이라고 합니다. 당신은 알리사 님이 맞으시지요? 조금 전의 일들을 전부 봤습니다."

"……용건을 정확히 밝혀 주셨으면 좋겠는데요."

"아, 정말 죄송합니다. 설마 이렇게 뵙게 될 줄은 몰라서 저희들도 너무 당황한 나머지……. 저희 수상한 사람 아닙니다. 정말입니다."

"충분히 수상해 보이는데……."

"아하하, 네, 그렇죠. 제가 생각해도 수상해 보이긴 하네요. 이런 상황이니 당연히 그러실 겁니다. 이해합니다. 으음, 그렇지만 부디 믿어 주셨으면 좋겠습니다. 이렇게 말씀드리면 어떻게 생각하실지 모르겠지만. 저희는 오히려 알리사 님을 도우러 온 사람들입니다."

……알리사를 도우러 와?

이건 또 무슨 소리인가 싶어서 나는 그들을 멀뚱히 바라봤다. 처음엔 단순히 알리사의 명성을 듣고 호기심에 찾아온 사람들인가 싶었는데, 아무래도 다른 사정이 숨겨져 있는 모양이다. 상황이 너무 묘하게 흘러가서 그런가. 왠지 좋지 않은 예감이 들었다. 무심코 얼굴을 찌푸리는데 아셀이라고 자신을 소개한 남자가 부드럽게 웃었다.

"혹시, 별의 운명이라는 말 들어보셨습니까?"

* * *

도를 아십니까?

언젠가 길을 가던 중에 이런 질문을 들어본 적이 있다. 뜬금없는 질문을 던진 사람은 역 앞에서 우연히 마주친 낯선 아저씨였다. 그는 내 뒤를 끈질기게 쫓아오며 한참 동안 이상한 말들을 늘어놓았었다. 영혼이 참 맑다는 둥, 하늘에 조상이 쌓은 복이 많이 있다는 둥, 그 복을 받을 방법이 궁금하지 않냐는 둥. 어찌나 집요하던지 전력질주로 도망친 후에야 간신히 벗어날 수 있었다. 그때가 태진이와 약속이 있어서 만나러 가던 길이었다. 헉헉거리면서 달려온 나를 이상하게 바라보던 태진은 사정을 듣자마자 땅을 치며 웃었다.

"그거 종교 권유야."

심지어 순진해 보이는 사람만 집중 겨냥한다고 했던가. 태진이 알려준 그 진실이 얼마나 충격적이었는지 한동안 입만 멍하니 벌리고 있어야 했더랬다.

'아니. 정신 차리자, 엘. 지금 현실 도피를 하고 있을 때가 아니야.'

나도 모르게 멀리 헤엄쳐 가는 정신을 간신히 다잡았다. 여기는 한국도 아니고, 구태여 종교 권유를 하는 세계도 아니며, 하물며 그럴 만한 상황이나 분위기도 아니었다. 외면한다고 해서 지금 눈앞에 닥친 사태가 없던 일이 될 리가 없었다.

무엇보다 별의 운명이라는 말은 차마 모른 척하기도 민망하리만큼 무척이나 익숙한 내용 아니던가. 알리사를 처음 만났을 때 가장 먼저 들었던 이야기가 바로 그것이었으니까. 덧붙여 최근 들어 내가 내내 신경 쓰고 있던 부분이기도 하다.

"반려성……."

신음하듯 중얼거린 말을 용케 알아들었는지, 남자—아셀이 즉각 반응을 보였다. 그의 얼굴이 환하게 밝아졌다.

"알고 계시는군요! 네, 맞습니다! 알리사 님이 타고나신 바로 그 운명의 별 말입니다!"

감격하다 못해 울 것 같은 얼굴로 아셀이 소리쳤다. 그의 뒤에 있던 사람들도 기쁜 표정을 감추지 못하고 있었다. 모두가 축배를 드는 분위기였지만 나는 전혀 웃을 기분이 아니었다. 갑자기 접근한 낯선 사람들이 대부분 알지도 못하는 반려성의 전설을 운운하다니. 심지어 그 별의 주인이 알리사라는 것까지 정확히 알고 있다. 아무리 생각해도 결론이 하나로밖에 이어지지 않았다.

"반려성을 언급한다는 건…… 당신들 제왕의 별 쪽이에요?"

질문을 하자마자 나는 바로 후회했다. 아셀의 두 눈이 더욱 반짝거렸기 때문이다. 굳이 대답을 듣지 않아도 이미 정답을 알 것 같았다.

"훤히 내다보시는 것을 보니 역시 대지의 축복을 받으신 분다우십니다. 저희가 따로 설명해드릴 건 없을 것 같군요. 네, 바로 맞추셨습니다. 저희가 모시는 분이 제왕의 별을 타고나셨지요. 장차 알리사 님의 반려가 되실 분 말입니다."

누구 맘대로 알리사의 반려래?

괜히 울컥하는 기분에 얼굴이 찌푸려졌다. 설마 설마 했더니 그 설마가 맞았다. 하늘도 무심하시지, 하필 이런 곳에서 또 다른 제왕의 별과 맞닿게 될 줄이야. 게다가 이사나와는 달리 저쪽은 자신의 운명에 대한 것이며 반려성에 대한 것도 전부 다 알고 있는 모양이다. 알리사가 반려성이라는 것까지 유추해 낸 것을 보면 보통 재간이 아니다. 이곳을 방문한 것도 그저 우연만은 아닐 터였다. 거기까지 생각한 후, 나는 한 가지 위화감을 느끼고 그들 일행을 바라보았다.

"잠깐만요. 방금, 당신들이 모시는 분이라고……?"

"아, 예. 그분은 지금 다른 곳에 계십니다. 실은 저희들끼리 식량을 사러 온 거라서요. 여기서 알리사 님을 뵐 줄 알았다면 그분도 모시고 올 것을 그랬습니다."

내가 느낀 의문을 알아차렸는지 아셀이 재빠르게 대답했다. 그는 매우 안타까워했지만 나로선 무척이나 반가운 얘기였다. 적어도 이곳에서 알리사와 그 제왕의 별이 만나지는 않을 거란 말이었으니까. 꽤 못된 심보이긴 하지만 이 기회를 잘 활용하면 완전히 엇갈리게 만들 수도 있을 것 같았다.

'어떤 식으로 따돌리지?'

평소에 잘 해보지도 않던 계략을 짜내느라 머리가 팽팽 돌았다. 아무것도 모르는 아셀은 나를 제왕의 별에게 모셔가겠다며 길을 안내하려 하고 있었다. 이참에 알리사인 척 따라가서 대놓고 깽판을 쳐놓을까, 강렬한 유혹이 스멀스멀 피어오를 때였다.

"아셀!"

그 순간 거리 쪽에서 누군가 나타나 소리쳤다. 아마도 아셀의 다른 일행인 듯, 정확하게 그의 이름을 부르며 등장한 남자는 굶주린 사람이 먹을 것을 발견한 것처럼 두 눈을 흉흉하게 부릅뜨고 있었다. 놀라서 돌아본 아셀이 그 광경에 당황한 표정을 지었다.

"세리엄 님? 세리엄 님이 왜 여기에 오셨습니까? 태…… 라젠 님은 어쩌시고요?"

"지금 내 말이 그 말이야! 혹시 라젠 님 못 봤나?"

"뭐라고요?"

"라젠 님이 사라지셨어! 잠시 뒷간에 다녀온 사이에 그대로 증발해 버리셨다고! 아무래도 자네들을 찾아간 것 같은데 중간에 마주치지 못한 거야?"

"그걸 말이라고 하십니까? 만나 뵈었으면 저희랑 같이 계셨겠지요!"

"큭, 그거야 그렇지."

"그러게 잘 붙어 계시라 당부했잖습니까! 설마 그자들만 대동하고 가신 겁니까?"

"그런 것 같아. 으아아, 제엔장! 라젠 님은 대체 무슨 생각이신지. 단독행동은 하지 마시라고 그렇게 말씀드렸는데도!"

괴성을 내지른 남자가 두 손을 머리에 짚은 채 절규하기 시작했다. 무척 산만해 보이는 사람이었지만 덕분에 돌아가는 상황은 알 것 같았다. 이들이 모시는 사람, 즉, 제왕의 별이란 남자가 갑자기 사라진 모양이다.

당황한 아셀 일행은 저들끼리 쑥덕거리느라 나를 전혀 돌아보지 않았다. 이참에 그냥 사라져 버리면 되지 않을까. 그리고 알리사를 찾아가 낚아챈 다음 잽싸게 부대에 복귀하는 거다! 제법 괜찮은 구상이라는 생각에 슬그머니 발을 빼려고 할 때였다.

"어? 근데 이쪽은 누구야?"

타이밍을 어쩜 이리도 잘 맞추는지. 별안간 세리엄이라 불린 남자가 나를 발견하고는 눈을 휘둥그렇게 떴다. 아무도 모르게 감쪽같이 사라진다는 계획이 시작부터 틀어진 순간이었다. 엎친 데 덮친 격으로 한창 충격에 빠져 있던 아셀마저 그 말에 반응해 정신을 차렸다.

"아, 그렇지! 세리엄 님! 놀라운 소식입니다! 알리사 님을 찾았습니다!"

"뭐?! 그럼 설마 이 사람, 아니 이분이……?"

"네, 맞습니다! 이분이 바로……!"

"엘!"

"엘이라고…… 응?"

그런데 상황이 별안간 뜻밖의 전개로 흘러가기 시작했다. 조금 전 세리엄이란 남자가 나타났던 바로 그 위치에, 이번엔 내가 아는 사람이 나타난 것이다. 후드를 쓰고 있었지만 목소리만 들어도 누군지 알아채는 건 어렵지 않았다. 시벨리우스였다. 그 역시 후드를 쓰고 있는 나를 당연하다는 듯이 알아보고 있었다.

"엘, 여기 있었구나!"

허허, 이 눈치 없는 친구여. 내가 엘인 건 맞지만 그렇게 대놓고 엘이라고 부를 필요는 없지 않은가. 반가운 사람임은 틀림없는데 상황이 상황이다 보니 이 등장이 마냥 반갑지는 않았다. 아셀과 그 일행들이 묘한 얼굴로 나를 응시하는 것이 느껴졌다.

"엘……?"

"알리사가 아니라?"

잠시간 멍해 있던 아셀이 천천히 얼굴을 굳혔다. 눈치가 제법 빠른 편인지 금세 돌아가는 상황을 파악한 것 같았다. 그의 눈에 차오르기 시작한 허망함과 배신감을 보며 나는 어색하게 웃었다. 하지만 그 순간은 그저 찰나와도 같아, 나는 곧 그들의 반응 따윈 머릿속에서 지워 버렸다. 이어진 시벨리우스의 말이 모든 감각을 사로잡았기 때문이다.

"한참 찾아다녔어! 큰일 났어, 엘!"

"……뭐?"

큰일이라니? 그제야 시벨리우스의 상태가 평소와 조금 다르다는 것이 느껴졌다. 숨을 거칠게 몰아쉬고 있는 데다 초조한 기색이 완연한 게, 그답지 않게 패닉에 빠져 있는 모습이었다.

그러고 보니 이 녀석, 왜 혼자 있는 거지?

뒤늦게 미친 생각에 가슴 속이 서늘해졌다. 동시에 청천 벽력 같은 소리가 떨어졌다.

"알리사가 사라졌어!"

"……!"

제2화

1.

이상한 기분이 든다.

알리사는 지금 자신이 무언가에 홀려 있다고 생각했다. 정처 없이 걸어가고 있는데 목적이 무엇인지, 방향을 어디로 잡고 있는지 제대로 인지할 수가 없었다. 함께 있던 시벨리우스의 모습이 언제부터인가 보이지 않았다. 그가 사라졌다기보다는 그녀가 홀로 떨어져 나온 거라고 봐야 했다. 그렇다고 그게 자신의 의지가 아니라거나 누군가에 의한 강제성이 작용하는 건 아니었다. 그냥 왠지 갑자기 어디론가 가고 싶은 기분이 들었고, 자각하기도 전에 행동으로 옮겼을 뿐이다.

워낙 익숙한 현상이라서 그것이 뜻하는 바가 뭔지도 잘 알았다.

어린 시절부터 간혹 예감이 좋지 않다거나, 뭔가를 해야 한다는 강렬한 욕구에 빠질 때가 있었다. 그게 좀 심해질 때면 무의식이 행동을 지배하곤 했는데 지금이 그런 상태와 비슷했다.

아아, 또 예지 능력이 발현된 거구나. 알리사는 태평하게 생각했다. 새삼 이런 일에 당황하기엔 지난 경력들이 이미 너무나도 화려했다. 오히려 아무것도 모른 채 홀로 감당했어야 했던 그때에 비하면 지금은 넘치도록 축복받은 환경이었다. 이런 능력을 갖고 있는 이유도 충분히 알고 있었고, 더는 혼자도 아니었다. 불안해하거나 두려워할 이유가 없었다.

"아아, 그거? 이상한 거 아냐. 네가 훌륭한 땅의 정령사라는 증거야."

웃으며 말해 주던 아름다운 소녀의 모습이 떠올랐다. 새파란 바다를 닮은 머리카락과 보석처럼 영롱한 푸른 눈동자. 가슴 벅차도록 아름답고 다정한 정령왕은 지난 세월 알리사가 끌어안고 있던 고민을 아무렇지도 않게 해결해 주었다. 그 능력을 이상하게 보기는커녕 귀한 것으로 여겼다. 누구나 가질 수 없는 아주 특별한 거라고, 그렇기에 대단하다고 말해 주었다. 기특하게 여기는 것도 같았다. 전부 태어나서 처음 경험해 보는 반응뿐이었다.

알리사는 능력을 자각하기 전이나 이후로나 끊임없이 방황해 왔었다. 자신이 남들과는 다르다는 건 알겠는데, 그게 뭔지는 알 수가 없어서 늘 괴로웠다.

낳아준 생모는 너무 일찍 삶을 마감했고, 백작 부부와 이복 자매들과의 관계는 소원했다. 그녀는 좁고 썰렁한 방 안에서 거의 방치되다시피 자랐다. 타고난 천성이 씩씩해서 기죽는 법 없이 살았지만, 마음을 터놓을 곳은 어디에도 없었다. 당연히 누군가와 고민을 나누는 건 상상조차 하지 못했다. 입을 꾹 다물고 혼자서 끙끙 앓기만 했다.

그럼에도 사람들은 그녀가 이상하다는 걸 알아보았다. 모두가 한결같이 떨떠름해 했다. 그나마 부드러운 반응이라고 할 만한 게 신기해하는 정도였다. 그 능력이 그들에게 큰 도움이 되었을 때도 그랬다. 앞에선 고마워하며 축언을 건네면서도, 뒤로 돌아서서는 저들끼리 수군거린다는 걸 알리사는 전부 다 알고 있었다.

「이런 지독한 가뭄에 저 밭만 풍작이라니. 정말 기이하지 않아?」

「주문을 외우지도 않는데 시든 작물이 살아나는 거 봤어? 세상에 저런 능력이 있다는 말은 들어본 적이 없어. 솔직히 기분 나쁠 정도야.」

「저게 뭔지 몰라도 인간의 힘이 아닌 건 확실해.」

「혹시 악마의 힘을 빌리는 걸지도 몰라.」

가는 곳마다 우려와 불신의 눈길이 꼬리표처럼 달라붙었다. 이미 그런 상황이었기에 마을에 힘든 일이 겹치자 손쉽게 그녀의 탓으로 몰아갈 수도 있었을 것이다.

「역시 악마의 힘이었어!」

「저 괴물을 봐! 저주 받은 게 틀림없잖아!」

「앞날을 아는 것처럼 말하는 게 끔찍해! 우리 마을이 이렇게 될 것도 전부 다 알고 있었을 거야!」

번화한 마을이라도 시골이었고, 구성원 대부분이 그 지역에서 나고 자라 주변을 떠나본 적이 없는 사람들이었다. 이능력에 관한 건 그런 게 있다는 정도만 알고 있을 뿐 제대로 된 지식을 갖춘 사람이 없었다. 그들에게 '평범하지 않은 존재'는 그저 두려움의 대상밖에 되지 않았다. 알리사를 끝까지 지지하던 사람들조차 그녀가 내보이는 신비한 힘에는 거북함을 숨기지 못했다. 알리사 본인도 근원을 알지 못하는 힘이었던 만큼 주위에서 거부감을 보이는 것도 이해했다. 하지만 이해한다고 해서 상처를 받지 않는 건 아니었다.

나는 왜 이런 능력을 갖고 있어서 사람들로부터 외면과 미움을 받는 걸까. 하루에도 수십 수백 번 생각하고 또 생각했다. 태어나던 날 푸른 달이 떴다는, 아름다운 동화 같은 이야기마저 저주받았다는 증거로 여겨졌다.

그때는 사람들이 말하는 것처럼 몬스터가 마을을 습격하는 것도 모두 자기 탓인 것만 같았다. 달아나고 싶은 마음이 굴뚝같았지만 그럴 때마다 알 수 없는 예감이 발목을 붙들어 그러지도 못했다. 그래서 토벌대에 참전하라는 말도 거부하지 않고 묵묵히 받아들였다. 평생 미움 받으며 사느니 죽어서 끝낼 수 있다면 그게 더 나을 것 같았으니까.

그런데 바로 그곳에서 구원받았다.

"우리가 데려다줄게. 너의 가치를 알아보는 사람들이 있는 곳으로."

자신과 같은 능력을 지니고 있는 사람이 있다는 것. 자신의 능력을 아무렇지 않게 받아들여 주는 사람들과 세계가 있을 수 있다는 것도. 전부 그때 알게 됐다. 처음으로 혼자가 아니라는 사실을 실감했다. 그날만 생각하면 지금도 가슴속이 간질거려서 자기도 모르게 웃음이 나왔다.

지금 곁에 있는 사람들은 자신을 이해해 준다. 그들은 그녀가 이렇듯 미친 사람처럼 정처 없이 어딘가를 떠돌아다녀도 전혀 이상하게 여기지 않을 것이다. 왠지 그래야 할 것 같았다고 솔직하게 말해도 괜찮았다. 걱정을 할지언정 아무도 두려워하거나 경멸하는 시선을 보내지는 않을 터였다. 사실 그들에 비하면 그녀가 지닌 능력은 오히려 평범하다고 여겨질 정도였다. 그 안에 있으면 알리사는 보호받아야 하는 작은 소녀에 불과했다. 그 사실이 참 기분 좋았다.

'그러고 보니 지금 이 기분, 그때랑 비슷하네. 이사나 씨를 처음 만났을 때와.'

그때도 이렇게 하염없이 걸었던가. 여전히 멍한 상태로 걸음을 옮기면서, 알리사는 당시의 기억을 차분히 되짚어 보았다.

그날은 아침부터 온종일 가슴속이 술렁거렸었다. 이전부터 그런 일들은 가끔 있었다. 마을에 큰 사건이 일어나거나 귀한 손님이 방문할 때, 그녀는 늘 직감적으로 남들보다 한발 먼저 알아차렸다. 방문자의 신분이 높으면 높을수록, 권세가 크면 클수록 더 강렬한 느낌을 받았다. 하지만 홀리듯이 이끌리는 느낌에 빠진 건 그날이 처음이었다. 정신을 차렸을 땐 그녀는 어느새 저택을 벗어나 시장 거리를 서성거리고 있었다.

이사나를 발견한 순간엔 당연히 만나야 할 사람을 만났다고 느꼈다. 한눈에도 그가 특별하다는 걸 알았다. 그는 지금까지 봤던 자들과는 비교조차 할 수 없는 사람이었다. 그로 인해 무언가가 바뀔 거라는 이상한 기대감이 무럭무럭 피어올랐다. 왜 그런 생각을 하게 됐는지 당시엔 전혀 이해할 수가 없었다. 그건 무서우면서도 들뜨는 이상한 기분이었다. 그에 비해 이사나는 자신을 보면서도 아무것도 느끼지 못하는 것 같았다. 그게 조금 속상하고, 왠지 억울했다.

처음 보는 사람을 모르는 건 당연한 거였다. 이전에 방문했던 사람들도 자신이 일방적으로 알아봤지, 그들 쪽에서 먼저 알아봤던 적은 없었다. 오히려 자신이 특이한 거였기 때문에 알리사도 그걸 속상하게 여기지 않았다. 그런데 그때만은 달랐다. 이사나가 자신을 알아보지 못하는 것에 괜히 심술이 났다. 이상하리만치 우울한 기분이 차올랐다. 어떻게 날 모를 수가 있지? 저택으로 돌아간 후에도 한참 동안 씩씩거렸더랬다. 그런 후에는 자조적으로 웃었다. 지금 처한 상황이 너무 막막해서, 누군가 나타나 구해 주기를 바라며 막연한 희망을 품었었나 보다. 아직도 헛된 기대를 버리지 못한 자신이 바보 같다고 생각했다.

그래서 다음날 토벌전에서 이사나와 재회했을 땐 더 크게 놀랐다. 설마 다시 만나게 될 줄은 상상도 하지 못했으니까. 어렴풋한 예감으로도 전혀 짐작하지 못한 일이었다. 시선이 마주쳤을 때부터 심장이 미친 듯이 뛰었다. 혹시 잘못 본 건 아닐까 싶었는데 분명한 현실이었다.

"다시 뵙는군요. 반갑습니다."

심지어 그는 정말로 자신을 구하기 위해 온 거였다. 그의 단정한 음성을 듣는 순간 정신이 번쩍 들었다. 현실감이 없어 꿈처럼 보이기만 하던 광경들도 전부 사실임을 실감했다.

모든 것들이 달라지고, 많은 것들이 바뀌었다. 그날 그녀는 다시 태어난 거나 다름없었다. 처음 받았던 그 예감 그대로. 그가 알리사의 구원자였다.

'근데 또 그때와 비슷한 기분이라니. 이상하네.'

알리사는 고개를 연신 갸웃거렸다. 그날 이사나 일행이 보여준 세상만큼, 그토록 강렬한 경험이 또 있으리라 여기진 않는다. 그런데도 그때만큼이나 마음이 어수선하게 술렁거렸다. 그 정체는 아직 잘 모르겠지만, 이 길 끝에서 누군가와 만나게 된다는 것만은 분명히 알 것 같았다.

왠지 기대심이 생기는 만큼 그냥 피하고 싶다는 마음도 강하게 들었다. 이렇게 무작정 이끌려가는 것을 보면 상대가 꽤 대단한 존재인 것만은 확실했다. 그러나 대단하다는 게 곧 인성까지 좋다는 의미는 아니었다. 이사나 때는 운이 좋았지만, 보통 그녀가 알아볼 만큼 존귀한 신분을 지닌 사람들은 거만하기 짝이 없었다. 잘못 엮였다가는 괜히 골치만 아파질 게 뻔했다. 게다가 기분 탓인지는 몰라도 아까부터 점점 외진 길로 향하는 것 같았다. 크고 작은 술집이 즐비하게 늘어선 골목은 어딜 봐도 향락가로 보였다. 앞으로 만날 상대의 정체가 노골적으로 수상해졌다. 이런 곳에서는 사고가 나도 쉽게 도움을 받을 수 없을 것이다. 스스로 위험을 자초하는 멍청이가 된 심정인데, 아무리 애를 써도 멈춰지질 않으니 미칠 노릇이었다. 지금쯤이면 시벨리우스도 그녀가 사라졌다는 사실을 인지했을 것이다. 그가 찾고 있다 생각하니 마음이 더 초조해졌다.

"술을 구입하는 것뿐인데 꼭 이런 곳까지 와야 하나?"

그때 어디선가 대화 소리가 들렸다. 낮고 차분한 음성을 듣는 순간 알리사는 저도 모르게 그쪽으로 고개를 돌렸다. 한 무리의 남자들이 술집 안에서 이제 막 걸어 나오고 있었다. 그들은 한 사람을 제외하고 모두 짙은 검은색 갑옷을 걸친 상태였다. 이 제국에서 저런 색의 갑옷을 입는 존재는 하나밖에 없었다. 알리사는 반사적으로 얼굴을 굳혔다.

'대공군! 심지어 대공의 직속 부대인 어둠의 기사들이잖아?'

일반 병사라고 해도 눈앞이 캄캄해질 상황인데 기사, 그것도 무려 여섯 명이나 되었다. 어둠의 기사들은 모두 상급 검사의 실력을 갖춘 자들뿐이었다. 허풍으로 잔뜩 부풀려진 그녀의 정령술로 어찌해 볼 만한 상대가 아니었다.

위기 상황이 닥쳐서일까. 제멋대로 움직이던 다리가 드디어 멈춰 섰다. 알리사는 후드를 부여잡고 후다닥 골목 끝에 숨었다. 다행히 기사들은 아직 그녀를 눈치채지 못한 상태였다. 저들끼리 나누는 대화 소리가 계속해서 이어졌다.

"질 좋은 술을 원하신다고 하셨잖습니까? 일반 가게에서 파는 술들은 별로 맛이 없어 추천할 게 못 됩니다. 진짜배기는 주점에서 파는 이런 것들이죠."

"흠, 그렇게 차이가 큰가?"

"생각하시는 것보다 차이가 대단할 겁니다. 한번 드셔 보시면 바로 아실 수 있을 텐데……."

"미안하군. 술은 별로 즐기지 않아서."

무덤덤하게 답하는 남자는 무리 중에서 유일하게 갑옷을 입지 않은 한 사람이었다. 기사들이 존대하고 있는 것을 보아 신분이 꽤 높은 사람인 것 같았다.

알리사는 힐끔 남자의 모습을 훑어보았다. 처음엔 대공인 건가 싶었지만 그런 것치고는 얼굴이 젊었다. 유카르테 대공은 사십 대라고 들었는데 아무리 연령을 높게 잡아도 그 정도로는 보이지 않았다. 이사나와 그리 닮은 것 같지도 않았다. 외모는 물론, 머리색도 전혀 달랐다. 이사나는 금발인데 비해 남자의 머리카락은 특이하게도 진분홍색이었다. 눈동자 색 또한 채도가 다른 남색이다. 혈연이라고 꼭 같아야 할 필요는 없겠지만(실제로 다른 경우도 꽤 많은 편이지만), 직감적으로 관련이 없다는 걸 알 수 있었다.

"그러고 보니 마법을 익히신 분들은 술을 그다지 좋아하지 않더군요. 술에 들어 있는 취하게 만드는 성분이 마력을 흩트린다고 들었습니다."

이어지는 말은 알리사의 짐작에 확신을 더했다. 대화 내용을 보아 아무래도 저 남자는 마법사인 모양이었다. 대외적으로 알려진 유카르테 대공은 신관이었으니 관련 가능성은 거의 사라진 셈이었다. 그제야 꾹 눌러 참고 있던 숨을 내쉴 수 있었다. 물론 남자의 정체가 대공이 아니라 해서 현재 상황이 낙관적으로 변하는 건 아니었다. 그래도 으스러트릴 것처럼 온몸을 압박하던 긴장감은 한결 덜했다.

'대공의 기사들과 함께 하는 마법사라니. 대체 누구지?'

알리사는 좀 더 세심하게 남자를 살펴보았다. 꽤나 살갑게 대하는 기사들과는 다르게 그의 태도는 시종일관 무뚝뚝한 편이었다. 마법사에 관해 알은척하는 기사의 말에도 잠시 눈길을 보냈을 뿐 이렇다 할 대답을 하지 않았다. 기사에겐 익숙지 않은 반응인지 얼굴이 벌게져 있었다. 그것만 봐도 딱히 친근한 관계로 보이진 않았다.

"하하, 그나저나 즐기지도 않는 술을 직접 구입하러 나오시다니. 아셀이라는 분에게 선물하신다 하셨지요? 수하를 생각하시는 마음이 정말 깊으십니다."

"아셀은 수하가 아니다. 친우지."

"네? 그분이 보좌관 아니었습니까?"

"지금은. 하지만 언제 그만두고 떠날지 모르는 일이니까."

"하하, 설마 그럴 리가요. 다른 자리도 아니고 황……."

"라젠."

"아, 죄송합니다. 설마 라젠 님의 보좌관 자리를 그만둘 리가 있겠습니까. 누구나 동경해 마지않는 자리일 텐데요."

"글쎄, 그런 상식적인 바람을 추구하는 성격이 아니라서."

"하하, 그렇습니까? 평범하신 분으로 보였습니다만, 생각보다 비범한 면이 있으신 것 같군요."

"……아셀이 평범하다고?"

돌아본 남자가 입꼬리를 들어올렸다. 세상에서 가장 멍청한 소리를 들었다는 듯한 표정이었다. 어떻게든 화제를 끌어가려던 기사의 얼굴이 더 붉어졌다. 알리사는 자기도 모르게 안타까운 한숨을 내쉬었다. 상대가 어둠의 기사라는 걸 아는데도 어찌나 불쌍해 보이는지 동정심이 저절로 일었다. 더불어 라젠이라고 불린, 마법사 남자에 대한 호기심은 더 커졌다.

좀 더 제대로 구경해 보고 싶다는 생각이 들었다. 그 마음이 앞선 나머지 주의를 기울이는 것도 잠시 잊었다. 방심한 순간, 알리사는 기어코 사고를 치고 말았다. 고개를 너무 내미는 바람에 마침 고개를 돌리던 남자와 눈이 마주친 것이다.

"……!"

알리사는 황급히 몸을 틀었다. 얼마나 놀랐는지 심장이 입 밖으로 튀어나올 것처럼 쿵쾅거렸다. 하지만 그녀가 정말 경악한 건 다른 부분이었다.

'아, 맙소사.'

시선이 맞닿은 순간에 바로 알았다. 저 라젠이라는 남자가 알리사가 '만나야 할' 사람이었다. 그녀를 이곳까지 발걸음하게 만든, 홀리듯이 이끌어낸 그 장본인. 사실을 인지하고 나니 좀처럼 마음이 진정되지 않았다. 그의 눈빛이며 존재감, 그를 이루는 모든 것들이 특별하다고 외치는 듯했다. 이사나를 처음 봤을 때 받았던 느낌과 거의 비슷한 강도의 충격이었다.

'뭐야, 이거. 저 사람 뭐야? 내가 왜 이러는 거지?'

충격을 받았다는 사실이 충격으로 다가왔다. 이사나는 황제이자, 물의 정령사이며, 심지어 정령왕의 계약자였다. 그래서 그를 처음 봤을 때 특별한 느낌을 받은 거라고 생각했다. 그런데 저 남자한테서도 똑같은 기분을 느끼다니, 아무리 생각해도 이해가 되지 않았다. 백번 양보해서 그가 황제만큼이나 지위가 높고 정령사만큼 대단한 능력자라 쳐도, 정령왕의 계약자는 차원이 다른 문제였다. 결코 동등하게 여겨질 수 없는 조건이 아닌가.

'설마하니 저 사람도 정령왕과 계약했을 리는…… 없겠지. 마법사니까.'

마법과 정령술은 서로 상극의 성질이라 같이 익힐 수 없었다. 그런 일이 가능한 건 라피스 같은 드래곤 정도인데, 알리사는 저 남자가 인간이라고 확신했다. 드래곤이었다면 오히려 아무것도 느껴지지 않았을 거다. 영감에 가까운 그녀의 직관력은 자신보다 상위 종족에게는 잘 통하지 않으니까. 엘도 그러했고, 라피스와 시벨리우스도. 그들을 보면서 한눈에 뭔가를 느꼈던 적은 없었다. 외모나 행동이 워낙 튀는 사람들이다 보니 그런 게 없어도 충분히 특별해 보이긴 했지만. 어쨌든 그녀가 '알아봤다'는 선에서 남자는 이미 인간이라는 소리였다.

왠지 초조해지는 기분에 알리사는 입술을 깨물었다. 라젠이라는 남자와 이사나 사이에 무언가 공통점이 있는 것만은 분명했다. 하지만 그게 그들이 가진 지위나 능력은 아닌 것 같다는 생각이 들었다. 딱히 중요한 부분은 아닐 텐데, 그게 이상할 정도로 마음에 걸렸다.

'그보다 방금 눈이 마주쳤잖아. 어떡하지? 아무리 봐도 대공 쪽

사람인 것 같은데, 엮여서 좋을 게 하나도 없겠어. 우선 이 자리부터 피해야 해.'

내심 불안하긴 했지만 설마하니 적군 앞에 제 발로 걸어오게 될 줄은 몰랐다. 망할 능력 같으니. 뭔가를 느끼더라도 주인 목숨은 보장해 주는 선에서 해야 할 것 아냐! 속으로 실컷 투덜거리며 알리사는 퇴로를 찾아 두리번거렸다. 그러나 그녀의 바람과는 달리, 상황은 그리 순탄하게 흘러가지 않았다.

"라젠 님. 이제 황제군 진영이 코앞인데 계획 실행은 언제쯤……."

"쉿."

속삭임에 가까운 음성과 함께 이어지던 대화가 끊겼다. 알리사는 자기도 모르게 몸을 바짝 움츠렸다.

"엿듣는 자가 있군."

"……!"

"거기 숨어 있는 자, 누구지? 모습을 드러내라."

느긋하던 공기가 한순간에 날카로워졌다. 이미 기사들은 검을 꺼내 들고 주위를 견제하는 상태였다. 아무래도 조용히 넘어가기는 그른 것 같았다.

'아, 내가 정말 미쳐.'

왜 고개를 내밀었을까. 뒤늦은 후회라는 걸 알면서도 알리사는 머리를 부여잡은 채 탄식했다. 그렇다고 남자가 요구하는 대로 순순히 모습을 드러내고 싶지는 않았다. 들킨 것도 서러운데 명령에 얌전히 따르는 기분이 드는 것 같아 자존심 상했다.

"쉽게 응하지는 않겠다는 건가?"

머뭇거리며 미적거리고 있자니 목소리가 조금 전보다 더 낮아졌다. 그렇다면 어쩔 건데? 알리사는 조금 심통이 나서 속으로 중얼거렸다. 그러자 그 소리를 듣기라도 한 것처럼 남자의 목소리가 이어졌다.

"좋아, 그럼 내 방식대로 해 주지."

여유를 두고 설득하는 과정은 없었다. 곧장 태세를 바꾸는 걸 보니 남자는 그리 인내심이 긴 편은 아닌 것 같았다. 직접 이쪽으로 오려나? 알리사는 재빨리 눈을 굴렸다. 달아나고 싶은 마음이 굴뚝같았지만 그다지 좋은 선택은 아니었다. 여기서 도망치면 대놓고 수상하다고 소리치는 거나 다름없었다.

어릴 때부터 가문 병사들을 따돌리고 다니는 일이 많았던 탓에 그녀는 쫓는 쪽의 심리를 누구보다 잘 알고 있었다. 딱히 잘못이 없는 상황이라도 일단 달아나려고 하면 상대는 무조건 달려들게 되어 있다. 오히려 분노를 자극해서 좋지 않은 결과를 얻을 때가 더 많았다. 이럴 땐 차라리 허를 찌르는 방법이 더 효과적이었다.

그래, 연기를 하자.

알리사는 침착하게 고개를 끄덕였다. 상대가 다가오기를 얌전히 기다렸다가, 눈앞에 나타나면 잔뜩 겁먹은 채 떨고 있는 모습을 보여주는 거다. 마치 무서워서 나가지 못했다는 것처럼.

어디를 봐도 연약한 소녀로 보이는 자신의 외모를 적극 활용한 계획이었다. 어차피 모든 대공의 군사가 그녀의 얼굴을 알고 있지는 않을 것이다. 설마하니 저들도 '그' 알리사가 호위도 없이 혼자 있을 거라곤 생각하지 못할 테니, 그냥 이곳 주민으로 여길 가능성이 더 높았다. 평범한 소녀라면 기사들을 보고 얼어붙는 게 전혀 이상한 일이 아니었다. 저쪽이 아무리 화가 났어도 곧 허탈해하며 경계를 풀게 될 게 분명했다. 그쯤 되면 빠져나갈 틈은 얼마든지 만들 수 있었다.

"내가 원하는 힘은 섬멸의 사도. 파괴자의 징벌. 모든 것을 삼키는 화염의 힘으로 적을 응징하길 원하노라. 형태는 화살, 숫자는 다섯. 70에스나의 데카, 5터스, 60의 알포라."

'……응?'

그러나 상황은 그녀의 예상과 다른 방향으로 흘러갔다. 갑자기 싸한 느낌이 든다 싶더니, 남자가 빠른 속도로 뭔가 중얼거리기 시작했다. 알리사의 얼굴에서 핏기가 가셨다. 주위의 공기가 요동치는 것이 피부로 생생히 전해졌다. 알고 있던 방식보다는 훨씬 거칠고 진행이 느렸지만, 그녀는 이런 현상이 일어나는 순간을 알고 있었다. 바로 마법을 쓸 때였다.

"눈앞의 적을 태워 재로 만들리라. 나아가라! 불의……."

"……! 자, 잠까아아아안!"

마지막 문장이 완성되려는 찰나, 황급히 정신을 차린 알리사가 기겁해서 소리쳤다. 팔자 좋게 앉아서 연기나 준비하고 있을 상황이 아니었다. 그녀는 후다닥 숨어 있던 벽에서 튀어나갔다.

“잠깐 기다려요! 나왔어요! 나왔다고!”

무작정 몸을 날리면서도 알리사는 자신이 잘못 판단했기를 바랐다. 상대방의 유도 작전에 보기 좋게 낚인 것이라고. 하지만 결과는 그녀가 짐작한 그대로였다. 나갔더니 남자의 손 위에 거대한 불화살이 다발로 떠 있는 것이 보였다. 이미 뚜렷해진 형태가 누가 보기에도 완성 직전의 모습이었다. 조금만 늦었어도 마법이 발동되었을 거라 생각하니 등골이 서늘해졌다.

‘여긴 민가란 말이야! 상대가 누군지도 모르면서! 미친 거 아냐?’

설마하니 다짜고짜 공격부터 하려고 할 줄이야. 뭐 저런 남자가 다 있지? 놀란 것도 놀란 거지만 너무 기가 막혀서 몸이 부들부들 떨렸다.

“여자애?”

예상했던 대로 어둠의 기사들은 알리사를 보자마자 맥 빠진 반응을 보였다. 기대했던 적군이기는커녕, 검 하나도 제대로 들지 못할 것처럼 작고 연약해 보이는 소녀가 튀어나왔으니 당연한 반응이었다. 그녀가 노려보고 있다는 걸 알았다면 반응이 조금 달랐겠지만, 후드를 눌러 쓰고 있었기에 표정까진 알 수 없었다. 분노로 떨고 있는 몸도 그들의 눈에는 그저 겁에 질려 있는 것으로만 보였다. 그건 알리사가 기대한 반응이기도 했다. 기사들이 허탈하게 웃으며 남자를 돌아보았다.

“그냥 여자애였군요. 마을 주민인가 봅니다.”

"과연 그럴까?"

하지만 남자의 반응은 달랐다. 그는 여전히 알리사를 차가운 시선으로 바라보고 있었다. 조금 전보다 숫자가 줄어들긴 했지만 불화살도 그대로 남아 있는 상태였다.

"적어도 평민은 아니다."

"예? 그게 무슨……."

"이런 시골에서 집안일이나 농사일 따위를 거드는 여자애가 주문만 듣고 마법을 알아차릴 것 같나?"

"……!"

"보통은 이 앞에서 무슨 일이 벌어지고 있는지조차 모르는 것이 정상이지."

남자의 입꼬리가 비스듬하게 올라갔다. 그 말을 듣고서야 어둠의 기사들도 다시 견제 자세를 취하기 시작했다. 알리사는 못마땅한 눈으로 남자를 노려보았다. 그가 실행한 마법은 발동 직전에서야 멈췄다. 만약 알아보지 못했다면 그대로 공격당했을 거라는 것에 알리사는 자신의 전 재산을 걸 수도 있었다. 그런데 알아차린 건 알아차린 대로 문제를 삼다니. 결국 어느 쪽을 택하든 자신을 괴롭힐 작정이었던 거다.

'라피스 님보다 더 심한 성격 파탄자 같으니!'

알리사는 자신이 아는 한 가장 심한 욕을 남자를 향해 쏟아부었다. 그 시선을 읽어낸 듯 남자가 잠시 재밌다는 표정을 지었다.

"넌 누구지? 왜 우리를 지켜보고 있던 건지 이유나 들어보고 싶군.”

“……지켜보던 거 아니에요. 아니, 지켜보던 건 맞지만, 당신들이 생각하는 그런 이유는 아니거든요?”

“아니다?”

“그냥 우연히 지나는 길에 봤고, 신기해서 구경했어요. 그게 뭐 그렇게 잘못됐나요? 목숨을 위협받을 정도의 일은 아니라고 생각하는데요?”

“기죽지 않고 또박또박 말대답을 하는 걸 보니 역시 평민은 아니로군.”

“……윽.”

남자의 얼굴에 재밌다는 표정이 더 짙어져서 알리사는 입술을 깨물었다. 이름이 라젠이라고 했던가? 그의 신분이 고위 계층이라는 건 확실했다. 몸에 밴 태도나 말투도 그랬고, 본인이 그 사실을 숨길 생각도 없어 보였다. 이 상황을 평탄하게 해결하려 했다면 아무리 화가 났어도 일단은 납작 엎드려야 했는지도 몰랐다. 사실 평민 여자라면 그게 당연한 반응이었다. 누구 앞에서도 기죽지 않는 천성을 싫어한 적은 없지만 이번만은 입맛이 썼다. 상황이 잘 풀리지 않아 낭패감이 드는 것보다, 남자가 의도한 대로 흘러가는 것 같아서 그게 더 기분 나빴다.

하지만 이상은 말 그대로 이상일 뿐이었다. 알리사는 누구보다 자기 자신에 대해 잘 알았다. 설령 시간을 다시 돌릴 수 있다 해도 자신은 결코 이 남자 앞에 엎드릴 수 없을 것이다. 그러느니 차라리 목숨이 위험해지는 쪽이 백번이고 천 번이고 더 나았다.

"남이사 귀족이든 평민이든."

막나가기로 결심했더니 말투가 절로 거칠어졌다. 남자, 라젠이 눈을 가늘게 뜨고 그녀를 바라보았다. 알리사도 지지 않고 맞받아쳤다.

"그런 대답은 본인에게 이로울 게 없을 텐데, 꼬마 아가씨. 귀족이라면 어느 가문의 영애지? 수행원들은?"

둘의 대치를 보다 못했는지 어둠의 기사 중 한 명이 끼어들어 물었다. 알리사가 귀족일지도 모른단 생각 때문인지 조금은 조심스러워하는 태도였다.

"대답할 이유 없어요. 대체 내가 왜 이런 추궁을 받아야 하죠? 사람을 멋대로 공격하려고 했으면 사과부터 하는 게 순서 아닌가요?"

"그렇게 치면 네가 먼저 수상하게 굴었기 때문이지. 왜 나오라고 했을 때 순순히 나오지 않았지?"

"당황해서 그랬어요! 그럴 수도 있잖아요!"

"그렇게 결백하다면 이름과 신분을 밝히는 게 어렵지도 않겠군."

"못 밝힐 것도 없죠! 난 사스라 백작 가문의 아일리아스라고 해요. 짐작했다시피 귀족이고요. 마법은 어떻게 알아봤냐고요? 내 지인 중에 마법사가 있거든요. 그래서 알아요. 이제 됐어요?"

라젠이 힐끗 어둠의 기사들을 돌아보았다. 아는 가문이냐고 묻는 얼굴이었다. 하지만 그들 또한 어리둥절한 눈으로 서로를 돌아보고 있었다. 사스라 백작가는 알폰프 제국에 있는 가문이었으니 모르는 것이 당연했다. 이미 예상했던 반응이었기에 알리사는 거침없이 밀어붙였다.

"왜요? 이제 들어보지 못한 한미한 가문이라고 무시할 건가요?"

상대가 너무 당당한 태도로 나가면 아무리 큰 의심이 들더라도 일단 물러서기 마련이다. 라젠과 어둠의 기사들도 그 점은 크게 다르지 않았다.

"가문명이 불분명하게 느껴지는 건 부정할 수 없군, 사스라 양. 하지만 그걸로 꼬투리 잡을 수 없다는 것도 인정하지. 제국은 넓고, 이름 없는 귀족 가문이라면 발에 차고 넘치도록 많을 테니까."

"정말 무례하신 분이네요. 내가 뭘 어쨌다고 이러는 거예요? 보니까 술이 맛있느니 맛없느니 같은 소리나 하고 있던데, 그게 남이 들어서는 안 되는 얘기이기라도 하나요? 그렇게 중요한 얘기면 안에 들어가서 했어야죠! 보이니까 봤고, 들리니까 들은 것도 죄예요? 이 거리가 당신들 건가요?"

"흠, 그것도 그렇군."

"그것도 그런 게 아니라 그게 맞잖아요!"

"……뭐, 좋아. 확실히 내가 예민했던 것 같다. 의심은 이쯤에서 접어주도록 하지. 이만 가도 된다."

그 말을 끝으로 그의 손에 위협적으로 걸려 있던 불화살이 사라졌다. 드디어 지겨운 공방이 끝난 것이다. 그래도 말이 완전히 안 통하는 사람은 아니구나. 알리사는 자기도 모르게 안도의 한숨을 내쉬었다. 그렇다고 그게 호감으로 전환되는 건 아니었다. 처음 라젠을 봤을 때만 해도 그가 누군지 궁금했지만 지금은 아무래도 상관없었다. 우연이라도 두 번 다시는 만나고 싶지 않았다. 얼른 이곳을 벗어나서 일행들과 합류해야겠다는 생각만 머릿속에 가득했다. 겉으로만 당당했을 뿐 사실 그녀는 많이 긴장한 상태였다. 이 기분을 진정시키려면 시벨리우스와 엘을 만나 그들 품에 안겨야 할 것 같았다.

"아, 잠깐만. 영애?"

그러나 이번에도 상황은 곱게 풀리지 않았다. 막 돌아서서 걸음을 떼려는 순간 그녀를 부르는 목소리가 들렸다. 이번엔 라젠이 아니라 어둠의 기사들 쪽이었다. 라젠은 오히려 물러난 채 흥미로운 듯이 이쪽을 주시하고 있었다.

"왜 그러시죠?"

"아아, 조금 전 대화가 왠지 마음에 걸려서 말인데. 사스라 백작 가문이라 했나? 내가 어지간한 백작 가문은 다 알고 있는데 아무리 생각해도 그 가문의 이름은 기억에 없군. 정확히 어느 지파에 속한 가문이지?"

"……네?"

"사스라 가문 자체는 알려지지 않았어도 지파 중엔 알려진 가문이 하나 정도는 있을 게 아닌가. 설마 전혀 없다고 하진 않겠지?"

없지 않았다. 아니, 오히려 꽤 많은 편이었다. 그저 그 가문들 또한 알폰프 제국에 있을 뿐. 알리사가 바로 대답하지 못하고 머뭇거리자 기사의 눈빛이 냉정해졌다.

"아니면 주로 교류하는 가문들이 어디인가? 그중에서 영애 생각에 알려져 있을 만한 가문의 이름을 하나만이라도 알려주지 않겠나?"

"……그건 왜요?"

"영애가 한 말을 의심하자는 건 아니지만. 아무래도 분명히 해두는 게 좋을 것 같아서 말이네. 오해가 밝혀지면 사스라 백작가에는 정식으로 예의를 갖춘 사과를 전하도록 하지. 아, 그래. 난 첼리시 백작가의 차남인 휴웬이라고 하네. 첼리시 백작가, 이름은 들어봤겠지?"

"아, 네……."

사실 처음 들어보는 이름이었다. 스왈트 제국에 온 이후로 틈틈이 공부를 해두긴 했지만 아직 귀족 가문 이름을 전부 꿰뚫고 있을 정도는 아니었다. 대공 측에서 유명한 가문으로는 그의 양팔이라는 카리브디스 공작가나 세트니오 백작가 정도만 알았다. 첼리시라는 이름은 작전 회의 너머에서조차 한 번도 접해본 적이 없었다.

"바로 그 첼리시 백작가와 연이 생기는 거네. 그만하면 짧은 무례에 대한 보상으로는 차고 넘치도록 충분할 것 같군. 지파와 교류 가문을 밝히는 것이 그렇게까지 곤란하거나 위험한 일은 아니지 않은가? 영애의 가문이 황제파에 속해 있는 게 아니라면 말이야."

"……!"

"귀족은 태어나는 순간부터 가문과 함께하는 운명이지. 그게 아무리 어린 아가씨일지라도. 일단 귀족으로 태어났다면 그 숙명에서 벗어나지 못한다고 생각하네. 영애도 이미 알고 있는 것 같지만."

기사의 눈에 어둠이 짙어졌다. 반응을 떠보듯 말하고는 있지만 그는 이미 알리사를 황제파의 사람으로 확정 지은 얼굴이었다. 다른 기사들 역시 그녀를 천천히 에워싸기 시작했다. 여차하면 강제로 붙잡을 기세였다.

"자, 그래서 대답은? 계속 입을 다물고 있을 생각이라면 그렇게 하게. 하지만 일단은 우리와 함께 가 줘야겠어. 좀 더 차분히 대화할 수 있는 환경을 만들어 주지."

"……."

알리사는 더 이상의 저항은 이제 무의미하다는 것을 깨달았다. 어차피 어떤 말을 해도 저들은 듣지 않을 것이다. 이 정도면 참을 만큼 참기도 했다. 이왕 이렇게 된 김에 차라리 대놓고 판을 벌이는 게 정신 건강에도 이로울 것 같았다.

"알았어요. 말할게요. 지파에서 알려진 가문 말이죠? 있어요, 물론."

"그래? 어느 가문이지?"

"알드레프 백작가요."

"……알드레프?"

기사들은 잠시 어리둥절한 시선을 교환했다. 사스라 가문 때만큼 금시초문이라는 표정은 아니었지만, 바로 떠올리지는 못하는 얼굴이었다.

"확실히 어디서 들어본 것 같긴 한데……."

"그럼요. 들어보셨을 거예요. 요즘 특히 많이 거론되고 있거든요."

"흐음, 알드레프라, 알드레프……알드레프……알드레프?"

고심하며 중얼거리던 기사 중 한 명이 잠시 후 조금 당황한 표정으로 고개를 들었다. 그 얼굴이 경직된 것을 보며 알리사는 생긋 웃었다. '스피어의 딸, 알리사 폰 알드레프.' 굉장히 유명한 명칭이니 한 번쯤은 들어봤을 것이다. 어둠의 기사단에 있는 자라면 당연히.

"아시겠어요? 누가 그러는데 그 가문의 가주가 스왈트 제국에선 최초의 여기사라고 하더라구요. 근데 나이가 몇 살인지 알아요? 아마 나랑 비슷한 또래일걸요?"

"뭐…… 자, 잠깐, 알드레프라니. 이게 무슨……."

"아, 그리고 교류하는 가문 중에서 알려진 이름 물으셨죠? 너무 많아서 일일이 열거하기가 조금 곤란하네요. 그냥 제일 유명한 사람을 말할게요. 아마 들으면 다들 누군지 아실 거예요. 이사나 란느 스왈트라고."

"……!"

헛숨을 삼키는 소리와 함께 기사들의 얼굴이 빠르게 경직되기 시작했다. 드디어 모든 상황을 파악한 것이다. 쿠구구궁! 그와 동시에 알리사의 뒤쪽에서 거대한 나무가 솟아오르기 시작했다. 이 순간에 맞춰 그녀가 소환한 땅의 정령 멀든이었다.

향긋한 나무 향기와 친숙한 대지의 공기가 감싸들자 마음이 한결 편안해졌다. 적의 숫자가 너무 많다든가, 자신의 힘으로는 이길 수 없는 상대라든가 같은 문제들은 그냥 잠시 잊기로 했다. 이제부터는 될 대로 되라지. 새하얗게 굳어 있는 사람들을 돌아보며 알리사는 다시금 웃었다.

"이 나라 황제님이 나랑 제일 친한 분이거든요."

2.

"스피어의 딸!"

경악한 기사들이 외치는 소리가 울부짖는 것처럼 들렸다. 당연하다는 듯 울려 퍼지는 익숙한 호칭에 알리사는 새삼 자신의 유명세를 실감했다. 아군들 사이에서나 퍼진 말이라고 생각했는데 적들조차 그녀를 그렇게 부르니 묘한 기분도 들었다.

두 눈을 부릅뜬 채 굳어 있는 기사들은 아직 현실을 받아들이지 못하는 얼굴이었다. 가벼운 마음으로 겁박했을 여자아이의 정체가 사실은 적군에서 크게 활약하는 지휘관이었으니 충격이 클 만도 했다. 이 상황이 의외인 건 마찬가지였던 듯, 라젠 역시 굳은 표정을 하고 있었다. 뻔뻔할 정도로 여유 만만하던 남자가 당황한 것을 보니 속이 다 시원했다.

"스피어의 딸?"

되묻는 그의 어조가 조금 멍했다. 뒤늦게 뭔가를 자각한 사람처럼, 라젠의 미간이 천천히 일그러졌다.

"설마 네가……."

라젠이 대화를 시도하려는 듯 입을 열었다. 하지만 알리사는 그가 나서도록 내버려 둘 생각이 없었다. 이미 교전이 시작된 거나 다름없는 상황에서 말을 거는 의도가 그리 순수하게 느껴지지도 않았다. 조금 전 겪어본바, 라젠은 적으로 판단한 자에겐 일말의 아량도 지니지 않는 성격이었다. 의심만으로도 죽이려고 했는데 노골적으로 정체가 밝혀진 지금 새삼스럽게 나눌 이야기가 있을 리 없다. 어쩌면 대화를 걸어 방심을 유도하려는 작전일지도 모르지. 알리사는 응하지 않겠다는 뜻을 행동으로 선보였다.

"멀든! 견제해!"

우르릉!

명령과 동시에 멀든이 땅속으로 뿌리를 뻗었다. 곧 지면이 흔들리기 시작하면서 기사들과 라젠이 뒤로 크게 물러섰다. 한두 걸음이면 닿을 수 있을 만큼 가까웠던 거리가 순식간에 벌어졌다. 그 틈에 알리사는 멀든의 가지 위에 올라타 안전한 자리를 확보했다.

직후 멀든의 뿌리가 다시 바깥으로 솟아올랐고, 기겁한 어둠의 기사들이 방어 자세를 취했다.

"이봐! 잠시만 기다려라!"

금방이라도 격돌할 듯 급박한 분위기 속에서 라젠이 소리쳤다. 조금 전보다 더 다급해진 목소리였다. 이번에도 알리사는 그를 무시하려고 했다. 다음 순간 이어진 말을 듣지 않았다면 쭉 그랬을 터였다.

"네게, 아니, 그대에게 한 가지 물어볼 것이 있다! 그대가 정령사 알리사인가? 혹시 14년 전쯤 알폰프 제국 남동구 쪽에 나타난 푸른 달에 대해서 알고 있나?"

"……!"

생각지도 못한 질문에 알리사는 반사적으로 숨을 멈췄다. 그녀 자신도 의도하지 않은 반응이었다. 짧은 순간이었지만 라젠은 그녀의 표정 변화를 바로 알아보았다.

그 순간 잉크처럼 탁하기만 하던 그의 남색 눈동자가 열이 오른 것처럼 일렁거리기 시작했다. 지금까지 건조하다 느껴졌던 얼굴에 처음으로 제대로 된 감정이 떠올랐다. 그건 마치 아무것도 없는 도화지에 색이 칠해지는 것 같았다. 뛰어난 화공의 손끝에서 벌어지는 마법 같은 채색. 그만큼이나 화려한 색감이라고, 알리사는 속으로 멍하니 생각했다. 그가 전달하는 감정의 빛이 지나치게 선명하게 느껴져서 몸이 저절로 떨릴 정도였다. 반가움보다는 기쁨, 기쁨이라기보다는 환희에 더 가까웠다.

"알고 있군. 제대로 찾았어."

"……뭐야, 당신?"

도저히 무시할 수 없어서 알리사는 결국 대꾸하고 말았다. 상대를 자극하지 않기 위해 쭉 고수하고 있던 존댓말도 그냥 집어치웠다.

푸른 달이라니. 고향을 떠나온 이후로는 한 번도 사람들 앞에서 언급된 적이 없는 이야기였다. 이사나가 그녀에게 내린 휘장에 푸른 달을 새기긴 했지만 다들 스피어를 상징하는 문양을 본떴다고 알고 있을 뿐, 자세한 내막까지 밝혔던 건 아니었다. 그런데 오늘 처음 보는 남자, 그것도 대공군의 측근으로 보이는 자가 그 이야기를 꺼낼 줄이야. 달이 나타난 시기와 장소까지 짚은 것을 보면 단순히 떠보려는 말이 아니었다. 그 전설을 정확히 알고 있는 것이 분명했다.

"그대, 나를 알아보지 못했나?"

"……뭐?"

"그대가 가진 힘으로 틀림없이 알아봤을 것 같은데."

"……."

이어진 라젠의 말에 알리사는 다시 숨을 삼켰다. 방금 그 한마디에 모든 것을 깨달은 기분이었다. 웃고 있는 그의 모습 위로 간간이 마을을 방문했던 부호들과 학자들의 모습이 겹쳐졌다. 라젠 또한 그들과 같은 용건을 지닌 자였다. 다만, 그는 지금까지 그녀를 찾아온 사람들과는 근본적인 부분이 달랐다. 그는 모든 것을 알고 있는 '진짜' 였다.

"……대체……."

흐르는 시간이, 주위의 세상이 전부 멈춘 것만 같았다. 이 남자한테는 무엇 하나 좋은 감정이 없었건만 눈 녹듯이 경계가 허물어지고 있었다. 이곳까지 무심결에 이끌려 왔던 것처럼. 본능이 의지를 벗어나 제멋대로 날뛰는 기분이었다. 라젠은 이번에도 그녀의 흔들리는 눈동자를 알아차렸다. 그의 입가에 웃음이 더 짙어졌다.

"이제 알겠다. 그대는 나를 찾아 이곳으로 왔던 거였군. 그런 거였어."

응시하는 눈빛이 뜨겁게 달아올랐다. 탐욕과 집착, 소유욕을 노골적으로 드러낸 시선이었다. 아직 어린 알리사에겐 전부 생소한 감정들뿐이라 정면으로 받아내는 것이 어려웠다. 그녀로서는 다행스럽게도, 알리사가 긴장한 것을 본 라젠이 곧 표정을 가다듬었다. 그의 시선이 차분해지고 나니 알리사도 겨우 숨이 편해졌다.

"그대도 많이 혼란스러울 테지. 알아봐 주지 못해서 정말 미안하다. 하마터면 내 손으로 그대를 다치게 할 뻔했군. 변명 같겠지만, 설마 그대가 이런 곳에 혼자 나타날 거라고는 조금도 생각하지 못했다. 틀림없이 감시를 받고 있을 거라 생각했으니까."

"……감시?"

"어떻게 그 안에서 홀로 빠져나온 거지? 어디 다친 곳은 없나?"

"무슨 소리를……."

"괜찮다. 이제 안심해도 된다. 내가 그대를 보호해 주겠다. 더는 그 어떤 것도 그대를 위협할 수 없을 것이다."

듬직한 어조였지만 알리사는 영문을 알 수가 없어서 어리둥절한 표정을 지었다. 왠지 아까부터 이상한 말만 하고 있는 것이, 뭔가 오해가 있는 것 같았다. 그가 다가오려는 것이 느껴져서 알리사는 멀든을 시켜 방어벽을 치게 했다. 가시가 돋아난 울타리가 앞을 막아서자 라젠은 난감한 얼굴을 했다.

"내 말을 이해하지 못했나? 경계하지 마라. 난 그대의 편이다. 그러니……."

"잠깐 기다려. 아까부터 무슨 말을 하는 건지 모르겠는데. 내 편이라느니, 보호를 한다느니. 그게 다 무슨 뜻으로 하는 말이야? 내가 왜 당신한테 보호를 받아야 하는데?"

"그대, 붙잡혀 있는 것 아닌가?"

"붙잡혀 있긴 하지. 지금 당신들한테."

"아니, 그런 말이 아니다. 황제군이 그대를 겁박하고 있는 것을 묻는 거다."

"황제군이 날 겁박해? 무슨 소리야?"

"솔직하게 말해도 괜찮다. 난 그대를 돕기 위해 이곳에 온 거다. 황제가 그대의 능력을 이용하기 위해 강제로 이 내전에 참전시켰다고 들었다. 내가 거기서 그대를 구해 주겠……."

"내가 자원한 건데?"

"뭐?"

막힘없이 이어지던 목소리가 처음으로 멈췄다. 당황한 듯한 라젠을 향해 알리사는 또박또박 대답했다.

"이 내전에 참전한 건 내 의지였다고. 오히려 이사나 씨랑 일행들은 다들 반대했는데 내가 억지를 쓴 거였어. 왜 그런 식으로 말하는 건지 모르겠네. 그게 대공군 쪽 계획이야? 그런 식으로 헛소문 퍼트려서 황제군 평판을 깎아내리려고?"

얼굴을 찌푸린 라젠이 옆쪽에 있던 어둠의 기사들을 돌아보았다. 해명을 요구하는 시선에 그들은 잠시 당황한 시선을 교환하다가 대답했다.

"아무래도 세뇌당한 것 같습니다."

"세뇌?"

"여자들은 피만 보면 비명을 지르고 기절하는 게 천성이지 않습니까. 저런 여자아이가 피비린내 나는 전쟁에 스스로 뛰어들 리가 없습니다. 본인이 저렇게 인지하도록 뭔가 수를 쓴 거겠죠. 아마 그래서 감금도 하지 않았나 봅니다."

설명하는 말투는 차분했지만 기사들의 어깨엔 힘이 잔뜩 들어가 있었다. 그것을 발견한 라젠이 두 눈을 가늘게 떴을 때였다.

"천성은 누가 천성이야?"

알리사도 그들이 하는 말을 선명하게 들었다. 그녀가 기가 막힌 얼굴로 소리쳤다.

"이 제국에서는 남자만 요리하고 여자는 그저 먹기만 해? 피만 보면 기절하면 닭은 어떻게 잡고 고기는 무슨 수로 썰어? 무슨 말도 안 되는 소리를 하고 있어!"

“아니, 내 말은……. 귀족 여성들은 대체로…….”

“그럼 일부 귀족 여성이라고 표현하든가! 왜 모든 여자들의 타고난 특질이라는 듯이 얘기해? 말해 두겠는데, 당신들이 생각하는 그 귀족 여성들도 다른 환경에서 자랐으면 그런 식으로 안 컸을걸? 나도 귀족 여성이지만 피 같은 거 봐도 전혀 아무렇지 않거든?”

피뿐인가. 주기적으로 몬스터가 쳐들어오는 마을에서 자란 탓에 처참한 사체도 많이 봤다. 멀든을 소환하기 시작한 후로는 전투에도 적극적으로 참여했었다. 단 한 사람이라도 더 살리고 싶었으니까. 힘이 있으니 당연히 해야 하는 일이라고 생각했다. 결국 그 때문에 마을 사람들로부터 더한 괴물 취급을 받았고, 마지막 토벌전에서 선두로 떠밀리기는 했지만. 그래도 그때의 행동을 후회한 적은 한 번도 없었다.

“난 내가 가진 신념대로! 내 사람들을 돕고 싶어서 참전을 선택했어! 세뇌 같은 소리 하고 앉아 있네! 그건 대공이 카웰 공작님한테 한 짓이겠지! 뭐 눈엔 뭐만 보인다고, 자기들이 하니까 남도 당연히 하는 줄 알지? 그걸 보고 그릇이 작다고 하는 거야, 이 멍청이들아!”

말문이 막힌 기사들이 입을 꾹 다물었다. 그들 중 몇 명은 알리사를 향해 분노의 시선을 드러내고 있었다. 그 모습을 유심히 지켜보던 라젠의 얼굴이 차츰 싸늘하게 가라앉았다.

“그대들, 혹시 날 속인 건가?”

"……."

"제대로 해명하라. 대공의 지시였나? 그가 뭐라고 명했지?"

그 순간, 주변의 공기가 달라졌다. 빠르게 시선을 교환한 어둠의 기사들이 곧장 태세를 전환한 것이다. 그것을 가장 먼저 깨달은 건 알리사였다. 날카로운 기세가 자신을 향해 쏘아져 들어오는 것이 선명히 느껴졌다.

"멀든! 방어해!"

알리사의 외침과 동시에 거대한 나뭇가지들이 몸을 일으켰다. 울퉁불퉁 솟아난 줄기와 뿌리들이 다가오는 기사들의 앞을 막아냈다. 하지만 어둠의 기사들 역시 녹록한 상대는 아니었다. 숙련된 기사들답게, 그들은 빠른 속도로 장애물을 피하며 알리사와의 거리를 좁혀 왔다. 그들이 내뻗은 검이 순식간에 가까워졌다.

"죽어라!"

정신을 차렸을 땐 다섯의 기사가 동시에 눈앞에서 달려들고 있었다. 다른 행동을 취하기엔 이미 늦었다는 것이 직감적으로 느껴졌다. 알리사는 반사적으로 눈을 질끈 감았다.

"전개! 보호의 벽!"

콰아앙!

"……!"

뜻밖의 일이 벌어진 건 바로 그다음이었다. 알리사의 주변에 투명한 유리벽이 생기더니 달려들던 기사들이 그대로 튕겨져 나갔다. 누가 한 일인지는 직전에 들려온 목소리 덕분에 바로 알았다.

라젠, 그였다.

뭐야, 같은 편 아니었어? 알리사는 당황한 얼굴로 라젠을 돌아보았다. 그가 얼음처럼 싸늘해진 얼굴로 손을 내뻗고 있는 것이 보였다.

"지금, 내 앞에서 내 반려를 공격했나?"

분노에 찬 라젠의 시선이 어둠의 기사들을 노려보았다. 그 입에서 떨어진 말에 알리사는 자기도 모르게 마른침을 삼켰다.

「내 반려.」

푸른 달을 언급했을 때부터 어쩌면 그럴지도 모른다고 생각하긴 했었다. 반려성과 맺어진다는 제왕. 아마도 그 운명을 지닌 사람인 걸지도 모르겠다고. 그럼에도 애써 외면하고 있었는데 그 단어를 대놓고 들으니 뭐라고 형용하기 힘들 만큼 마음이 복잡해졌다. 꿈에서 깨어나 강제로 현실을 마주한 기분이었다.

"감히!"

라젠이 소리치자 어둠의 기사들이 검을 움켜쥐었다. 알리사는 그들이 공격 목표를 바꿨다는 사실을 깨달았다. 아니나 다를까. 바닥을 박차고 튀어나간 기사들이 이번엔 라젠을 향해 달려들었다. 그때 라젠은 이미 마법을 시전하고 있는 중이었다. 주문과 함께 빠른 속도로 수인을 맺은 그가 두 손을 모아 마름모꼴로 세웠다. 그러자 그 사이에서 강한 공기의 압력이 일기 시작했다.

"분노의 알티마이자 파괴의 네크라. 내 육신에 깃들어 그 힘을 대신할 그릇으로 삼을지니. 이 순간 내가 곧 분노이며, 파괴가 되리라."

문장이 한마디씩 더해질 때마다 그의 주변을 맴도는 압력도 강해졌다. 라젠의 머리카락이 흩날리면서 세찬 바람이 불기 시작했다. 마치 그를 중심으로 폭풍이 이는 듯했다. 마법이 완성이 되기 전에 라젠을 치려고 했던 기사들은 정작 지척에 이르러서는 그에게 접근조차 할 수 없었다.

"큭! 이게 무슨!"

"포티아는 밀데시, 영원의 불이 눈을 뜬다. 시작은 있으되 끝은 없으리라. 타락한 영혼이 떨어지고, 저주가 증오의 꽃을 맺는다. 100에스나의 데카, 2터스의 엘로그, 5엑사의 리헥토."

그의 두 손 안에서 환한 빛이 터져 나오기 시작했다. 마력으로 넘실거리는 안쪽은 녹인 철을 부어둔 것처럼 온통 붉은색을 띠고 있었다. 그 안에서 무언가가 조금씩 꿈틀거리는 것이 보였다. 기사들은 자기도 모르게 그 움직임을 주시했다. 그러자 파르르 이는 경련과 함께, 붉은 덩어리 안에서 거대한 눈이 떠졌다.

"히이익!"

파충류를 연상시키는 날카로운 동공에 기사들의 몸이 경직됐다. 그 순간 라젠의 입에서 마지막 문구가 울려퍼졌다.

"파수꾼이 눈을 뜬다. 그가 지옥의 문을 열리라! 응징하라, 염화의 창!"

시동어가 떨어지자 휘몰아치던 바람이 폭발할 것처럼 팽창하기 시작했다. 마법이 전부 완성된 것이다.

"도, 도망쳐!"

경악한 기사들이 황급히 몸을 돌려 도주하려 했다. 하지만 이미 라젠의 손에선 거대한 화염이 터져 나오고 있었다. 기사들은 비명도 지르지 못하고 그대로 불길 속에 삼켜졌다.

콰직! 콰아아앙!

귀가 얼얼할 정도의 소음이 울리고, 뜨거운 바람이 휘몰아쳤다. 한가득 일어난 열기는 멀리 떨어져 있는 알리사에게까지 전해졌다. 알리사는 멍하니 눈을 깜빡거렸다. 아주 잠깐 불덩어리가 터져 나온 것뿐인데 주위가 온통 새카만 그을음으로 가득해져 있었다. 허공 속에도 잿가루가 흩날리는 바람에 시야가 온통 탁했다. 다섯이던 기사들은 단 하나도 보이지 않았다. 사체조차 남기지 못하고 태워진 것이 분명했다. 실로 경이로운 위력이었다.

'세상에…….'

라피스는 보조 마법(그나마도 엘이 부탁해야만 들어준다)만 써주는 편이었기 때문에 이런 대대적인 공격 마법을 보는 건 태어나서 처음이었다. 감탄을 내뱉고 있는데 조금 지친 듯한 라젠과 눈이 마주쳤다. 알리사는 반사적으로 긴장했다.

"그대, 다친 곳은?"

"어, 없어."

"그렇군. 다행이다."

진심으로 안도한 듯한 얼굴이 의외로 순수해 보였다. 어쩌면 보이는 것보다 그리 많은 나이가 아닌 걸지도 몰랐다. 알리사는 라젠의 모습을 찬찬히 살펴보았다. 대공의 기사들을 죽였으니 적군은 아닌 게 분명하고, 자신을 구하려고도 했다. 반려라고 언급한 건 찜찜했지만 덕분에 경계심은 한층 옅어진 상태였다. 별로 흥미롭게 보지 않았던 얼굴도 그제야 제대로 눈에 들어왔다. 머리 색만 특이하다고 생각했는데 그는 속눈썹도 머리칼처럼 짙은 분홍색이었다. 눈을 깜빡일 때마다 작은 꽃잎이 내려앉아 춤을 추는 것 같았다. 그게 왠지 마음에 들었다.

"당신, 대체 정체가 뭐……."

호기심이 생긴 알리사가 라젠을 향해 질문을 건네려고 했을 때였다. 갑자기 온몸에 오싹한 한기가 들었다. 알리사는 두 팔로 자신의 몸을 끌어안았다.

"그대?"

라젠이 경직된 알리사를 보고 의아한 표정을 지었다. 하지만 그의 얼굴도 곧 굳어졌다. 불쑥 그의 눈앞으로 검이 날아들었기 때문이었다.

"……!"

콰앙! 라젠은 서둘러 방어벽을 만들어 아슬아슬하게 검을 막아냈다. 하지만 그걸로 끝이 아니었다. 이번엔 또 다른 쪽에서 공격이 이어졌다. 그것도 한두 개 정도가 아니었다. 쉴 틈 없이 쏟아지는 검날을 막아내면서 라젠은 급히 주위를 둘러보았다. 언제 나타난 건지 검은 망토를 입은 자들이 달려들고 있었다. 언뜻 세어 봐도 열 명이 넘는 숫자였다.

"……잠행까지 있었군."

상황을 판단하는 건 어렵지 않았다. 라젠은 속으로 혀를 찼다. 저들이 기습적으로 치고 들어온 이유를 알 것 같았다. 그가 마법을 쓸 틈을 주지 않으려는 것이다.

마법은 수인을 맺고 주문을 외워야만 사용할 수 있는 힘이었다. 위력이 강한 마법일수록 마나의 소모가 클 뿐만 아니라 외워야 할 주문도 길었다. 정확한 자세와 발음은 기본적으로 따라붙는 규칙이었다. 거리가 떨어져 있다면 모를까, 근접전에서는 그럴 시간을 만드는 게 쉬운 일이 아니었다.

상대가 노련하고 훌륭한 전사일수록 틈을 만들기란 더 어려워진다. 조금 전 마법이 성공할 수 있었던 것도 라젠이 공격당하기 전에 먼저 주문을 시전했기 때문이었다. 지금처럼 검을 받아내고 있는 상황에서 큰 마법을 쓰는 건 불가능에 가까웠다. 라젠은 쉴 틈 없이 쏟아지는 검날을 피하는 것에만 급급해야 했다. 그나마 기본적인 체력이 있어 반사 신경이 받쳐 주는 것이 불행 중 다행이었다.

"그러게 혼자서 나다니지 말라고 했잖습니까!"

이 자리에 있지도 않은 친우가 그에게 화를 내는 환청이 들렸다. 그가 권했던 대로 세리엄을 데리고 다녔어야 했다. 라젠은 이번만큼은 자신의 실책을 인정했다. 그러나 되돌릴 수 없는 일을 후회해 봤자 소용없다는 것도 알고 있었다. 이 꼴을 알면 잔소리로 끝나지 않겠군. 급박한 상황과는 어울리지 않는 고심을 하며 라젠이 미간을 좁혔다.

"위험해!"

바로 그때, 소녀의 목소리가 들려왔다. 내내 틈을 보고 있던 알리사가 전투에 가담한 것이다. 우르릉! 멜든이 바닥을 뒤흔들자 달려들던 적들의 자세가 크게 무너졌다. 덕분에 잠시간 공격이 멈추는 사이 알리사가 라젠의 앞으로 뛰어들었다. 주위에 가시 울타리가 둘러쳐지고, 두 사람은 멜든의 뒤에서 보호를 받는 형태가 됐다.

"그대……."

"당신! 왜 얌전히 방어만 하고 있는 거야? 공격을 해야지! 처음에 쓴 마법은 엄청 화려하더만! 그건 왜 아껴 두고 있어?"

"아껴 둔 게 아니다. 다시 주문을 외울 시간이 부족했을 뿐이다."

"주문? 그건 그냥 이름만 외치면 되는 거 아냐? 내가 아는 마법사는 그렇게 하던데?"

"그대의 지인이라는 마법사 말인가? 그가 무슨 마법을 쓴 건지 모르겠지만 위력이 강한 마법은 시간이……."

"시간이 오래 걸린다고? 그럼 방어벽을 두껍게 친 후에 주문을 외우면 되잖아?"

"그대, 마법에 대해 잘 모르는군. 움직이는 상태로 방어 마법과 공격 마법을 이중진으로 펼치는 건 그리 간단한 일이 아니다. 그건 내게도 무척 까다로운…….”

“아아, 알았어! 알았으니까 아무튼 뭐라도 빨리 해 봐! 나도 오래 버티는 건 힘들단 말이야!”

“……성격이 급한 건 내가 아니라 그대인 것 같군. 하지만 알겠다. 덕분에 시간을 벌었으니.”

담담히 대답한 후 라젠이 바로 수인을 맺기 시작했다. 그가 주문을 외우는 동안 알리사도 멀든의 소환을 유지하기 위해 집중했다. 땅의 정령들은 지형을 활용한 범위 공격에 능한 편이었고, 그럴 때 더 큰 효과를 일으키는 존재였다. 하지만 지금은 장소가 민가에 가깝다 보니 마음 놓고 움직이게 할 수 없었다. 행동을 제한하면서 싸우려니 힘도 더 크게 소비됐다. 그래도 달려드는 자들을 막아서는 역할 정도는 충분했다. 적당히 시간을 벌어 주면 나머지는 마법사인 라젠이 알아서 정리할 수 있을 것 같았다. 그런데 잠시 후, 상황이 전혀 뜻밖의 방향으로 흘러가기 시작했다.

“피해!”

“꺄악!”

주문을 외우고 있던 라젠이 눈을 크게 뜨더니 별안간 알리사를 덮치듯 끌어안았다. 깜짝 놀란 알리사가 비명을 지르는 순간, 무언가 둔탁한 소리가 울렸다. “큭!” 약간의 진동과 함께 라젠의 입에서 짧은 신음 소리가 흘러나왔다. 잠시 영문을 알 수 없어 굳어 있던 알리사는 곧 상황을 파악하고 두 눈을 부릅떴다. 그의 등에 긴 화살촉이 꽂혀 있었다. 활에 맞은 것이다.

"무슨……."

그제야 라젠이 자신을 보호하기 위해 끌어안았다는 것을 깨달았다. 활이 날아든 쪽은 멀든과 대치 중인 자들이 있는 곳과는 다른 방향이었다. 당황해서 고개를 든 알리사는 지붕 위에 어른거리고 있는 그림자를 발견했다. 대공군 쪽의 지원군인 듯했다.

"그대, 괜찮나? 어디 다치진 않았나?"

"무, 무슨 소리야! 지금 당신이 활에 맞았다고!"

"그래, 그런 것 같군. 쯧, 궁병을 숨겨 두고 있었나?"

라젠이 일그러진 얼굴로 고개를 들었다. 이어서 또 한 발의 활이 날아들었고, 이번엔 멀든의 몸을 맞췄다. 마나가 한꺼번에 빠져나가는 고통에 알리사의 얼굴이 급격히 창백해졌다. 라젠도 그녀의 안색이 흐려지는 걸 알아보고 다급히 말했다.

"그대, 무리하지 말고 정령을 돌려보내라."

"미쳤어? 지금 멀든이 돌아가면 우린 다 죽어!"

"괜찮다. 내가 어떻게든 방어 마법을 써 보겠다."

"당신은 지금 다쳤잖아! 피가 빠져나가면 신체 균형이 무너져서 마나 조정이 더 힘들어진다고 알고 있어! 부상까지 악화시키는 지름길이란 말이야! 그 상태로 버텨 봤자 얼마나 버틸 것 같아?"

"그건……."

날카로운 지적에 라젠은 바로 대답을 잇지 못했다. 알리사는 입술을 악물었다. 라젠에게 말은 그렇게 했지만 사실 그녀도 오래 버티지 못하기는 마찬가지였다. 이 순간에도 궁병이 쏘는 화살이 계속해서 멀든을 맞추고 있었다. 멀든이 저항하기 위해 가지를 멀리 뻗었지만 궁병이 있는 곳까지는 거리가 닿지 않았다. 게다가 다른 공격도 방어하는 중이라 온전히 화살에만 신경 쓸 수 있는 상태도 아니었다. 이 상태를 유지하면 버틸 수 없는 순간이 오는 것도 순식간이었다. 역소환되기 전에 어서 정령계로 돌려보내야 했다.

하지만 그다음은?

떨림을 감추기 위해 알리사는 두 손을 움켜쥐었다. 정령사에게 계약 정령은 유일한 무기이자 방패였다. 멀든이 없는 상태에서 뭘 할 수 있을지 생각해 봐도 떠오르는 게 없었다. 방금 전까지만 해도 그럭저럭 승산이 보였는데, 지금은 눈앞이 캄캄하기만 했다.

'이럴 때 시벨리우스 씨가 곁에 있었다면! 엘 님! 도와줘, 엘 님!'

상급 정령사였다면 조금 더 나았을까? 고통스럽게 꿈틀거리는 멀든의 몸짓에 눈물이 차올랐다. 자신이 무력하다는 사실이 지금처럼 절실하게 느껴진 적이 없었다. 요즘 계속 승승장구한 덕분에 대단한 사람이 된 줄로 착각하고 있었나 보다. 성벽을 무너트린다는 여신의 딸이 다 무언가. 엘이 도와주지 않으면 사실은 몇 사람도 이기지 못하는 미숙한 꼬마일 뿐인데!

갈등하고 있는 사이에도 시간은 흘러, 마침내 마지막 순간이 찾아왔다. 궁병이 또다시 활을 겨눴다. 그가 힘주어 당긴 시위에서 튕기듯 쏘아진 화살이 이쪽을 향해 날아들었다. 굉장히 빠른 순간일 텐데도 이상하리만치 그 모든 광경 하나하나가 느리게 느껴졌다. 이번에 맞으면 더 이상 버티지 못하게 될 거란 사실만은 알 것 같았다. 알리사는 눈을 질끈 감았다.

'이사나 씨!'

콰직!

그 순간 하늘 위에서 요란한 소리가 울려 퍼졌다. 활이 박히는 둔탁한 소리가 아니었다. 예상했던 끔찍한 격통도 찾아오지 않았다. 뭔가가 부스스 떨어지는 느낌에 알리사는 천천히 눈을 떠보았다. 뺨을 쓸어보았더니 축축한 액체가 묻어나왔다. 물이었다.

'……비?'

지금 비가 내리고 있는 건가? 하늘에서 물이 떨어지는 상황이라면 그것밖에는 설명할 길이 없었다. 알리사는 무심코 고개를 들었다가 보이는 광경에 멍하니 입을 벌렸다. 멀든의 가지 위에 무언가가 거대한 것이 올라타 있었다. 투명할 정도로 속이 다 비쳐 보이는, 물로 빚어낸 듯이 아름다운 늑대였다.

"아……."

바람에 흩날리는 늑대의 갈기에서 물방울이 뚝뚝 떨어지고 있었다. 비라고 생각했던 것의 정체가 바로 저것이었던 모양이다. 그녀가 아는 한, 저런 형태를 지닌 짐승은 세상에서 단 하나뿐이었다.

"저게 뭐지?"

옆쪽에서 라젠이 당혹스러워하며 중얼거리는 것이 들렸다. 그 말에 대답하려던 건 아니었지만, 알리사는 무심코 늑대의 이름을 읊었다.

"시큐엘……."

"시큐엘? 설마 물의 상급 정령인 시큐엘을 말하는 건가?"

라젠이 더욱 이해할 수 없는 표정을 지었다. 시큐엘은 부러진 화살을 입에 물고 있는 채였다. 조금 전 궁병이 날린 화살이 분명했다. 지붕을 바라봤더니 이미 궁병은 앞으로 고꾸라진 채 쓰러져 있었다. 엘이다. 그가 와준 것이다. 거기까지 판단하고 나니 경직됐던 머릿속이 조금씩 맑아지기 시작했다.

"알리사, 괜찮아?"

"……!"

그런데 이상한 일이었다. 들려오는 목소리가 엘의 것과 달랐다. 모르는 음성은 아니다. 하지만 이곳에서 들려올 리가 없는 목소리였다. 그래서 믿을 수가 없었다.

알리사는 멍한 상태로 천천히 뒤를 돌아보았다. 그곳에 누군가 서 있었다. 그가 가까이 다가오면서 머리에 눌러쓴 후드를 벗었다. 가두고 있던 천 안쪽에서 화사한 금발이 흘러나왔다. 부드럽게 응시해 오는 푸른 눈동자를 보는 순간, 알리사는 숨을 크게 삼켰다.

"말도 안 돼."

심장이 아플 정도로 빠르게 뛰기 시작했다. 어쩌면 이건 꿈이 아닐까? 너무 간절한 나머지 이상한 환상을 보고 있는 걸지도 모른다. 눈동자에 맺혀 있던 눈물이 더는 버티지 못하고 방울방울 흘러내렸다. 그가 자신을 향해 손을 내밀었다. 알리사는 서슴없이 달려가 그의 품에 뛰어들었다. 두 팔 가득 채워지는 체온에서 그리운 향기가 느껴졌다.

"이사나 씨……!"

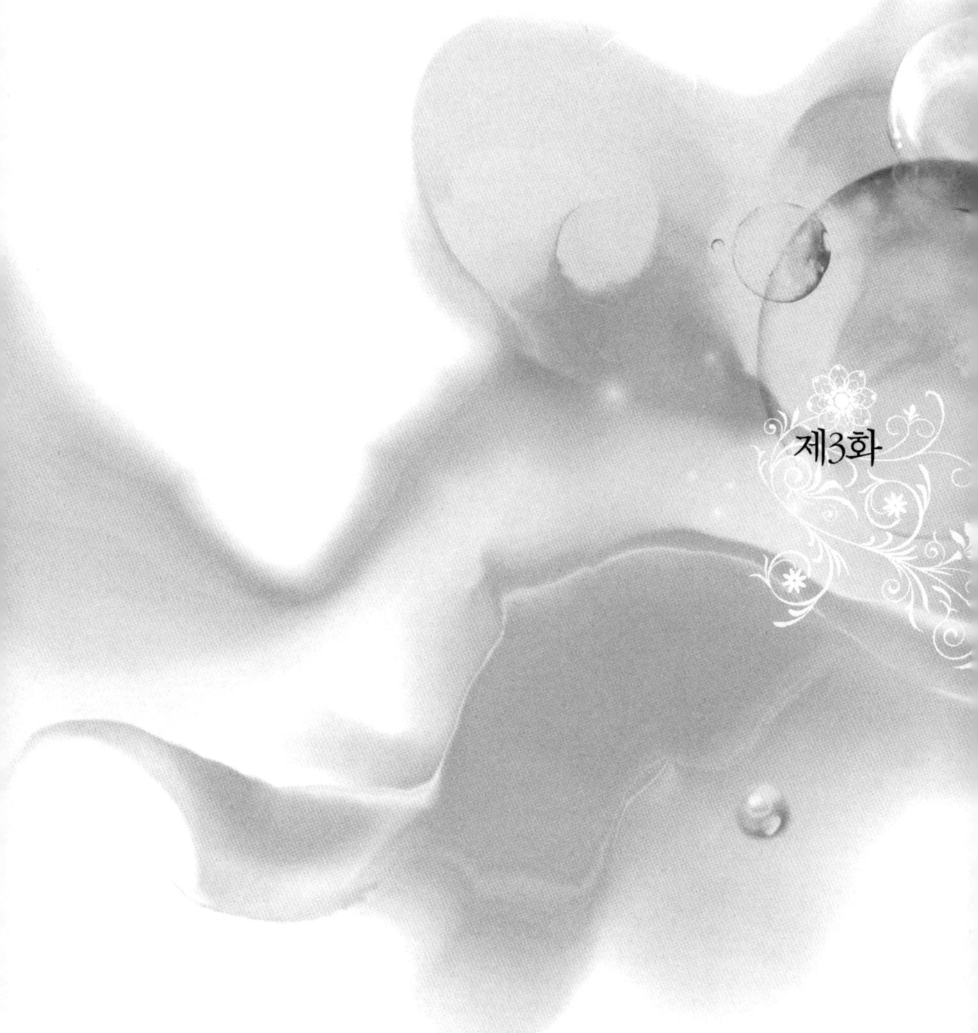

제3화

1.

"하아아아."

차오르는 안도감에 길고 긴 한숨이 터져 나왔다. 롤러코스터를 타고 몇십 바퀴를 질주했어도 지금처럼 정신이 아득하진 않을 것 같다. 다리에 힘이 풀려 도저히 서 있을 수가 없었다. 자리에 천천히 주저앉자 사방에서 따가운 눈길이 쏟아져 들었다.

"엘? 왜 그래? 무슨 일 있는 거야?"

나를 따라 같이 주저앉은 시벨리우스가 다급하게 물어왔다. 세상의 모든 근심을 다 짊어진 듯한 얼굴을 보고 있으려니 상황과는 상관없이 피식 웃음이 나왔다. 나는 안심하라는 뜻으로 그의 머리를 툭툭 쓰다듬어 주었다.

“괜찮아. 조금 위험할 뻔했는데, 다 해결됐어.”

“위험하다니! 그, 근데 해결됐다고?”

“응, 왕자님이 나타났거든.”

앞뒤 맥락 없는 설명에 시벨리우스가 어리둥절한 얼굴을 했다. 나는 다시 한 번 숨을 크게 내쉬었다. 좀 더 자세히 설명해 주고 싶었지만 아직은 나도 진정할 시간이 필요했다. 너무 심하게 놀라는 바람에 아직까지도 약간 흥분 상태였다.

“잠시만 기다려 주십시오. 위험하다느니 해결됐다느니, 대체 아까부터 무슨 대화를 하고 있는 겁니까? 혹시 지금 뭔가를 보고 있는 겁니까?”

마음을 가라앉히려는데 다른 쪽에서도 질문이 이어졌다. 옆에서 우리를 주시하고 있던 남자—아셀이었다.

“뭐야, 이 녀석들은.”

시벨리우스는 그제야 그들의 존재를 알아본 눈치였다. 주위가 눈에 들어오는 것을 보니 그래도 여유가 생기긴 한 모양이다. 험악한 시선이 닿자 아셀의 주위에 있던 자들이 그를 지키려는 것처럼 앞으로 나섰다. 덕분에 분위기가 말도 못 하게 흉흉해졌다. 나는 잠시 머리를 긁적이다가 내 망토 끝을 붙잡고 있는 손부터 가리켰다.

“일단 이것 좀 놔 줄래요?”

“네? 아…….”

의아한 표정을 짓던 아셀이 흠칫 놀라 잡고 있던 옷자락을 내려놓았다. 당황하는 얼굴을 보아 본인도 자각하지 못하고 있었던 것 같았다. 민망해하는 그를 보며 나는 힘없이 웃었다. 정말이지 정신 건강에 좋지 못한 시간들이었다.

"알리사가 없어지다니! 그게 대체 무슨 소리야?"

시벨리우스가 외친 말을 듣는 순간부터 나는 거의 제정신이 아니었다. 낯선 사람들 앞이니 말조심을 해야 했지만 그런 건 아무래도 상관없어졌다. 무작정 시벨리우스를 붙잡고 다그쳤더니 그는 창백한 얼굴로 지난 상황을 설명했다. 식품 가게에 들어가 같이 과일을 고르고 있었는데 어느 순간 허전해져서 돌아봤더니 알리사가 홀연히 사라졌다는 내용이었다.

딱히 살기나 위협적인 기운은 느끼지 못했기 때문에 처음엔 대수롭지 않게 생각했다고 했다. 그저 근방의 다른 곳을 둘러보고 있겠거니, 편한 마음으로 찾아 나섰다고. 그런데 아무리 돌아보아도 알리사를 발견할 수 없었고, 그때야 사태의 심각성을 깨달았다. 그 시간부터 내내 나를 찾아다니다 지금에 이른 것이다.

"수상한 기척은 없었단 말이지?"

"응, 그건 정말 확실해. 마법이나 주술을 썼다고 해도 반드시 흔적이 남았을 텐데, 그런 건 전혀 없었어."

"그럼 알리사가 스스로 사라졌다는 건가?"

"보이는 정황으로는 그래. 하지만 알리사가 그럴 애가 아닌데……."

"일단 기다려 봐. 지금부터 찾아볼 테니까."

고개를 끄덕이는 그를 뒤로하고 나는 곧장 '물의 기억'을 전개했다. 머릿속에선 온갖 나쁜 상상들이 꼬리를 물고 이어졌다. 알지 못하는 힘이 개입한 거라면 이미 근방에는 없을 가능성이 더 컸다. 추적을 시도하면서도 애먹을 걸 각오하고 있었다. 그런데 의외로 알리사의 행방을 찾는 건 쉬웠다. 그녀는 마을 외곽 쪽에서 금방 발견됐다. 축제 현장에서는 꽤 떨어지긴 했지만 민가와 연결된 부근이었다.

다만 찾아냈다고 해서 안심할 수 있는 상황은 아니었다. 알리사는 낯선 남자와 함께 괴한들의 습격을 받고 있었다. 이미 남자 쪽은 등에 화살에 맞은 상태였고, 멀든의 몸에도 여러 발의 화살이 꽂혀 있었다.

공격하는 자들은 아무리 봐도 대공 측 관계자들로 보였다. 한눈에도 위급한 상태였던 만큼 나는 일단 공간 이동부터 하려고 했다. 누군가가 내 옷자락을 잡아채는 걸 느끼지 않았다면 그렇게 했을 것이다.

"……!"

마치 그 순간을 기다렸다는 것처럼 나를 건드린 사람은 아셀이었다. 누가 붙잡는다고 해서 공간 이동이 막히거나 지장을 받는 건 아니다. 하지만 그 잠깐의 틈은 한 곳에만 몰입하고 있던 정신이 주위를 돌아보게 만들었다. 시야가 조금 환기되자 미처 의식하지 못했던 광경도 눈에 들어왔다. 알리사가 있는 장소에서 그리 멀리 떨어지지 않은 곳. 그 부근에 후드를 눌러쓴 한 남자가 서 있었다. 그의 부름을 받아 공중에서 무언가가 소환되는 광경이 이어졌다. 거대한 물의 늑대, 시큐엘이었다.

"……정말로 악운에 강하다니까. 이사나 녀석."

설마 그 순간에 이사나가 나타날 줄이야. 중군에 있어야 할 녀석이 왜 이곳에 와 있는지는 몰라도 덕분에 내가 나설 필요가 없게 됐다. 그가 알리사를 구출하는 광경은 말 그대로 백마 탄 왕자님 같았다. 실제로 시큐엘의 등을 타고 뛰어들었다는 점에서 거의 비슷한 연출이기도 했다.

"이사나라니!? 혹시 알리사가 이사나랑 같이 있는 거야?"

중얼거리는 말을 용케 들었는지 시벨리우스의 눈이 휘둥그레졌다. 고개를 끄덕였더니 그는 더 당황한 표정이 됐다. 결과만 전달받은 그의 입장에선 상황 자체가 뜬금없게 여겨질 만도 했다. 직접 목격한 나조차 어이가 없는데 오죽할까.

"이사나가 왜 이곳에……."

"그건 나도 모르겠어. 어쨌든 둘이 만났으니 안심해도 될 것 같아."

"……걱정할 사람이 하나 더 늘어난 게 아니라?"

"하하, 괜찮을 거야. 든든한 방어막도 함께 있었으니까."

이사나가 시큐엘을 타고 알리사 앞에 뛰어들었을 때, 다른 쪽에서도 한 무리가 나타나 괴한들을 막아서고 있었다. 다들 하나같이 익숙한 얼굴들뿐이라 누군지는 금방 알아보았다. 정령사 페리스를 비롯한 황제의 친위 기사들이었다. 그 말을 듣고서야 시벨리우스도 마음이 놓인 듯 표정이 편안해졌다.

"이사나? 혹시 당신들이 말하는 이사나가 스왈트 제국 황제인 이사나 란느 스왈트를 뜻하는 겁니까?"

아셀 일행은 이번에도 참지 못하고 대화에 끼어들었다. 시벨리우스의 기세가 살벌해졌지만 그의 존재는 아예 눈에 들어오지도 않는 것 같았다.

"당신이 알리사 님이 아니라는 건 알겠습니다. 솔직히 믿고 싶지 않습니다만, 지금 대화를 들어서는 도저히 그렇게 볼 수가 없을 것 같군요. 부디 저희들에게 이 상황을 설명해 주셨으면 좋겠습니다."

"……들었으면 대충 짐작했을 것 같은데요. 뭐가 더 궁금해요?"

"모든 게 이해되지 않습니다. 진짜 알리사 님과 당신들의 관계도 그렇고, 지금 당신이 보이고 있는 모습이나 행동까지 전부 다."

"내 모습?"

"당신이 알리사 님이 아니라면 예지 능력을 가진 것도 아닐 겁니다. 그런데 마치 전부 다 읽어내는 것처럼 말하고 있습니다. 그걸 어떻게 받아들여야 합니까?"

"아……."

그러고 보니 외부인들 앞에서 너무 대놓고 일을 벌이긴 했지.

사태가 다급하다곤 했지만 뒷수습을 고려했다면 이들을 따돌렸어야 했다. 그나마 공간 이동은 시도하기 전에 멈춰서 다행인가. 꽤 무모했음을 자각하며 머쓱해하고 있는데 나를 응시하는 아셀의 눈빛이 형형해졌다. 단지 궁금해서라기엔 왠지 초조해 보이는 얼굴이었다. 그가 달려들 듯이 내게 다가섰다.

"제발 피하지 말고 대답해 주십시오. 이렇게 부탁드리겠습니다."

"네? 아, 잠깐만요. 저기, 아셀?"

"다른 속셈이 있어서 묻는 게 아닙니다. 그냥 알고 싶을 뿐입니다. 무엇을 보신 겁니까? 뭔가가 보이시는 겁니까? 혹시 당신도……."

"이봐, 지금 뭐 하는 거야?"

"윽……."

중간에 끼어든 시벨리우스가 강제로 밀어내고서야 그는 조금 정신을 차린 듯했다. 당황스러워하는 걸 보니 본인도 의식하지 못한 행동인 것 같았다. 뒤에 있던 그의 동료들까지 당혹감을 드러내고 있었다. 주먹을 움켜쥔 아셀이 이내 입술을 악무는 것을, 나는 차분히 바라보았다.

"그러고 보니, 아깐 왜 그랬어요?"

"예?"

"내 옷. 잡고 있었잖아요."

"아, 죄송합니다. 왠지 금방이라도 사라져 버릴 것 같은 느낌이

들어서 저도 모르게 그만…….”
“흐음?”
설마 했는데 정말로 짐작한 답이 돌아왔다. 한순간에 그를 바라보는 시각이 달라졌다. 이번만은 시벨리우스도 이채 어린 눈을 하고 있었다. 아주 순간적인 상황이었고, 언령을 제대로 발동하지도 않은 상태였다. 그런데 그걸 알아봤단 말이지?
나는 성큼 아셀에게 다가가 그의 턱을 잡고 얼굴을 이리저리 살폈다. 처음엔 당황하던 아셀의 얼굴이 곧 새빨갛게 달아올랐다.
“저, 저어?”
“정령사는 아닌데. 보통 사람보다 땅의 기운이 조금 강한 편이긴 하지만 크게 두드러지는 편도 아냐. 예지 능력은 아닌 것 같고…… 눈이 굉장히 좋구나? 평소에도 보이는 게 많아요?”
“……네?”
“남들과 다른 거 많이 보지 않아요?”
“그걸 어떻게…….”
“시벨, 너랑 같은 과인 것 같은데?”
돌아보며 말했더니 시벨리우스의 표정이 묘해졌다. 그가 가까이 다가오자 아셀은 더 크게 경직됐다.
“……정말이네. 약하긴 하지만 영안이야.”
“아, 역시?”
“인간이 왜 영안을 갖고 있지? 이건 유니콘의 고유 능력인데. 혼혈한테서도 일부 나타난다고 듣긴 했지만…….”

"그럼 혼혈인 거 아냐? 격세유전이라든가."

"가능성이 없는 이야기는 아니긴 한데……. 하지만 인간 종족은 유니콘이 신계로 이주한 후에 한 번 멸망했던 거 아니었어? 그럼 피가 전부 끊겼을 텐데."

"유니콘의 눈을 흡수해도 비슷한 힘을 얻잖아. 그렇게 해서 전해졌을 가능성은?"

"그건 아닐 거야. 그렇게 얻는 힘은 일시적이라 번식에까지 영향을 미치진 않아."

"그럼 누군가가 잠시 중간계에 내려왔었다든가?"

"설마."

"마족도 왔다 갔다 하는데 유니콘도 그럴 수 있지 않겠어?"

"으음……."

꽤 그럴듯하다고 여겼는지 시벨리우스의 표정이 진지해졌다. 뜻밖의 일은 그 다음에 벌어졌다. 오가는 대화를 멍하니 듣고 있던 아셀이 갑자기 뚝뚝 눈물을 떨어트리기 시작한 것이다.

"으악? 아셀? 왜 울어요?"

"저…… 아무도 안 믿었었습니다."

"네?"

"제 가문 시조님이 유니콘이라는…… 전설이 있었습니다. 다들 그런 말을 하면 비웃었는데……."

"……!"

나와 시벨리우스는 반사적으로 서로를 바라보았다. 찍었는데 정말 맞았다. 상황이 너무 갑작스럽다 보니 맞췄다는 반가움보다도 황당한 마음이 더 컸다. 시벨리우스는 특히나 복잡한 표정이었다. 4천 년 만에 깨어나 이젠 조금도 찾을 수 없게 된 일족의 흔적을 이렇게 뜻밖의 방식으로 발견했으니 당황스러울 만도 했다.

"너, 이름이 뭐라고?"

"아셀입니다. 아셀 리글레오."

아셀이 뚝뚝 흐르는 눈물을 급히 닦아내며 대답했다. 시벨리우스는 더 기막힌 표정을 지었다.

"……하."

"시벨, 왜 그래?"

"리글레오, 라고."

"아는 이름이야?"

조심스럽게 물었더니 그가 고개를 끄덕였다. 아셀도 놀라서 눈을 동그랗게 뜨는데, 그의 목소리가 이어졌다.

"리글레오 룬."

담담히 답하는 얼굴은 지금까지 한 번도 본 적이 없는 비틀린 미소를 짓고 있었다.

"내 형님이야."

2.

"……뭐?"

세상이 잠깐 멈춘 기분이 들었다.

나는 굳은 얼굴로 멍하니 시벨리우스를 바라보았다. 대답하던 말투가 너무 담담해서 처음엔 내가 잘못 들은 줄 알았다. 몇 번이나 곱씹어 돌이켜봐도 현실감이 느껴지지 않기는 마찬가지였다. 아셀도 눈만 깜빡거리고 있는 걸 보니 나와 비슷한 상태인 것 같았다. 아무도 말을 잇지 못하는 경직된 분위기 속에서, 정작 폭탄을 터트린 시벨리우스만 홀로 태연한 모습이었다. 그는 턱 부근을 긁적거리고는 아무렇지 않게 물었다.

"근데 알리사랑 이사나는 지금 어디에 있어? 가 봐야 하는 거 아냐?"

"응? 어어, 가야지. 가긴 갈 건데, 그보다 잠깐만 기다려 봐. 지금 그게 중요한 게 아닌 것 같거든?"

"와아, 엘한테 이사나보다 더 중요하게 생각하는 일이 있었어?"

"이상한 방식으로 말 돌리지 마. 네가 지금 상황을 그렇게 만들었잖아."

"내가 뭘……."

"형님? 방금 형님이라고 했어? 그냥 아는 형 말고, 친형? 혈육이라고?"

붙잡고 추궁했더니 시벨리우스는 잠시 시선을 피했다가 내키지 않는 얼굴로 고개를 끄덕였다.

“응, 뭐. 같은 부모 아래서 태어났으니 친형이긴 하지.”

“허어?”

그럼 정말 가족이라고?

두 번째라고 해서 충격이 덜하진 않았다. 나는 입만 뻐끔거리다가 묘한 기분으로 시벨리우스의 모습을 훑어 내렸다. 근데 이 녀석은 왜 반응이 이 모양이야. 그게 사실이라면 눈앞의 아셀이 형의 핏줄이라는 거잖아. 이럴 땐 좀 더 놀라고 당황해야 하는 거 아닌가? 차마 입 밖으로 나오지 못한 수많은 질문들이 머릿속을 빠르게 맴돌았다. 그 생각이 시벨리우스의 눈에도 고스란히 읽혔던 모양이다. 그가 조금 씁쓸하게 웃었다.

“그렇게 신경 쓸 만한 일은 아냐, 엘. 사실 말이 좋아 형제지, 내 기억에는 거의 없는 사람이야.”

“……무슨 말이야?”

“형님은 내가 아주 어릴 때 마을을 떠났거든. 이름만 알고 있는 것뿐, 얼굴도 잘 기억 안 나. 부모님도 그 전에 모두 돌아가셔서 따로 돌보는 이들 손에서 컸고. 말만 혈육이지 그냥 남이나 다름없어.”

전부 처음 듣는 얘기들이라 나는 가만히 숨을 삼켰다. 그러고 보니 지금까지 시벨리우스가 가족에 대해 언급하는 걸 본 적이 없는 것 같다. 이미 독립한 성인인 데다 일족과 꽤 복잡하게 얽인 관계인 것 같아 딱히 물어보지도, 궁금해하지도 않았었다. 그런데 설마 이런 속사정을 지니고 있었을 줄이야.

생각해 보면 그는 그렇게 오래 살았으면서도 인간인 '엘'이 첫 친구였다고 했었다. 일족과의 관계도 소원했던 것이 분명하다. 그가 유독 '엘'에게 집착했던 이유를 조금 더 이해할 수 있을 것 같았다. 그에겐 '엘'이 가족이었던 거다.

"왜 그런 표정이야?"

나도 모르게 얼굴이 일그러졌는지 시벨리우스가 난처한 표정을 지었다. 어떻게 말문을 열어야 할지 알 수가 없어 입을 다물자 공기가 더 어색해졌다.

"저기……."

그나마 분위기가 전환된 건 아셀 덕분이었다. 그가 말을 걸어오는 소리를 듣고서야 나는 그의 존재를 상기했다. 또 그들의 존재를 잊고 조심성 없이 떠들었다는 것도. 아셀의 얼굴은 딱딱하게 굳어있었다.

"잠깐 저와 대화 좀 하시죠. 아까부터 듣자하니 대체 무슨 소리들을 하는 건지 모르겠군요. 형님이니 뭐니, 누가 누구의 형님이라는 겁니까? 설마 당신이 내 시조님의 동생이라도 된다는 건가요? 지금 본인이 유니콘이라고 주장하고 싶은 겁니까?"

그가 공격적인 시선으로 시벨리우스를 노려보았다. 시벨리우스는 긍정도 부정도 하지 않는 모호한 태도로 어깨를 으쓱였다. 처음만 해도 아셀을 보는 시선이 꽤 복잡했는데, 그새 마음을 정리했는지 완벽하게 타인을 대하는 얼굴이었다.

"지금은 성마라는 호칭으로 바뀌었다던데."

"그건 인정한다는 말입니까?"

"만약 그렇다면 어쩌려고?"

"모, 못 믿겠습니다. 증거를 보이십시오."

"증거? 내가 왜 그래야 하지?"

"그거야, 뭔가를 주장하려면 책임을 져야 하니까요! 증명할 수 없는 주장을 떠벌리는 건 사기꾼이나 하는 짓입니다!"

"그냥 마음대로 생각해."

"뭐, 뭐라고요?"

성의 없는 태도에 아셀의 얼굴이 찌푸려졌다. 좀 더 다그치려는 듯 몸을 내밀기 시작한 그를 만류한 건 뒤쪽에 있던 일행이었다. 사자처럼 더벅머리를 한 남자가 앞으로 나서며 아셀의 어깨를 붙잡았다. 이름이 세리엄이라고 했던가. 뒤늦게 합류하면서 아셀에게 타박을 들었던 거친 인상의 남자였다.

"아셀, 그만해라. 척 봐도 거짓말이잖아. 왜 저런 질 나쁜 장난에 휘말려서 쩔쩔매고 있어?"

"세리엄 님……."

아셀이 주저하는 얼굴로 돌아보았다. 세리엄이라는 남자는 인상만큼이나 야수처럼 사나운 기운을 품고 있었다. 짙은 잿빛 머리카락 아래 검은 눈동자가 타오를 것처럼 이글거렸다. 그가 등 뒤에서 대도를 꺼내들고는 우리를 향해 겨눴다.

"유니코온? 말이 되는 소리를 해야지. 아셀이 그런 말에 약하다는 걸 일부러 노린 거지? 보아하니 우리가 누군지도 전부 다 알고 접근한 것 같은데, 얕은 수작을 부리다니 어림도 없다! 그러고 보니 처음부터 수상하다 싶었어. 강제로 잡혀 있다는 반려성이 이런 곳을 돌아다니고 있다는 게 말이 돼? 이 자리에서 미래를 다 들여다본 것처럼 말하던 것도 전부 다 연극이지? 솔직히 말해. 너희들, 어디서 보낸 놈들이냐?"

아무래도 그는 우리가 목적을 가지고 일부러 자신들에게 접근했다고 의심하는 것 같았다. 다른 자들도 비슷한 결정을 내렸는지 무기를 고쳐 잡고 있었다. 아셀만은 혼란스러운 표정을 버리지 못하고 그와 우리를 번갈아 바라보았다.

"잠시만요, 세리엄 님. 그게 아닐지도 모릅니다. 좀 더 얘기를……."

"너야말로 정신 차려, 아셀! 대체 언제까지 그 말도 안 되는 전설에 집착할 거야? 네가 자꾸 헛소리를 하고 다니니까 이런 녀석들이 쉽게 미끼를 던지는 거잖아!"

날카롭게 올라가는 타박에 아셀이 입을 다물었다. 세리엄은 그를 한심하다는 눈으로 훑어 내렸다.

"다른 일엔 총명하고 딱 부러진 녀석이 대체 왜 자기 조상의 전설 얘기만 나오면 정신을 못 차리고 매달리는 거야? 차라리 드래곤이나 마족이라고 하면 현실적이기라도 하겠다. 유니콘이 뭐냐, 유니콘이! 그건 전설 속에서나 나오는 동물이야! 말 그대로 전설이라고! 그냥 사람들이 지어낸 이야기란 말이야! 하다못해 이젠 본인이 유니콘이라고 주장하는 미친 소리까지 믿으려고 하냐? 저건 그냥 대놓고 널 가지고 노는 거라고!"

'진짜 유니콘 맞는데.'

사실을 말했을 뿐인데 사기꾼 취급이라니. 내가 정령왕이라는 것까지 밝혔다간 당장 정신병원에(이곳에 그런 게 있지는 않겠지만) 처넣을 기세다. 눈에 보이는 증거가 있어야 믿는 건 어느 세상이든 똑같다. 그래도 한때 이 땅에 거주했던 일족이 이렇게까지 철저하게 허구 속 존재로 취급당하는 걸 보니 조금 당황스러웠다.

유니콘 일족이 신계로 이주한 이후 4천 년. 이곳 사람들은 이제 그들을 까맣게 잊은 것 같았다. 드래곤과 마족까지 '현실'의 범위에 들어감에도, 유니콘은 일말의 가능성조차 고려하지 않을 정도로. 그만큼 그들 일족이 완벽하게 흔적을 지우고 떠났다는 뜻이기도 해서 조금 씁쓸해졌다.

"그러니까 당장 똑바로 말해! 대체 무슨 속셈으로 우리한테 수작을 거는 거냐? 일리야 쪽이냐? 여기까지 와서 아셀을 괴롭히려는 거야?"

"일리야?"

"아셀을 사기꾼 취급하는…… 뭘 모르는 척이야! 일부러 아셀이 홀릴 만한 수법을 쓰는 걸 보면 뻔하구만! 너희들이 얼마나 아셀을 우습게 보는지는 나도 잘 알고 있는데, 이젠 정말 지긋지긋하다! 아무리 그래도 그렇지, 어디서 코흘리개도 안 넘어갈 사기를 쳐? 유니콘 같은 소리 하고 있네! 네가 유니콘이면 난 드래곤 할

아버지다!"

겁을 상실한 남자가 서슴없이 도발했다. 이 자리에 라피스가 없는 게 천만다행이었다. 문득 이 상황에서 시벨리우스가 보란 듯이 본체로 돌아가면 어떤 일이 벌어질까 궁금해졌다. 힐끗 시벨리우스의 반응을 살폈더니 의외로 그는 아무렇지 않은 얼굴이었다. 그저 입술을 악물고 있는 아셀을 잠시 응시했을 뿐. 그는 이내 여상한 얼굴로 나를 돌아보았다.

"계속 여기에 있을 거야? 이제 그만 가자, 엘."

"……더 얘기 안 해 봐도 되겠어?"

"무슨 얘기?"

"너……."

"응?"

"……아니, 됐어. 나중에 다시 얘기해. 일단 지금은 가는 게 좋을 것 같네. 사실 더 내버려 뒀다간 저 사람 입에서 무슨 말이 나올지 모르겠어서 겁났거든."

혀를 차며 중얼거리자 시벨리우스가 피식 웃었다. 여느 때와 비슷해 보이지만 평소보다 기운이 없는 반응이었다. 내색하진 않아도 기분이 가라앉은 상태인 게 분명했다. 나는 일부러 서두르는 듯이 말했다.

"얼른 가자. 슬슬 부상자 상태도 살펴봐야 할 것 같고."

"부상자? 누가 다쳤어?"

"아아, 알리사가 웬 남자랑 같이 있더라고. 그 사람이 활에 맞은 것 같았어."

"엘도 모르는 사람?"

"응, 머리색이 꽤 특이하더라. 그런 색은 처음 봤어. 좀 노골적으로 표현하자면 꽃분홍이랄까. 옅은 자주색?"

"자, 잠깐!"

대화를 나누고 있는데 갑작스레 부르는 소리가 들렸다. 돌아봤더니 세리엄과 그 일행들이 굳은 얼굴로 서 있었다. 무시당해서 화내려는 건가? 이 이상 시벨리우스를 자극하진 않았으면 좋겠는데 그런 눈치가 있을 것 같진 않아 걱정이 앞섰다. 이어질 반응을 예상하면서 조마조마한 기분을 느끼고 있을 때였다.

"지금, 자주색이라고 했어?"

*　　*　　*

"이사나!"

목적지에 도착했을 땐 한창 현장이 정리되어 가는 중이었다. 알리사를 습격한 괴한들은 대부분 죽은 상태였고, 일부는 의식을 잃은 채 묶여 있었다. 시큐엘은 이미 돌려보냈는지 보이지 않았다. 대신 바닥을 흥건하게 적시고 있는 물웅덩이들이 그의 활약상을 고스란히 드러내고 있었다.

"엘! 시벨 님!"

우리를 발견한 이사나가 환하게 웃으며 손을 흔들었다. 굳이 감추지 않고 있었기 때문에 멀리서도 그의 얼굴이 선명하게 보였다. 뒤따라오고 있던 아셀 일행이 마른침을 꿀꺽 삼켰다.

"맙소사. 정말 이사나 황제입니다."

"뭐야, 그게 정말이야?"

"대관식이 있을 때 학장님을 따라 사절단에 참여했었습니다. 그때 똑똑히 봤습니다. 분명합니다."

"확실히 유카르테 대공이랑 많이 닮긴 했는데……. 미친, 이게 뭐야. 대체 뭐가 어떻게 돌아가는 거야?"

그들은 이곳으로 오는 내내 불신의 시선을 감추지 못하던 상태였다. 속아 주는 셈치고 따라왔는데 정작 진짜 이사나를 만나게 되니 더 당황한 것 같았다. 아셀과 세리엄이 빠르게 수군거리는 동안 나와 시벨은 한달음에 이사나 앞으로 달려갔다. 주위에 흩어져있던 페리스와 친위 기사들도 하던 일을 멈추고 몰려들었다.

"엘 님!"

"오셨군요, 엘 님!"

"오랜만입니다, 시벨리우스 님!"

"와아, 다들 여기서 이렇게 보네요. 그동안 잘 지냈어요?"

출정식 이후로는 내내 떨어져 있던 탓에 직접 얼굴을 마주하는 건 정말 오랜만이었다. 뜻밖의 재회라는 점에서 더욱 반가웠다. 정신없이 쏟아지는 인사를 받고 있는데 누군가 쪼르륵 달려와 품에 안겨 왔다. 얼마나 울었는지 두 눈이 퉁퉁 불어 있는 알리사였다.

"왜 이렇게 늦게 왔어, 엘 님! 죽는 줄 알았단 말이야!"

"미안. 상황을 늦게 알게 됐어. 어디 다친 곳은 없지? 무사해서 정말 다행이다."

등을 토닥여 줬더니 알리사는 나한테 더 꽉 매달렸다. 안심해서라기보다는 필사적으로 뒤쪽을 돌아보려고 하지 않는 느낌이었다. 얼굴은 물론 귀까지 전부 다 새빨갰다. 그 뒤쪽에 있는 사람이 조금 전까지만 해도 그녀가 안겨 있던 이사나였기 때문에 나는 피식 웃었다. 어떻게 된 건지는 알 만했다. 정신이 들고 나니 자신의 행동이 부끄러워진 모양이다. 이사나는 다소 섭섭한 듯한 눈길을 보내고 있다가 나와 눈이 마주치자 바로 미소 지었다.

"안녕, 엘. 설마 여기서 만나게 될 줄 몰랐어."

"나야말로. 대체 어떻게 된 거야? 얼굴 봐서 정말 좋긴 한데, 네가 왜 여기에 있어?"

"선발대가 요즘 고생이 많잖아. 부대 상황도 알아보고 병사들을 독려도 할 겸 와 봤어. 마침 이 부근을 지나가고 있는데 요란한 소리가 들리더라고. 느낌이 이상해서 와 봤는데 멀든이 공격받고 있는 게 보였어."

"그랬구나. 시기가 잘 맞았네."

"응, 그래도 좀 더 서두를 걸 그랬어. 엘, 오자마자 미안한데 사람 한 명 좀 봐줄래? 부상자가 있어서."

"아아, 상황은 대충 알고 있어. 활에 맞은 사람 말이지? 나도 그때 알리사를 막 찾아낸 참이었거든."

고개를 끄덕인 이사나가 옆으로 눈짓을 보냈다. 주위를 둘러싸고 있던 친위 기사들이 양쪽으로 슬슬 갈라지면서 가려져 있던 광경이 눈에 들어오기 시작했다. 바닥에 깔린 모포 위에 한 남자가 누워 있었다. 등에 박혔던 화살은 이미 제거되어 있었고, 가볍게 치료를 시도한 흔적이 남아 있었다. 상체는 탈의되어 환부에 깨끗한 천을 감아둔 채였다.

"맙소사, 라젠 님!"

"주군!"

가장 먼저 반응을 보인 건 아셀 일행이었다. 그들이 창백한 얼굴로 달려 나가는 것을 보며 나는 한숨을 내쉬었다.

'역시 저 남자가 라젠이라는 사람이었구나.'

저들이 부상자의 머리색에 반응할 때부터 이런 상황을 예상하긴 했다. 그래서 따라오는 것도 내버려 두었지만 막상 실제로 정체를 확인하니 착잡한 기분이었다.

운명의 별은 어떻게든 만나게 된다더니. 내가 저들을 어떻게 따돌릴까 고심하고 있을 때 이미 알리사는 또 다른 제왕과 마주쳤던 모양이다. 아니, 아예 처음부터 그에게 이끌려 사라졌을 가능성이 높았다. 그렇지 않고서야 알리사가 이런 낯선 장소에 혼자 흘러들어올 이유가 없었다.

"라젠 님! 정신 차려보십시오! 라젠 님!"

아셀이 다급한 얼굴로 남자의 뺨을 두드렸다. 그는 의식이 없는 상태였다. 이사나의 말에 의하면 그가 도착하고 얼마 되지 않아 기절했다고 했다. 출혈이 심하지도 않았고, 맞은 부위가 치명적인 곳도 아니었는데 상태가 빠르게 악화되었다고. 아무래도 화살촉에 독이 발려 있었던 것 같았다.

"그래서 우선 화살부터 제거했어. 성수를 먹여서 출혈은 막았는데, 해독은 안 되는 것 같아."

"성수면 꽤 강력한 치료제 아닌가?"

"대체로는 그렇긴 한데, 해독에는 별로 효과가 없다고 들었어."

"그렇구나. 그건 또 몰랐네."

내가 자세한 설명을 듣는 동안 아셀 일행은 부지런히 남자의 상태를 살피고 있었다. 성수를 마시게 한 덕에 상처는 거의 아물어 있었지만 그에 비해 안색이 몹시 나빴다. 온몸에서 열이 끓는지 땀이 흥건했고, 입술도 상당히 거칠어져 있었다.

"대체 이게 어떻게 된 겁니까? 저기 쓰러져 있는 자들은 다 누구고, 이분은 왜 이렇게 되신 겁니까?"

질문을 건네는 아셀은 거의 울 것 같은 표정이었다. 방황하던 그의 시선이 내 품에 안겨 있는 알리사에게 닿았을 때였다. 이사나가 한 팔을 들어 그의 시야를 차단했다. 우리를 대할 때와는 달리, 그들을 내려다보는 이사나의 시선은 건조했다.

"그건 내가 물어야 할 말인 것 같군요."

"예?"

"듣자니 그가 어둠의 기사들을 대동하고 있었다고 해서요. 카터스 제국의 황태자가 왜 이런 시기에 유카르테 대공과 접촉한 겁니까?"

"……!"

무심히 건네진 질문에 아셀 일행의 얼굴이 경직됐다. 알리사의 눈이 동그랗게 떠진 것이 보였다. 나 역시 놀라서 이사나를 돌아보았다.

"황태자? 저 사람이?"

"응. 라온휘젠 루아델 카터스. 카터스 제국의 적통 황자이자 제위를 물려받을 황태자야."

"그걸 어떻게 알았어?"

"저자의 머리 색. 카터스 제국 황족들에게서만 나타나는 고유색이거든. 지금 카터스 황족들 중에서 저 색을 지니고 있는 남자는 황제와 태자인 라온휘젠뿐이지."

특이하다고 여겼던 머리색이 황실의 혈통을 드러내는 증거였던 모양이다. 아셀 일행의 얼굴엔 난처한 기색이 역력했다. 이사나가 서늘한 시선으로 그들을 응시했다.

"변명할 말이 있습니까?"

"그게……."

"날 알아봤으면서 예의를 갖추지 않는 저의도 궁금하군요."

"……! 스, 스왈트 제국의 황제 폐하를 뵙습니다!"

뻣뻣하게 굳어 있던 아셀 일행이 그제야 동작을 바로 하고 무릎을 꿇었다. 그들 입장에선 이 모든 상황이 날벼락으로 느껴질 터였다. 그러거나 말거나 나는 오랜만에 보는 이사나의 황제다운 모습에 감탄하기 바빴다. 친위 기사들도 몹시 흐뭇한 표정을 하고 있었다.

"황태자가 이 내전에 관심이 있습니까?"

"아, 아닙니다! 절대 그렇지 않습니다! 태자 전하가 이곳을 방문하신 건 그저 어느 분을 찾기 위해서였습니다. 다만 그분이 어디에 계신지는 전혀 알지 못하는 상태라 조금이라도 단서를 얻기 위해……."

"그래서 대공을 찾아갔다는 거군요. 이곳에 온 이유도 알 만하네요. 유카르테 대공, 그자가 당신들이 찾는 사람을 내가 데리고 있다고 했습니까?"

"그, 그것이……."

마른침을 삼킨 아셀 일행은 제대로 대답을 잇지 못했다. 그 모습만 봐도 대충 상황이 어떻게 돌아간 건지 알 것 같았다. 아무래도 대공은 카터스 제국의 황태자를 교묘히 꾀어 이 내전에 휘말리게 하려고 한 듯했다. 이사나는 잠시 그들을 무심하게 바라보다가 곧 나를 돌아보았다.

"엘, 일단 태자의 치료 좀 부탁할게."

"아, 응."

나는 선뜻 고개를 끄덕여 주곤 바로 황태자에게 다가갔다. 아셀 일행이 당황스러운 표정으로 이사나와 나를 번갈아 바라보았다. 그가 태자의 치료를 내게 맡긴 것을 이해할 수 없다는 표정이었다. 그 시선을 무시한 나는 황태자의 몸에 손을 얹은 후 곧장 치유의 기운을 불어넣었다. 닿은 부분에서부터 특유의 새하얀 빛이 터져 나오자 옆에서 불안한 시선으로 지켜보고 있던 자들이 눈을 휘둥그렇게 떴다. 곧 펄펄 끓고 있던 황태자의 몸이 빠른 속도로 안정되면서 창백하던 안색에 혈색이 돌기 시작했다. 불규칙하던 호흡이 완전히 정상으로 돌아오는 데까진 그리 오랜 시간이 걸리지 않았다. 나는 그의 몸을 장악하던 독기가 완전히 사라진 것을 확인하고 난 후에야 손을 떼어냈다.

"다 됐어. 그대로 잠들었으니까 당분간은 깨어나지 않을 거야."

"고마워, 엘."

"이 정도야 별것도 아닌걸."

웃으며 어깨를 으쓱이고 있으려니 옆쪽에서 따가운 시선이 닿았다. 아셀 일행이 완전히 얼빠진 얼굴로 나를 바라보고 있었다. 단순히 놀란 정도를 넘어 귀신이라도 본 듯한 표정이었다. 아셀의 경우엔 숨을 쉬는 것도 잊은 듯이 보였다. 그들의 입장에선 아까부터 수상한 능력을 선보이던 자가 사제의 치료술까지 쓴 셈이다. 상식을 벗어난 일들이 벌어지고 있으니 공황에 빠질 만도 했다.

"이게 대체……."

제대로 말을 잇지도 못하는 그들을 향해 나는 그저 생긋 웃어주기만 했다. 아셀에게는 개인적인 흥미가 있지만 그들 자체는 경계해야 할 점이 더 많았다. 설명할 필요도, 그럴 의리가 있는 것도 아니라 외면하기가 쉬웠다. 이사나 역시 그들을 배려해 줄 생각은 별로 없는 것 같았다. 이어지는 그의 말에 아셀 일행은 정신을 차릴 틈도 없이 다시 숨을 삼켜야 했다.

"아직 상황 판단을 못 하고 있는 것 같으니 밝혀진 정황만 간단히 말해 두죠. 그대들의 태자를 이렇게 만든 건 대공이 보낸 자들입니다."

"예? 그, 그게 무슨 말씀이십니까?"

"설마 유카르테 대공이 태자 전하를 암살하도록 지시했다는 겁니까?"

"자세한 사정은 나도 모릅니다. 다만 어둠의 기사들 쪽에서 먼저 검을 들었다고 하더군요. 태자가 그들을 전부 처리한 직후 2차로 습격이 있었던 것 같습니다. 자세한 건 그가 깨어난 후에 들을 수 있을 겁니다."

"그럴 수가……."

아셀 일행의 얼굴이 천천히 일그러졌다. 아직 정리되지 않는 머릿속에 배신감과 분노가 더해진 탓인지 몹시 혼란스러워 보였다. 이사나는 거기서 멈추지 않고 그 혼란에 쐐기를 박아 넣었다.

"자국의 내분에 휘말리게 된 것은 유감스럽게 생각합니다. 하지만 개인적으로는 그에게 감사를 표해야 할 것 같습니다. 덕분에 제 소중한 사람이 위험한 일을 면했습니다."

"예? 소중한…… 사람……?"

넋이 나가 있던 그들이 그 말에 반응해서 고개를 들었다. 의아해하는 눈길이 닿자 이사나가 보란 듯이 한 팔을 내밀어 옆에 있던 알리사의 어깨를 감쌌다. 알리사의 얼굴이 빨갛게 달아오르는 순간이었다. 그리고 아셀 일행은 그제야 알리사를 알아본 듯했다.

그녀의 정체는 물론, 이사나가 그녀에게 품고 있는 마음까지도. 멍하기만 하던 그들의 표정에 점차 경악이 번져 가는 것이 보였다.

"자, 잠깐……."

"설마……!"

"그 보답이라고 할 수는 없겠으나 이 제국에 머무는 동안 최대한 편의를 보장하겠습니다. 태자가 내게 위협이 되지 않는 한 그는 귀국할 때까지 어떠한 위험에서도 안전할 것이며, 스왈트 제국은 영원한 그의 우방이 될 겁니다."

그들이 말을 잇기도 전에 냉담한 어조의 선언이 먼저 떨어졌다. 한마디로 말해 허튼짓하지 말고 얌전히 있다가 돌아가라는 경고였다. 협박을 이렇게 우아한 방식으로 할 수 있다니, 왠지 이사나의 얼굴에서 찬란한 후광이 비치는 것 같았다. 물론 아셀 일행에겐 흑막이 뿜어내는 불길한 오라(aura)로 느껴졌을 테지만.

그들의 심경이야 어쨌든, 필요한 말을 마친 이사나는 바로 시선을 돌렸다. 더는 대화를 진행할 의사가 없다는 뜻을 명백하게 드러낸 태도였다. 일국의 황제를 상대로 추궁할 수는 없었던 모양인지 아셀 일행 또한 하려던 말을 삼키고 입을 굳게 다물었다. 단지 복잡한 시선으로 알리사의 모습을 끈질기게 뒤쫓을 뿐이었다.

산만하던 분위기가 소강되면서 마무리를 고했다. 나는 고개를 들고 하늘을 바라보았다. 어둑해진 공간이 어느새 까만 밤에 삼켜지고 있었다. 그 현상이 말해 주는 결과는 하나밖에 없었다. 숱한 의문들을 남긴 채로 짧은 여가가 끝났다. 이제 다시 돌아갈 시간이었다.

3.

셋으로 출발한 일행이 돌아올 때는 한 무리가 됐다. 늦은 시간까지 소식이 없던 우리가 느닷없이 황제와 함께 귀환하자 진영 안은 발칵 뒤집혔다. 선봉장 마커스 백작은 복식을 제대로 갖추지도 못하고 허둥지둥 달려 나왔다.

"화, 황제 폐하를 뵙습니다! 어찌 폐하께서 친히 이런 곳까지……! 소식을 주셨으면 저희가 모시러 나갔을 텐데……."

"하하, 미리 연락하면 기습 방문의 의미가 없죠. 선발대가 활약해 주는 덕분에 마음이 얼마나 든든한지 모릅니다. 백작의 노고가 큽니다."

"황공합니다, 폐하. 허나 이 모두가 알드레프 경의 공입니다. 소신은 아무것도 하는 것이 없는지라 감히 치하를 받기가 송구스럽습니다."

"그녀가 재량을 마음껏 펼칠 수 있는 것도 백작이 뒤에서 잘 받쳐 주고 있기 때문이죠. 잠깐 돌아보기로도 부대 활동이 정연하고 병사들의 자세가 곧더군요. 그것만 봐도 백작이 훌륭한 지휘관이라는 사실은 의심할 여지가 없습니다. 스스로 공을 낮추지 마세요."

"화, 황공합니다."

다들 당황하긴 했지만 갑작스러운 황제의 방문은 부대 안에 큰 활기를 불어넣었다. 연이은 승전 중이라도 선발대가 죽음에 가까운 위치라는 건 변하지 않는 사실이다. 고생하는 병사들을 독려하기 위해 까마득히 높은 황제가 발걸음 했다는 사실이 모두에게 큰 감동을 준 것 같았다.

이사나가 당분간 선발대와 함께할 뜻을 밝히면서 분위기는 더욱 크게 고조됐다. 이후 진영에선 작은 연회가 벌어졌다. 칠면조 고기와 다양한 계절 과일, 흰 빵에서부터 과실주까지. 평소 접하기 힘든 음식들이 한가득 풀리며 떠들썩한 자리가 이어졌다. 한 치 앞도 평화가 보장되지 않는 상황이다 보니 잠시나마 평범한 일상으로 돌아온 듯한 분위기를 모두가 마음껏 즐긴다는 느낌이었다.

조금 다른 의미긴 했지만, 사실 실제로도 이미 폭풍전야였다. 이날은 예정된 운명의 수레바퀴가 돌기 시작한 첫 밤이기도 했다. 머무는 동안 편의를 봐주겠다는 이사나의 약조에 따라, 황태자와 아셀 일행들 역시 귀빈의 자격으로 합류한 상태였다. 얼결에 휩쓸리듯 동행하게 된 그들과는 아직 무엇 하나 제대로 얘기를 나눈 것이 없었다. 하지만 언제까지 덮어둘 수 없는 일이라는 것도 알고 있었다. 외면할 수 있는 시간이 굉장히 짧다는 것도.

그리고 대망의 다음날 아침. 드디어 본격적인 태풍의 전조가 일기 시작했다. 라온휘젠 황태자가 의식을 차린 것이다. 정신이 들자마자 황태자는 이사나에게 알현을 요청했다. 오전 회의가 잡혀 있는 시각이었지만 이사나는 그 일정을 우선으로 수락했고, 곧 각자 수행원을 동반한 자리가 마련됐다. 그 자리에는 알리사도 함께 했다. 운명의 별에 얽힌 세 사람이 정식으로 대면하는 순간이었다.

"스왈트 제국의 황제 폐하께 인사드립니다. 카터스의 라온휘젠입니다."

정중한 말투였으나 황태자의 태도에선 숨길 수 없는 권력자의 도도함이 묻어났다. 뼛속까지 남 위에서 군림하기만 하던 자가 지닐 수 있는 당당함이었다. 푹 자고 일어나서인지 상태도 무척 좋아 보였다. 반대로 뒤쪽에 시립한 아셀 일행들은 얼굴이 전부 거무죽죽했다. 눈 밑이 퀭한 걸로 보아 간밤에 한숨도 잠들지 못한 게 분명했다. 아마도 원인 제공을 했을 한 사람으로서 조금 미안한 마음이 들었다.

"어제는 여러 가지로 결례가 많았습니다. 도움을 주셔서 감사합니다."

"아닙니다, 황태자. 무사한 모습을 보니 마음이 놓입니다. 몸은 좀 어떻습니까?"

"치료해 주신 덕분에 괜찮습니다."

"그렇군요. 다행입니다."

분명 평화로운 대화인데 한기가 드는 것은 왜일까. 그런 생각을 한 건 나만이 아닌지 아셀 일행의 얼굴이 더 창백해졌다.

그들이 황태자의 뒤를 지키는 것과 마찬가지로, 나는 알리사의 호위 자격으로 그녀의 뒤에 서 있는 상태였다. 아셀 일행과는 바로 맞은편인 자리라 그들의 모습을 살펴보기가 편했다. 나와 눈이 마주칠 때마다 아셀 일행은 어깨를 움츠리며 시선을 피하기 바빴다. 그러자 나직한 어조의 음성이 떨어졌다.

"너 어제 무슨 사고 쳤냐."

"……."

날카롭게 내려다보는 붉은 시선의 주인은 라피스였다. 평소엔 이런 자리에 죽어도 함께할 녀석이 아닌데, 새로 나타난 일행에게 흥미가 생겼는지 오늘따라 집요하게 따라붙은 참이었다. 정작 평소 주어진 역할에 성실하게 임해 온 시벨리우스는 오히려 공석이었다. 식사 준비가 한창인 시간이라는 점을 감안해 봤을 때 아무래도 취사병들에게 붙잡힌 것 같았다.

"그냥, 다친 황태자를 치료해 줬을 뿐이야."

"저건 아무리 봐도 겁먹은 얼굴인데. 제 주군을 치료해 준 은인을 대하는 태도가 저렇다고?"

"……그 전에 알리사를 찾아내느라 물의 기억을 쓰긴 했지."

"하?"

"그 이전에는 땅도 좀 파고. 지진도 좀 일으켰나."

"아예 정체를 다 밝히지 그랬냐?"

아니, 나라고 상황이 이렇게 될 줄 알았나.

그냥 시기에 따라 필요한 능력을 썼을 뿐인데 그게 미묘하게 얽혀 들어가서 왕창 꼬였을 뿐이다. 당장 한시가 시급한데 몸을 사리느라 아무것도 안 할 수도 없지 않은가. 이번만은 정말 어쩔 수 없었다고 자신 있게 말할 수 있었다. ……물론 조금만 더 주의를 기울였다면 사전에 방지할 수 있는 부분도 많긴 했지만.

급격하게 뜨끔해져서 어색한 웃음만 흘리고 있자니 나를 대하는 라피스의 눈길이 더욱 하찮아졌다. 무척이나 한심해하는 표정이라 나는 볼멘소리로 말했다.

"뭐, 굳이 드러내지 않는 거지, 반드시 숨겨야 하는 건 아니거든?"

"아, 그러셔? 소중하디소중한 네 인간 계약자의 입장을 그렇게 배려하실 땐 언제고?"

어제는 시벨리우스가 그러더니. 이것들이 왜 돌아가면서 이사나를 걸고 넘어가는지 모르겠다. 가볍게 흘겨보았더니 라피스도 해볼 테면 해 보라는 시선을 던졌다. 잠시 의미 없는 눈싸움이 이어졌다.

"그건 국내 여론 형성 때문이고. 저 사람들이야 외부인들이잖아. 어차피 본국으로 돌아갈 사람들인데 의심을 하면 어떻고 알아보면 좀 어때? 그리고 어젠 이사나도 감안하고 있는 것 같았어. 어느 정도 과시가 필요한 상황이기도 했고."

"흐응, 저거한테 말이지."

라피스로부터 '저거'라고 불린 황태자는 현재 뚫어질 만큼 빤히 알리사를 응시하고 있는 중이었다. 알리사가 노골적으로 어색함을 드러내고 있는데도 별로 상관하지 않는 것 같았다. 오히려 그 반응 자체를 즐기는 얼굴이었다.

"어제는 가리고 있어서 제대로 보지 못했는데. 그대, 그런 외모였군."

감상하듯 살피던 황태자가 친근한 어조로 말을 건넸다.

"그, 그래서 뭐, 요? 불만 있어, 요?"

흠칫 놀란 알리사가 모호한 존댓말로 쏘아붙였다. 그녀의 무례한 태도에 다들 당황한 얼굴을 했지만 단 한 사람, 황태자만은 웃었다.

"아니. 그대, 눈동자가 굉장히 아름답다. 노을로 물들인 것 같은 주홍빛이군. 그대와 잘 어울려."

그는 상대를 기분 좋게 만드는 화법을 잘 아는 것 같았다. 물 흐르듯 유려하게 이어진 칭찬에 알리사의 눈이 토끼처럼 동그래졌다. 잠시 멍해졌다가 황급히 머리를 매만지기 시작하는 그녀를 보고 황태자는 다시금 미소 지었다. 마치 이 공간에 두 사람만 존재하는 것 같은 분위기가 풍겼다. 헛기침 소리가 들려왔으나 조금도 아랑곳하지 않았다. 주위의 시선은 전혀 염두에 두지 않는 자기중심적 태도에서 익숙한 향기가 느껴졌다. 내 옆에 있는 붉은 도마뱀에게서 몹시 자주 접하곤 했던 바로 그 향기였다.

"제 용건은 이미 아신다고 들었습니다."

시선은 여전히 알리사에게 고정한 채로, 황태자가 담담하게 입을 열었다.

"제 반려를 데리러 왔습니다."

누가 라피스의 동류 아니랄까 봐 직구로 핵폭탄을 터트리는 것마저 똑같았다. 사방에서 (심지어 그 일행들조차) 숨을 삼키는 소리가 울려 퍼지는 가운데, 나는 가만히 한숨을 내쉬었다.

"나 저 사람이랑 좀 안 맞을 것 같아."

"좀 재수 없는 녀석이긴 하네."

응, 널 닮아서.

남의 일처럼 중얼거리는 라피스에게 한마디 덧붙이려다 참았다. 저 녀석 성격에 그런 말을 들었다간 '더 재수 없는 게 뭔지 보여주겠다'며 당장 사고를 치고도 남을 테니까.

"반려라……."

이런 어수선한 상황 속에서도 이사나는 여전히 침착한 얼굴이었다. 그가 차분한 시선으로 알리사를 바라보았고, 알리사는 어쩔 줄 모르는 얼굴로 입술을 깨물었다.

"태자가 말하는 반려라는 존재가, 이곳에 있는 알드레프 경을 말하는 겁니까?"

알고도 묻는 건 그저 확인에 불과할 뿐이다. 지금 같은 경우엔 견제에 더 가까울 터였다. 그러나 처음부터 라피스 류가 될 조짐을 드러낸 자답게, 황태자는 눈썹 하나 까딱하지 않았다. 그저 알리사에게서 시선을 돌려 이사나를 응시하는 게 그가 보인 반응의 전부였다.

"그녀와 전 운명의 별로 연결되어 있습니다. 그녀는 제 반려가 되기 위해 태어난 여인. 이런 험난한 전장에 있어야 할 사람이 아닙니다."

이어지는 음성 또한 표정만큼이나 단호하고 거침없었다.

"참전은 그녀의 결정이었다고 들었습니다. 허나 폐하께서 진정으로 그녀를 위하신다면, 어린 소녀에게 지금 이 환경이 얼마나 가혹한 것인지도 살펴주셔야 합니다."

"……확실히, 소녀의 정서에 좋은 환경은 아니죠."

"의견이 일치하는 것 같아 진심으로 다행이라 생각합니다. 제 나라 카터스엔 그녀를 위해 마련된 성이 있습니다. 안전하고 아늑하고, 마음껏 누리며 지내기에 부족한 부분이 없는 곳입니다. 그곳으로 그녀를 데려가고 싶습니다."

잠시간 지독한 적막이 흘렀다. 이사나는 짧게 숨을 내쉰 후, 다시금 알리사를 응시했다. 그녀의 의사를 묻는 듯한 시선이었다. 알리사는 세찰 정도로 고개를 붕붕 저었다. 그제야 빈틈없던 황태자의 표정이 처음으로 찌푸려졌다. 조마조마하게 지켜보던 아셀 일행도 덩달아 안타까운 탄식을 내뱉고 있었다.

"보다시피, 알드레프 경은 싫다고 하는군요."

"폐하께서도 그녀가 이런 곳에 있어선 안 된다는 생각에 동의하셨습니다."

"네, 동의합니다. 하지만 본인의 의사를 무시하고 진행할 수 있는 건 아무것도 없습니다, 태자."

"그건, 황제가 할 수 있는 말은 아닌 것 같습니다만."

"하하, 황제가 할 말이 아니라. 확실히 그렇긴 하군요."

"그렇다면……!"

"기대에 어긋났다면 미안합니다, 태자. 난 그녀 앞에서는 한 번도 황제였던 적이 없습니다. 아마 앞으로도 그러겠지요. 그게 황제인 내 권위를 상하게 한다고 생각지도 않습니다."

황태자의 눈동자가 흔들렸다. 방금 전 이사나의 그 말이 상당히 충격이었던 듯했다. 알리사는 완전히 감동한 얼굴로 눈을 초롱초롱 빛내고 있었다. 아마도 나 역시 비슷한 표정일 것이다. "어떡하지, 라피스? 우리 이사나가 너무 멋있어!" 속삭거렸더니 라피스가 옆에서 혀를 끌끌 찼다. 팔불출 고슴도치라도 보는 듯한 시선이 강렬하게 내리꽂혔다.

말 한마디로 단숨에 우세를 차지한 후에도 이사나는 여전히 차분한 모습이었다. 표정은 부드러웠으나 그렇기에 더 감정을 읽어낼 수가 없었다. 다소 여유로웠던 황태자의 눈빛이 서늘하게 식었다. 사람들은 모두 숨죽이고 두 권력자의 모습을 지켜보았다.

"그러고 보니 운명의 별이라 했습니까?"

"……그렇습니다만."

"태자는 모르고 있겠지만 얼마 전 카터스 제국에서 사람이 찾아왔었습니다. 황실 수석 마법사인 올리반 폰 다니멜이었죠. 실종된 본국의 황태자를 찾는다며 내게 도움을 구하더군요."

황태자의 얼굴이 굳는 것과 동시에 뒤에 있던 아셀 일행이 어깨를 움찔 떨었다. 나는 조금 얼떨떨한 기분으로 그들 일행을 바라보았다. 실종이라니. 어쩐지 황태자의 일행치곤 조촐하다 싶더라니, 황성에 알리지도 않고 가출했던 모양이다. 훤칠한 청년의 모습인 데다 말투 또한 고압적이라 미처 깨닫지 못했는데, 생각해 보니 카터스 제국의 황태자는 이사나와 동년배라고 했었다. 즉, 아직 성인이 아닌 것이다. 갑자기 생각지도 못하게 뒤통수를 맞은 기분이었다.

"그날 다니멜도 한참 동안 어느 전설에 관해 떠들다 갔습니다. 제왕의 별과 반려성에 관한 내용이었지요. 지금 태자가 말하는 반려가 그와 관계가 있는 것 같군요. 태자도 자신이 제왕의 별을 타고 태어났다 생각합니까?"

"여러 천문학자와 점성술사들이 거듭해서 확인해 준 사실입니다. 카터스 제국의 천문학이 그 어느 나라보다 뛰어나다는 건 폐하께서도 아실 겁니다. 신뢰하지 못할 이유가 없지요."

"저, 전하!"

뒤쪽에 서 있던 아셀이 사색이 된 얼굴로 소리쳤다. "지금 미치셨습니까!" 라고 외치고 싶은 걸 온갖 힘을 다해 참는 얼굴이었다. 다른 제국의 황제 앞에서 제 자신을 드높이는 것으로 모자라 학문 수준까지 언급했으니 경악할 만도 했다. 이사나도 이번만큼은 차가운 시선을 숨기지 않았다.

"아무리 제위가 내정된 태자라고 하나 황제인 내 앞에서 그런 말을 당당하게 하다니. 태자의 자신감이 도가 지나치군요. 내가 우습게 보입니까?"

"폐하의 기분을 언짢게 할 의도는 아니었습니다."

그는 바로 고개를 저었으나 말투도 그렇고, 표정 또한 전혀 위축된 기세가 아니었다. 지금이야 이사나의 신분이 더 높지만 라온휘젠 태자 역시 강국의 황제가 될 몸이었다. 심지어 나이마저 비슷하니 연륜이나 역량에서 차이가 날 것도 없었다. 황태자의 입장에선 기죽을 이유가 딱히 없긴 했다.

"좋습니다. 솔직히 말해서 난 그런 전설에는 별로 관심이 없습니다. 단지 내가 판단한 건 태자가 지금 이곳에 있는 것이 본국과 충분한 의논을 거치지 않은 독단적인 행동이라는 것, 차후를 전혀 고려하지 않을 만큼 태자가 무책임한 사람이라는 것뿐입니다. 그러니 그런 태자가 단지 운명이라는 이유만으로 권한을 행사하려는 것도 좌시할 수 없을 것 같습니다."

그러나 그만큼 도도한 황태자도 지금 이사나가 하는 말엔 아무런 반박을 하지 못했다. 할 말을 잃은 얼굴로 입을 다문 그를 향해 이사나가 쐐기를 박듯이 말했다.

"스왈트 제국 황제인 내 이름을 걸고, 알리사는 그녀의 의사를 가장 최우선으로 존중받을 겁니다. 그녀가 원하는 한, 강제로 이 땅을 떠나게 되는 일은 없습니다."

"……그 결정에 폐하의 사감은 없습니까?"

"내 사감?"

"폐하가 그녀를 칭하길, 소중한 사람이라고 하셨다 들었습니다."

"그래서요?"

“전 어릴 때부터 제왕의 별에 대한 이야기를 귀에 못이 박히도록 들었습니다. 그 별이 가져오는 결과에 대해서도.”

“말했다시피 난 그런 전설에 관심 없습니다.”

“아뇨, 들으셔야 할 것 같습니다. 폐하와도 아주 상관이 없는 얘기가 아닌 것 같으니까요.”

“……?”

“혹시 프라워스 전쟁에 대해서 아십니까?”

“2백 년 전, 카터스 제국과 알폰프 제국 간에 벌어졌던…….”

“네, 맞습니다. 꽃의 여신 프라워스 이름에서 따온, 말 그대로 꽃처럼 아름다운 여인 하나를 차지하기 위해 벌어진 전쟁이었죠.”

뜻밖의 역사 이야기에 모두의 시선이 황태자의 입을 주시했다. 그의 얼굴은 미소 짓고 있었으나 눈은 전혀 웃지 않았다.

“폐하께선 관심 없다 하셨지만, 반려성과 제왕의 별은 항상 꾸준히 나타났었습니다. 그러나 단 한 번. 하나의 반려성에 두 개의 제왕의 별이 나타난 적이 있었습니다. 그중 하나가 제 선대였고, 다른 쪽은 알폰프 제국에서 촉망받는 재상이었지요. 프라워스 전쟁을 일으키고 주도한, 철혈 재상 오비스 말입니다.”

“왜 갑자기 그런 이야기를…….”

“왜인 것 같습니까?”

“…….”

그거야 이번 세대의 제왕의 별도 둘이니까.

황태자가 제대로 알려 주지 않는 답을 중얼거리며, 나는 속으로 신음을 삼켰다. 반려성을 찾아 여기까지 온 것부터가 범상치 않지만, 그는 생각보다 더 많은 것을 알고 있는 것 같았다. 이사나는 조금 굳은 얼굴이었다. 명석한 녀석이니 방금 전 들은 말의 의미쯤은 금방 파악했을 것이다. 그가 조금 혼란스러운 표정으로 알리사를 바라보았다. 알리사는 영문을 모를 얼굴로 어쩔 줄 몰라 하는 상태였다.

"반려성이 이미 고향을 떠났다는 말을 들었을 때부터 느낌이 좋지는 않았습니다. 연적을 통해 설득하려 하다니, 확실히 이번 일은 제가 어리석었군요. 제왕의 별이 두 개일 때 선택은 반려성의 몫이죠. 그녀가 당연히 제 것이라는 생각에 먼저 마음을 얻어야 한다는 걸 잊었습니다."

담담하게 말한 황태자가 알리사를 응시했다. 그녀가 시선을 피하자 그는 씁쓸한 얼굴로 웃었다. 자조적인 미소였다.

"마지막으로 한 가지만 묻고 싶습니다. 폐하는 그녀의 뜻을 존중한다 하셨습니다. 그럼 그녀가 저와 함께 가겠다고 하면 그때도 그냥 보내주실 겁니까?"

"……그게 알리사가 바라는 일이라면."

"그 대답, 부디 잊지 않으시길 바랍니다."

맞닿은 두 남자의 시선에서 전기가 튀는 것 같았다. 시선으로 무언가를 벨 수 있다면 진작에 둘 다 넝마가 되었겠다 싶을 만큼. 이미 주고받는 말도 무기나 다름없어진 상황이었다. 그나마 겉으로는 서로 예의를 갖춰야 하는 관계라서 다행이다 싶었다.

"전 당분간 이곳에 있을 겁니다. 반려를 놔두고 혼자 돌아갈 수는 없으니까요. 대공에게는 개인적인 빚도 있으니, 이 전쟁을 끝내는 데 도움을 드릴 수도 있습니다."

"태자의 뜻은 고마우나 거절하지요. 자국의 일에 외세를 끌어들일 생각은 없습니다."

"그럼 제가 이곳에 있단 사실을 본국에 알리지도 않으시겠군요. 전 본국으로 돌아가게 되면 다음엔 반려를 지키기 위해 카터스의 군대를 끌고 올 테니까요. 안심했습니다."

능청스러운 대답에 이사나는 물론 지켜보는 모두의 입이 벌어졌다. 외세를 끌어들이지 않겠다는 말을 빌미로 삼아 거꾸로 협박을 가한 셈이다. 무뚝뚝한 얼굴을 한 주제에 보기보다 꽤 영악한 구석이 있는 태자였다. 이사나는 피곤한 얼굴로 미간을 꾹꾹 문질렀다.

"내 시선이 닿는 곳에 있겠다고 약조하십시오. 이 부분을 지키지 않으면 태자가 무슨 짓을 한다 해도 이곳에 머무는 걸 허락하기 어렵습니다."

"알겠습니다. 폐하께서 한 발 양보하셨으니 저도 그 부분은 감수하겠습니다. 이런 시기에 이방인이 제멋대로 활보하게 둘 수도 없을 테니까요."

"그렇다면 우리의 대화는 끝났군요. 이만 물러나도 좋습니다, 태자."

살얼음판을 걷는 것 같던 시간이 끝났다. 황태자가 자리에서 일어나자 그때까지 좌불안석으로 서 있던 아셀 일행들이 기나긴 한숨을 내쉬었다. 나 역시 천근의 짐을 덜어내는 기분으로 한시름을 내려놓았다. 결과적으로는 매우 이른 안도였다. 황태자의 말이 아직 끝난 것이 아니었기 때문이다.

"아."

막 몸을 돌리던 황태자가 뭔가 생각난 듯이 고개를 돌렸다.

"그런데 폐하, 정령사셨습니까?"

4.

한순간 가슴을 철렁하게 만든 황태자의 질문은 의외로 싱겁게 마무리됐다. 이사나의 뒤를 지키고 있던 정령사 페리스가 냉큼 나섰기 때문이었다. "그 시큐엘은 제가 부른 정령입니다." 여유롭게 상황을 수습한 그는 이미 이런 사태를 대비해 준비하고 있었던 것처럼 보였다. 황태자가 의구심 어린 표정을 버리지 못하자 보란 듯이 그 앞에서 시큐엘을 소환해 보이기까지 했다.

상급 정령사가 본인이 했다고 주장하는데 더 추궁할 수는 없었다. 이사나는 처음부터 끝까지 그림 같은 미소만 지었을 뿐 아무런 입장도 취하지 않았다. 들켜도 상관은 없겠지만, 아직 아군에게도 밝히지 않은 진실을 굳이 이런 식으로 공개할 생각은 없었을 터였다. 결국 물러난 건 황태자 쪽이었다.

"아셀, 저 정령사에 대해서 알고 있나?"

"인상착의를 보면 황실 소속 정령사인 젤로 준남작일 겁니다. 하지만 그는 바람술사라고 들었는데, 물의 정령사였다니. 제가 잘못 알고 있었군요. 어쩌면 둘 다 익힌 걸지도 모르겠습니다."

"그럴 수도 있나?"

"자질이 있으면야 가능합니다. 정령술은 타고난 부분이 가장 크게 차지하니까요."

자리가 파한 뒤 알현 장소를 벗어난 후에도 황태자 일행은 한동안 그 부분을 수군거렸다. 일단 반박거리를 찾지 못해 물러서긴 했는데, 완전히 수긍하진 못한 것 같았다.

"황제도 정령사일 가능성은?"

"이사나 황제가 정령술을 익혔다는 정보는 없었습니다. 심지어 상급 정령사라면 일찌감치 알려졌을 겁니다."

"역시 그런가."

"네. 일단 그렇게 알고 있긴 합니다만……."

"뭔가 걸리는 점이라도?"

"……황제 주변에 묘한 기운들이 맴돌긴 했습니다. 알리사 님이나 젤로 준남작에게서도 비슷한 기운이 느껴지는 것을 보면 정령의 기운인 건 맞는 것 같습니다. 하지만 황제가 준남작과 밀착한 상태였기 때문에 단순히 준남작의 힘이 미친 걸지도 모르겠습니다."

"흠."

대화 내용이 흥미진진해서 나도 모르게 시선이 향했다. 아셀이 느낀 묘한 기운이란 정령사의 친화력에 이끌려 모여든 자연체의 정령들이었다. 평범한 사람은 알 턱이 없고, 심지어 드래곤조차도 느끼지 못하는 부분인데 과연 영안을 가진 사람답게 알아보는 눈이 범상치 않았다. 그래도 내가 그들의 대화를 듣고 있다는 사실을 눈치채지 못하는 걸 보면, 시벨리우스만큼 기척에 예민한 편은 아닌 것 같았다. 나는 이후에도 심각하게 대화를 이어가는 일행을 잠시 응시하다 이사나를 돌아보았다.

"이래저래 신경 쓰이는 일행이야. 앞으로 귀찮아질 일이 많을 것 같은데, 옆에 두는 게 방해되진 않겠어?"

"솔직히 말하면 달갑진 않아. 하지만 저렇게 나오는데 별수 없지. 라온휘젠 황태자는 추진력이 강하다고 들었어. 강제로 돌려보냈다가 정말로 군대를 일으키면 곤란하니까."

"정말 대책 없는 황태자네. 병력을 움직이겠다는 말을 진심으로 하다니, 너무 도가 지나쳐."

"그만큼 절실하다는 거겠지."

이사나는 담담한 모습이었다. 잔뜩 도발당한 뒤라서 꽤 마음이 상해 있을 줄 알았는데 의외로 아무렇지 않은 것 같았다. 워낙 온화한 성정이라 그런가. 이런 일에도 화가 나지 않는 모양이라고, 나는 속으로 씁쓸히 생각했다. 이어지는 말을 듣기 전까지는.

"카터스 황실에 자기 외에도 적통 황자가 두 명이나 더 있다는 걸 생각해야 할 텐데 말이야."

"……."

눈을 크게 뜨고 바라봤더니 이사나는 여전히 부드러운 표정으로 웃었다. "황태자라고 해서 다 황제가 되는 건 아니거든." 그러나 덧붙인 말은 이번에도 의미심장했다. 굉장히 화가 많이 났구나. 나는 조용히 그에 대해 내렸던 판단을 수정했다.

"저 사람, 내 고향에도 들렀었나 봐."

작게 중얼거리는 목소리에 나와 이사나의 시선이 그곳을 향했다. 알리사가 복잡한 얼굴로 황태자를 바라보고 있었다.

"알리사."

"마주쳤을 때 굉장히 이상한 기분이었어. 반려성의 전설이라는 거, 그냥 팔론이 지어낸 얘기인 줄 알았는데. 지금까지 그 전설에 관심을 보인 사람은 많았지만, 그쪽에서 날 반려라고 확신한 적은 없었거든? 근데 저 사람은 너무나도 당연하게 날 반려라고 불러."

"……."

"나 저 사람 따라가야 하는 거 아니지? 그래야 하는 운명인 거야?"

"아냐, 알리사. 그럴 리 없잖아."

초조한 듯 묻는 말에 이사나가 단호한 어조로 대답했다.

"그래야 한다고 정해져 있는 건 없어. 아까도 말했지? 난 네 의사를 최우선으로 생각할 거야. 내가 살아 있는 한, 어느 누구도 네 뜻을 무시하는 일을 벌이거나 강제할 수 없어. 넌 그냥 네가 하고 싶은 대로 하면 돼."

"하지만…… 나 때문에 이사나 씨가 피해를 입는 거 아냐?"

"그렇지 않아. 설령 피해를 입는다 해도, 너를 잃어서 입는 피해보다는 나아."

웬만한 고백보다 가슴을 울리게 만드는 대답이었다. 알리사의 눈동자가 크게 흔들리며, 두 뺨이 장미 꽃잎을 얹은 것처럼 붉어졌다. 그러나 훈훈한 분위기는 그리 오래 이어지지 못했다. 이쪽의 상황을 읽었는지 빠른 속도로 다가온 황태자가 성큼 두 사람 사이에 끼어들었기 때문이다.

"어제 저녁부터 아무것도 먹지 못했더니 시장하군요. 조식 시간이 언제인지 알려면 누구에게 물어봐야 합니까?"

자연스레 이사나 앞을 막아선 그가 알리사를 자신의 뒤쪽으로 감추는 과정이 순식간에 이뤄졌다. 춤을 추는 것처럼 우아한 동작에선 빈틈을 찾기가 힘들었다. 이사나의 미간이 약간 꿈틀거렸다.

"……미처 배려하지 못했네요. 곧 식사를 가져오게 하죠, 태자."

"친절에 감사드립니다, 폐하."

마주 보며 웃는 두 사람에게서 또다시 강렬한 전기가 튀었다. 왠지 앞으로 수없이 보게 될 모습일 것 같아 벌써부터 한숨이 흘러나왔다.

*　　*　　*

전쟁 중 병사들은 주로 막사에서 머물며, 취사병이 식사 준비를 맡는다. 승전을 하더라도 그 일상은 크게 변하지 않았다. 그러나 지휘부의 경우엔 조금 달랐다. 그들은 마을에 들리거나 성을 점령하는 경우 진영의 막사를 떠나 저택에서 머물렀다. 이때엔 먹는 음식도 그곳에서 일하는 시중인들이 따로 준비하는 편이었다. 지금도 성을 점령한 상태라 지휘부는 그 안에서 머물고 있는 중이었다. 귀빈 자격으로 합류한 황태자 일행도 마찬가지로 성에 들어와 있었다. 그래서일까. 내가 요리가 가득 실린 이동 트레이를 들고 나타나자 아셀 일행은 당황한 표정을 감추지 못했다.

"아침 식사예요. 맛있게 드세요. 혹시 부족하면 말하시고요."

"아, 가, 감사합니다. 저어, 그런데 당신은……."

"네? 아참, 그러고 보니 우리 제대로 인사를 못 했죠? 난 엘이라고 해요."

"아, 네, 네에. 엘…… 님."

"그냥 엘이라고 불러요. 마을에선 알리사라고 속여서 미안했어요. 대공군에게 오해를 산 김에 그냥 내버려 두었는데, 설마 그 때문에 찾아오려는 사람들이 있을 줄은 몰랐거든요."

"아, 아닙니다. 저희도 제대로 알아보지 않았으니……. 그, 그러고 보니 어제는 경황이 없어 인사도 못 드렸습니다. 태자 전하를 도와주셔서 감사했습니다. 으음, 네, 그러니까…… 정말 감사했습니다."

횡설수설 감사 인사를 전하는 아셀은 민망할 정도로 긴장한 모습이었다. 상당히 쾌활해 보였던 세리엄이란 남자도 입을 조개처럼 꾹 다문 채 연신 바닥만 내려다보고 있었다. 나머지 두 명은 나와 눈조차 마주치지 못했다. 그들 모두 하고 싶은 말이 가득한 얼굴이었다. 그게 뭔지는 너무나도 뻔해서 일부러 모르는 척했다. 이쯤에서 대화를 마무리하고 돌아설 수도 있었지만 나는 그냥 그들을 빤히 지켜보았다. 저들이 어떻게 나올지 반응이 궁금했기 때문이다.

"저기……."

"네, 말하세요."

"그, 당신은…… 황제 폐하의 가신으로 보이시는데…… 이런 일을 직접 하십니까?"

끝내 아셀은 용기를 내지 못하고 다른 쪽으로 말을 돌렸다. 질문하면서도 탄식하는 것이 적나라하게 드러나서 웃음이 나왔다. 태도가 몹시 신중한 걸 보니 쉽게 민폐를 끼칠 자들은 아닌 것 같다. 그들을 대하는 시각이 한결 너그러워졌다.

"가신이라기보다는 동료인데. 뭐, 그냥 대충 비슷하다고 하죠. 그런데 이런 일이라니, 그게 무슨 말이에요?"

"음식을 가져다주는 것 말입니다. 이런 일을 하는 시중인들이 따로 있을 텐데요……."

"아아, 이 시간엔 내가 가장 한가하거든요."

나는 대수롭지 않게 대답했다. 병사들이 하루 중 가장 손꼽아 기다린다는 식사 시간은 내게는 가장 난처해지는 시간이었다. 딱히 사람들과 어울려서 밥을 먹기도 그렇고, 그렇다고 멀뚱히 서 있자니 이상하게 여길 게 뻔했다. 은근슬쩍 자리를 비우는 것도 한두 번이지, 매번 멀리 떠나 있을 수도 없었다. 그래서 이 시간엔 일부러 적극적으로 쏘다니며 이것저것 일을 돕는 편이었다. 주방을 기웃거리거나 배식을 돕다 보면 어느 틈에 나도 사람들 사이에 섞여 식사를 한 것처럼 인식됐기 때문이다.

"아무리 그래도……."

"내가 하고 싶어서 하는 건데, 무슨 문제라도 있나요?"

"……아무것도 아닙니다. 저어, 그런데 황제 폐하는 함께 식사하시지 않으십니까?"

"아, 이사나…… 폐하는 진영으로 내려갔어요. 거기서 병사들이랑 같이 식사할 거예요."

이미 이곳 안에서는 일상이 됐지만 아무리 그래도 타국 사람들 앞에서 황제의 이름을 그냥 부를 순 없어서 나는 급히 호칭을 바꿨다. 다행히 전달한 내용 자체에 신경이 쏠린 탓인지 아셀 일행은 호칭엔 크게 신경 쓰지 않는 눈치였다. 그들은 당황한 얼굴로 서로를 바라보았다.

"황제 폐하께서 병사들과 같이 밖에서 식사하신단 말이십니까? 황제께서 드시기엔 거친 음식일 텐데……."

"폐하는 음식 잘 안 가리거든요. 가린다 해도, 병사들이 먹는 음식을 거칠다는 이유로 안 먹을 성격도 아니고요."

"……그렇군요."

"유감이지만 황태자 전하한테는 같이 식사하지 못해 미안하다고 전해 주세요."

"으음, 알겠습니다. 그렇게 말씀드리겠습니다."

얼떨떨한 표정으로 고개를 끄덕인 후 아셀이 조심스럽게 트레이를 받아들였다. 하지만 그는 바로 들어가지 않고 머뭇거리며 나를 돌아보았다.

"저어……."

"더 할 말 있으세요?"

"당신은 대체…… 으음, 아닙니다. 혹시 알현 시간에 함께 뵀던 붉은 머리카락의 남성분 말입니다. 그분이 어제 마을에서 뵈었던 분과 같은 분입니까?"

"어제요? 아, 시벨리우스 말인가요? 에이, 아니에요. 둘이 전혀 다르게 생겼는데 왜 그런 오해를?"

"아, 아니었군요. 후드를 쓰고 계셔서 그분 얼굴을 보지 못했거든요."

"아참, 그랬었죠."

"엘!"

양반은 못 되는지 때마침 나를 부르는 익숙한 음성이 들려왔다. 돌아보았더니 시벨리우스가 크게 손을 흔들며 다가오고 있었다. "지금 저기에 오네요, 시벨리우스." 웃으며 알려줬더니 아셀 일행이 나란히 시선을 보냈다가 흠칫 놀란 표정을 지었다. 그 이유는 금방 알 수 있었다.

"에, 엘프?"

"게다가 저 피부색은……."

그들의 경악한 시선이 시벨리우스의 새하얀 은발과 푸르스름한 피부, 인간의 것과는 형태가 확연히 다른 귀를 훑었다. 그가 유니콘이라는 주장을 믿지는 않았지만, 인간이 아닐 거라고도 생각하지 못했던 모양이었다. 다들 당황한 표정이었으나 그중에서도 아셀의 표정이 가장 복잡했다.

한달음에 가까워진 시벨리우스도 분명 그 반응을 보았을 것이다. 하지만 그는 전혀 신경 쓰지 않는 얼굴이었다. 마치 그 자리에 아무도 존재하지도 않는 것처럼 아셀 일행 쪽에는 시선조차 주지 않았다. 본래 낯을 잘 가리는 성격이긴 해도 지금은 의식적으로 더 무시한다는 느낌이 강했다.

"엘, 여기 있었구나. 이것 좀 먹어 봐."

"응? 뭘 먹어?"

다짜고짜 불쑥 내미는 걸 얼결에 받아들었더니 꽤 큰 유리컵이었다. 그 안에는 찰랑거리는 액체가 한가득 담겨 있었다.

"주스?"

"내가 개발한 자신작이지. 한번 마셔 봐. 마음에 들 거야."

"설마 나 주려고 일부러 만든 거야?"

"당연하지."

매번 식사 때마다 요리조리 피해 다니는 나를 보고 도전 의식이 생겼는지, 시벨리우스는 요즘 한창 요리 연구에 몰두해 있던 상태였다. 하지 말라고 말렸는데도 기어코 완성품을 가져와 안기다니. 그 집념만큼은 박수를 보내주고 싶었다.

“나 참, 굳이 그럴 필요 없다니까. 어차피 소용도 없을 텐데.”

“그런 말 하지 마. 나는 이 음료에 사활을 걸었어.”

“뭘 이런 쓸데없는 일에 사활까지…… 음?”

별 생각 없이 마셔 보는데 생각보다 꽤 괜찮았다. 머금은 순간 입 안 가득 달콤한 감각이 가득 채워지는 것 같았다. 맛을 머리로 분석해서 인식하지 않고 직접적으로 ‘달콤하다’고 느껴보는 게 얼마 만인지 모르겠다. 그러나 실제로 혀에 닿는 감각은 아무 맛도 없는 게, 그냥 물에 더 가까웠다. 놀라서 눈을 크게 떴더니 시벨리우스가 한껏 자랑스러운 표정을 지었다.

“괜찮지?”

“뭘 어떻게 한 거야?”

“물은 먹어도 부담스럽지 않잖아? 그래서 후각을 활용하는 방식을 도입해 봤어. 바닐라와 초콜릿 향을 내는 향신료를 만들어 봤지. 이른바 냄새로 먹는 ‘맛’이랄까?”

그러고 보니 후각을 자극하면 진짜로 맛을 느끼는 듯한 효과를 낼 수 있다고 들었던 것 같다. 아크아돈, 특히 그중에서도 스왈트 제국은 향신료가 크게 발달한 편이 아니라서 향기를 강조한 조리법이 드물었다. 시벨리우스가 매우 획기적인 개발을 한 셈이었다.

“굉장하다, 시벨. 이거 다른 맛도 있어?”

“마음에 들었어? 다행이다. 이제부터 다른 맛도 하나씩 개발해

볼 생각이야."

본질은 물인데 맛이 느껴지는 효과를 낼 수 있다니. 내 체질에 이보다 적합한 '음식'은 없을 거라 단언해도 좋았다. 기쁨을 넘어 감동적이었다. 너무 들뜬 나머지 주위에 다른 사람들이 있다는 것도 잠시 잊을 정도였다. 한참 시시덕거리며 잡담을 나누고 있는데 우리 앞에 긴 그림자가 늘어졌다. 고개를 들었더니 아셀이 딱딱한 얼굴로 서 있었다. 다른 일행들은 태자에게 갔는지 어느새 사라진 뒤였다.

"시조님은…… 겉모습은 인간과 크게 차이가 없었다고 했습니다."

건조하게 건네지는 음성에 시벨리우스가 힐끗 눈동자만 굴려 아셀의 모습을 확인했다. 두서없는 말이었지만 무슨 뜻인지를 이해하는 건 어렵지 않았다. 엘프인 그의 외모를 유니콘과 비교하여 지적하는 것이다.

"그래서?"

그대로 무시하려나 싶었는데 의외로 시벨리우스 쪽에서 대꾸가 이어졌다. 아셀은 흠칫했다가 다시 용기를 낸 듯 입을 열었다.

"기록에 의하면 그분은 은발도 아니었습니다."

"그래?"

"파란색 눈동자도 아니었죠."

"그렇군."

"아무리 생각해도 당신이 시조님의 혈족이라는 걸 믿을 수가 없습니다."
잘라 말하는 어조는 얼어붙을 것처럼 냉담했다. 그러나 냉담한 반응은 시벨리우스도 마찬가지였다.
"딱히 믿으라고 한 적 없어. 마음대로 생각하라고 하지 않았나?"
"하지만……!"
"이봐, 난 너랑 이런 대화를 하는 게 별로 유쾌하지 않아. 그 정도는 알아서 눈치채줬으면 좋겠는데?"
싸늘한 시선에 아셀이 움찔거리다 입술을 악물었다. 그는 주먹을 꾹 움켜쥐다가 힘없이 몸을 돌렸다. 어깨가 축 늘어져서 지켜보는 내가 다 안타까울 정도였다. 너무 심하게 말한 거 아니냐고 한마디 해 줄까 하다 나는 그냥 입을 다물었다. 시벨리우스의 얼굴이 몹시 일그러져 있었기 때문이었다. 아닌 척해도 그 역시 굉장히 신경 쓰고 있는 것이 분명했다.
"차라리 제대로 자리를 마련해 보는 건 어때?"
슬며시 물었더니 시벨리우스는 의아한 표정을 지었다가 곧 흐리게 웃었다. 어떤 자리를 마련하라고 하는 건지 이해했지만 받아들이지는 못하는 얼굴이었다.
"말했잖아, 엘. 형님에 대한 기억은 거의 없어. 심지어 몇 세대나 지난 후의 후손이라니. 그냥 남이나 다름없는 사이지."
"그래도 신경 쓰이는 거잖아?"
"유니콘의 능력을 가졌다는 점에서 흥미롭긴 해. 하지만 그것뿐이야. 모르는 녀석이랑 별로 얽히고 싶진 않아."

"흠. 그럼 나랑 얘기하는 건 괜찮아?"

"응?"

"아셀이 한 말을 들으니까 나도 좀 궁금해졌거든. 형이랑은 별로 안 닮았나 봐?"

예기치 못한 공격을 당한 사람처럼 시벨리우스의 어깨가 조금 움찔했다. 잠시 복잡한 표정으로 나를 바라본 그가 한참만에야 망설이는 얼굴로 대답했다.

"……외모가 닮았는지 어떤지는 잘 모르겠어. 말했다시피 형님에 대해선 기억나는 게 거의 없으니까. 하지만 태어났을 땐 형님도 은발에 푸른 눈동자였을 거야."

"태어났을 땐 이라니?"

"룬의 혈통…… 그러니까 우리 일가는 전부 은발에 푸른 눈동자만 타고나거든. 근데 형님은 마을을 나갈 때 룬의 힘을 폐했다고 들었어. 아마 그래서 색이 달라졌을지도 몰라."

"흐음. 그러고 보니 그 룬의 혈통이라는 건 대체 뭐야? 처음 들었을 땐 귀족 같은 개념인가 보다 했는데. 룬의 힘이라는 게 따로 있는 걸 보면 단순히 계급인 것만은 아닌 것 같네?"

그 용어를 처음 접했던 건 시벨리우스가 봉인에서 풀려나온 직후, 카노스로부터였다. 정확히는 루카르엠으로 변장하고 있던 때의 그에게.

"끊어진 줄 알았던 룬의 혈통을 이런 곳에서 뵐 줄은 몰랐군요. 이렇게 뵙게 되어 정말 영광입니다."

그때 루카르엠이 지었던 호기심 어린 표정과 감탄이 담긴 눈빛을 기억한다. 시벨리우스가 날선 시선으로 그를 노려보았던 것도. 그 순간엔 단순히 마족이라서 경계하는 거라고 생각했지만 다시 돌이켜 보면 그가 하는 말 자체에 심기가 불편해졌던 것 같다.

당시 들은 바에 의하면 유니콘 일족은 룬의 혈통을 잃었기에 구색만 갖추고 있는 상태라고 했었다. 덕분에 시벨리우스가 그들 일족에게 꽤 중요한 존재라는 건 알았는데, 그 뒤로 더 자세하게 물어보진 못했다. 그럴 기회도 없었고, 시벨리우스도 일족에 관한 언급을 꺼리는 기색이었다. 그래서 사실 지금도 물어보는 게 조심스럽긴 했다. 다행히 시벨리우스의 얼굴에서 불쾌해하는 기색은 없었다. 대신 조금 난처해 보였다.

"으음, 뭐라고 설명하지. 본질은 같은 유니콘이긴 한데, 룬의 혈통은 타고나는 성향이 약간 달라. 조금 더 특이한 자질을 지닌다고 해야 하나."

"하이 엘프처럼?"

"응, 맞아. 그런 식이야."

바로 이해한 것이 기뻤는지 시벨리우스의 얼굴이 밝아졌다. 같은 엘프 일족이긴 하지만 조금 다른 피를 지닌 하이 엘프. 그것과 마찬가지로 유니콘 일족들 사이에서도 좀 더 특별한 개념을 가진 존재들이 따로 분류되는 것 같았다.

"유니콘은 원래 날개가 없어. 날개를 지니는 건 룬의 혈통뿐이지. 과거엔 정의의 신 루세프와 천군의 지휘관을 태우고 다니는 역할을 했다고 해. 그래서 천마라고도 불렸어. 마족들은 빈정거리는 의미에서 혈마라고 부르지만."

"아. 아스가 그렇게 불렀던 것 같은데."

"맞아, 그 망할 꼬맹이. 누가 마족 아니랄까 봐 어린 주제에 못된 것만 타고나서는."

투덜거리길 잠시, 시벨리우스는 가볍게 한숨을 토하며 머리를 긁적였다.

"아무튼. 외향도 그렇지만, 룬의 혈통은 약간의 특이 능력을 갖고 있어."

"영안과 주술 능력 외에 또 다른 거 말이야?"

"응. 간단히 말하면 신의 힘을 가져오는 능력이랄까."

"신력 같은 건가?"

"조금 달라. 단순히 힘을 빌리는 게 아니라…… 신을 몸에 받아들이는 거거든."

"……!"

신을 몸에 받아들인다니. 아무래도 접신 같은 능력인 모양이다. 생각지도 못했던 대답이라 굉장히 놀라웠다. 지금까지 시벨리우스는 그런 능력에 대해 한 번도 내색한 적이 없었으니까.

당황한 내게 그는 차분히 설명을 이어갔다. 룬의 혈통, 간단히 줄여 '룬'이라고 불리는 그들 일가는 그 육신 자체가 신을 담을 수 있는 그릇이나 마찬가지라고 했다. 이때 타고난 자질에 따라 받아들일 수 있는 신과 시간의 한계가 정해지는데, 그들을 창조한 '정의의 신 루세프'만은 제한 없이 받아들일 수 있었다고. 즉, 유니콘 일족에게 룬이란, 그들의 창조신과 연결되는 통로이자 매개체인 셈이었다. 들으면 들을수록 특별한 존재라는 생각이 커질 수밖에 없었다.

"형님은 굉장히 뛰어난 룬이었다고 들었어. 상급신을 받아들이고도 며칠씩 지내는 것도 가능했다지. 그래서 그 힘을 스스로 폐하고 사라졌을 때 다들 충격이 컸다는 것 같아."

"버릴 수도 있구나."

"응, 별로 쉽지는 않지만. 몸을 많이 망친다고 알고 있어. 다시는 날개도 쓸 수 없게 되고."

"왜 그렇게 한지는 모르는 거야?"

"정확히는 몰라. 아마, 인간 여성을 사랑하게 됐었다는 것 같아. 그 여성과 혼인하려고 했는데 일족들의 반대가 너무 커서 그냥 본인이 일족을 떠나는 걸 택한 거지."

"아."

"하지만 아까 그 녀석이 그때 그 인간 여성과의 사이에서 시작된 후손은 아닐 거야. 형님이 사랑했다는 인간은 아이를 남기지 못하고 죽었으니까. 그 후에 인간족이 한번 멸망하기도 했다니, 나중에 또 다른 인연을 찾은 거 같아."

정황을 짐작해 보는 시벨리우스는 왠지 불만에 찬 듯한 얼굴이었다. 그게 일족을 떠나 홀로 인간 세상을 떠돌아다녔을 형에 대한 안타까움은 아닌 것 같았다.

"어떻게 그럴 수 있는 걸까."

"시벨?"

"유니콘은 일생 단 하나의 반려만 갖는 일족이야. 하지만 형님은 딱히 그렇지도 않았던 모양이야."

자조하듯 중얼거리는 목소리가 지독하게 허탈했다. "그것도 일족을 버렸기 때문일까?" 그의 시선이 공허함을 담고 허공을 훑었다. 그대로 내버려 두면 끔찍한 적막에 잠길 것 같아 나는 서둘러 화제를 전환 시켰다.

"아, 그, 그렇지! 시벨, 너도 룬인 거잖아? 그럼 너도 접신 할 줄 아는 거야?"

상황을 모면하기 위해 던진 질문이었는데 막상 묻고 나니 궁금하긴 했다. 만약 가능하다면 엘뤼엔이나 카노스가 그의 몸에 빙의할 수도 있다는 뜻이었다. 어쩌면 색다른 방식으로 그들과 연락할 수 있을지도 몰랐다. 기대감을 담고 바라보자 시벨리우스는 난처한 얼굴로 시선을 살짝 피했다. 이어진 대답이 뜻밖이라서 나는 다시 당황했다.

"난 못 해."

"어…… 그, 그래? 전부 다 할 수 있는 건 아닌가 보네."

"아니. 룬이라면 다 가능한 일이긴 해. 일반적으로는."

"어? 그런데 왜……."

"그러게 말이야. ……난 이상하게 안 되더라고."

씁쓸하게 중얼거리는 얼굴에 짙은 그늘이 드리웠다. 본능적으로 그의 오래된 상처를 건드렸다는 것을 깨달았다. 나는 가만히 숨을 삼켰다.

"그래서 형님이 정말 싫었어."

제4화

1.

진군이 다시 시작됐다. 바람도 불지 않고 구름 한 점도 없는 맑은 날씨가 이어지는 나날이었다. 그러나 무르익어 가는 겨울이 잠식한 계절, 온도는 날이 갈수록 빠르게 떨어지고 있었다. 한층 추워진 날씨만큼이나 병사들의 옷은 두꺼워졌다. 모포를 두르고 수시로 불을 쬐게도 했다. 그런데도 동상 피해가 속출했다. 이젠 야영은 엄두도 낼 수도 없었다. 이보다 온도가 더 떨어지면 정말로 전쟁을 잠시 중단해야 할지도 몰랐다.

자신만만하게 체류를 선택한 황태자는 그리 까다로운 동행자는 아니었다. 장시간의 진군도 잘 견뎠고 이동 중의 단출한 식사에도 무난히 적응했다. 단지 근본적으로 다른 점이라면 이 모든 일들을 할 때 옆에서 시중을 드는 이가 따라붙는다는 것이었다. 장갑 같은 부산물을 챙기는 건 물론, 물 한 잔도 스스로 따라 마시는 법이 없었다. 옆에서 챙겨 주는 것을 당연하게 여기고, 그런 대접을 받는 것에 한 치의 의심도 품지 않는. 고고하고 우아한 귀족의 표본이었다.

사실 그게 정상적인 모습이긴 했다. 그는 황족이었고, 날 때부터 귀한 신분으로 태어나 온실 같은 궁궐에서 한평생 고운 대접만 받고 자란 존재였으니까. 척박한 행군에 불만 없이 따라주고 있는 것만으로도 충분히 대단한 일이라고 봐야 했다.

되레 시중인이 없는 일상에 아무렇지 않게 적응한 이사나가 지나치게 털털한 셈이었다. 생각해 보면 이사나는 나와 둘이 다니기 시작한 시점에서부터 이미 시중을 필요로 한 적이 없었다. 그땐 친위대와 막 떨어져 모든 것이 생소했을 텐데도 눈치껏 주변의 분위기에 알아서 맞췄던 것 같다. 지금까진 그냥 그러려니 했는데, 요근래 황태자의 모습을 보고나니 이사나가 얼마나 손이 가지 않는 성격이었는지 실감할 수밖에 없었다(지나치게 요구사항이 없어서 문제가 된 적은 있었지만).

어쨌거나 황태자가 제아무리 귀족적인 행동을 한들 우리 쪽에 피해를 주는 형태는 아니었다. 그래서 그 모습이 그다지 불편하게 여겨지진 않았다. 오히려 이제껏 주위에 없던 타입이라 조금 신선했다. 당장 눈앞의 친위대도 그렇고, 선발대 안에도 귀족이 몇 있긴 했지만, 그들은 군인에 가까운 편이라 그런지 황태자가 지니고 있는 만큼의 태가 나진 않았다.

조금 과장되게 말하면 황태자는 마치 귀족으로 살기 위해 태어난 것 같았다. 시선이나 손짓, 걸음걸이, 사소한 몸짓 하나에도 기품이 넘쳐흘러서 누가 보기에도 높은 신분이라는 게 보였다. 실제로 황태자의 신분을 모르는 사람들조차 그를 대할 땐 확연히 긴장하는 것이 느껴졌다. 그런 모습들을 구경하는 것이 꽤 재밌었다.

황태자가 시중을 필요로 할 때, 옆에서 그 역할을 맡는 이는 대부분 아셀이었다. 첫날 이후로 그와는 다시 대화해 볼 기회가 없었지만, 건너 건너 들려오는 정보를 통해 신상을 조금씩 파악하게 됐다. 당연히 귀족일 거라는 예상과는 달리 그는 평민이었다. 황태자와는 아카데미에서 인연을 맺었는데, 그를 마음에 들어 한 황태자가 여러 차례 권유하는 것을 받아들여 보좌관이 되었다고 했다. 아직 졸업 전이라 임시직이지만, 별 탈이 없으면 졸업한 후에 정식 임명이 내정되어 있다는 것 같았다.

"하지만 이제 다 틀렸습니다. 태자 전하가 아카데미를 몰래 빠져나와 이곳에 있다는 게 황실에 알려지면 전 그날로 당장 잘릴 겁니다. 목이 잘리지나 않으면 다행이죠."

아셀의 목소리가 한탄을 담고 흘러나왔다. 황태자 일행은 이사나 바로 옆에 배치된 상태였고, 그 지점은 알리사의 부대가 있는 곳이기도 했다. 그리 떨어지지 않은 거리다 보니 귀를 기울이지 않아도 대화 내용이 선명하게 들려왔다.

"자넨 아직 어린데 태자 전하를 모시느라 고생이 많겠군."

"고생하는 정도가 아닙니다. 전하가 사람을 얼마나 많이 부려 먹는데요. 제 능력을 좋게 봐주시는 건 고마운데 아주 등골까지 빼 드시려고 하시니, 얼마나 고초가 큰지 모릅니다. 아무튼 전 목숨이 위험해지면 바로 망명할 겁니다. 그런 의미에서 형님들, 미리 잘 부탁드립니다."

"하하하."

진군을 시작한 며칠간. 내가 아셀에 대해 파악한 점에서 가장 의외였던 건 그가 꽤 넉살이 좋다는 사실이었다. 그는 이사나의 친위 기사들과 쉽게 친해졌다. 몇 사람과는 벌써 호형호제하는 사이로 발전해 있었다. 황태자의 다른 일행들이 딱 선을 긋고 저들끼리만 어울리는 것과는 대조적인 행보였다.

그가 주로 어울리는 건 술자리였다. 날이 추워질수록 기사들은 체온을 덥히기 위해 술을 가볍게 마시는 편이었는데, 그때마다 아셀도 꼭 끼어들어 얻어 마시곤 했다. 어린 나이에 걸맞지 않게 상당한 애주가인 것 같았다. 그의 신상에 대한 정보들도 주로 그런 자리에서 흘러나왔다.

"주량이 제법인걸? 이 술은 도수가 꽤 높은 편인데."

"술을 꽤 일찍 접했거든요. 어지간해선 잘 취하지도 않습니다."

"몇 살부터 마셨기에?"

"시작은 아홉 살쯤이었던가요? 제대로 마시기 시작한 건 열두 살 때쯤이었던 것 같습니다만."

"아홉 살? 세상에, 정말 빠르군. 그때부터 술 맛을 알았단 말이야? 난 그 나이 땐 너무 써서 입에도 대지 못했는데."

"하하, 저도 맛으로 먹었던 건 아니었습니다."

"맛이 아니면?"

"으음, 뭐랄까. 이걸 마시면, 조금 덜 귀찮아졌거든요."

술이 들어 있는 가죽 주머니를 내려다보는 아셀의 얼굴에 얼핏 씁쓸한 표정이 스쳤다.

"덜 귀찮아졌다고?"

"네. 술이 들어가면 잘 보이지 않게 돼서요."

"그건, 오히려 귀찮아지는 쪽 아닌가?"

"전 그 편이 더 좋더군요."

묘하게 가라앉은 그의 분위기를 읽었는지 기사들은 더 이상 질문을 잇지 않았다. 그 뒤로는 다시 일상적인 얘기로 돌아갔다. 나는 떠들고 있는 그들을 잠시간 바라보다가 옆에 있는 시벨리우스를 돌아보았다.

"술 마시면 영안이 가려져?"

"……어차피 일시적 현상이야. 유니콘이야 술에 취하지 않으니 상관없지만, 인간의 몸으로 그런 방법을 쓰는 건 자살 행위지. 용케도 멀쩡하게 컸군."

바로 대답이 이어지는 걸 보면 그도 아셀이 한 말을 듣고 있었던 모양이다. 그러면서도 아셀 쪽은 고집스럽게 돌아보지 않으려는 것이 느껴졌다.

"그래서 형님이 정말 싫었어."

시린 바람처럼 차가웠던 목소리가 다시 떠올랐다. 낯설게만 느껴졌던 굳은 표정도. 내게 한창 쌀쌀맞게 굴었을 때도 그런 식으로 어두운 모습을 보인 적은 없었다. 처음으로 시벨리우스의 진짜 얼굴을 본 것 같았다.

신경 쓰고 있던 건 제왕의 별이었는데. 정작 그 일행 쪽에서 생각지도 못했던 과거가 얽혀들다니. 이래서 앞날은 한 치 앞도 알 수 없다고 하나 보다. 어떤 식으로 파고 들어가야 할지, 내가 건드려도 되는 일인지조차도 가늠이 되지 않았다. 말을 거는 것도 조심스럽기만 해서 마냥 속으로 삼켜야 했다. 결국 내가 할 수 있는 건 길고도 깊은 한숨을 내쉬는 것뿐이었다.

2.

한동안 맑았던 날씨가 급격히 나빠지면서 심한 설한풍이 예고됐다. 겨울이 시작된 이래 가장 큰 규모의 폭풍이 될 예정이었다. 온도가 더 떨어진 상태이기도 했기 때문에 부대는 무리하지 않고 당분간 정비 시간을 갖기로 했다. 눈 때문에 대기하는 일은 잦은 편이었지만, 이번엔 꽤 긴 시간이 될 것 같았다.

주둔지로 정한 곳은 근방에 있던 '스텔스'라는 영지로, 영주인 바논 백작은 중앙 정계에서 활동하지 않고 조용히 지내는 귀족이었다. 그는 황제군이 머물고 싶다는 뜻을 전하자 가솔들을 이끌고 직접 목전까지 마중 나왔다.

"황제 폐하와 여신의 딸을 모시게 되다니, 다시없을 가문의 영광입니다."

"반갑습니다, 백작. 잠시 신세 좀 지겠습니다."

"신세라니, 그런 말씀 거두어 주십시오. 지내시는 동안 불편함이 없도록 최선을 다해 모시겠습니다."

올해 사십 대에 접어들었다는 바논 백작은 단정하고 점잖은 인상이었다. 옷차림도 과하지 않게 고급스러워 기품이 있었고, 말투나 표정에서도 진중함이 묻어났다. 함께한 가솔들 또한 그와 비슷한 분위기였다.

"이쪽은 제 아내와 여식들입니다."

백작이 자신의 옆에 서 있던 여인들을 소개했다. 선량하고 다정한 분위기를 지닌 부인과 그녀를 닮은 세 명의 소녀들이었다. 장녀는 이사나 또래인 것 같았고, 자매들끼리는 각자 서너 살 터울로 보였다. 그녀들 모두 금갈색 머리에 검은 눈동자를 지니고 있었다. 약간 도톰한 입술 형태며, 얼굴에 주근깨가 있는 것까지도 동일했다. 매우 닮은 여성들이 연령별로 나란히 서 있으니 마치 한 사람의 성장 과정을 지켜보는 기분마저 들었다.

"황제 폐하를 뵙습니다."

부인이 먼저 무릎을 굽히자 소녀들도 한껏 긴장한 얼굴로 치맛단을 들어올렸다. 몸짓은 우아했지만 눈으로는 다들 이사나를 훔쳐보기에 바빴다. 눈앞에서 황제를 보는 게 흔한 기회는 아닐 테니 호기심이 생길 만도 했다. 이사나는 부드럽게 미소 지었다.

"백작 부인의 아름다운 미소를 보니 벌써 제국에 봄이 찾아온 것 같습니다. 딸들도 부인을 닮아 모두 아름답군요."

"화, 황공합니다."

의례적인 인사라도 칭찬의 말은 듣는 사람을 기분 좋게 만드는 법이다. 그것이 황제의 말이라면 두말할 필요도 없다. 흐뭇하게 웃는 부인 뒤에서 소녀들 또한 수줍게 얼굴을 붉혔다. 그녀들이 이사나를 바라보는 시선에 선망이 담기는 것이 선명하게 느껴졌다. 그 순간 내 옆에선 암울한 공기가 무럭무럭 피어올랐다. 알리사의 눈동자가 불이 튀는 것처럼 번뜩거리고 있었다. 그 시선은 세 자매 중에서도 장녀를 향할 때 특히 더 날카로워졌다.

"황제 폐하는 어느 여인에게나 공평하게 친절한 분이신 것 같군. 나라면 아름답다는 칭찬은 내 여인에게만 할 텐데."

옆에 있던 라온휘젠 황태자가 들으라는 듯이 중얼거리는 소리가 이어졌다. 귀신같은 틈새 공략이었다. 제법 효과가 있었는지 알리사의 눈빛이 더 흉흉해졌다. 다른 의미에서도 힘든 겨울이 되겠구나. 나는 고개를 설레설레 저었다.

몇 차례 인사가 더 이어진 다음에야 부대는 본격적으로 영지 안으로 이동했다. 성문을 지나 긴 다리를 건너자 아기자기한 건물의 모습이 들어오기 시작했다. 크지는 않아도 제법 잘 정비된 마을이었다. 바논 백작은 관청 건물을 통째로 황제군에게 내주었다. 그러고도 부족한 숙소는 근방 공터에 막사를 짓는 걸로 해결했다. 이사나는 처음엔 병사들과 같은 숙소를 쓰려 했지만, 한사코 권유하는 백작의 요청을 받아들여 그의 자택에서 머물기로 했다. 알리사와 황태자에게도 같은 층의 방이 배정됐다. 물론 호위들도 마찬가지였다.

"알드레프 경의 호위 분들은 이 방을 쓰시면 됩니다."

내 일행은 알리사의 바로 옆방을 쓰게 됐다. 집사의 안내를 받아 방으로 들어서자 잘 정돈된 공간이 들어왔다. 백작의 저택이라 그런지 손님방치고는 제법 괜찮은 편이었다. 시벨리우스가 만들어 주는 텐트에는 현저히 못 미쳤지만. 온종일 방 안에만 있을 것도 아닌데 굳이 아쉬워할 건 아니었다. 단지 그것과는 별개로 숙소가 마음에 들지는 않았다.

"불편한 곳이 있으시면 언제든지 말씀해 주십시오."

친절한 집사의 말에 나는 주위를 둘러보던 것을 잠시 멈추고 그를 돌아보았다.

"저기, 실례되는 질문이긴 한데요. 혹시 이 저택이 지어지기 전에 이곳에 뭐가 있었는지 아세요?"

"저택이 지어지기 전 말입니까? 그냥 숲이었습니다만."

"숲? 확실해요?"

"예, 작은 정원수를 키우는 숲이었습니다. 초대 가주님이 투자하시던 사업 중 하나였지요. 후에 3대 가주님이 투자 방향을 바꾸시면서 그 숲을 밀고 지금의 저택을 지으셨다고 알고 있습니다."

"그렇군요. 그럼 터의 문제는 아닌가? 그게 오히려 더 싫은데."

"예?"

"아니, 아무것도 아니에요. 이상한 걸 물어서 죄송해요. 신경 쓰지 마세요."

웃으며 고개를 젓자 집사는 어리둥절한 표정을 지었다가 이내 물러났다. 나는 다시금 주위를 둘러보았다. 객관적으로는 참 아름다운 저택이었다. 실내는 어디를 가도 단정했고, 화사한 분위기로 꾸며져 있었다. 저택 앞쪽에는 넓은 정원이, 뒤편에는 우아하게 장식된 분수가 자리 잡고 있어 어느 쪽에 눈을 둬도 즐거워지는 구조였다. 사람들은 모두 친절했으며 활기가 흘러넘쳤다. 누구라도 쉽게 매력을 느낄 만한 곳이라고 생각하기에 충분한 환경이었다.

—내가 정령이 아니었다면. 그래서 남들보다 보는 것이 더 많지만 않았다면 말이다.

"왜 그런 표정이야?"

겉옷을 벗고 있던 라피스가 의아한 얼굴로 물었다. 내 표정이 묘하긴 했던 모양이다.

"그냥. 조금 거슬려서."

"뭐가 거슬리는데?"

"여기 좀 지저분하지 않아?"

"지저분하다고?"

라피스가 이해할 수 없다는 얼굴로 방 안을 둘러보았다. 어디를 봐도 깨끗하게 정돈된 곳을 보면서 지저분하다고 하니 그럴 만도 했다. 시벨리우스는 대강 짐작했는지 담담한 시선을 보내오고 있었다. 나는 다시금 주위를 돌아보았다. 그러나 아무리 살펴봐도 처음 내렸던 판단이 달라지진 않았다.

문득 창문 밖을 내려다 봤더니 누군가 정문에서 나와 정원을 향해 달려가고 있는 것이 보였다. 뒷모습뿐이었지만 그를 알아보는 건 어렵지 않았다. 화려하게 구불거리는 짧은 갈색 머리는 아셀뿐이었다. 그는 체하기라도 했는지 연신 헛구역질을 하고 있었다. 그가 들고 나온 술로 입 안을 여러 번 헹궈내는 모습을, 나는 한동안 물끄러미 응시했다.

"……아무래도 꽤 구린 곳에 온 것 같아."

* * *

잔류사념이라는 게 있다. 사람이 한(恨) 많은 죽음을 맞이하면 관련 장소에 사념이 새겨지는 현상이다. 영의 세계는 생각보다 심오해서, 죽은 후에도 완전히 끝나지 않는 경우가 많았다. 혼은 인도자에게 수거되어 명계로 떠나더라도 마지막 순간까지 품은 한이나 원념은 찌꺼기로 남아 여전히 그 장소에 머물렀다. 내버려 두면 점차 흐려져 결국엔 사라지지만, 원인이 해결되지 않는 경우 꽤 오랫동안 잔류하는 편이었다.

지금까지는 그런 게 보여도 딱히 신경 쓴 적은 없었다. 솔직히 역사가 오래된 건물엔 한두 번쯤 흉흉한 사건들이 있었기 마련이라, 사념이 하나도 없는 곳을 찾는 게 오히려 더 어려웠다. 일반 사람들에게는 보이지도 않는 거라서 심각하게 생각하지도 않았다.

—하지만 그것도 어디까지나 적당한 선이라는 게 있는 법이다.

사념이라고 해 봤자 보통은 먼지가 굴러다니는 것 같은 느낌이거나, 조금 심하면 지저분한 얼룩이 묻어 있는 듯한 형태에 불과했다. 그러나 바논 백작의 저택에 남아 있는 흔적은 그런 일반적인 수위를 훨씬 넘어섰다. 이 건물엔 가는 곳마다 물풍선이 터진 것처럼 짙은 액체가 퍼져 있었다. 심지어 색깔마저 검붉은 색이라 사방에서 핏물이 흐르고 있는 것 같았다.

이렇게 심한 형태의 잔류사념을 보는 건 처음이었다. 아무런 일도 없었는데 이런 흔적이 생기려면 적어도 저택의 터에 문제가 있어야 했다. 대량 학살이 은폐된 장소라든가, 한때 처형장이었다든가. 하지만 그저 정원수를 키우는 숲이었다고 하니 그런 것과는 거리가 먼 듯했다. 결국 저택 안에서 누군가가 살해당했다는 소리였다. 그것도 상당히 처참하게.

"이건 거의 저주받은 수준인데? 자다가 가위 눌리는 사람이 많겠는걸."

너무 끔찍한 흔적이라 저택 안을 돌아보는 내내 가슴이 몇 번씩 내려앉았다. 이 정도로 강한 사념은 대체로 육의 세계까지 영향을 미친다. 예민하거나 심약한 사람은 사념에 사로잡혀 환각을 볼 수도 있었다. 가끔 장난이 지나친 신들은(주로 하급신들이지만) 이런 사념에 형태를 입혀 인간들에게 피해를 주기도 한다. 귀신이나 요괴라고 알려지는 것들이 보통 이런 경우였다. 나나 정령들한테는 전혀 해가 되지 않지만, 보는 것만으로도 질리는 기분이라 찝찝해지는 건 어쩔 수 없었다. 구겨진 얼굴을 피지 못하는 내 옆에서 라피스가 시큰둥하게 말했다.

"난 아무것도 안 보이는데?"

"그야 이건 영혼이 남긴 찌꺼기 같은 거니까. 영안도 아닌데 너한테 보일 리가 없지."

"흠, 그럼 저쪽의 퍼런 엘프에겐 보인단 말이네?"

"아마도?"

시벨리우스의 대답은 따로 들어볼 필요가 없었다. 그 역시 나만큼이나 거북해하는 표정을 짓고 있었기 때문이다. 명계의 영역을 본다고 하더니. 정령은 떠도는 기운만 얼핏 느끼는 것에 비해, 이쪽은 확실히 선명하게 보이는 것 같았다. 라피스의 얼굴이 와락 찌푸려졌다.

"왠지 기분 나빠졌어."

"나참, 이런 쓸데없는 걸로 경쟁하지 마. 안 보는 게 더 나은 거니까. 아무튼 이런 곳에서 한동안 묵어야 하다니, 우리도 참 운이 없네. 이따 우리 쪽 사람들이 쓰는 방이나 대충 정화해 둬야겠다."

"왜 대충이야? 너라면 아예 제거할 수도 있지 않아?"

"응, 그렇긴 해."

"근데 웬일로?"

비꼬듯이 건네는 말의 의미는 뻔했다. 웬일로 네가 오지랖을 부리지 않고 그냥 넘어가냐는 거다. 거기에 대해서는 할 말이 많았기에 나는 당당하게 대답했다.

"잔류사념은 억울하게 죽은 피해자가 남기는 거야. 일종의 다잉 메시지라고. 이렇게 처참한 흔적을 남긴 걸 보면 상당히 잔인하게 살해당했을 거야. 심지어 매우 선명한 상태로 남아 있어. 그건 곧 이 사건이 아무도 모르게 은폐되었거나, 최근에 일어났다는 뜻이지. 어쩌면 두 가지 다 해당할지도 몰라. 이곳 사람들의 안색이 멀쩡한 걸 보면 일어난 지 얼마 안 된 일이라는 건 확실해. 아직 아무도 사념에 영향을 받지 않은 거야. 그러니 지금 치워버리는 건 너무 이르지. 사건이 은폐되어 있다면 이대로 끝나는 게 가엾잖아?"

"뭐야, 오지랖이 죽은 사람 쪽에 있었던 거였군."

"정의를 지키려는 것뿐이거든? 아무튼 정확히 어떤 상황인지 모르니까 그냥 내버려둘 거야. 유령의 집이라고 소문날 때쯤 되면 사건도 더욱 명확해지겠지. 범인이 죗값을 치르지 않으면 사념이 날뛰는 방향이 더 악랄해지거든. 그럼 결국 어떤 식으로든 드러나지 않겠어?"

"뭐, 마음대로 해. 어차피 나한텐 보이지도 않는 거. 내버려 두든지 말든지."

"그렇게 성의 없이 대답할 게 아냐. 이거 꽤 심각한 일이라고."

"흥. 보이지도 않는데 얼마나 심각한지 알 게 뭐야."

"자꾸 삐딱하게 굴래?"

눈을 흘겼더니 라피스는 콧방귀만 뀌었다. 혼자만 잔류사념을 보지 못하는 게 어지간히도 분한 모양이다. 그가 아무리 마법에 능통해도 이건 어쩔 수 없는 영역이긴 했다.

"야, 퍼런 엘프. 날 위해 희생해라. 네 눈 내놔."

화풀이는 엉뚱하게도 시벨리우스를 향해 이어졌다. 가만히 있다가 느닷없는 시비를 받은 시벨리우스는 기함하다 못해 기침을 토했다.

"쿨럭, 쿨럭! 이 미친놈이! 독약이라도 삼켰어? 갑자기 무슨 헛소리야?"

"너한테 태어난 의미를 부여해 주는 거잖아. 네 눈도 너한테 붙어 있는 것보단 나한테 와서 쓰임을 받는 걸 더 기뻐할 거다."

"죽고 싶다는 말을 아주 유쾌하게 돌려 말하는 재주가 있네. 가져갈 수 있으면 어디 가져가 보시지?"

"그런 말 해도 되겠어? 후회할 텐데?"

"내가 왜 후회를 해? 나자빠지는 꼴을 보면 속이 다 시원할 것 같은데."

"하, 나자빠져? 지금 누구한테 하는 말이냐?"

"너."

"너겠지."

"아니, 너야."

"너거든?"

다 큰 성인 남자들 사이에서 유치한 말싸움이 오가기 시작했다. 한동안 잠자코 듣고 있다가 나는 푹 한숨을 내쉬었다.

"그만두지 않으면 둘 다 좋은 꼴 못 볼 줄 알아."

"……."

"……."

다행스럽게도, 그들은 경고를 무시하는 어리석은 짓은 벌이지 않았다. 그들로서도 실내에서 물벼락을 맞는 경험은 하고 싶지 않은 모양이었다. 잔소리를 할까 하다가 그것마저 귀찮아져서 그만뒀다. 그러고 나니 문득 궁금해지는 것이 있었다.

"근데 라피스, 너 귀한 보석 같은 거 많이 갖고 있지 않아? 그 중에 유니콘의 눈은 없는 거야?"

내게 준 서클렛도 그렇고, 돌이켜보면 라피스는 은근히 수집가 기질이 있는 편이었다. 황실의 보물에 마신전의 보물도 갖고 있는 녀석이 유니콘의 눈은 노리지 않았다는 게 오히려 이상했다. 짐작이 틀리진 않았는지 그가 불쾌한 기억을 떠올린 얼굴로 대답했다.

"구하려고 해 본 적은 있어. 결국 못 구했지만."

"헉, 네가 구하려고 했는데 못 구했다고?"

"일단 매물이 있어야 구하든가 말든가 하지."

“정말 엄청 귀한가 보네.”

그의 자산이 얼마나 되는지 정확히는 모르지만 어디 가서 돈이 부족해 아쉬운 소리를 할 정도는 아닌 건 분명하다. 정 안 되면 힘을 동원하거나 훔치기라도 할 녀석이었다(서클렛의 출처에서 이미 전적이 있다시피). 그런 녀석이 못 구했다니. 아예 이 세상에 존재하지 않는 물건이라는 소리나 다름없었다.

“한때 어느 거부가 집요하게 사들였다고 하더군. 그 이후로는 추적이 불가능했어. 보통 유니콘의 눈은 보석으로 활용하는 편인데, 그자는 전부 흡수하는 데 쓴 모양이야.”

“전부?”

“전부. 보석으로 활용했다면 이렇게까지 흔적이 남지 않을 리가 없거든.”

하긴, 보석은 어떤 경로로든 결국 다른 사람에게 유통되기 마련이다. 평생 끌어안고 살았더라도 죽어서까지 소유하지는 못할 테니까. 어딘가 묻어 버렸을지도 모르지만, 그 귀한 걸 전부 묻었다고 보느니 차라리 흡수했다고 보는 편이 타당했다.

“으음, 취미가 고약한 사람이네. 그걸 먹어서 뭘 하려던 거지?”

“알 게 뭐야. 젠장, 하나만 있어도 가공하면 어떻게든 될 것 같은데. 야, 퍼런 엘프. 특별히 내가 배려해 주지. 눈 한 개만 내놔.”

“저리 꺼져, 도마뱀.”

시벨리우스가 경멸하는 얼굴로 이를 갈았다. 라피스의 눈도 사납게 치켜 올라갔다.

"도마뱀? 겁을 상실했냐? 지금 내가 엘이 무서워서 가만히 있는 것 같아?"

"그러는 너야말로."

제2차전을 알리는 서곡이 울렸다. 이번엔 나도 따로 경고하지 않았다. 나는 생긋 웃으며 손을 들어올렸다.

촤아악!

경쾌한 물소리가 울려 퍼졌다.

3.

여장을 풀기 무섭게 본격적으로 눈이 쏟아지기 시작했다. 이미 짐작한 바대로 상당히 거센 폭설이었다. 한 치 앞도 보이지 않을 만큼 몰아치는 눈발에 영내 사람들의 모든 외부 활동이 중단됐다. 눈은 바닥에 닿는 족족 그대로 쌓였고, 순식간에 허벅지까지 차올랐다. 불과 몇 분도 되지 않아 온 세상이 하얗게 뒤덮였다. 반나절이 지났을 땐 마을 자체가 눈에 묻혀버린 것 같았다.

'적당히 해라. 적당히.'

사방에서 운디네와 슈리엘들이 뛰노는 광경이 보였다. 이러다 눈이 그칠 즈음엔 터널을 뚫어야 할지도 모르겠다. 나는 정신을 놓은 듯이 내달리고 있는 정령들을 향해 가볍게 경고의 눈짓을 보냈다. 어지간하면 내버려 두는 편이지만 눈 때문에 전쟁이 너무 길어지는 건 곤란했다. 이 심란한 저택 안에서 온종일 갇혀 지내고 싶지도 않았다.

"왠지 요즘 잠자리가 뒤숭숭한 것 같아."

"너도 그래? 나도 요즘 좀……."

"자고 일어나도 개운한 기분이 안 들지 않아? 항상 피곤을 달고 사는 기분이야."

"맞아, 맞아. 정말 그래."

"몸이 허해진 걸까?"

복도를 걷고 있는데 멀찍이서 백작저의 고용인들이 잡담하는 소리가 들려 왔다. 예상대로 다들 알게 모르게 사념의 영향을 받고 있는 것 같았다. 진행이 그리 빠른 것 같진 않은데 언제쯤 본격적으로 이상 현상이 나타날지 궁금했다. 아마 완전히 심화되어 불거지려면 몇 년은 더 걸릴지도 몰랐다.

이사나와 다른 일행들에겐 이런 쪽 사정은 아직 알리지 않았다. 정확히 어떤 사연인지, 누가 얽혀 있는 건지 무엇 하나 정확하지 않은 사건이었다. 저택 안에서 일어난 일이니 가주인 바논 백작부터 고용인들까지 백작저의 모든 사람들이 다 의심스럽지만, 반드시 내부인의 짓이라고 볼 수도 없었다. 지금은 말해 봤자 괜한 분란만 조성하는 꼴이 될 게 뻔했다.

그렇지 않아도 이사나는 생각이 많은 편이었다. 특히 대공 쪽에서 알리사를 공격했었던 이후부턴 경계심이 상당히 높아져 있었다. 워낙 내색하는 편이 아니라 처음엔 잘 느끼지 못했는데, 요즘 들어 알리사의 안전을 당부하는 횟수가 부쩍 늘었다. 한발만 늦었어도 아찔했을 순간을 겪은 만큼 충분히 예민해질 만도 했다. 황태자 앞에선 알리사가 원하는 대로 해 줄 거라고 의연하게 말했지만, 실제론 전쟁에서 이만 빠지라는 말을 하고 싶은 걸 간신히 참고 있을 터였다.

당시 정황에 의하면 대공의 기사들은 알리사의 정체를 알자마자 기다렸다는 듯이 공격했다고 했다. 카터스의 황태자를 통해 분란을 일으키려는 계획과는 별개로, 대공 쪽에서 알리사를 제거할 생각이 있었다는 거다. 적군에서 가장 뛰어난 전사를 최우선으로 노리는 건 누구에게나 당연한 전략이다. 알리사가 여신의 딸이라 불렸을 때부터 이미 예견되어 있던 사고나 다름없었다. 다시 말하면, 대공이 또 암살을 시도할 가능성이 얼마든지 있다는 말이기도 했다.

이런 상황에서 저택의 수상한 사정까지 알게 되었다간 이사나는 이곳에서 지내는 내내 단 한 순간도 맘 편히 쉬지 못할 거다. 전혀 상관없는 일이라고 밝혀질 때까진 대공과 결부 지어 생각하는 걸 멈출 수 없을 테니까. 사방의 모든 것이 알리사를 위협하는 무기로 느껴질 터였다.

알리사가 대공의 표적이 된 것엔 내 공헌(?)이 가장 큰 만큼, 나 또한 책임을 깊이 통감했다. 지금까지는 위험해져도 내가 전부 지키면 된다고 생각했는데, 이게 생각하던 것만큼 간단한 일이 아니었다. 인간은 눈을 잠깐 뗀 몇 분 사이에도 허무하게 죽을 수 있는 존재였다. 다소 관조하는 기분으로 임해 왔던 전쟁의 무게가 새삼 어깨를 짓누르는 것 같았다. 어쨌거나 이사나의 평화를 위해서라도 지금은 아무것도 모르는 게 약이었다.

다행히 아직까지는 백작 일가에게서 수상한 기색을 느끼진 못했다. 가주인 바논 백작은 처음 느꼈던 점잖은 인상 그대로, 우직하게 맡은 책임을 다한다는 느낌이었다. 의례적인 선에서 예의를 차리는 태도이긴 했지만 소홀하게 대하는 부분도 없었다. 오히려 과하게 환심을 사려는 태도보다는 이쪽이 더 믿음직스러웠다. 게다가 우리 쪽과 의견이 일치하는 부분도 있었다.

"상황이 그렇게 된 것이군요. 대공 쪽의 주장을 온전히 믿지는 않았습니다만, 그의 실체가 그렇게 추악했을 줄은 몰랐습니다."

스텔스 영내에서 묵게 된 첫날. 가볍게 담소를 나누는 자리에서 이사나가 그동안의 일들을 모두 이야기했을 때, 바논 백작은 충격을 감추지 못했다. 그는 한참 동안 입을 뻐끔거리다 연거푸 마른세수를 했다.

"많이 놀란 것 같습니다, 백작."

"아뇨, 아닙니다. 솔직히 말씀드리면 그리 놀라지는 않았습니다. 그래서 탄식이 나옵니다, 폐하."

"놀라지 않아 탄식이 나온다? 그게 무슨 뜻입니까?"

"이걸 대체 어떻게 말씀드려야 할지 모르겠습니다."

대답하는 백작의 얼굴이 침통하게 일그러졌다.

"폐하께서도 아실지 모르겠지만 마신의 교단은 꽤 오래전부터 횡포가 심했습니다. 마신의 신성제국이라는 명칭을 앞세워 영주들 위에 군림하려 들었지요. 지방 영주들 중에선 마신의 교단을 싫어하는 자들이 꽤 될 겁니다. 대공의 반란은 어쩌면 이미 오래전부터 예정된 일이었을지도 모르겠습니다."

"……과연, 그렇군요."

"사실 저는 신관인 대공이 섭정을 할 때부터 말도 안 되는 일이라고 생각했습니다. 그는 사제의 길을 걷게 된 순간 더는 황족이라 할 수 없습니다. 신관이란 모름지기 신을 섬기는 일만 하면 됩니다. 그게 그들에게 주어진 삶이지요. 대륙 역사 어디에도 교단에서 황권을 넘보는 일은 없었습니다. 마신의 교단은, 가져서는 안 될 야욕을 품고 있습니다. 저는 그들의 그런 행태를 용납할 수가 없습니다."

바논 백작은 진심으로 분노했고, 한편으로는 후련해했다. 이전부터 가지고 있던 마신의 교단에 대한 반감이 이번 일과 맞물리면서, 그 스스로 그들을 증오할 당위성을 찾은 것 같았다. 일단 그것만 봤을 땐 우리한테 해가 될 자는 아니었다.

"엘 님!"

"……!"

뒤에서 부르는 우렁찬 목소리에 한창 다른 곳으로 흘러가던 의식이 다시 현재로 돌아왔다. 돌아보았더니 알리사가 씩씩거리며 달려오고 있었다.

"알리사. 가급적 돌아다니지 말라니까. 게다가 왜 혼자 있는 거야? 시벨은 어디 가고?"

지난 사건 이후, 나와 시벨리우스는 알리사를 절대 혼자 다니게 하지 않았다. 내가 없을 땐 시벨리우스가, 그가 없을 땐 내가 반드시 곁을 지키기로 한 상태였다(라피스의 협조는 기대도 하지 않으니 처음부터 제외다). 지금은 식사 시간이라 나 혼자 빠져나왔던 참이었고, 그동안 알리사의 곁은 시벨리우스가 지키고 있어야 했다. 그런데 당연히 옆에 붙어 있어야 할 그가 보이지 않았다. 사유는 매우 황당했다.

"아까 마커스 백작님의 부관들한테 잡혀 갔어."

"뭐?"

"마커스 백작님은 관청 쪽에서 지내잖아. 오늘 나온 점심이 굉장히 맛없었나 봐. 시벨 씨가 만들어 주는 크림 수프를 드시고 싶다고 울었대."

"……."

"시벨 씨는 끝까지 안 가겠다고 버텼는데 내가 갔다 오라고 억지로 보냈어. 그리고 엄밀히 말하면 나 지금 혼자 있는 거 아냐."

"혼자가 아니긴 뭐가 아니……아."

정령을 소환한 상태도 아닌데 무슨 억지를 쓰는 건가 싶어서 얼굴을 찌푸리다가 나는 곧바로 납득했다. 알리사의 손에 쥐어진 것을 보았기 때문이다. 먹물처럼 새카만 빛을 머금은 예리한 자태의 장검을.

"……파이어 버스터네?"

—오호호호호홋!

그 순간, 익숙하고도 달갑지 않은 웃음소리가 울려 퍼졌다. 나와 알리사의 얼굴이 동시에 찌푸려졌다.

—네, 바로 접니다! 엘 님께서 그 이름을 부르시는 순간을 계속 숨죽여 기다리고 있었답니다! 제가 그리우셨나요? 아아, 그러실 줄 알았어요. 제가 이곳에 있는지조차 잊어버리셨다거나, 그런 애가 있었다는 것도 까먹으셨다거나. 그런 서운하고 섭섭한 일이 있었을 리는 물론 당연히 없겠죠. 왜냐면 저는 사랑받기 위해 태어난 정령검이니까! 숭고하고도 위대하신 이프리트 님의 힘을 계승한, 기적의 산물! 말 그대로 보배롭고도 경이롭고도 아름답고도……!

"알리사, 그거 집어 던져버려도 돼."

"정말?"

—아아아아앗! 안 돼요! 싫어요! 입 다물게요! 던지지 마세요! 제 완벽한 몸에 흠집나면 안 된단 말이에요!

비명처럼 울리는 목소리에 알리사가 좋다 말았다는 표정으로 들어 올렸던 팔을 내렸다. 나는 질린 기분으로 파이어 버스터를 바라보다가 알리사에게 어떻게 된 거냐는 시선을 던졌다. 의미를 바로 알아들은 알리사가 울상을 지었다.

"이사나 씨가 갖고 다니래."

"……저런."

어떻게 된 건지 대충 알 만했다. 내가 알기로 그간 파이어 버스터는 그 끊임없고 가공할 수다 때문에 아공간 배낭 속에 봉인(?) 처분을 당한 상태였다. 하지만 알리사의 안위를 염려한 이사나가 결국 다수의 희생을 감수하기로 한 모양이다. 파이어 버스터를 봉인 해제하게 만든 원인이자 동시에 가장 큰 피해자(?)이기도 한 알리사는 절박한 얼굴로 나를 올려다보았다.

"엘 님이 이사나 씨 좀 설득해 주면 안 돼? 난 싫다고 했는데 이것만은 절대 양보할 수 없대. 안 가지고 다니면 나한테 사람을 붙여서 클모어로 다시 내려보내겠다지 뭐야?"

"와, 이사나가 그렇게까지 말했어? 진짜 단단히 결심했구나."

"감탄할 일이 아냐! 지금 이게 말이 돼? 내 몸은 나 혼자서도 건사할 수 있어! 내가 왜 이런 푼수 같은 검을 갖고 다녀야 하는 거야?"

—잠깐만요! 지금 말 다했어요? 푼수라뇨! 고귀한 정령검에게 존경심을 담아 부르지는 못할망정! 뚫린 입이라고 못하는 말이 없네요?

"고귀하긴 얼어 죽을!"

—어머어머, 이 여자가 말하는 것 좀 봐? 나라고 너 같은 애송이랑 같이 다니는 게 좋은 줄 알아요? 몇 번이나 거절해도 용사님이 자꾸만 부탁하셔서 어쩔 수 없이 결정한 거라고요! 가여운 소녀에게 은혜를 베푸는 셈치고 큰마음 먹고 받아들여 줬더니!

"누가 받아들이래? 난 네 은혜 같은 거 바란 적도 없거든? 네가 있으면 오히려 머리만 아파진다고! 너도 나랑 다니는 거 싫을 거 아냐? 이사나 씨한테 다시 데려다 줄 테니까 이런 거 못 하겠다고 말해!"

—아뇨! 안됐지만 그렇게는 못 하겠네요! 이 파이어 버스터! 한번 한 약속은 무슨 일이 있어도 지키는 신의의 검이니까요! 게다가 난 당신과 다르게 배포가 남다르거든요! 당신의 마음이 아무리 좁쌀처럼 옹졸하고 편협해도 그걸 너그럽게 수용할 만한 넓은 아량을 가지고 있단 말이죠. 그런 의미에서 더더욱 옆에 붙어 있어 드리겠어요! 이제 당신은 계속 머리 아플 일만 있겠네요? 아이고, 안타까워서 어쩌면 좋아요?

"아씨, 난 정말 얘 싫어! 어떻게 좀 해줘, 엘 님! 응? 다른 사람은 몰라도 이사나 씨가 엘 님 말은 듣잖아! 응?"

정신없이 쏟아지는 목소리들에 오히려 내 머리가 아파졌다. 나는 난감한 기분으로 볼을 긁적거리다가 알리사의 어깨를 두드렸다.

"미안, 알리사. 이번엔 나도 이사나의 손을 들어줘야 할 것 같아."

"엘 님까지!"

"그렇게 정색하지만 말고 차분히 생각해 봐. 우린 아직 전쟁 중이잖아. 몸을 방어할 수 있는 수단은 하나라도 더 있는 게 좋아. 그건 너도 동의하지 않아?"

"그, 그거야 그렇지만. 그래도 얘는 좀……."

"파이어 버스터는 그냥 평범한 검이 아냐. 결정적으로 위험한 순간이 닥쳤을 때, 네 목숨을 몇 번쯤은 구해낼 수 있는 능력을 가진 귀물이지. 난 이 검을 네게 준 이사나의 마음을 너무 잘 이해할 것 같은데? 이사나를 위해서라도 파이어 버스터와 잘 지내 보면 안 될까?"

"……."

알리사는 입술을 깨문 채 아무 말도 하지 않았다. 파이어 버스터가 자신에게 도움이 된다는 것보다, 이사나가 자신을 위해 마음을 쓴다는 사실에 흔들리는 것 같았다. 결국 알리사는 마지못한 얼굴로 고개를 끄덕였다.

"……알았어. 노력할게."

"그래, 잘 생각했어. 파이어 버스터, 알리사를 잘 부탁한다. 이왕 이렇게 된 김에 싸우지 말고 잘 좀 지내봐."

—엘 님께서 친히 당부하시는 말씀인데, 어쩔 수 없죠. 저도 노력하겠어요. 이 꼬마가 마음에 드는 건 아니지만 조금 고까운 정도는 참고 넘겨볼게요. 전 이 꼬마와는 달리 어른이니까요.

"그, 그래."

"웃겨, 정말! 누군 너 마음에 든대? 고까운 건 나도 마찬가지야!"

—아하? 그러니까 본인이 꼬마라는 점은 인정한다는 거군요? 그런 점에서는 점수를 주겠어요.

"@#$^@#$%!"

……저기, 얘들아. 노력한다고 말한 지 아직 1분도 안 지났거든?

다시 투닥거리기 시작하는 한 소녀와 한 물건(?)을 보며 나는 가만히 이마를 짚었다. 얼마 전엔 다 큰 성인 남자들이 그러더니 이번엔 꼬마들이다. 왜 내 곁에 있는 사람들은 다들 사이가 나쁜 건지 모르겠다. 엘뤼엔이 친구는 가려 사귀라고 했던 것 같은데. 이쯤 되면 오히려 내 쪽에 문제가 있는 게 아닐까? 혹시 불화의 화신이 될 운명을 타고났다거나. 스치는 생각을 그냥 웃어넘길 수가 없어서 마음이 착잡했다. 아무래도 사념보다 나를 먼저 정화해 봐야 할 것 같았다.

* * *

덜컹.

낡은 나무문이 열리면서 한 남자가 실내로 들어섰다. 남자의 어깨와 머리엔 하얀 눈덩이가 수북하게 쌓여 있었다. 방금 전까지 그가 처해 있던 상황을 고스란히 드러내는 행색이었다. 안에 있던 사람들이 입구에 서서 눈을 털어내는 남자를 일제히 바라보았다. 남자는 제게 쏟아지는 호기심의 시선을 무시한 채 묵묵히 걸음을 옮겼다. 그가 향한 곳은 실내 가장 구석진 곳에 자리한 탁자 앞이었다. 그곳에 앉아 있던 일행들이 남자를 발견하고 반가운 얼굴을 했다가, 그의 금발에 가득한 물기를 보고는 낙담한 표정을 지었다.

"뭐야. 아직도 내리고 있어?"

"아아, 틀렸어. 한동안 더 내릴 기세야."

"젠장, 지금도 많이 쌓였는데. 며칠간은 여기서 꼼짝도 못 하겠네."

붉은 더벅머리의 남자가 머리를 벅벅 긁으며 투덜거렸다. 다른 일행들도 나란히 한숨을 내쉬었다. 오늘쯤엔 출발하려고 했는데 이번에도 틀린 것 같았다.

남성 넷에 여성 둘로 구성되어 있는 일행은 대부분 가벼운 무장을 한 채였다. 한눈에 봐도 용병이라는 것을 알 수 있는 차림이었다. 그들은 황제군의 본대로 복귀하러 가는 중인 샴페인 용병단 일행이었다.

당초 2~3주 정도로 예상했던 일정이 기상 악화가 연이어지면서 이젠 한치 앞도 장담할 수 없을 정도로 불투명해졌다. 내리기 무섭게 쌓이기 시작한 눈은 통행자들의 발목을 묶기에 충분했고, 샴페인 용병단도 여기서 벗어날 수 없는 신세였다. 그나마 이번엔 본격적으로 쏟아지기 전에 여관을 잡아 다행이었다. 지난번엔 산 한복판에서 길이 막히는 바람에 조난당할 뻔했다. 간신히 빈 동굴을 찾아들어 가 눈을 피하긴 했지만 떨어지는 식량을 걱정하느라 내내 초조해해야 했다.

내친김에 그들은 종업원을 불러 술과 음식을 더 주문했다. 이 기회에 많이 먹고 체력이나 비축하자는 생각이었다. 그러나 사실 그들은 이미 한차례 엄청난 양의 음식을 주문한 상태였다. 탁자 위엔 아직 식지도 않은 요리들이 잔뜩 늘어져 있었고, 앞으로 나올 음식은 그보다 더 많았다. 그들이 또 주문을 추가하자 여관 주인은 반가우면서도 질린 표정을 지었다. 미리 선불을 내지 않았다면 음식값을 제대로 지불할 수 있을지 우려하는 시선이 떨어지지 않았을 터였다.

"돼지고기 부추볶음은 내 거다!"

"꺼져. 내가 시킨 거거든?"

"먼저 먹는 사람이 임자지!"

"으아아! 내 거니까 건드리지 말라고!"

접시 하나를 두고 아이들처럼 싸우는 일행들을 보며 휴센은 설레설레 고개를 흔들었다. 저 철부지들을 이끌고 이 험난한 여정을 지속하고 있는 자신이 대단하게 느껴졌다. 한편으로는 평생 이 신세를 벗어나지 못할 거란 불길한 예감도 함께 들었다.

문득 그의 시선이 맞은편 왼쪽 가장자리를 향했다. 눈앞에서 벌어지고 있는 아비규환과는 상관없이, 묵묵히 잔 하나만 들고 있는 남자가 그곳에 앉아 있었다. 잔에 담긴 맑은 액체는 휴센이 알기로 목이 탈 만큼 지독한 화주였다. 그는 그걸 마치 맹물인 것처럼 아무렇지 않게 넘기고 있었다. 지켜보는 저의 목이 더 타는 것 같아 휴센은 마른침을 꿀꺽 삼켰다.

걸신이 들린 것처럼 입 안에 음식을 밀어 넣고 있는 일행들 사이에서, 홀로 고요히 술잔을 기울이고 있는 남자의 모습은 이질적으로 보였다. 사실 그게 아니라도 남자는 그 외모 자체만으로도 매우 이질적인 존재이긴 했다. 그렇게 생각하는 건 휴센만이 아닌지 아까부터 주위에서 시선이 느껴지고 있었다. 조금만 돌아봐도 이쪽을 힐끔거리는 눈동자가 쉽게 발견됐다. 그 모두가 남자를 훔쳐보는 시선들이었다. 이런 걸 피하려고 일부러 구석진 곳에 자리를 잡았는데도 그다지 큰 효과가 없는 것 같았다. 휴센은 그럴 수밖에 없다고 생각했다. 한번 눈길이 가면 자기도 모르게 넋을 잃고 좇게 된다. 실례되는 행동이라는 걸 알면서도 휴센 역시 그의 모습에서 시선을 뗄 수가 없었다.

그는 마치 붓으로 정성껏 그려낸 그림 같았다. 벌꿀이 흐르는 것 같은 금발은 금사처럼 반짝거렸고, 피부는 진주로 빚은 듯이 희었다. 옅은 푸른색을 머금은 눈동자는 희귀하다고 알려진 블루 다이아몬드를 떠올리게 했다. 살아 있는 사람이 이렇게 생겼다는 건 어떤 의미에서는 경이롭기까지 하다.

솔직히 말해 휴센은 자신의 심미안이 꽤 높다고 자부하고 있었다. 가까이로는 동료인 매튜도 그렇고, 한동안 어울렸던 엘까지. 현실감이 없는 아름다움은 이미 몇 번이나 겪어본 참이었다. 그렇기에 더는 사람의 외모를 보고 놀랄 일은 없을 거라고 생각했다. 사실 그들을 떠올려 보면 남자의 외모도 크게 놀라운 정도는 아니었다. 하지만 그에겐 설명할 수 없는 묘한 느낌이 있었다.

"……뭐지?"

무엇보다 심장을 떨어지게 만드는 건 그의 목소리였다. 그의 음성엔 의미 없는 한마디도 그냥 지나치기 어렵게 만드는 힘이 있었다. 그 매력적인 음성이 아름다운 외모에 더해지면 더욱 비현실적인 분위기를 자아냈다. 지금만 봐도 그랬다. 그가 내뱉은 단 한마디의 울림에, 한참 음식에 집중하고 있던 일행들의 동작이 일시 정지됐다. 먹을 땐 눈앞에서 몬스터가 쳐들어와도 꿈쩍도 하지 않는 일행들이었다. 그런 그들이 그의 한마디엔 다들 정신을 차리고 집중하는 것이다.

'근데 왜 다들 나를 쳐다보고 있는…… 이런.'

일행들의 멀뚱한 시선을 받고 나서야 휴센은 남자가 자신을 응시하고 있다는 것을 깨달았다. 그의 목소리에만 집중하느라 방금 전의 질문이 자신을 향해 건네진 것이라는 걸 미처 파악하지 못했다. 휴센은 쥐구멍으로 기어들어 가고 싶은 기분을 눌러 참으며 애써 태연하게 웃었다.

"아무것도 아닙니다. 저어, 사제님은 또 술만 드시는군요. 혹시 형벌의 교단에는 그런 교칙이라도 있는 겁니까?"

"교칙?"

"엘도 묽은 죽이나 음료 위주로만 먹었던 것 같아서요."

"아아."

의아해하던 남자가 느릿하게 고개를 끄덕였다.

"엘은 그런 체질이고, 난 그냥 이게 취향일 뿐이다."

"그, 그렇군요. 어쨌든 술만 드시지 마시고 다른 음식도 좀 더 드시지요. 빈속에 그렇게 독한 술만 드시면 몸이 많이 상하실 겁니다."

"몸이 상해? 재밌는 걱정을 하는군."

무심하기만 하던 얼굴에 약간의 미소가 담겼다. 휴센은 탁자에 머리를 처박고 싶었다. 자기가 생각해도 멍청한 걱정이긴 했다. 처음 만난 날부터 이제까지 내내 술을 주식으로 삼던 남자였다. 몸에 문제가 생겼으려면 진작 생겼을 것이다.

머리를 부여잡고 신음을 흘리는 그를, 다른 일행들은 한심해하면서도 한편으로는 이해한다는 시선으로 바라보았다. 자신들도 멀쩡한 정신으로 남자와 말을 섞을 자신은 없었다. 그나마 침착한 성정을 지닌 휴센이라 저 정도에서 헛소리가 그치는 것이다. 이릴의 경우엔 그를 처음 만났을 때 '날씨가 매우 좋은데 이런 날엔 몬스터의 멱을 따러 가야 하지 않겠느냐' 며 한참 동안 횡설수설했다. 쉐리와 마이티는 얼어붙어서 입을 꾹 다물고만 있었다. 지금은 그나마 나아졌지만, 그래도 여전히 편하게 말을 거는 사람은 아무도 없었다.

그를 대할 땐 다들 입꼬리가 과장되게 치켜 올라갔고, 지진이 일어나듯 동공이 흔들거렸다. 심지어 함께한 날이 벌써 몇 날이건만 아직 그의 이름조차 몰랐다. 언젠가 한 번 조심스럽게 물어본 적은 있었으나, 대답하기 귀찮다는 시선이(실제로는 그냥 무심히 쳐다본 것뿐이었지만) 돌아온 이후로는 아무도 다시 물어볼 용기를 내지 못했다. 지나치게 소심한 태도라는 건 알았지만 그들도 어쩔 수 없었다. 그를 대할 때면 마치 엄격한 어른 앞에 선 어린아이가 되는 것 같았다. 지금은 자리에 없는, 그들의 동료인 매튜도 말을 붙이기 어려운 느낌이긴 했지만 이 정도는 아니었다. 왠지 그 두 사람이 같은 자리에 있으면 꽤 볼 만한 사태가 벌어질 거란 생각이 들었다.

"아, 그러고 보니 이쯤이면 엘더 시 근처 아닌가? 매튜와 헤어졌던."

매튜를 떠올렸더니 연상 작용으로 그의 안부가 궁금해졌다. 휴센의 중얼거림을 들은 쉐리가 지역을 가늠해 보고는 고개를 끄덕였다.

"응, 그렇네. 바로 이웃한 지역이야."

"가는 길에 한번 들러 볼까? 얼굴 본 지 오래됐잖아."

대규모 의뢰가 잦은 편은 아니기에 용병단이라 해서 항상 단체로 활동하진 않는다. 오히려 각자 개별 활동을 하는 경우가 더 많았다. 하지만 지금처럼 한 사람만 따로 떨어지게 된 건 처음 있는 일이었다. 매튜라면 어련히 알아서 잘 지내고 있겠지만, 시국이 시국이다 보니 휴센은 단장으로서 염려스러운 마음을 감출 수가 없었다.

"사제님, 괜찮으시다면 중간에 잠시 들러 봐도 되겠습니까? 지나는 방향이라서 일정을 크게 벗어나진 않을 겁니다."

"가는 길이라면 상관없겠지."

"이해해 주셔서 감사합니다."

가장 마음에 걸렸던 남자가 선선히 허락하자 휴센의 얼굴이 밝아졌다. 나머지 샴페인 용병들도 오랜만에 동료를 볼 수 있겠다는 생각에 들뜬 표정을 지었다.

"근데 단장, 벌써 꽤 시간이 흘렀잖아. 아직 매튜가 그곳에 있을까?"

"으음, 그런가?"

"엘더 시가 그렇게 큰 편은 아니거든. 벌써 지겨워지고도 남았을걸? 이미 떠나지 않았겠어?"

"응, 그러게요. 거기엔 없는 것 같네요."

"……!"

그 순간, 그들의 대화 속에 돌연 귀에 익은 음성이 끼어들었다. 반사적으로 돌아본 휴센과 샴페인 용병들은 눈을 휘둥그렇게 떴다. 그들 앞에 후드를 쓴 사람이 서 있었다. 방금 막 들어온 건지 조금 전의 휴센처럼 눈이 가득 쌓인 상태였다. 그가 후드를 젖히자 가장 먼저 새카만 흑발이 흐트러졌다. 초콜릿처럼 달콤해 보이는 피부, 찬란한 황금색 눈동자를 발견한 일행들이 자기도 모르게 자리에서 벌떡 일어났다.

"매튜!"

"세상에! 이게 누구야? 매튜잖아!"

귀신이라도 본 듯 격렬한 반응에 매튜가 가볍게 어깨를 으쓱였다. 설마 이곳에서 그를 만나게 될 줄이야. 아무도 예상하지 못했던 등장이었기에 휴센은 얼떨떨한 표정을 감추지 못했다.

"어떻게 된 거야? 매튜, 네가 왜 여깄어?"

"그건 내가 할 말인데요? 근처에 의뢰가 있어서 들렀는데, 눈이 너무 많이 오는 바람에 발이 묶였거든요. 이쪽이 더 가까워서 그냥 넘어왔는데, 여기서 낯익은 얼굴들을 다 보네요. 다들 이런 곳에서 뭐해요? 황제군 이동 경로는 아닌 것 같은데."

느긋하게 일행들을 돌아보던 매튜의 눈길이 문득 어느 한 군데를 향했다. 일행 중 유일하게 앉은 채인 신관 남자가 있는 곳이었다.

"……게다가 못 보던 얼굴도 있고."

아주 잠시 두 사람의 시선이 마주쳤다. 서로를 응시하는 눈빛이 왠지 묘한 것 같다고, 휴센은 생각했다. 하지만 워낙 순간적이었기 때문에 자신이 제대로 본 건지 확신할 수가 없었다.

"사정이 생겨서 본대와 떨어졌다가 복귀하는 중이었어. 이분은 중간에 인연이 닿게 된 형벌의 사제님이셔. 엘과도 아는 사이시래."

"아, 그래요?"

다시 남자를 돌아본 매튜의 입가에 미소가 그려졌다. 그가 잘 웃는 편이 아니라는 걸 잘 알고 있는 휴센은 살짝 숨을 삼켰다. 엘과 아는 사이라는 것 때문일까? 평소보다 태도가 부드러운 것 같았다.

"처음 뵙겠습니다. 매튜라고 해요."

"……."

하지만 신관 남자 쪽은 아니었다. 대화가 오가는 중에도 술잔을 기울이던 그는 그저 무심한 시선으로 매튜를 보기만 할 뿐, 이렇다 할 반응을 보이지 않았다. 고개를 살짝 끄덕이긴 했지만 그게 전부였다. 이번에야말로 남자의 이름을 알 수 있지 않을까 기대하던 샴페인 용병들은 실망한 얼굴이 됐다.

“모처럼 만인데 저도 합석해도 되나요?”

“아니, 그게 무슨 소리야? 네가 합석하는 데 우리 허락이 왜 필요해? 자, 어서 이리 와서 앉아. 그러고 보니 식사는? 음식 더 주문할까?”

“아니에요. 먹고 왔어요. 저도 술이나 시켜 주세요.”

매튜가 자리 잡은 곳은 신관 남자의 바로 옆이었다. 안 그래도 화려한 남자 옆에 만만치 않게 화려한 소년까지 더해지자 존재감이 두 배가 됐다. 샴페인 용병들은 자기들도 모르게 긴장한 표정을 지었다. 특히 휴센은 매우 복잡한 심정이었다. 두 사람이 만나면 재밌는 광경이 연출될 것 같다고 생각했지만, 그 순간이 이렇게 빨리 찾아올 줄은 몰랐다. 마치 최후의 날이라도 찾아온 듯한 비장한 기분마저 들었다.

다행히 분위기는 그리 나쁘지 않게 흘러갔다. 한동안 떨어져 있었기에 그만큼 쌓인 이야기들이 많았던 참이었다. 매튜 쪽에서 먼저 지난 안부를 물어오자, 그 기회를 놓치지 않은 샴페인 용병들이 앞다투어 입을 열기 시작했다. 흥겨운 분위기에 술이 더해지면서 자리는 빠른 속도로 무르익어 갔다. 그동안 신관 남자는 홀로 동떨어진 상태였지만, 그는 처음부터 그랬기에 새삼스레 신경 쓸 일은 아니었다.

“으아, 너무 많이 먹었다. 난 잠시 밖에 나가서 소화 좀 시켜야 할 것 같아."

"아, 나도. 이제 더 이상은 못 먹겠어."

"그럼 주방에 가서 더 내올 필요 없다고 말하고 올게."

"난 화장실."

"아! 나도 같이 가, 이릴 언니."

아무리 즐거운 시간이라도 무한정 이어갈 수 있는 건 아니다. 어느 정도쯤 떠들고 나자 자연스레 휴식을 취하는 분위기가 생겼다. 대화를 중단한 용병들이 각자 다른 용건을 지니고 우르르 흩어지기 시작했다. 모두 일어나서 떠나간 자리엔 신관 남자와 매튜만이 남았다. 다섯이나 되는 인원이 한꺼번에 사라지니 시끌벅적하던 사위가 한순간에 고요해졌다. 그때서야 트로웰은 쓰고 있던 매튜의 가면을 내려놓았다.

"그래서, 여긴 무슨 일이실까, 엘뤼엔?"

"……."

웃으며 묻는 말에 조용히 자작을 이어가던 신관 남자—엘뤼엔의 눈이 가늘어졌다. 그의 얼굴 가득 응대를 귀찮아하는 기색이 떠올랐다.

순진한 인간 용병들이야 우연히 만났다는 설정에 속아 넘어갔는지 몰라도, 그는 트로웰이 일부러 찾아왔다는 걸 잘 알고 있었다. 정령왕들 중에서도 땅의 왕은 어느 세대나 가장 상대하기 귀찮은 존재였다. 그의 등장이 그리 달갑진 않았다. 그러거나 말거나 트로웰은 전혀 아랑곳하지 않았다.

"샴페인들이 어떻게 지내고 있나 찾아봤다가 네가 있어서 얼마나 당황했는지 알아? 덕분에 여기까지 발걸음 했다고. 아직 재회할 예정은 없었는데 말이야."

그가 자신의 잔을 엘뤼엔이 들고 있던 잔에 가볍게 부딪혔다. 그다지 질이 좋은 유리는 아니었는데 제법 맑은 소리가 울렸다. 엘뤼엔은 더는 외면하지 못하고 가볍게 한숨을 내쉬었다.

"그러는 너야말로. 저들이 말하던 매튜라는 녀석이 설마 너인 줄은 몰랐는데."

"아, 그러고 보니 처음 들어봤겠구나. 네가 소멸한 후에 만든 거니까. 제법 괜찮지? 내 유희명."

"글쎄. 그보다 갑자기 취향이 너무 바뀐 거 아닌가? 네가 인간들 사이에 섞여 용병질이라니. 천지가 개벽할 일이군."

"뭐, 나답지 않은 일이라는 건 인정해. 그보다 내 질문에 대한 대답은 아직 못 들었는데?"

"……."

"공사다망하신 형벌의 신이 지상엔 무슨 용건이실까. 정령왕 시절에도 유희와는 담쌓고 살던 분이 이제 와서 팔자 좋게 유람 중인 건 아닐 테고. 설마 엘을 찾아가는 중에 길이라도 잃었어?"

"……별로."

"정색하지 않는 걸 보니 정말인가 보네?"

트로웰의 눈동자가 노골적으로 반짝거렸다. 그것을 본 엘뤼엔이 잠시 못마땅한 기색을 드러냈지만, 이내 다시 무심한 표정으로 돌아왔다.

“공간 이동이 불안정해진 것뿐이다.”

“그게 어디가 ‘뿐이다’야. 상당히 치명적인 문제잖아. 어쩌다 그렇게 됐어?”

“안쓰럽다는 듯한 시선 치워. 그저 사소한 방해 요소가 있어서 그런 거다.”

“널 헤매게 할 정도면 그저 사소한 게 아닌 것 같은데?”

“말꼬리 물고 늘어지지 마라, 트로웰. 이게 재밌어 죽겠다는 건 알겠는데, 난 네 장난에 응해줄 생각 없다. 더 자극하면 말로만 끝내지 않아.”

냉담하게 대꾸한 뒤 입 안에 술을 털어 넣는 엘퀴엔을 보며 트로웰은 피식 웃었다. 그가 하는 경고가 결코 빈말이 아니라는 건 알고 있었지만 왠지 웃음이 나오는 건 어쩔 수 없었다. 정령왕 시절에는 이런 식으로 친절하게 미리 경고해 주는 성격이 아니었다. 예전과는 사뭇 달라진, 그의 온건한 반응을 처음 보는 건 아니었지만 접할 때마다 참 신기했다. 트로웰이 보기엔 천지가 개벽할 일이라는 건 오히려 그를 두고 하는 말이었다. 하지만 놀리려는 게 목적이 아니었던 만큼, 트로웰은 이내 웃음기를 거두고 진지한 표정을 지었다.

“이유가 궁금한 건 진심이야. 네가 그런 불편함을 감수하고 이곳에 있다는 게 아무래도 좋은 느낌은 아닌 것 같거든.”

“…….”

"최근 들어 보이는 것들이 불안정해지고 여러 갈래로 갈리기 시작했어. 아크아돈에 쓸데없는 개입이 일어나면 나타나는 현상이지. 네가 이곳에 있는 것도 그와 관계있는 거 맞지?"

그 질문을 끝으로 잠시간 무거운 정적이 내려앉았다. 엘뤼엔은 대답을 오래 고민하지 않았다. 정령왕보다 상급신의 지위가 더 높은 건 사실이나, 아크아돈에선 입장이 달랐다. 이 세계를 다스리고 관장하는 존재는 신이 아니라 정령왕들이었다. 한때 물의 왕이라 불렸던 자로서 그 권한과 책임감을 모르지 않았다. 이 땅에서 정령왕들이 모르게 진행할 수 있는 일 따윈 없었다. 어차피 그가 엘을 만나려 했던 이유 중엔 이런 상황을 전달하려는 목적도 있었다. 트로웰에게 먼저 밝히지 않을 이유가 없었다.

"마왕이 아크아돈으로 넘어왔다. 악신으로의 각성이 얼마 남지 않은 상태라고 하는군."

"……마신은 뭘 한 거야?"

"봉인해 두긴 했는데 오래 지속시킬 수는 없었던 것 같다. 아직 금제가 남아 있긴 하지만, 풀리는 건 시간문제겠지."

"최악이네."

예상했던 것보다 더 나쁜 소식에 트로웰의 얼굴이 흐려졌다. 그는 잠시 눈을 감고 집중했다. 정령의 눈을 사용해 마왕의 위치를 찾아내 보려는 의도였다. 대륙 전체에 퍼져 있는 땅의 하급 정령들이 눈에 담기는 것들을 그들의 왕에게 전해 오기 시작했다. 하지만 쏟아져 들어오는 정보들 중에서 그가 찾는 것은 없었다.

"……어디에 있는지 못 찾겠어."

"그렇겠지."

처음부터 결과를 짐작하고 있었던 엘뤼엔이 담담한 얼굴로 고개를 끄덕였다. 악신은 주신과도 겨룰 수 있는 존재다. 아직 완전한 각성이 이뤄지지 않았다 해도 이미 상급신에 가까운 힘을 소유하고 있을 터였다. 엘뤼엔조차 그가 숨어 있는 곳을 발견할 수 없었다. 하급 정령들의 시야 정도는 얼마든지 속이고도 남았다.

"금제의 효과는 얼마나 갈 것 같아?"

"길어 봤자 5년 이내. 제물을 취해 힘을 흡수한다면 더 빨라질 거다. 하지만 최소 천 명 이상은 필요해."

"천 명이라……. 필요조건까지 갖춰야 할 테니 그렇게 바로 채울 순 없겠네. 그나마 다행이라고 해야 하는 건지. 일단 아이들이 모이는 장소를 수색해 봐야겠군. 그쪽은 우리가 알아볼게."

"그래."

때마침 흩어졌던 일행들이 하나둘 돌아오기 시작했기 때문에 두 사람의 대화는 자연스럽게 중단됐다. 잠시 자리를 비우고 난 사이에 싸늘해져 있는 분위기를 보고 샴페인 용병들은 슬쩍 서로 눈치를 보았다. 이유를 묻고 싶어도 둘 다 말을 걸기 어려운 상대이다 보니 차마 입이 떨어지지 않았다. 할 수 없이 그들은 다른 대화를 시작하는 걸로 분위기 전환을 시도했다. 먼저 운을 뗀 건 이릴이었다.

"저기, 있지. 우리들 말이야. 화장실 다녀오는 길에 조금 흥미로운 애기를 들었어. 근데 이게 왠지 마신의 교단에서 퍼트린 소문 같단 말이지."

"무슨 소문?"

마신의 교단이라는 말에 엘뤼엔과 트로웰의 시선이 이릴을 향했다. 다른 사람들 또한 마찬가지였다. 에탄 마을 아이들의 실종 사건에 개입한 이후, 샴페인 용병단은 마신관들을 극도로 경계하게 됐다. 또 어디선가 비슷한 일이 일어나고 있지는 않을까, 마신관과 관련된 정보는 일부러 찾아다니며 수집하는 상황이었다. 사실 그것 때문에 부대 복귀가 더 늦어진 상태이기도 했다. 이런 상황에서 마신의 교단과 관련된 소문이 돈다고 하니 신경이 저절로 곤두섰다. 그런데 이어지는 말은 예상을 조금 벗어나는 내용이었다.

"소원을 들어주는 마녀라는 거, 들어봤어?"

"……소원을 들어주는 마녀?"

"그게 뭔데?"

어리둥절해하는 일행들의 반응에 이릴과 쉐리도 난감한 표정을 지었다. 그녀들 역시 들은 이야기를 그대로 전달하는 것뿐이라 당황스러운 기분이 드는 건 마찬가지였기 때문이다.

"정확히는 잘 모르겠어. 요즘 사람들 사이에서 웬 주술 같은 것이 유행처럼 떠돌고 있대. 달밤에 의식을 진행하면서 주문을 외우면 아름다운 마녀가 나타난다나?"

"뭐야, 그 낯간지러운 동화 같은 이야기는. 그래서 그 마녀가 소원을 들어준다고? 무슨 소원이든 전부 다?"

"응, 그렇대. 돈이든 명예든 목숨이든. 간절히 원하는 거라면 반드시 이뤄진다고 하더라."

"참나, 말도 안 돼. 이런 시국에 별 게 다 유행이네. 아니, 이런 시국이니까 더 유행하는 거려나. 근데 그걸 마신의 교단에서 퍼트렸다는 건 무슨 뜻이야? 그런 종류의 미신 같은 거야 흔한 편이잖아."

사람을 현혹하는 전설이나 미신은 사특하게 여겨지는 부류지만, 늘 꾸준하게 떠돌았다. 그중에서도 특히 소원이 이뤄진다는 종류는 너무 많은 편이었다. 새로운 내용이 하나 더해진다고 해서 새삼스러울 것도 없었고, 출처를 찾아내는 건 더 어려웠다. 마이티가 그 점을 지적하자 이릴은 어깨를 으쓱였다.

"응, 그게 말이지. 그 주술에 묘한 조건이 붙어 있거든."

"묘한 조건?"

"주술을 완성하려면 마신관이 필요한 모양이야. 의식 중에 피 한 방울을 떨어트려야 하는 과정이 있는데, 그게 마신관의 피여야 한다나?"

"아하? 그러니까 결국, 마신관의 도움을 받아야만 이룰 수 있는 소원이다?"

"그런 셈이지."

"허참, 이제 별짓을 다 하네. 마신의 교단에 대한 평판이 하도 나쁘니까 그런 식으로 쇄신을 시도하는 거 같은데? 나만 그렇게 느껴져?"

묵묵히 듣고 있던 헤롤이 울분을 참지 못하고 끼어들었다. 그가 돌아보며 의견을 구하는 것에 모두가 동조를 표했다.

"나도 같은 생각이야."

"게다가 이건 아무리 봐도 마신관들과 접촉하게 하려고 수작 부리는 거잖아. 의도가 너무 수상하지 않아?"

"그러게 말이야. 대체 뭘 낚으려고 이런 포석을 까는 거지?"

"……이미 대답이 나온 것 같은데요."

한창 토론으로 떠들썩해진 공간에 건조한 음성이 울렸다. 낮은 중얼거림이 시작된 곳엔 트로웰이 있었다. 단지 한마디를 했을 뿐인데 주위의 공기가 급격히 무거워졌다. 조금 전까지와 똑같은 표정, 똑같은 분위기이건만 이상하리만치 그에게서 날카로운 느낌이 들었다. 샴페인 용병들이 조용히 숨을 죽일 때였다.

쾅!

가까이에서 조금 높은 소리가 터져 나왔다. 마지막 술을 털어 넘긴 엘뤼엔이 빈 잔을 탁자 위에 강하게 내려놓으면서 낸 소리였다. 흠칫 놀라 돌아본 샴페인 용병들은 이번엔 꿀꺽 마른침을 삼켰다. 그렇지 않아도 서늘한 그의 눈빛이 더 위협적으로 가라앉아 있었다. 이유는 모르겠으나, 직감적으로 그의 심사가 틀어졌다는 것을 알 수 있었다. 실제로 지금 엘뤼엔은 드물게 짜증이 솟은 상태였으니 아주 틀린 판단은 아니었다. 그의 입가가 살짝 비틀어졌다.

"잔머리를 굴리는군."

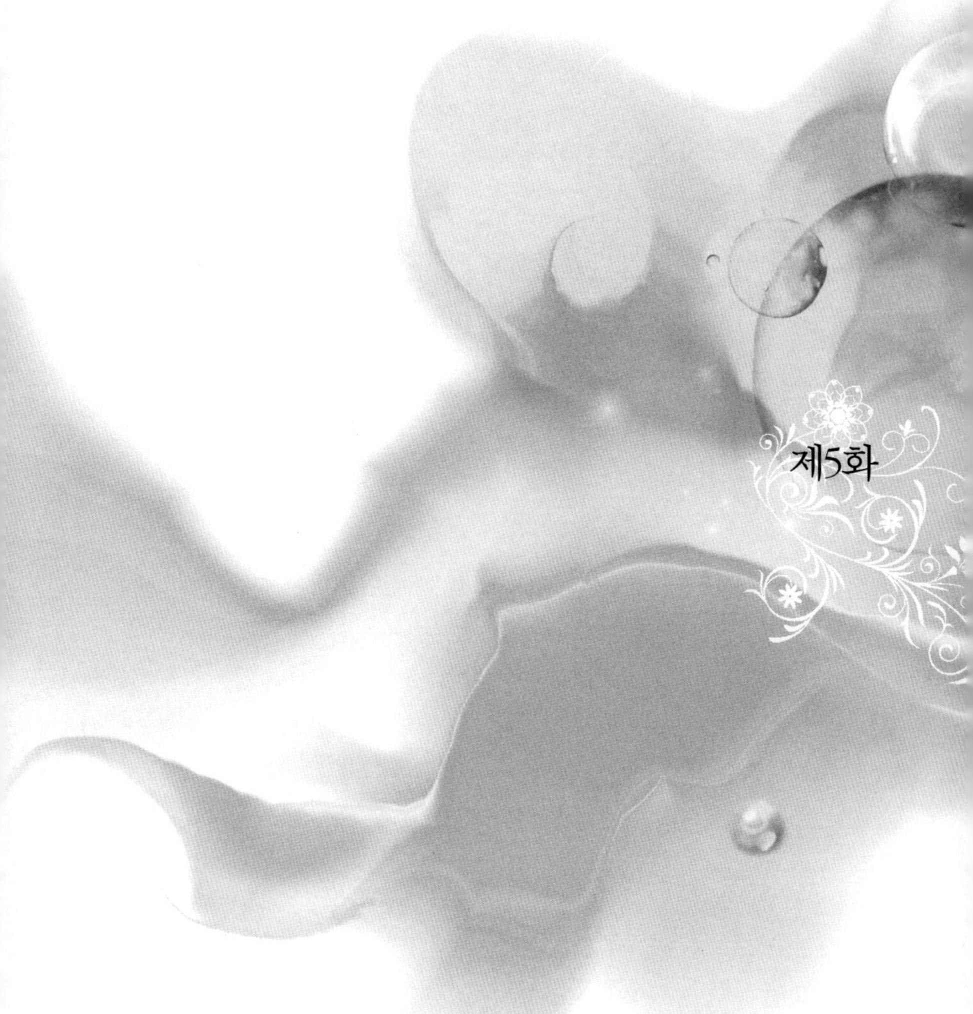

제5화

1.

눈발은 약해졌지만 험악한 날씨가 계속됐다. 몇 날 며칠 갇혀 지내는 상황이 계속되자 일행들은 각자 할 일을 만들어 몰두했다. 체스를 둔다거나, 개인 훈련을 한다거나, 책을 읽는다거나. 실내 활동이란 게 다 그렇듯이, 대부분 정적인 것들뿐이었다. 신세를 지는 처지다 보니 대체로 얌전하게 지내는 편이라 일부러 그런 종류만 택하기도 했다. 덕분에 머물고 있는 사람이 많은데도 저택 안은 온종일 조용했다.

각자 개인 활동에 빠져 있을 때면 나는 홀로 빠져나와 저택을 탐방했다. 무료함을 때우기 위한 산책이라고 둘러댔지만 실제론 잔류 사념의 원인을 찾아보려는 시도에 가까웠다. 처음엔 정말 심심해서 시작했는데, 지금은 꽤 진심으로 돌아보는 중이었다.

"그러니까, 저택 안에서 사고가 난 적은 없었단 말이죠? 실종자도 없었고요?"

"네, 그런 일은 전혀 없었어요."

단호하게 고개를 젓는 여인은 올해로 이 저택에서 일한 지 10년이 넘었다는 사람이었다. 그 외에도 돌아다니며 몇 사람을 더 떠봤지만 전부 똑같은 결론만 내려졌다.

"……일단 사건이 은폐된 건 확실하구나."

이미 그럴 거라 예상했던 일이라도 기분이 착잡했다. 별로 확인하고 싶지 않은 진실을 똑바로 들여다보는 건 정말 싫은 일이었다.

"간악한 마신의 교단이 이 땅을 멋대로 하는 걸 더는 방관하지 않겠습니다. 저도 돕게 해 주십시오. 폐하께서 대공을 무너트리시는 모습을, 옆에서 지켜보고 싶습니다."

엊그제 바논 백작이 이사나에게 사병을 지원하기로 결정했다. 그를 비롯하여, 그와 교류하고 있는 근방 영주들 몇까지 뜻을 함께하기로 했다는 것 같았다. 그들 대부분이 대공과 마신 교단의 횡포에 평소 불만을 품고 있던 자들로, 날이 좋아지는 대로 관련 회합이 있을 예정이었다.

덕분에 나는 마음이 바빠졌다. 그냥 스쳐 지나는 곳이라면 모를까. 앞으로 한배를 탈 거라면 이곳에서 일어난 일을 좀 더 심도 깊게 파고들어 볼 필요가 있었다. 정확히 누가 언제 죽었는지, 죽인 사람은 누구인지, 무엇 때문에 죽였는지도.

게다가 나중에 알게 된 사실인데, 현재 바논 백작 부인은 넷째 아이를 임신 중이었다. 이제 막 3개월에 접어들었다는데 그 사실을 알게 된 지 얼마 되지 않았단다. “예쁜 딸이 셋이나 있으니까 이번엔 아들이었으면 좋겠어요.” 백작 부인이 수줍게 웃으며 말했을 때, 바논 백작은 세상에서 가장 소중한 보물을 대하듯 그녀의 이마에 입 맞췄다. “또 그렇게 말하는구려. 그대와 나의 아이라면, 난 아이의 성별이 무엇이든 상관없소.” 귓가에 다정하게 속삭여주면서. 귀족들은 대부분 정략혼을 한다던데, 금슬이 상당히 좋은 부부였다. 젊은 축인데도 벌써 아이가 넷이나 되는 걸 보면 두말할 필요도 없겠지만.

어쨌거나 임산부를 위해서도 이 저택의 상황은 해결해 두는 게 옳았다. 태아는 형태가 불완전한 상태라 사념의 영향을 받기가 더 쉬웠다. 상황을 두고 보겠다고 마냥 내버려 둘 수 없게 됐다. 태어날 아이에겐 아무런 잘못이 없지 않은가. 그러니 제대로 사건을 알아보고 해결할 생각이었다. 그래야 정화하더라도 마음 편하게 할 수 있을 테니까.

“난 내가 생각해도 고생을 사서 하는 타입 같아.”

라피스가 오지랖 넓다고 구박해도 변명할 말이 없다. 하지만 눈길이 가고 마음이 쓰이는 걸 억지로 무시하기란 어려웠다. 언젠가는 모든 일에 초연해지는 날이 올지도 모르지만, 아직은 찝찝함이 남는 것보다 몸이 피곤해지는 쪽이 훨씬 더 편했다. 이게 변할 때까진 그냥 이런 팔자려니, 체념하고 살아야 것 같았다.

사실 모두 결백하다는 결론도 생각해 보긴 했었다. 남겨진 흔적만으로는 확신할 수 있는 게 아무것도 없었으니까. 사념은 시간이 흘러야 옅어지는 것이라 문제가 해결되어도 바로 사라지진 않는다. 이미 낱낱이 밝혀지고 원흉이 붙잡힌 후라도 사건 자체가 오래되지 않았으면 선명하게 남아 있을 수 있었다. 다만 그럴 가능성이 희박하다는 쪽에 본능적으로 마음이 기울었다. 역시나 조금 전의 탐문 결과로 그나마 없던 희망마저 깨끗이 날아가 버렸다. 백작가의 사람들은 이곳에서 누군가 죽었다는 것조차 모르고 있었다. 거짓말의 여부까진 확인할 수 없었으나, 범인이 죗값을 치르지 않았다는 것만은 분명해졌다.

어차피 할 일도 없는데 노는 시간을 유용하게 활용하는 거라 생각하면 된다. 단지 상황이 흘러가는 꼴을 보니 쉽게 해결하기는 틀렸다. 어지간히 흉흉한 사건이라도 되도록 원만한 방향으로 진행하려 했건만. 백작가의 사람들은 이곳에서 사람이 죽었다는 것조차 모르고 있었다. 거짓말의 여부까진 확인할 수 없었으나 가장 나쁜 흐름인 것만은 분명했다.

'일단 사건부터 수면 위로 올려야 한다는 말인데…….'

눈앞에 펼쳐진 가시밭길이 벌써부터 생생하게 느껴졌다. 일방적으로 살인 사건이 있었다고 해 봤자 믿을 리가 없고, 평범한 인간들의 눈에는 보이지도 않는 사념을 증거로 삼을 수도 없다. 누구나 인정할 만한, 눈에 보이는 흔적을 찾아야 하는데 이게 참 쉽지가 않았다. 까마득하게 많은 방부터 시작해서 지하실과 수로까지 낱낱이 살펴봤지만 어느 것에도 수상한 구석이 없었다(전부 다 사념으로 가득하니 어떤 의미에서는 모두 수상하다고도 할 수 있겠다). 숨겨진 비밀 공간 같은 건 존재하지도 않았다.

이럴 줄 알았으면 평소에 수사 드라마 같은 걸 많이 봐둘 것을. 가해자는커녕 피해자가 누군지도 모르는 사건은 어디서부터 접근해야 하는 건지 감이 전혀 잡히지 않았다. 실종자가 있었다면 그걸 토대로 단계를 밟아 나가기라도 할 텐데. 최근 몇 년 사이에는 일을 그만두고 떠난 사람도 없다는 듯했다. 피해자가 내부인이 아닐 가능성은 커졌지만, 조사 범위만 넓어진 셈이었다.

이러다 스텔스 영지에서 일어난 사건이란 사건은 전부 다 조사해 봐야 하는 걸지도 모르겠다. 인구수가 많은 영지는 아니지만 결코 하루 이틀 사이에 끝낼 수 있는 규모는 아닐 거다. 배보다 배꼽이 큰 상황이라는 건 이런 걸 두고 말하는 거겠지. 스스로 무덤을 파고 있다는 건 알겠는데, 그래도 적당히 넘길 수 없어서 한숨이 흘러나왔다.

나는 머릿속을 환기할 겸 천천히 주위를 돌아보았다. 뭐든 기분을 전환할 만한 일이 필요했다. 마침 조금 떨어진 곳에서 허름한 차림의 소년이 지나가는 것이 보였다. 저택에서 일하는 아이인 듯, 소년은 자기 몸집보다 큰 나무통을 두 손으로 움켜쥔 채 걸음을 애쓰고 있었다. 통 안엔 장작용 나무들이 빈틈없이 꽉꽉 들어찬 상태였다. 척 보기에도 어린애가 들기엔 과한 양이었다. 다가가서 들어줬더니 소년의 눈이 동그래졌다.

"어……?

"도와줄게. 어디까지 가면 돼?"

낯선 사람이 갑자기 나타난 탓일까. 멍한 얼굴로 올려다보던 소년이 한발 늦게 허둥거리기 시작했다.

"괘, 괜찮아요! 제가 할 수 있는데……."

"무거워서 제대로 걷지도 못하던데 무슨 소리야. 들어다 줄 테니까 목적지만 말해."

"하지만……."

"괜찮다니까. 그래서 어디로 간다고?"

"그, 그럼…… 주방까지요."

"좋아. 가자."

마침 수상한 공간을 찾아 저택 구석구석을 뒤져본 참이라 주방까지 가는 길도 훤히 알았다. 웃으며 앞장섰더니 소년이 머뭇거리며 뒤를 따랐다.

"저어, 나리는 기사이신가요?"

"응? 아닌데. 내가 기사로 보여?

"그렇진 않지만…… 힘이 엄청 세신 것 같아서요. 그거 가볍게 드는 사람 처음 봤어요."

"후후, 내가 힘이 조금 세긴 하…… 근데 방금 뭐라고 했어?"

"힘 진짜 세시다고요."
"아니, 그 전에. 기사냐고 물었을 때 날 뭐라고 부르지 않았어?"
"……나리?"
"……!"
나도 모르게 걸음이 우뚝 멈췄다. 내가 알기론 '나리'라는 호칭은 보통 남성에게 붙여진다. 왠지 감동이 솟구치는 것을 느끼며 나는 소년을 뚫어지게 바라보았다. 내 시선에서 무언의 압력을 느꼈는지 소년이 어깨를 움찔 떨었다.
"저, 저어?"
"나 귀족 아닌데. 그런 호칭 쓰지 않아도 돼."
"네? 귀족 같으신데……."
"정말 아냐. 그러니까 그냥 편하게 불러."
"……어, 그럼…… 형……?"
"……너 정말 좋은 애구나."
"……네?"
"아무것도 아냐. 하하, 짜식! 커서 훌륭한 사람이 되겠는걸!"
마음에 드는 게 하나도 없는 곳이라고 생각했는데 방금 그 한 가지가 생겼다. 조금 전까지만 해도 마이너스로 치닫고 있던 바논 백작저의 평가가 단숨에 대폭 상향되는 순간이었다. 기특한 기분에 머리를 마구 쓰다듬어 주자 소년은 당황하면서도 수줍어했다.
"여기, 이쪽에 놔주시면 돼요."

백작저의 주방은 지하로 내려가야 나오는 구조였다. 안에서 분주하게 일하던 사람들이 소년과 함께 나타난 나를 보고 힐끔거리는 것이 느껴졌다. 나는 그들의 시선을 모른 척한 채 소년의 안내를 받아 걸음을 옮겼다. 도착한 곳은 주방 가장 안쪽에 있는 큰 화덕의 뒤편이었다. 그 안에는 이미 옮겨 놓은 듯한 마른 장작과 다양한 불쏘시개 거리가 쌓여 있었다. 한구석에 의자와 모포가 늘어져 있는 걸 보아 일꾼들의 휴식 공간이기도 한 것 같았다.

"도와주셔서 정말 고맙습니다."

"고맙기는. 근데 이걸 매일 옮기는 거야?"

"매일은 아니에요. 채워둔 장작이 반 이상 떨어질 때만요. 근데 요즘은 날이 추워져서 장작이 빨리 떨어지는 편이라서요. 거의 매일 하긴 해요."

"그렇구나. 힘들겠네."

"이게 제 일인걸요. 그래도 백작저는 품삯도 후하고, 이만하면 일하기 편한 환경이에요. 사람들도 다들 친절하구요. 마을에 나가면 다들 얼마나 절 부러워하는데요."

소년은 진심으로 자신의 일에 자부심을 갖고 있는 것 같았다. 나이도 어린 아이가 의젓하게 대답하는 게 대견했으나 마음이 좋진 않았다. 한국이었다면 아동보호법에 걸리고도 남을 텐데, 여기선 대우받으며 일하기만 해도 행운이라니. 이럴 때면 새삼 인권 발달의 차이를 느끼고 만다. ……저만한 나이의 알리사를 전쟁터에서 활약하게 내버려 두고 있는 내가 할 말은 아니겠지만.

"주인님은 정말 좋으신 분이세요. 마님과 아가씨들도 모두 상냥하시고요. 셋째 아가씨는 종종 저한테 과자 같은 걸 나눠 주기도 하셔요."

내가 안쓰럽게 바라보는 걸 백작을 탓하는 거라고 여겼는지, 소년은 열심히 주인 일가를 두둔했다. 나는 피식 웃으며 소년의 머리를 쓰다듬어 줬다.

여기까지 온 용건은 끝났으니 이제 다시 돌아갈 차례였다. 그런데 무심코 스쳐본 광경에서 눈에 들어오는 것이 있었다. 장작과 함께 들어 있는 잡동사니 중에 조금 뜻밖의 물건이 섞여 있었다. 두께가 제법 두터운 책들이었다.

"저건 누가 읽으려고 놔둔 거야?"

"네? 아, 아뇨. 저것도 불쏘시개용이에요."

질문의 의도를 이해한 듯 소년이 머쓱한 얼굴로 대답했다. 나는 조금 당황스러운 기분으로 책을 들여다봤다. 아크아돈은 종이 가격이 꽤 비싼 편이다. 당연히 책도 비싼 편에 속했다. 구하기 힘들 만큼 귀하진 않더라도, 적어도 불쏘시개로 쓰일 정도는 아니었다. 심지어 버려진 책들은 테두리에 금박까지 입힌 고급 종이로 제작된 것이었다. 이 정도면 필요 없어졌더라도 되파는 쪽이 훨씬 이득일 것이다. 바논 백작은 꽤 검소한 편으로 보였는데, 비싼 물건을 이렇게 함부로 처분한다는 게 이해가 되지 않았다. 하지만 그것보다도 의외였던 건 따로 있었다.

"……성서잖아?"

살짝 들춰보니 빼곡한 글자가 펼쳐졌다. 내용 대부분이 교단의 교리와 성인(聖人)들의 저술을 기록한 것이었다. 얼핏 훑어보기만 해도 어느 교단의 성서인지는 금방 알아볼 수 있었다. 마신 카노스의 성서였다. 그 밖에도 여러 형태의 책이 있었지만 나머지는 굳이 내용을 살펴볼 것도 없었다. 표지에 대놓고 마신의 문양이 새겨져 있었으니까.

'마신교에 굉장히 실망한 것 같더니. 성서까지 전부 다 처분한 건가?'

책은 대부분이 상당히 구겨지고 지저분해진 상태였다. 험하게 구른 지 오래된 흔적으로 짐작하건대, 이미 우리가 오기 전에 처분한 걸로 보였다.

"이거, 백작님이 버리라고 지시한 거야?"

확인을 위해 슬쩍 물었더니 소년이 망설이는 얼굴을 하다 천천히 고개를 끄덕였다. 민감한 사안이라 그런지 상당히 조심스러운 태도였다.

"형은 황제 폐하 편 맞죠? 지금 황제 폐하는 마신의 교단이랑 싸우고 계시구요."

"어? 으음, 결과적으로는 그렇긴 한데……."

"역시."

원하는 대답을 들었는지 소년의 얼굴이 금방 밝아졌다.

"요즘 가는 곳마다 마신의 교단에서 황제 폐하를 시해하려고 했다는 소문이 파다해요. 그래서 주인님은 마신에 관한 건 전부 싫어하시게 된 것 같아요. 책장에서 마신의 성서를 비우고 몽땅 태워 버리라고 하시더라고요."

"으음, 굳이 태울 것까지야. 그냥 다른 사람한테 줘도 될 텐데."

"다른 사람이 마신을 섬기는 것도 싫으신 거죠. 마님과 아가씨들한테도 그렇고, 저희에게도 금하셨어요. 성서를 빼돌리면 큰 벌을 받을 거라고 해서 건드린 사람도 없어요."

"그렇구나……."

나는 착잡한 기분으로 더러워진 성서를 바라보았다. 바논 백작의 입장에선 이사나를 위한다고 한 일일 텐데, 그게 왜 이렇게 씁쓸한 기분이 드는지 모르겠다. 마신의 교단이 타락한 건 사실이고, 나 역시 마신관들이 싫긴 했다. 하지만 그로 인해 누군가가 마신을 떠난 걸 확인하는 건 또 별개의 느낌이었다. 장난스럽게 웃던 카노스의 얼굴을 떠올리니 서글픈 기분마저 들었다.

"……교단이 나쁜 거지, 마신을 싫어할 것까진 없지 않나."

"헉! 주인님 앞에선 절대 그런 말씀 하시면 안 돼요. 크게 진노하실 거예요."

"비슷한 일이 있었나 보네?"

"성서를 버리실 때요. 한나 아줌마가 율리아 아가씨를 생각해서라도 그러시면 안 된다고 만류하셨다가 저택에서 쫓겨나실 뻔했어요. 마님의 유모여서 무사하셨지, 하마터면 큰일 날 뻔했지 뭐예요."

그때 일이 생각난 듯 소년이 몸을 부르르 떨었다. 나는 조금 의아해져서 물었다.

"율리아 아가씨가 누군데?"

"셋째 아가씨요."

"아아, 너한테 과자를 나눠준다는 아가씨 말이구나. 그 아가씨를 위해서 그러면 안 된다고 했다고?"

"네, 셋째 아가씨는 장차 마신관이 되실 거거든요. 그게 꿈이세요."

"허어?"

생각지도 못한 답변에 입이 저절로 벌어졌다. 아버지는 마신관을 싫어하는데, 딸은 바로 그 마신관이 되고 싶어 한다니. 왠지 들을수록 점점 이야기가 색다른 방향으로 튀는 것 같다. 나는 백작과 함께 인사 나왔던 세 명의 소녀들 중에서 가장 어렸던 여자아이를 떠올렸다. 셋째 딸은 얼굴도 안 보고 데려간다고, 찍어낸 것처럼 똑같이 생긴 자매들 중에서도 제일 귀엽게 생긴 소녀였다. 하지만 단지 그것뿐. 딱히 특별한 인상을 받지는 못했었다.

"백작님과 그 아가씨 사이는 어때?"

"좋아요."

"……그래?"

부녀가 종교적으로 갈등을 겪고 있는 건가 싶었는데 다행히 그건 아닌 모양이다. 그래도 자기 자식한테는 대놓고 뭐라고 하지는 못하는 건가. 하긴, 셋째 딸은 이제 겨우 열 살 정도의 나이였다. 아직은 뭘 안다고도 할 수 없는 시기다. 철부지 어린 소녀의 꿈이니 엄격하게 다룰 필요가 없다고 여긴 걸지도 몰랐다. 이해가 되면서도 안 될 것 같은 복잡 미묘한 기분이라 나는 미간을 살짝 찌푸렸다. 성서를 다 갖다 버리는데도 아버지와 잘 지내는 걸 보면, 애초에 딸 역시 그리 깊은 마음은 아닌 것 같지만.

"근데 바논 백작님도 보기보다 꽤 무모하시네. 마신의 교단은 교인 관리에 엄격하잖아. 이렇게 성서를 함부로 처분하는 걸 누가 신고라도 하면 어쩌려고."

"에이, 우리 중에선 그럴 사람 없어요. 다들 백작님을 존경하는 사람들뿐이니까요. 솔직히 우리들도 백작님 마음은 충분히 이해해요. 마신관들은 정말 하나같이 무례하거든요. 가끔 기도해 주겠다고 방문하곤 하는데, 그때마다 얼마나 기분이 상하는데요. 백작님한테 대놓고 돈을 요구한 적도 많고요."

"……그건 확실히 싫을 만하네."

"그렇다니까요. 그래서 소원을 들어주는 마녀 이야기가 유행했을 때도 여기 사람들은 아예 관심 끄고 살았어요. 다들 마신의 신전에 줄줄이 찾아갔는데 말이죠."

"소원을 들어주는 마녀?"

"모르세요?"

그걸 어떻게 모를 수 있냐는 듯, 소년이 눈을 빠르게 깜빡거렸다. 놀라는 반응을 보니 굉장히 유명한 이야기인 듯했다. 나는 금시초문이었기 때문에 어깨를 으쓱일 수밖에 없었다.

"그게 뭔데?"

*　　*　　*

가만히 눈을 감았다 떴다. 미색의 천장엔 나무 장식과 더불어 금박을 입힌 문양이 일정한 간격으로 채워져 있었다. 평소 잘 살피지 않는 부분이다 보니, 같은 공간에서 며칠째 묵는 건데도 제대로 보는 건 오늘이 처음인 것 같다. 잘 짜인 천장은 샹들리에가 없이도 충분히 화려한 멋을 냈다. 건축가가 누군지 몰라도 꽤 공들여 디자인했다는 것만은 알 것 같았다. 과연 백작가의 저택다운 위용이었다.

좀 더 유심히 감상하려는데 불쑥 익숙한 얼굴이 나타나더니 시야를 가로막았다. 눈동자부터 머리카락까지, 차지하고 있는 색감마다 전부 강렬한 붉은색이다. 라피스구나. 멍하니 생각을 잇기 무섭게 싸늘한 목소리가 떨어졌다.

"너, 아까부터 누워서 뭐하는 건데?"

뚫어지게 내려다보는 얼굴에 못마땅한 기색이 가득하다. 나는 멀뚱히 마주 보다가 대꾸했다.

"……숨 쉬어."

"……지금 장난하냐?"

안 그래도 붉은 눈동자가 강렬한 빛을 품으니 불꽃이 튀는 느낌마저 들었다. 저걸 보고 청색인 라피스 라줄리를 떠올릴 사람이 누가 있을까. 아무리 생각해도 잰 정말 이름을 잘못 지었다. 볼 때마다 거듭 하게 되는 생각을 다시 한 번 떠올리며 나는 가만히 얼굴을 찌푸렸다.

"왜 또 시비야."

"시비는 네가 걸고 있는 것 같은데."

"내가 뭘."

"그게 아니면 지금 네 행동에 대해 제대로 설명해 보시지. 나갔다 오자마자 침대에 드러누운 녀석이 천장만 멍하니 바라보고 있는데. 그 모습에 아무런 의도가 없다고?"

개인 공간이 없는 건 이래서 문제다. 누구나 가끔은 혼자만의 시간이 필요한 법인데, 같이 쓰는 방은 그런 기본적인 자유를 보장해 주지 않는 환경이니까. 라피스처럼 아무 데나 드러눕는 철면피는 아니라서 방으로 오긴 했지만, 대놓고 방해를 받고 보니 과연 이곳밖에 없었는지 뒤를 다시 돌아보게 된다. 차라리 정령계로 돌아가 있을걸. 그 생각을 바로 떠올리지 못하고 이제야 깨달은 내가 개탄스러웠다.

"그냥. 별거 아냐. 잠깐 생각 좀 할 게 있어서 그래."

"잠깐 좋아하시네. 지금 세 시간째 그러고 있거든?"

"……벌써 그렇게 됐나?"

가만히 눈을 깜빡였더니 라피스의 표정이 묘해졌다. 이건 또 무슨 수작인가 경계하는 시선이다. 짜증 나는 짓은 저가 더 많이 하는 주제에, 마치 나를 문제아처럼 취급하는 태도를 보니 속에서부터 울컥 뭔가가 치밀어 올랐다.

"엘, 왜 그래? 뭔가 고민이라도 있는 거야?"

상한 심기가 유치한 다툼으로 번지지 않은 건 시기적절하게 시벨리우스가 말을 걸어온 덕분이었다. 그의 얼굴에 염려가 깃들어 있는 걸 보니 지금 내 모습이 이상해 보이긴 한 모양이다. 세 시간이면 확실히 긴 시간이긴 했다. 나는 자리에서 벌떡 일어나 똑바로 앉았다. 안 그래도 주시하고 있던 두 사람의 시선이 더 뚜렷해졌다.

"둘 다 내 얘기 좀 들어 봐. 오늘 우연히 알게 된 건데 말이야. 요즘 사람들 사이에서 이상한 주술이 유행하고 있다는 것 같아. 소원을 들어주는 마녀를 소환하는 주술이래."

"그냥 듣기에도 구린 냄새가 진동하는데?"

"그치? 더 수상한 거 말해 줄까? 주술을 완성하려면 마신관의 피가 필요하대."

느긋하게 듣고 있던 라피스와 시벨리우스가 그 말에 표정을 바꿨다. 내가 무슨 말을 하려는 건지 바로 이해한 얼굴이었다.

"대공 쪽이 움직이고 있는 건가?"

"아마도. 왠지 느낌이 그래."

"최근까지 수상한 동향은 없었다고 하지 않았어?"

시벨리우스가 묻는 말에 나는 고개를 끄덕였다. 카노스와 헤어진 이후로 대공 쪽의 움직임은 계속 주시해 왔던 참이다. 마계에 문제가 생겼다는 걸 알고 난 뒤로는 더 유심히 살폈다. 지금까지 대공의 행적에 딱히 눈에 띄는 부분은 없었다. 그는 악랄한 명성과는 달리 상당히 얌전하게 지내고 있었다. 한 번은 아이들을 데리고 제사를 지내기에 기겁해서 날아갔었는데, 정말 말 그대로 기도만 하다가 끝나서 허무해했던 적도 있었다. 마왕으로 의심되는 자와 접촉하는 것 같지도 않았다. 그러나 그의 계획을 완벽하게 파악하지 못한 만큼, 내가 놓치고 있는 부분이 있었던 걸지도 모른다. 실제로 그가 라온휘젠 황태자를 이쪽으로 보냈을 때도 까맣게 모르고 있었으니까.

마신관이 관련되기만 하면 무조건 대공 쪽을 연상하는 건 지나친 노파심일지도 모른다. 하지만 시기가 이렇다 보니 그 외의 다른 해석은 떠오르지 않았다. 솔직히 말하면 그냥 올 게 왔다는 기분이라 별로 충격이 크지도 않았다. 어차피 대공이 그저 가만히 있을 리는 없다고 생각했고, 눈속임을 할 거라는 것도 충분히 예상한 범위였다. 시벨리우스와 라피스도 그 자체는 그리 심각하게 여기지 않는 얼굴이었다.

"소환 주술이라……. 본인들의 몸이 묶이니 아예 인간들 쪽에서 불러내도록 미끼를 깔았나 본데."

라피스가 중얼거리는 말은 처음 내가 떠올린 생각이기도 했다. 마녀의 정체는 마왕을 돕는 마족이거나, 마왕 본인일 가능성이 크다. 대공을 통하지 않고 그가 직접 제물을 취하는 방식을 쓰는 걸지도 몰랐다. 다만, 뭐라고 해야 할까. 단지 그렇게만 생각하기엔 왠지 모를 위화감이 있었다. 그게 지금까지 나를 번민하게 만든 이유기도 했다.

"시벨, 마족을 소환하려면 마신관의 힘이 필요해?"

"음, 있으면 더 유리하긴 해. 이정표 역할을 해 주니까."

"이정표?"

"보통 본인의 힘으로 차원을 건널 수 있는 마족은 별로 없거든. 소환하는 쪽에서 문을 열고 길을 내주는 건데, 그래도 통과하는 게 어렵다고 해. 자세히는 모르겠지만 아무것도 안 보이는 캄캄한 공간에 들어서는 기분이라고 하더라고. 근데 마신관의 힘은 희미하게라도 느낄 수 있다는 것 같아. 그게 있으면 방향을 잡기가 쉬워지는 거지."

"그럼 차원을 건널 일이 없다든가, 이정표가 필요하지 않은 경우엔 딱히 없어도 되는 건가?"

"응, 그렇지."

"흐음, 그렇구나……."

"왜? 뭔가 걸리는 거라도 있어?"

"걸린다면 걸린다고 해야 하나. 좀 이해가 안 되는 게 있어서."

"어떤 점이?"

아까부터 거듭했던 고민을 다시 떠올리니 미간이 저절로 찌푸려졌다.

"의식에 들어가는 재료 말이야. ……왜 하필이면 마신관의 피일까?"

저런 조건이 들어가면 사람들은 당연히 마신의 교단을 찾게 된다. 그런 상황에서 실종자가 생길 경우 주변의 이목을 끌 수밖에 없었다. 어쩌면 지금까지 했던 방식보다 발각될 위험이 더 큰 셈이다. 덕분에 대공과의 연관성을 짚어볼 수는 있었지만, 은밀하게 진행하는 작전치고는 상당히 부실하다고 여겨지는 게 사실이었다. 혹시 소환 주술에 반드시 들어가야 하는 필요조건이라 어쩔 수 없었던 건가 했더니 그것도 아닌 모양이다. 아무리 생각해도 의도를 파악하기가 힘들었다.

그러고 보면 주술이 유행한 지 꽤 된 것 같은데, 실종자가 있었다는 말은 없었던 것 같다. 내게 소문을 전해 줬던 소년은 그런 미신이 유행하고 있는 걸 한심하게 여기고 있었다. 만약 불미스러운 일이 있었다면 한데 묶어 같이 언급했을 텐데, 그런 말이 전혀 없었던 걸 보면 별다른 사건은 없었던 걸지도 모르겠다. 그렇게 되면 굳이 문제 삼을 이유도 없어진다.

'혹시 전제를 잘못 세운 건가? 어쩌면 대공이 관여한 일이 아닌 걸지도.'

모든 유행이 꼭 누군가의 의도로 발생하는 건 아니다. 때론 아무런 의미 없이 그저 번지기 시작하는 유행도 있다. 믿기지 않지만 그런 경우일지도 몰랐다. 하지만 결론을 내리고도 찜찜한 마음이 떨어지지 않았다. 그때 옆에서 시큰둥한 목소리가 이어졌다.

"고민할 게 뭐 있어? 그 자체가 목적인 거지."

입을 연 사람은 라피스였다. 나는 어리둥절해하면서 그를 돌아보았다.

"그 자체라니?"

"마신관의 피 말이야. 애초에 대놓고 언급해 놨잖아. 때론 가장 단순한 곳에 해답이 있는 법이지."

"어…… 그치만…… 왜 마신관의 피를……?"

"마왕에게 마신의 금제가 남아 있다며. 마신의 저주는 같은 힘으로 상쇄할 수 있잖아. 마신관의 성력은 잘만 활용하면 마족의 마기보다도 마신의 힘에 더 가까워지거든. 지금의 마왕에겐 매력적인 먹이겠지."

대수롭지 않게 이어지는 대꾸에 정신이 번쩍 들었다. 뒤통수를 얻어맞은 것처럼 어안이 벙벙한 기분이었다. 설마하니 거기까진 생각해 보지 못했다. 그게 사실이라면 비정하지만 가장 그럴듯한 해석이긴 했다. 나는 몇 번이나 입을 벙긋거리다가 간신히 입을 열었다.

"으음, 근데 그런 이유라면 굳이 이런 식으로 찾을 필요가 없지 않아? 마신관이 필요하면 그냥 신전으로 가면 되잖아. 대공 주변에 넘치는 게 마신관들일 텐데."

"글쎄, 대공을 섬기는 신관이 과연 진짜 신관이라고 할 수 있나? 그중에서 몇 명이나 제대로 문장을 유지하고 있을까? 처음부터 없는 놈들도 많을 것 같은데."

"……!"

이번에도 나는 할 말을 찾을 수 없었다. 그래, 그러고 보니 카노스가 그렇게 말한 적이 있었다. 지금 대공 곁엔 그의 신관이 하나도 없다고. 목소리를 듣지 못하는 자들만 남았다고.

그땐 능력이 약한 하급 신관들밖에 없다는 의미로 받아들였는데, 이제 보니 그마저도 아니었던 걸지도 모르겠다. 그들 안에는 진짜 자격을 가진 신관이 하나도 없는 거다. 처음부터 자격이 없는 자였거나, 혹은 자격이 있었는데 상실했거나.

"맙소사."

왜 지금까지 깨닫지 못했을까. 신관에겐 매우 엄격한 잣대가 요구된다고 했었다. 신의 이름을 사사로이 이용하면 자격을 잃거나 죽는다고. 대공의 저지르고 있는 죄가 그렇게나 크고 추악한데, 옆에서 수족처럼 움직이고 있는 마신관들이라고 그 죄에서 자유로울 리가 없었다. 그들이 멀쩡히 살아 있다는 것 자체가 이미 신관이 아니라는 의미였다.

"그럼 지금 그들이 찾고 있는 건……."

"문장을 가진 진짜 신관이지. 넌 애초에 마신관은 다 대공과 한 편이라고 생각하는 것 같은데, 그 틀에서부터 벗어나는 게 어때? 어딘가에는 제대로 된 마신관도 분명히 있을 거란 말이지. 곧 발견될 예정이라든가."

"발견될 예정이라니?"

"신관의 문장은 열 살 전후로 나타나니까. 어제까지 없었다가도 갑자기 생길수도 있잖아."

"……."

설명을 듣고 있으려니 속이 타들어 가는 것처럼 갑갑해졌다. 숨을 크게 내쉬어 봐도 전혀 나아지지 않아서 나는 가슴 위를 여러 번 문질렀다. 얽혀 있던 이야기들이 하나둘씩 정리되어 가는데 하나도 반갑지 않았다. 나는 마지막 미련을 버리지 못하고 물었다.

"저기, 근데 실종자가 있다는 얘기는 없었거든. 설마 마신관 쪽을 노린다고는 상상도 못 했지만, 어쨌든 사제들이 사라지거나 죽었어도 문제가 됐을 텐데. 바로 알려지지 않았을까?"

"알려질 리가 없지. 죽은 게 사제니까."

"……어?"

"멀쩡한 사제가 그런 수준 낮은 미신에 휩쓸릴 리가 있냐. 대부분은 주변인들이 시도하고 있을걸? 그리고 그 주술을 시도하는 놈들의 목적은 하나지. '소원을 이루기 위해서.' 그게 무슨 의미겠어?"

"설마……."

"인간 중엔 자기의 욕망을 이루기 위해 타인의 희생쯤은 아무렇지 않게 여기는 놈들이 많지."

조소하듯이 중얼거리는 라피스의 말에 나는 가만히 숨을 삼켰다.

"소원을 이루는 대가로…… 사제의 죽음을 은폐하고 있다는 거야?"

확인을 구하긴 했지만 듣지 않아도 대답은 알 것 같았다. 이미 머릿속에서는 그것 외의 다른 결론이 나지 않았다. 설령 은폐하고 싶지 않더라도 마왕 쪽에서 그렇게 할 수밖에 없는 상황을 만들었을지도 모른다. 뭐가 됐든 비극적인 결말인 건 변하지 않을 테지만.

“사제 쪽도 아무의 요청이나 들어 주는 건 아닐 텐데. 그럼 결국 가까운 사람들로 인해 죽게 된다는 거잖아. 이 나쁜 자식.”

“바로 그걸 노리는 거야.”

“뭐?”

멍한 기분으로 고개를 들자 라피스가 어깨를 으쓱였다.

“아까 말했잖아. 마신관의 성력을 활용하면 마신의 힘에 가까워지게 할 수 있다고. 그게 그 방법 중 하나거든.”

“방법이라니. 아는 사람 때문에 죽는 거 말이야?”

“뭐, 비슷해. 거기에 몇 가지가 더 첨가되겠지만.”

“무슨…….”

“……타락하는 천사의 눈물을 삼키는 어둠의 주술.”

대화를 이어받은 건 시벨리우스였다. 그가 고요한 어조로 중얼거렸고, 라피스가 그렇다는 듯이 고개를 끄덕였다. “그게 뭔데?” 조심스럽게 물었지만 두 사람은 약속이라도 한 듯이 그대로 입을 다물었다. 하지만 딱딱하게 굳어 있는 시벨리우스의 표정을 보니 상당히 질이 나쁜 주술이라는 것만은 알 것 같았다.

똑똑!

그들을 더 재촉하지 못한 건 마침 밖에서 두드리는 소리가 울렸기 때문이었다. 나는 수많은 말들을 눌러 삼킨 채 일단 찾아온 사람부터 확인했다. 그런데 문을 열자 전혀 뜻밖의 사람이 서 있었다. 당황스러움에 방금 전까지 가슴을 짓누르고 있던 무거운 기분마저 사라졌다. 나는 잠시간 눈을 깜빡거리다가 위에서부터 아래로 천천히 시선을 내렸다. 빤히 훑어보는 눈길에 상대가 어쩔 줄 몰라 하는 것이 느껴졌지만 어쩔 수 없었다. 그만큼 의외의 인물이었으니까.

"음, 그러니까…… 세리엄 씨였던가요?"

그는 라온휘젠 황태자의 일행 중 한 명인 세리엄이란 남자였다. 짙은 잿빛 머리카락에 검은 눈동자, 다소 호전적으로 보이는 날카로운 인상까지, 전부 내가 알고 있는 그의 모습과 같았다. 다만 그가 우리를 찾아올 이유가 없다는 게 문제였지만.

그 역시 매우 민망한 듯 심란해 보이는 표정이었다. 뒷머리를 긁적거린 채, 시선을 제대로 마주치지도 못하고 연신 눈을 피하기 바빴다.

"여긴 무슨 일이세요?"

"으음, 저기…… 한 가지 부탁할 일이 있는데……."

"부탁이요? 무슨 부탁인데요?"

저 사람이 나한테 부탁할 만한 일이 뭐가 있지? 갑자기 찾아온 것도 당황스러운데 용건은 더욱 뜬금없어서 어리둥절해졌다. 첫 만남 이후로는 제대로 대화를 섞어본 적도 없는 사이였던지라 더욱 이해할 수 없었다.

"엘, 왜 그래? 무슨 일이야?"

때마침 시벨리우스가 다가오다가 세리엄을 발견하고 멈칫했다. 세리엄 역시 당황해서 안절부절못했다. 눈에 띄게 낭패감을 드러낸 그를 향해 시벨리우스가 냉담한 시선을 던졌다.

"너 뭐야? 엘한테 무슨 용건이야?"

"아, 저기…… 그러니까…… 아씨, 이런 거 진짜 성미에 안 맞는데."

"뭐야?"

"아니, 그냥 혼잣말이오! 아니, 입니다! 저기, 이렇게 갑자기 찾아와서 미안합니다. 상황이 좀 급한데, 도움 좀 청해도 됩니까?"

결심을 굳힌 듯, 내내 망설이던 세리엄이 빠르게 소리쳤다. 그가 나를 똑바로 바라보고 있었기에 나는 손가락으로 나를 가리켜 보였다. 나한테 하는 말이 맞다는 표시로, 그가 고개를 크게 끄덕였다.

"무슨 도움이요?"

"저기…… 그거 말입니다. 그때 하셨던 그거."

"그때요?"

"그…… 치료……하는 거요?"

"……!"

슬쩍 눈치를 본 그가 자신 없이 말끝을 올렸다. 그제야 모든 의문이 풀렸다. 아무래도 일전에 황태자를 치료해줬던 걸 기억하고 찾아온 모양이다. 그 한마디를 똑바로 하기가 어려워서 이렇게 질질 끌었다니. 어처구니없으면서도 한편으로는 얼마나 다급하면 나를 찾아왔겠나 싶어 마음이 한층 차분해졌다.

"혹시 누가 다쳤나요?"

"으음, 그게 말입니다. 다쳤다기보다는, 아니, 다친 건 다친 거긴 한데 외상은 아니랄까. 그렇다고 내상이라고도 할 수 없고. 그것참."

"네?"

이해하기 어려운 화법에 고개가 저절로 기울었다. 시벨리우스는 더 이상 참지 못하겠는지 금방이라도 화를 낼 것 같은 얼굴이었다.

"이봐, 아까부터 대체 뭐하자는 거야?"

"후우, 미안해. 아니, 미안합니다. 이걸 어떻게 설명해야 할지 도저히 모르겠어서요. 하지만……그래요. 여기까지 와서 숨기고 감출 일은 아니지."

크게 한숨을 내쉰 세리엄이 두 손으로 연거푸 마른세수를 했다. 다시 고개를 들었을 때 그는 매우 씁쓸한 얼굴을 하고 있었다.

"……해독도 할 수 있었죠? 그거 아무 독이나 다 됩니까?"

2.

마지막까지 난해하기 그지없었던 세리엄의 말은 그를 따라 목적지에 도착한 순간 곧바로 해소됐다. 문을 열자마자 찌를 듯이 후각을 자극하는 강렬한 냄새 덕분이었다. 톡 쏘는 시큼한 악취의 정체는 너무나 뻔해서 굳이 물어볼 필요도 없었다. 이불을 머리끝까지 뒤덮은 채 잔뜩 웅크리고 있는 인물의 정체 역시.

"……아셀."

한동안 부를 일이 없어 잊고 있던 이름을 오랜만에 입에 담았다. 그러나 돌아오는 대답은 없었다. 의식이 없는 건 아닌데 주위를 잘 인지하지 못하는 것 같았다.

이렇게 취했으면 그럴 만도 하지. 나는 신음을 흘리면서 천천히 주위를 돌아보았다. 요 며칠 안 보인다 싶긴 했지만 설마 이런 꼴이 되어 있을 줄은 몰랐다. 얼마나 술을 마셔댄 건지 수많은 빈 병들이 바닥을 이리저리 구르고 있었다. 가볍게 세어본 숫자만 봐도 열 병이 순식간에 넘어섰다. 방 안을 가득 채우고 있는 알코올 향이 오히려 부족하다 여겨질 정도였다.

"미쳤군."

뒤에서 따라 들어오던 시벨리우스가 혀를 찼다. 그 역시 방 안의 상태를 보고 질린 것 같았다. 나는 구석에 박혀 있는 이불더미 쪽으로 향했다. 그 속에 숨어 있는 아셀의 상태를 살피기 위해서였다. 조심스럽게 이불을 들치자 겁먹은 동물처럼 움츠린 아셀의 모습이 보였다. 무릎 사이에 고개를 파묻은 상태에서도 그는 한 손에 술병을 꽉 움켜쥐고 있었다.

"아셀?"

가까이에서 불러서인지 이번엔 반응이 있었다. 어깨가 움찔거리더니 그가 천천히 머리를 들었다. 지저분하게 늘어진 머리카락 아래 술에 취해 붉어진 얼굴이 드러났다. 생기가 돌던 두 뺨이 며칠은 굶은 사람처럼 홀쭉해져 있었다. 항상 단정하고 총명하던 눈빛은 탁하다 못해 퀭했다. 황태자의 보좌관이 아니라 거리의 낭인에 더 가까운 행색이었다.

"아셀. 내 말 들려요? 아셀?"

"히이익!"

가볍게 흔들었더니 그가 기겁하며 부들부들 떨기 시작했다. 부릅떠진 녹색 눈동자에 곧장 눈물이 차올랐다.

"시, 싫어! 이거 놔! 이거 놔아아!"

"네? 읏, 저기, 잠깐만요. 아셀?"

"놔아아!"

그냥 어깨를 잡았을 뿐인데 생각보다 돌아오는 반응이 거셌다. 발작을 일으키듯 저항하는 것에 당황한 나는 손을 떼어내고 뒤로 물러섰다. 그러기 무섭게 아셀은 그대로 이불 속에 숨어들었다. 이번엔 아예 엎드린 채 귀를 틀어막은 상태였다. 그러고도 여전히 덜덜 떨고 있는 그에게서 중얼중얼하는 소리가 들려왔다. 어느 교단의 것인지는 모르겠지만 기도문을 읊고 있는 듯했다. 이 모든 과정을 지켜본 나는 아연한 심정이 될 수밖에 없었다. 아셀의 상태가 생각했던 것보다 더 심각했다. 대체 술을 얼마나 마시면 멀쩡하던 사람이 이렇게 되는 건지 모르겠다. 굳은 얼굴로 돌아보았더니 눈이 마주친 세리엄이 복잡한 얼굴로 한숨을 내쉬었다.

"지금은 무슨 말을 해도 안 들을 겁니다. 그 녀석이 유독 술을 좋아하긴 하는데, 요즘은 자중을 못 하더라구요. 웬만하면 내버려 두는데 이러다 죽을 것 같아서요. 저런 상태라도 고칠 수 있습니까?"

"으음, 네, 치료는 가능해요."

"정말이요? 하아, 다행이다."

일그러져 있던 세리엄의 얼굴이 그제야 조금 펴졌다. 그는 안도한 얼굴로 크게 숨을 내쉬었다.

"태자 전하나 다른 사람한테는 말도 못 했습니다. 감기에 걸려서 자고 있다고 핑계 대는 것도 한두 번이지, 저러다 훅 갈까 봐 얼마나 노심초사했는지."

"고생하셨겠네요. 이제 괜찮아질 거예요."

나를 찾아오기까지 세리엄이 느꼈을 번민과 고뇌가 충분히 이해됐다. 보좌관인 아셀의 행실은 곧 그가 모시고 있는 황태자의 체면으로 이어진다. 그런 그가 이렇게 망가져 있는 모습을 황태자의 경쟁자 측에 있는 내게 선뜻 내보이기가 망설여졌을 것이다.

나는 이불이 감싸진 상태에서 아셀의 머리 쪽에 손을 올렸다. 닿는 감촉을 느낀 그가 흠칫거리는 것이 느껴졌다. 그래도 얼굴을 마주보지 않은 상태라 그런지 이번엔 아까처럼 저항하려고 하진 않았다. 치유의 힘을 불어넣자 경련하는 것처럼 진동하던 몸에서 떨림이 점차 잦아들기 시작했다. 다시 손을 떼었을 땐 아셀의 호흡이 완전히 안정되어 있었다. 내내 중얼거리던 기도문 소리도 그친 뒤였다. 이불을 들춰보았더니 곤히 잠든 그의 모습이 보였다. 알코올 기운이 날아가면서 그대로 잠에 빠져든 것 같았다. 얼굴의 붉기가 완전히 사라져 있는 것을 확인한 후, 나는 아셀을 부축해서 침대에 눕히도록 했다. 한달음에 다가와 부축을 도운 세리엄이 아셀의 안색이 멀쩡한 것을 보고는 신기한 표정을 지었다.

"정말 괜찮아진 것 같네요. 고맙습니다. 어떻게 인사를 드려야 할지."

"아니에요. 근데 왜 이렇게 술을 마신 거예요?"

이럴까 봐 이 방에 있던 사념도 정화해 뒀었다. 백작저에 도착한 첫날, 요란하게 토악질을 하던 아셀의 모습이 떠올랐다. 정신없이 술을 들이켜는 게 상당히 심상치 않아 보여서 이 방의 정화는 특히 더 신경 썼다. 하지만 딱히 도움이 되지는 않았던 모양이다.

"……그건 녀석이 깨어나면 직접 물어보십쇼. 난 뭐라고 말해야 할지 모르겠네요."

세리엄이 곤란한 듯이 얼굴을 씰룩거렸다. 황급히 회피하는 시선에서 어느 말에건 답하지 않겠다는 굳건한 의지가 보였다. 하지만 나도 그냥 넘어갈 생각은 없었다.

"태자 전하가 상당히 활동적인 분이신가 봐요. 방에만 있는 게 답답하셨나 보죠?"

지나가듯이 건넨 말에 세리엄이 당황한 얼굴로 고개를 들었다.

"예? 그게 무슨……."

"아셀은 어지간하면 밖에 안 나가고 싶어 했을 텐데. 그가 억지로 움직인다면 태자 전하와 관계되어 있을 것 같아서요. 어딜 그렇게 다닌 거예요? 어차피 눈이 많이 와서 저택 밖으로는 나가지도 못하잖아요."

"어…… 그냥 별건 아닌데. 실내 정원이나 서재 같은 곳을 가셨을 뿐입니다. 저택의 주인에겐 허가를 받았어요. 예의에 어긋나는 일도 하지 않았고요."

"나가면 얼마나 있다 돌아와요?"

"낮 시간은 거의……."

아이고, 그러니까 애가 이 지경이 되지. 나는 나직하게 혀를 찼다. 활동 시간의 대부분을 다른 장소에서 보내다니, 방을 정화해 둔 의미가 전혀 없잖아? 이럴 줄 알았으면 이쪽의 상황을 진작 들여다볼 걸 그랬다. 저택 안에서만 있어야 하니 달리 방 밖으로 나갈 일은 없을 거라고 생각했는데 그게 아니었다. 대저택의 실내 활동 반경을 내가 너무 우습게 봤던 모양이다.

"밤에도 나갔던 것 같은데?"

이번에 말을 꺼낸 사람은 시벨리우스였다. 안 그래도 당황하고 있던 세리엄이 흠칫하며 놀란 표정을 지었다.

"그, 그건 어떻게……."

"윽, 밤에도 나갔어요?"

밤에는 사념의 영향력이 더 강해진다. 보지 못하는 사람들도 영향을 받기 시작하는 시간인데 하물며 '보이는' 아셀에겐 더 괴로운 시간일 터였다. 나나 시벨리우스는 그런 기운에 휘말리지 않을 만큼 강하기라도 하지만, 인간인 아셀은 그렇지도 않을 테니까.

그의 입장에선 거의 고문을 당하는 기분이었을 거다. 알레르기나 공포증을 가진 사람에게 강제로 그 현상을 일으킨 거나 다름없었다. 나도 모르게 비난하듯이 바라보았는지 세리엄이 열심히 변명했다.

"정확히 말하면 밤에 나간 건 아니고. 그 시각쯤에 돌아온 겁니다. 전하가 한번 책에 집중하시면 시간이 기우는 걸 잊을 때가 있으셔서……."

"그냥 돌아오기만 했어요?"

"어, 으음, 그러다 보니 식사나 간식거리를 챙겨드리느라 주방도 잠시 다녀오긴 했지만. 새벽의 실내 정원도 보고 싶다 하셔서 거기도 좀 들르긴 했지만. 그래도 그런 건 딱 한두 번 정도였거든요. 정말입니다."

그야말로 알차게 돌아다녔구나. 여기서 횟수는 아무런 의미가 없었지만 이제 와서 지난 일을 타박해 봤자 소용없겠지. 나는 고개를 설레설레 흔들었다.

"어쨌든 밤에 돌아다녔다는 말이죠. 어쩐지, 단순히 만취한 것 치고는 상태가 좀 심하다 싶긴 했네요. 혹시 술을 취할 때까지 마시기 시작한 것도 그 후부터인가요?"

"그렇긴 한데……."

성실하게 고개를 끄덕이면서도 세리엄은 이런 질문이 오가는 상황 자체를 이해하지 못하는 얼굴이었다. 혼란스러워하는 그의 얼굴을 뒤로한 채 나는 시벨리우스를 돌아보았다.

"지금이야 우리가 있다지만 항상 이런 식이면 굉장히 괴로울 것 같은데. 영안을 닫게 하는 방법은 없나?"

"시도할 순 있지만 잘못하면 장님이나 폐인이 될 수도 있어. 차라리 방어 주술을 배우는 게 나을걸?"

"방어 주술? 그런 것도 있어?"

"원래 주술은 이쪽을 바탕으로 만들어진 거거든. 마법의 형식이 섞이면서 좀 더 다양화되긴 했지만, 기본적으로는 음기를 다루는 힘이지. 방어 주술 자체는 공격 주술에 대항하는 기술이긴 한데, 일단 그걸 익혀 두면 음기에 저항하는 힘 자체가 강해져. 적어도 사념에 영향을 받거나 사로잡히진 않게 될 거야."

"아하, 대충 알겠다! 게임으로 치면 패시브 스킬이나 스탯을 찍는 거구나?"

"으음, 그게 뭔지는 모르겠지만, 기본 체력을 올린다는 개념으로 보면 돼."

시벨리우스가 묘하게 반가워하는 얼굴로 웃었다. 이곳에서는 생소한 단어나 용어를 쓸 때마다 그가 짓곤 하는 표정이었다. 정확히 말하면 '엘'의 흔적을 발견할 때 짓는 얼굴이다. 그러고 나서 본인도 아차 싶었는지 반사적으로 멈칫하는 것이 느껴졌다. 나는 모르는 척 아무렇지 않게 넘어갔다.

"그럼 시벨, 아셀한테 그 방어술이란 걸 가르쳐 줄 수 있어?"

"응? 저 녀석한테?"

"싫어?"

"으음. 그리 내키진 않지만…… 알았어. 꼴을 보니 내버려 두면 조만간 비명횡사할 것 같은데. 여기서 모른 척하면 두고두고 꿈자리가 사납겠지. 불쌍한 꼬마 하나 살리는 셈 칠게."

"잘 생각했어. 세리엄 씨, 일단 지금은 시간이 늦었으니까 우린 돌아가 있을게요. 수고스럽겠지만 아셀이 깨어나면 연락해 주시겠어요?"

진군 중에는 수련할 틈을 내기 쉽지 않을 테니 한동안 이곳에서 더 머무는 쪽으로 상황을 만들어 봐야 할 것 같다. 눈을 좀 더 내리게 해볼까? 일정을 대충 짜보면서 세리엄을 돌아보는데 당연히 돌아와야 할 대답이 없었다. 그가 왠지 얼빠진 사람처럼 우리를 멍하니 바라보고 있었다.

"세리엄 씨?"

"……당신들, 진짜였네. 정말로 아셀을 이해하고 있는 거군요."

"네?"

엉뚱한 소리에 잠시 당황했다가 나는 곧 무슨 뜻인지 이해했다. 처음 만났을 때 우리를 사기꾼 취급하더니, 그때 했던 말을 드디어 믿기 시작한 모양이다.

"되게 묘한 기분이네요. 지금까지 아셀의 말을 믿어 주는 사람은 아무도 없었거든요. 다들 비웃거나 미친놈 취급했죠. 솔직히 말하면 나도 다르지 않았어요. 아셀을 좋은 녀석이라고 여기긴 하지만, 정신엔 약간 문제가 있는 편이라고 생각했으니까요."

그는 횡설수설 떠들어대기 시작했다.

"솔직히 자꾸 이상한 게 보인다고 하고, 엉뚱한 곳에 가 있기도 하고, 툭하면 못 견딜 때까지 술을 마셔 대지를 않나. 매번 이상 행동을 하는 게 정상적으로 보이진 않잖아요. 왜 그런 애들 있잖습니까? 자기 자신한테 도취해서 본인이 특별하다고 착각하는 거. 점성술사 중에는 그런 애들 좀 많거든요. 아셀도 그 분야에서 두각을 나타낸 녀석이니 당연히 그렇거니 했죠. 태자 전하도 아셀 편을 들어주긴 했지만 내심은 나와 같았을걸요."

"아셀이 점성술사였어요?"

"몰랐습니까?"

"지금 처음 들었으니까요."

아셀에 대해선 황태자의 보좌관이라고만 알고 있었다. 사실 눈앞의 세리엄은 아예 뭐하는 사람인지도 모른다. 산적 같은 인상이나 덩치를 보면 기사 같기도 한데, 그런 것치곤 특유의 절도나 기세가 느껴지진 않았다. 그래도 꽤 몸을 단련한 걸로 봐선 수준급의 전사인 것만은 분명…….

"아, 난 학자입니다. 태자 전하가 다니시는 아카데미에서 연금술을 가르치는 강사로 일하고 있죠. 무단으로 나왔으니 지금은 잘렸겠지만."

"……."

내가 보내는 시선의 의미를 알았는지 세리엄이 바로 대꾸했다. 그를 두고 고심했던 것 중에서 가장 예상하지 못했던 답변이었다. "되게 안 어울리네요." 나도 모르게 내뱉은 말에 그는 민망한 표정을 지었다.

"흠흠, 어쨌든 말입니다. 그동안 아셀의 말을 믿는다고 한 사람치고 제대로 된 녀석이 없었거든요? 아셀을 비웃으려는 의도거나, 이용하려거나. 대다수가 둘 중 하나였죠. 당신들도 처음엔 그런 줄 알았는데…… 아닌 것 같네요. 뭐, 아무리 그래도 유니콘 같은 허무맹랑한 이야기는 여전히 믿을 수가 없지만."

눈앞에서 정체를 부정당한 시벨리우스가 얼굴을 가만히 찌푸렸다. "하지만 평범한 사람들은 아니라고 생각은 합니다. 특히 당신이요." 세리엄이 나를 차분히 응시하며 한마디 덧붙였다. 묻고 싶은 게 많은 표정이었으나 그는 말을 아꼈다. 호기심을 느끼면서도 진실을 확인하는 걸 두려워하는 것 같았다. 자신이 감당할 수 있는 선까지만 밟는다는 점에선 현명한 사람이었다. 생긋 웃어 주자 그는 머쓱한 얼굴로 뒷머리를 긁었다.

"아무튼 오늘은 도와주셔서 정말 고맙습니다. 일러두신 대로, 아셀이 깨어나면 연락드리죠."

"네, 그럼 부탁드릴게요."

가벼운 인사를 마친 뒤 나와 시벨리우스는 몸을 돌렸다. 이윽고 완전히 문을 나서는 우리 뒤에서 나직한 목소리가 들려왔다.

"아셀, 넌 진짜 특별한 쪽이었나 보다. 어쩌면 저 사람들이 네가 찾던 장소인지도 모르겠다. 저 엘프가 정말 유니콘이라면 네 시조의 동생이라는 말도 맞다는 거잖아. 네게 피를 나눈 혈육이 생긴 거구나. 정말 잘됐다."

세리엄이 잠든 아셀을 향해 중얼거린 말이었다. 평범한 사람이라면 듣지 못했을 만큼 작은 목소리였으나, 내가 알아듣기엔 충분했다. 시벨리우스에게도 마찬가지였을 것이다. 슬쩍 시벨리우스를 바라보았더니 그는 무슨 생각을 하는지 알 수 없을 만큼 무표정한 얼굴을 하고 있었다. 단지 눈동자가 깊어진 걸 보아 생각이 많아진 것 같았다.

"근데 시조님의 동생이면 촌수가 너무 멀지 않냐? 네가 저 엘프한테 뭐라고 불러야 하는 거냐? 작은 시조 할아버지? 작은 조상님?"

"……."

다음으로 이어지는 말엔 얼굴을 왕창 찌푸렸지만.

3.

동이 트기 무섭게 아셀에게서 연락이 왔다. 의외였던 건 세리엄이 아니라 본인이 직접 나타났다는 사실이었다. 그것도 동행자 없이 혼자였다. 세리엄은 아직 잠에서 깨어나지도 않았다고 했다. 그에게서 언질을 듣기 전에 본인이 먼저 상황을 파악하고 찾아온 것 같았다.

"어제는 흉한 꼴을 보여드렸습니다. 큰 신세를 졌습니다."

평소처럼 단정한 차림을 한 그에게선 전날의 폐인 같은 모습은 보이지 않았다. 씻자마자 나온 건지 완전히 마르지 않은 머리카락에서 풋풋한 향기가 풍겼다. 치유를 받은 데다 푹 자고 일어났으니 당연하겠지만, 컨디션도 나쁘지 않아 보였다.

"어제 일, 전부 기억나요?"

"그냥 어렴풋이 떠오르는 정도입니다. 다행히 엘 님이 치료해 주신 건 확실히 기억나서 감사 인사를 드리러 온 겁니다. 도와주셔서 정말 감사합니다."

"아니에요. 좀 더 미리 살폈어야 했는데 상황이 그렇게 되도록 모르고 있어서 미안했어요. 방에서만 지낼 줄 알고 다른 데는 치울 생각을 안 했거든요."

"치운다 하심은……."

"이 저택에 잔뜩 끼어 있는 거요."

그 말에 아셀이 천천히 눈을 깜빡거렸다. 다른 반응은 하지 않았지만 무릎 위에 놓인 그의 두 손에 힘이 잔뜩 들어가 있는 것만은 보였다. 멍하니 벌어진 입술이 살짝 여닫히다가 곧 힘겹게 목소리를 내뱉었다.

"엘 님도 그게……."

"보여요."

"……혹시 방 안만 유달리 깨끗했던 이유가……."

"내가 오자마자 치웠거든요."

"그거…… 치울 수도 있는 겁니까?"

마지막으로 질문하는 얼굴이 멍했다. 연거푸 충격을 받은 탓에 생각을 잇기를 포기한 것 같았다. 그 반응이 안쓰럽기도 하고 귀엽기도 해서 나는 살짝 웃었다.

"치울 수 있긴 해요. 아무나 되는 건 아니지만."

"호, 혹시 저도 그 방법을 배울 수 있습니까?"

"음, 내가 하는 방식은 아마 배울 수 없을 거라서…… 시벨, 네 방법으로는 가능할까?"

돌아보며 물었더니 아셀이 긴장한 표정을 지었다. 내 뒤쪽에 앉아 있던 시벨리우스가 그 모습을 가만히 바라보다가 대답했다.

"애송이라 바로는 어려울걸. 지금부터 배워도 최소한 10년은 걸리지 않을까."

"배울 수가 있다는 겁니까?"

실망할 거라는 예상과는 다르게 아셀은 크게 놀라기만 했다. 익히는 데 걸리는 엄청난 시간보다는 사념을 치울 수 있다는 사실 자체만 주목하는 것 같았다.

시벨리우스를 응시하는 아셀의 시선이 그 어느 때보다 반짝거렸다. 이 순간만큼은 그와 껄끄러운 관계라는 사실마저 잊은 듯이 보였다.

급속도로 거리감이 좁혀진 분위기에 정작 당황한 건 시벨리우스였다. 그는 잠시 움찔하다가 조금 떨떠름하게 고개를 끄덕였다. 그 성의 없는 표시에도 아셀의 얼굴은 세상을 다 가진 것처럼 환해졌다. 보는 사람이 기분 좋아질 만큼, 가슴을 벅차오르게 만드는 표정이었다. 그럼에도 웃어 줄 수가 없었던 건 그동안 아셀이

거쳐 왔을 고초를 짐작할 수 있었기 때문이었다. 지금까지 지켜본 바 아셀은 기본적으로 신중한 성격이었고, 경계심과 의심도 강한 편이었다. 그런 그가 사념을 치울 수 있다는 말 한마디에는 아무런 거부감 없이 몰입하고 있었다. 그만큼 절박하다는 소리였다.

"저, 저어……! 저한테 그 방법을 가르쳐 주시면 안 되겠습니까? 몇 년, 몇십 년이 걸려도 상관없습니다! 설령 평생이 걸리더라도 배울 수만 있다면……!"

실제로 그는 완전히 여유를 잃은 것처럼 보였다. 아셀은 무턱대고 돌진하는 소처럼 달려들었다. 횡설수설 건네는 부탁은 애원에 더 가까웠다. 그는 허락만 한다면 시벨리우스의 다리에 매달리기라도 할 기세였다. 내내 차분하게 있던 시벨리우스가 조금 어이없다는 표정으로 아셀을 응시했다. 그 순간 두 사람 사이에 다른 목소리가 끼어들었다.

"흐음, 귀찮게 그렇게까지 할 필요가 뭐 있어? 그냥 그 눈을 나한테 팔지그래? 내가 평범한 인간의 눈이랑 교환해 줄게. 원하는 색 있어? 그걸로 맞춰줄 수도 있는데."

"예, 예?"

"……라피스."

가당치 않은 수작을 부리려 드는 이는 침대에서 뒹굴고 있던 붉은 도마뱀이었다. 시벨리우스한테 눈을 내놓으라며 생억지를 부리더니, 끝내는 아셀의 영안까지 탐내기 시작한 모양이다. 내가 낮은 목소리로 이름을 부르자 라피스의 얼굴이 불퉁해졌다.

"사실 그게 가장 간편한 방법 아닌가? 서로 원만해지는 길이기도 하지. 저 녀석은 평범한 눈을 갖게 돼서 좋고, 난 원하는 걸 얻게 되니 좋고."

"그걸 말이라고 해? 멀쩡한 사람의 눈을 빼내겠단 말을 진심으로 하지 마, 멍청아!"

"심장 이식도 했으면서 뭘 새삼."

"그땐 그게 아니면 다른 방법이 없을 만큼 상황이 절박했으니 그랬지! 가급적이면 쓰고 싶지 않은 방식이거든? 게다가 교체할 눈은 어디 가서 구해 올 건데?"

"그거야 별로 어려울 건 없지. 돌아다니다 보면 갓 죽은 사체를 구하는 것쯤은 생각보다 쉽거든. 뭐, 그게 아니라도 세상엔 죽어야 할 이유를 가진 놈들도 꽤 많……."

"……거기까지. 또 그런 소리 하면 다시는 너 안 볼 줄 알아."

"칫."

눈빛을 번뜩이는 게 내버려 두면 진심으로 실행할 기세다. 실제로 그러고도 남을 녀석이라 나는 더 단단히 경고할 수밖에 없었다. 라피스는 못마땅한 표정을 지었지만 다행히 바로 단념한 듯 더는 고집을 피우지 않았다. 관심이 떨어지자 그는 다시 침대에 철퍼덕 누워버리는 쪽을 택했다. 나는 그 모습을 잠시 노려보다가 슬그머니 아셀을 돌아보았다. 얼떨떨한 얼굴로 서 있던 아셀이 나와 시선이 마주치자 어색하게 미소 지었다.

"저런 녀석이라 미안해요. 지금 대화는 신경 쓸 거 없으니 그냥 잊어버려요. 이상한 말을 해서 많이 놀랐죠?"

"아, 아닙니다. 농담을 너무 실감 나게 하셔서 잠시 진짜라고 믿을 뻔했네요."

아무래도 아셀은 짓궂은 장난이라고 받아들인 듯했다. 차라리 그렇게 생각하도록 놔두는 편이 정신 건강에는 이로울지도 모르겠다. 대충 무마하고 넘어가려는데 담담한 목소리가 이어졌다.

"농담이 아니면? 그게 진짜 가능하다면 어쩔 생각이지?"

질문한 사람은 시벨리우스였다. 차분하게 응시하는 시선에 아셀은 당황하다가 이내 생각에 잠긴 얼굴을 했다. 대답이 이어지기까지는 오랜 시간이 걸리지 않았다.

"……솔직히 말하면 흔들릴 것 같긴 합니다. 저는 한 번도 제가 보는 세상을 좋아해 본 적이 없으니까요. 평범한 눈을 가질 수 있다면, 더는 쓸데없는 것들을 보지 않을 수 있겠죠."

"바꿀 수 있다면 바꾸고 싶다?"

"네."

아셀이 망설임 없이 고개를 끄덕였다. 하지만 현명하게도 라피스는 이 말에 반응해서 다시 엉뚱한 제안을 건네는 짓은 하지 않았다. 힐끗 돌아보니 그는 여전히 눈을 감은 채 방관자의 태도를 취하고 있었다. 지난번 물벼락을 맞은 경험으로 내가 두 번은 경고하지 않는다는 걸 제대로 유념한 듯했다.

"그렇지만 그건 말 그대로 희망 사항일 뿐입니다. 이런 눈이라도 돌아가신 부모님이 물려주신 소중한 유산이니까요. 특히 어머니는 제 눈동자가 예쁘다며 자주 칭찬해 주셨죠. 정말 바꾸는 게 가능하다고 해도 정작 시도하긴 어려울 것 같습니다. 그래서 그런 걸 바라지는 않습니다.”

다행히 아셀 쪽에서도 그 부분엔 미련을 두지 않는 모습이었다. 마음에 드는 답변이었는지 굳어 있던 시벨리우스의 얼굴이 조금 펴졌다. 아셀이 지니고 있는 영안은 유니콘의 피를 이었다는 증거이기도 하다. 만약 그 부분을 버리고자 했다면 시벨리우스의 입장에선 달갑게 볼 수만은 없었을 것이다. 자기도 모르는 사이에 점수를 쌓은 아셀이 다시금 진지하게 시벨리우스를 응시했다.

“그러니 다시 한 번 간절히 부탁드리겠습니다. 시키시는 일은 뭐든 다 하겠습니다! 제게 이 이상한 형체들을 치우는 방법을 가르쳐 주십시오!”

질끈 두 눈을 감은 그가 허리를 굽히며 소리쳤다. 잠시간 짧은 침묵이 흐르고, 시벨리우스가 삐뚜름하게 입술 끝을 올렸다. 이어지는 그의 말에 아셀의 어깨가 움찔거렸다.

“……욕심도 많네. 형체의 정체가 뭔지도 모르는 녀석이 대뜸 치워버리는 기술부터 알려 달라? 목표를 크게 잡는 건 좋지만 첫술에 너무 성급하게 달려드는 거 아냐? 너야 몇십 년이 걸려도 괜찮을 각오라지만, 그 시간 동안 널 끼고 다니면서 가르쳐야 하는 내 입장은? 내가 그렇게 한가한 사람으로 보여?”

“아…….”

아셀의 얼굴이 급격하게 어두워졌다. 타박하는 말을 거절의 뜻으로 받아들인 것 같았다.

"……죄송합니다. 제가 너무 무례한 부탁을……."

"그래, 정말 무례했어. 그리고 뭐든 다 하겠다는 말 같은 건 함부로 하는 게 아니야. 다시는 그런 식으로 말하지 마. 상당히 불쾌하니까."

"으음, 죄송합니다."

"사과는 잘도 하네. 일단 넌 오늘부터 이 방에서 지내도록 해. 동료들한테는 당분간 못 볼 거라고 말해 두고."

"예, 정말 죄송합……예?"

"엘이 부탁한 것도 있으니 방어하는 법 정도는 알려 줄게. 네 힘으로 상황을 완전히 해결하진 못하겠지만 적어도 일상생활을 유지할 수 있는 수준은 될 거야. 지금은 그걸로 만족해."

잠시 의미를 파악하지 못한 듯, 아셀이 눈을 천천히 감았다 떴다. 그 모습을 힐끗 바라본 시벨리우스가 피식 웃었다.

"왜? 그건 싫어? 내키지 않으면 그냥 관두든가. 난 그래도 상관없어."

"아, 아닙니다! 뭐든 배우겠습니다! 정말 감사합니다!"

그 와중에도 아셀은 기회를 놓치지 않았다. 황급히 대답한 그의 얼굴이 점차 상기되어 가기 시작했다. 뒤늦게 상황을 실감하면서 감동에 젖어 가는 것이 고스란히 전해졌다. 그 모습을 묘한 시선으로 지켜보던 시벨리우스가 대뜸 물었다.

"이제 날 의심하지는 않네? 언제는 내가 유니콘이라는 걸 믿을 수 없다더니?"

"네? 아, 그게…… 사실 아직도 믿어지는 건 아닙니다. 하지만 더는 그 부분에 집착하지 않기로 했습니다. 이제 와서는 의미가 없는 부분이기도 한 것 같고요."

아셀이 머쓱한 얼굴로 머리를 긁적거렸다. 그 모습을 보고 무슨 생각을 했는지, 성큼 다가온 시벨리우스가 그에게 손을 내밀었다. 악수를 청하는 표시였고, 아셀도 그렇게 해석한 것 같았다. 그가 선뜻 그 손을 맞잡을 때였다.

"……!"

서로 마주잡은 부분에서부터 천천히 시벨리우스의 피부색이 변하기 시작했다. 푸르스름한 색이 번지듯이 사라지고 그 대신 하얀 피부가 나타났다. 길게 뻗은 귀는 점차 줄어들면서 둥근 형태로 변하고 있었다. 머리카락 색이라든가, 다른 외형은 변하지 않았지만 그것만으로도 그의 분위기는 완전히 달라졌다. 눈앞에서 천천히 인간이 되어 가는 시벨리우스의 모습에 아셀이 멍하니 입을 벌렸다.

"어……."

"네 시조와 내가 다른 종족으로 보인 것에 대한 대답. 이거면 됐어?"

"어어……."

"내 본 모습도 보여줘?"

담담히 묻는 말에 아셀은 고개를 붕붕 저었다. 홀린 듯한 얼굴을 보아 반사적으로 보인 행동 같았다. 그제야 손을 뗀 시벨리우스가 다시 원래의 모습으로 돌아왔다. 그때까지도 아셀은 정신을 차리지 못하는 얼굴이었다. 이미 의자에 앉아 있는 상태였으니 망정이지, 아니었다면 그대로 주저앉았어도 전혀 이상하지 않았을 것 같았다.

"괜찮아요, 아셀?"

"네? 아, 네. 괘, 괜찮습니다. 전 괜찮습니다."

허둥거리던 아셀이 연거푸 고개를 끄덕였다. 하지만 누가 보기에도 그는 전혀 괜찮아 보이는 상태가 아니었다. 피부 근육은 터질 것처럼 경직되어 있었고, 두 눈은 금방이라도 눈물을 쏟을 것 같았다. 그의 두 뺨에서부터 시작된 열기가 귀를 넘어 목 끝까지 번져 가는 것이 느껴졌다. 삶은 홍당무가 따로 없었다.

"하하하, 하하하하……."

한껏 벌어진 입에서 허탈하게 웃는 소리가 한참 동안 흘러나왔다. 그동안 시벨리우스는 아무 말 없이 그를 지켜보기만 했다. 자세한 설명도, 달래려는 시도도 없었다. 그건 아셀 역시 마찬가지였다. 진정한 이후에도 그는 아무것도 묻지 않았다. 두 사람 사이에 놓인 거리감은 그대로 존재했다. 서로를 바라보는 시선 또한 여전히 어색했다. 그러나 이전과 완전히 같지도 않았다.

주위를 감도는 공기에서 지금까지와는 다른 감정이 느껴졌다. 그게 무엇인지 정확히 정의를 내릴 수는 없었지만, 나쁜 쪽이 아니라는 것만은 분명했다. 그들 사이에 희미하게 이어져 있던 인연의

실이 선명해진 것 같았다. 의심할 바 없이 반가운 한 걸음이었다.

*　　*　　*

특별한 눈을 타고난 사람치고 아셀은 관련 지식이 거의 없는 편이었다. 사념의 정체는 물론, 그게 왜 생기는 건지도 이유를 알지 못했다. 그가 알아보려고 시도하지 않았던 건 아니었다. 오히려 자신이 남과 다르다는 것을 깨달은 12세 무렵부터, 가 보지 않은 곳이 없을 정도로 동분서주하며 원인을 찾아다녔다고 했다. 하지만 그 어디에서도 명확한 해답을 얻을 수 없었다. 영안이라는 게 흔한 것도 아닐뿐더러, 그만큼 알려진 바가 없는 영역이니 그럴 만도 했다. 유니콘을 창조한 루세프의 신전이라도 있었다면 상황이 조금 달라졌을지도 모르겠지만. 그의 신전은 유니콘 일족이 신계로 흡수되었을 무렵에 함께 자취를 감췄다는 모양이다.

어쨌든 그 탓에 아셀은 항상 불편한 시선을 받아야 했다. 무속사상에 배타적인 아크아돈에서 그가 가진 '생소한 이능'은 견제받기 쉬웠다. 나나 시벨리우스처럼 영향을 받지 않는 편이라면 그래도 괜찮았을 텐데, 인간인 데다가 민감한 체질인 그는 사념에 쉽게 현혹됐다. 심지어 성장할수록 점점 더 증상이 심해지는 중이었다. 다들 그를 미친 사람으로 취급했다. 아셀을 좋게 봐주는 사람들조차 그의 정신이 불안정하다고 여겼다.

그런 틈 속에서 아셀이 자신을 증명할 방법은 거의 없었다. 유니콘의 핏줄을 이었다는, 어렴풋한 시조의 설화가 그가 품은 유일한 희망이었다. 그는 신화나 전설을 따라다니며 관련 자료에 집착했다. 어딘가에는 자신과 같은 처지인 사람이 있을 거라고, 동료를 만날 수 있을 거라고 믿었다. 그가 황태자를 따라 이 무모한 여정을 시작한 것도 반려성의 전설을 확인하기 위해서였다.

하지만 이 시점엔 이미 기대감 같은 건 존재하지 않았다. 아셀은 많은 것을 내려놓고 체념한 상태였다. 그를 향한 힐난은 날이 갈수록 거칠어졌고, 그만이 아니라 그의 주변까지 힘들게 만들었다. 나이와 지위에 따른 책임감이 늘어가면서, 그는 이제 혼자만의 무모한 싸움을 끝내야겠다고 생각했다. 자신이 미쳐서 이상한 환각을 보는 것뿐이다. 스스로 그렇게 받아들이기 시작했다. 그냥저냥 잘 참고 살다가, 서른 살쯤이 되면 낙향해서 조용히 숨어 살 계획도 구상해 두고 있었다는 듯했다. 물론 그 전에 알콜 중독으로 죽는 게 더 빨랐겠지만.

"그러니까, 이 저택 안에서 누군가가 살해당했다는 거군요?"

그런 고달픈 시간을 겪어온 탓인지 수업에 임하는 아셀의 태도는 경건한 수준을 넘어서 비장할 정도였다. 집중하다 못해 반짝거리는 눈빛은 원하던 것을 성취하는 기쁨을 고스란히 드러내고 있었다. 덕분에 사람이 죽은 무거운 사건을 굉장히 즐거운 표정으로 말하는 기괴한 상황이 연출됐다. 그래도 곧바로 표정을 다듬는 걸 보면 본인도 그 사실을 깨닫긴 한 모양이었다.

"사실 이번엔 저도 뭔가 있는 것 같다고 생각했습니다. 이렇게 으스스하고 광범위한 형태로 묻어 있는 건 처음 봤거든요. 그동안은 조금 심해 봤자 일부가 더러운 정도였죠. 그런데 온 사방에 피칠갑이라니. 정말 얼마나 놀랐는지 모르실 겁니다."

"알아요. 오자마자 구토했었잖아요."

"크흠, 부끄러운 기억이니 그건 잊어 주세요. 조건반사라 어쩔 수 없었습니다. 썩은 피 냄새가 너무 역해서 견디기가 어렵더라고요. 그건 지금도 마찬가지지만."

"냄새도 느껴요?"

"네, 두 분은 안 그러십니까?"

"난 그 정도로 영향을 받지는 않거든요. 아마 시벨도 마찬가지일 거예요. 그치?"

"응."

확인을 위해 돌아봤더니 옆에 있던 시벨리우스가 바로 고개를 끄덕였다. 라피스는 끼지 못하는 대화가 짜증 난다는 이유로 밖으로 나간 지 오래였다.

"영향을 받지 않는다는 게 무슨 의미인가요?"

"그 냄새가 사념이 일으키는 환각의 일종이라는 거예요. 아마 그런 걸 환후라고 하죠? 혹시 보이는 장소에서만 냄새가 느껴지지 않아요?"

"아, 정말 그러고 보니……."

중얼거리는 아셀은 큰 깨달음을 얻은 얼굴이었다. 그는 부럽다는 표정을 숨기지 않았다.

“정말 좋으시겠네요. 솔직히 말하면 보는 것보다 냄새를 견디는 게 더 힘들거든요. 다른 건 그나마 괜찮은데, 쉰 냄새라든가 토사물 냄새 따위가 날 때면 한시도 그곳에 있기가 싫어지죠. 거의 재앙이나 다름없어요.”

“……윽, 그건 정말 말만 들어도 괴롭네요.”

토사물 냄새라니. 생각하는 것만으로도 속이 울렁거린다. 고초가 컸을 거라는 건 예상했지만 설마 이런 고역도 있었을 줄이야. 과연, 그 상황에 처하지 않은 사람이 아무리 구체적으로 상상해 봤자 실제 경험담에 비할 바는 아니었다. 이제까지가 안타까운 마음뿐이었다면, 나는 이번엔 경의를 담아 아셀을 응시했다. 그런 환경에서 용케 삐뚤어지지 않고 참하게 잘 컸구나. 평민 출신인 그가 제국의 태자를 보좌할 정도면 정말 많이 노력하며 살았을 거다. 그런 걸 생각하니 더 대견하게 보였다.

“그런데 그런 악취보다도 이 저택의 피 냄새가 더 괴롭습니다. 얼마나 지독한지, 술을 마셔도 제대로 가시질 않더라고요. 내내 피를 뒤집어쓰고 다니는 기분이었어요.”

회상하는 동안 아셀은 진저리가 난다는 얼굴로 몸을 부르르 떨었다.

“악령이 스며 있는 흔적인 줄만 알았는데, 죽은 사람의 원념이었다니. 사연을 알고 보니 더 끔찍하기만 합니다. 대체 어린애를 어떻게 죽였기에 이런 참혹한 형태를 남긴 걸까요?”

“아마 그다지 고운 방법은 아니었을…… 근데 어린애라고요?”

"네, 피해자가 어린애 아닙니까?"

"글쎄요, 나도 거기까지는 몰라요."

피해자에 관한 조사는 이제 막 시작된 참이다. 아직 실종자의 존재 여부부터 파악하는 단계에 불과했다. 당연히 나이는커녕 성별도 몰랐다.

"아셀은 왜 그렇게 생각했어요?"

"본 것 같아서요."

"봤다니. 피해자를요?"

어리둥절해져서 바라봤더니 아셀이 난처한 얼굴로 고개를 끄덕였다.

"그 오물, 그러니까 사념이라는 것 말입니다. 그게 묻어 있는 곳에 가면 유령 같은 게 나타날 때가 많거든요. 가는 곳마다 각각 다른 형태를 보이는데, 여기선 그게 어린아이 모습이었어요. 지금까지는 악령이 사람의 모습을 흉내 내는 거라고만 생각했지만, 지금 생각해 보니 혹시 그게 피해자의 모습은 아닐까 싶어서요."

"……! 그거 일리 있네요."

비록 찌꺼기에 불과하긴 하지만 사념 자체는 영혼이 남기고 간 흔적이다. 환각을 일으킬 때 생전의 모습을 투영할 가능성도 충분히 있을 법했다. 나나 시벨리우스는 사념에 영향을 받지 않기 때문에 오히려 알 수 없던 부분이었다. 시벨리우스도 이채 어린 얼굴로 거들었다.

"그렇게 치면 원념을 남기는 것이기도 하니까, 반대로 가해자의 모습을 투영하는 걸 수도 있어. 영혼이 본 마지막 기억이 각인되었을 테니까."

"오오, 그것도 그렇네. 근데 어린애가 가해자일 가능성은 별로 없지 않을까?"

"직접적으로 죽이진 않았더라도, 원인 제공을 했을 수는 있겠지. 적어도 살해 현장에는 있었을 거야."

"흠."

설마하니 이런 식으로 유력한 정보를 얻게 될 줄은 몰랐다. 진실에 가까워졌다고 생각하니 가슴이 두근거렸다.

"일단 아는 대로 다 말해 줄래요, 아셀? 그 아이의 모습이 정확히 어떻게 생겼어요?"

"생김새까지는 잘 모르겠습니다. 신장이나 체구를 봤을 땐 많아 봤자 아마도 십 대 초반쯤, 머리가 길었던 걸 보아 성별이 여자애라는 것 정도일까요?"

"얼굴은 본 적 없어요?"

"예, 아쉽게도. 자고 있을 때 스쳐 가는 다리를 보거나, 웃음소리를 듣는 정도라서요. 시선이 느껴져서 돌아보면 재빨리 달아나는 편이라 제대로 본 건 뒷모습뿐입니다."

……그거 거의 공포 영화 수준 아닌가.

담담한 어조와는 달리 내용을 짚어볼수록 오싹하기만 한 연출이라 식은땀이 저절로 흘렀다. 아셀은 이미 익숙한 일이라서 그런지 아무 생각이 없는 것 같았다.

"안 무서웠어요?"

"무섭죠. 얼마 전엔 긁는 듯한 이상한 소리가 나더라고요. 무심코 위를 올려다봤는데 천장에 붉은 손바닥 자국이 빠르게 찍히기 시작하더군요. 그 자국에서부터 핏방울이 뚝뚝 떨어져서 제 정수리와 이마를 흥건히 적셨어요. 소름 돋아서 꼼짝도 못 하고 있는데 얼굴 옆에서 작은 손이 기어 나와서는 제 뺨을 더듬더라고요."

"헉……."

"결국 참지 못하고 비명을 질렀더니 바로 사라지긴 했어요. 그래도 그 촉감은 지워지지 않았지만요. 너무 끔찍해서 그날은 미친 듯이 술을 퍼마셨죠."

그 결과는 아실 테니 더 말씀드리지 않겠습니다. 아셀이 해탈한 미소를 지으며 설명을 마무리 지었다. 나는 그가 폐인처럼 이불 속에 숨어 있던 모습을 다시금 상기했다. 방금 전 고백한 공포 체험이 바로 그 직전에 경험한 일이었던 모양이다.

"……싫은 기억이었을 텐데 떠올리게 해서 미안해요."

"아닙니다. 원인을 몰랐을 땐 그저 두렵기만 했지만 이제 정체를 아는걸요. 오히려 제 경험이 단서가 될 수 있다고 생각하니 기쁩니다. 뭣하면 지금 복도에 나가서 제대로 환각을 겪어 보고 올까요? 이번엔 얼굴을 보도록 노력해 보겠습니다."

"헉, 아뇨! 그렇게까지 하지 않아도 돼요."

"전 정말 괜찮은데……. 아, 그러고 보니 그 여자아이 말입니다. 레이스와 자수 장식이 달린 드레스를 입고 있었습니다. 머리카락

색은 어두운 금발이었던 것 같습니다. 어떻게 보면 밝은 갈색에 가까웠던 것도 같네요."

"레이스와 자수 드레스? 일하는 아이는 아닌가 보네."

묵묵히 대화를 듣고 있던 시벨리우스가 지나가는 어조로 중얼거렸다. 내가 주목한 건 그 다음 부분이었다. 고급스러운 의상. 십 대 초반의 소녀. 그리고 갈색에 가까운 어두운 금발이라……. 거기까지 떠올리자 나도 모르게 미간이 좁혀졌다.

"……지금 막, 굉장히 싫은 생각이 들었는데."

"뭔데, 엘?"

아셀과 시벨리우스가 나란히 응시해 오는 것이 느껴졌다. 대답을 기다리는 시선에도 입이 바로 떨어지지 않았다. 나는 신경질적으로 머리를 쓸어 넘기다 한숨을 내쉬었다.

"바논 백작의 딸들. 머리색이 모두 금갈색이었지."

4.

바논 백작가의 꽃들이라 불린다는 세 자매는 조용하고 수줍음 많은 성격이었다. 같은 여자인 데다가 또래이기도 하니 알리사와 잘 어울리게 될 줄 알았는데, 그다지 친하게 지내진 않았다. 함께 하는 시간이라고 해 봤자 백작 부인의 주관으로 간간이 여인들만의 티타임 시간을 갖거나 가벼운 담소를 나눌 때 정도였다. 그렇다고 무례하게 대한다거나 감정이 상하는 관계는 아니었다. 오히려 서로 친근하게 대하려고 노력은 하는데 거리가 잘 좁혀지지 않는 쪽에 속했다. 물과 기름처럼, 타고난 성정 자체가 달라서 어울리지 못하는 부류. 딱 그런 느낌이었다. 거기까지가 내가 알고 있는 그녀들의 전부이기도 했다.

"백작 영애들?"

짙은 오렌지로 물들인 듯한 눈동자가 크게 깜빡거렸다. 느닷없는 것을 물어본다는 듯이 쳐다보는 알리사를 향해 나는 고개를 끄덕였다.

"응, 알리사. 네가 보기엔 그 자매들 어때?"

"그건 갑자기 왜?"

"그냥. 여자는 같은 여자가 더 잘 본다고 하잖아. 네가 내리는 평가가 궁금해서."

"흠."

알리사는 대놓고 수상하다는 표정을 지었지만 이내 생각을 정리하는 듯 고심했다. 무난한 평가가 나올 거라는 예상과는 다르게 이어진 알리사의 대답은 첫마디부터 강렬했다.

"일단 첫째는 여우야. 그것도 완전 불여우."

"정말?"

"정말. 그 여자, 그렇게 안 보이면서 사실은 야욕이 엄청난 거 알아? 이사나 씨한테 엄청 추근거려. 그 여자가 백작 부인을 부추긴 건지, 부인 쪽에서 주도하는 건지 모르겠지만. 아무튼 두 사람끼리 이사나 씨를 찾아가서 티타임도 청하고 그러더라고. 내가 목격한 것만 벌써 다섯 번이 넘어."

"그랬단 말이야? 전혀 몰랐어."

"엘 님은 요즘 계속 혼자 돌아다녔잖아. 당연히 모를 수밖에. 아무튼 그 여자 정말 마음에 안 들어. 이사나 씨가 미혼이라고 탐내는 게 너무 눈에 보인다고. 근데 더 웃긴 게 뭔지 알아? 이사나 씨한테 추근거리는 횟수만큼 라온휘젠 황태자한테도 똑같이 한다는 거야."

"헐?"

"황태자의 머리색을 보고 대충 정체를 눈치챈 것 같더라고. 양손의 저울처럼 아주 돌아가면서 기웃거리는데, 균형 하나는 기가 막히게 잘 맞추더라. 얼마나 꼴 보기 싫던지. 그래서 기웃거리는 거 발견할 때마다 자리에 같이 끼어들어서 훼방을 놔주고 있는 중이지."

"푸핫, 너답다. 잘하고 있어. 그럼 둘째는?"

"둘째는 푼수야. 걘 잘생긴 남자는 다 좋아하는 것 같아. 라피스 님 쫓아다녔다가, 시벨 씨 쫓아다녔다가, 태자 쪽 쫓아다녔다가 하루 종일 아주 정신없어."

"그, 그래?"

"특히 라피스 님을 엄청 따라다녀. 얼마 전엔 연서를 보내려고 했다가 백작님한테 걸려서 혼난 적도 있어."

"……헐."

전부 다 금시초문인 이야기들뿐이었다. 같은 시간을 머물렀는데 경험하고 목격한 부분이 이렇게나 다를 줄이야. 아예 별세계에 있다가 온 기분이었다.

“첫째는 한창 사춘기니 그렇다 치고. 둘째는 십 대 초반 아닌가. 아직 어린애잖아. 그 나이에 벌써 연서 같은 걸 쓰나?”

“무슨 애 늙은이 같은 소리를 하는 거야? 그 나이 때 귀족들은 약혼도 하고 결혼도 하거든?”

“으음. 하긴 알리사 너도 십 대 초반이지.”

그리고 운명이라는 거창한 소용돌이에 휘말려 두 남자의 신경전 한복판에 존재하는 몸이기도 하다. 지금 이들의 관계가 그나마 평화로울 수 있는 것도 알리사가 아직 어리기 때문일 거다. 새삼스러운 사실을 떠올렸더니 알리사의 눈매가 단번에 사나워졌다.

“생일 지났으니 이제 열네 살이거든? 그럼 중반으로 봐야지.”

“그래도 아직 꼬마네.”

“그래서 뭐. 불만이야?”

“아하하, 아냐. 그럼 마지막으로 셋째는 어때? 이제 열 살쯤 됐나?”

“아직 아홉 살일 거야. 걔야말로 정말 어린애지. 그래도 내가 보기엔 셋 중엔 걔가 제일 나아. 애교도 많고, 누구에게나 상냥하고, 잘 웃거든. 막내라 그런지 백작 부인만 졸졸 따라다니는 어리광쟁이이긴 하지만. 성격은 좋은 것 같아.”

“그래?”

나는 한 손으로 턱을 괴고 생각에 잠겼다. 환각 속 소녀의 나이는 많아 봤자 십 대 초반. 그녀가 가해자라는 전제하에 일단 명백히 아가씨 티가 나는 첫째는 제외(알리사는 그녀를 제일 싫어하는 것 같지만). 용의선상으로 두기엔 둘째와 셋째가 해당되긴 했다. 그중에서 내가 가장 주목한 건 막내인 셋째였다. 딱히 특별한 이유랄 건 없었다. 그 소녀가 마신관이 되고 싶어 한다고 했던 것 때문이다.

"……소원을 이뤄주는 마녀. 그건 마신관을 노리는 거라고 했지."

처음 들었을 때부터 그 이야기가 계속 마음에 밟혔다. 어린 여자아이가 저택의 사념에 관여되어 있을지 모른다고 생각한 후부터는 자연스럽게 백작의 셋째 딸부터 떠올랐다.

마신관을 꿈꾸고 있는 귀족 영애. 신전과의 교류도 적극적일 거고, 그만큼 알고 지내는 신관들도 많을 가능성이 크다. 어린 신관 지망생에게는 다들 쉽게 마음을 열었을 것이다. 만약 그들 중에서 진짜 문장을 가진 신관이 있었다면?

백작의 셋째 딸은 고작 아홉 살에 불과한 어린아이다. 별거 아닌 소문에도 쉽게 현혹되고도 남았고, 호기심에 떼를 쓰기도 충분한 나이였다. 어쩌면 그로 인해 마신관이 마왕의 함정에 걸렸고, 그 아이가 지켜보는 앞에서 죽게 된 걸지도 몰랐다.

'하지만 평범한 묘사가 마음에 걸린단 말이지.'

알리사가 내린 평가는 셋째가 가장 무난했다. 예민하지도, 음침

하지도 않았고, 구김살 없이 명랑하고 사랑스러운 성격인 듯했다. 처참한 살해 현장을 목격했을 아이가 그렇게 멀쩡하게 잘 지낼 수 있을까? 사실 스왈트 제국에서 금갈색 머리는 비교적 흔한 편에 속했다. 굳이 바논 백작의 딸들이 아니라도 좀 더 파고들면 용의자가 될 만한 사람을 얼마든지 찾아낼 수 있다는 소리다. 물론 그 환각 자체가 허상일 가능성도 충분히 있었다. 어쩌면 처음부터 전혀 엉뚱한 쪽을 짚고 있는 걸지도 몰랐다. 소원을 들어주는 마녀가 정말 마왕과 관계된 것이 맞는지, 그조차 아직 확인된 정보가 아니기도 하고.

"하아, 정말 모르겠다."

꼬리에 꼬리를 무는 의문이 이어질수록 모든 것이 원점으로 회귀하는 기분이었다. 나는 두 팔 사이에 얼굴을 푹 파묻었다. 어차피 지나가는 곳일 뿐인데 그냥 아무것도 관여하지 말고 가만히 있을 걸 그랬나? 괜히 시작해서 머리만 아파진 것 같았다.

* * *

좀처럼 풀리지 않는 답에 잠시 약해졌던 마음은 그날 오후에 다시 강철처럼 단단해졌다. 홀 한쪽에 있는 거대한 벽난로, 그 안에서 우연히 발견한 작은 책 한 권이 원인이었다. 고급 가죽 커버가 씌워진 책이 타다만 채로 남아 있었다. 마신의 성서라는 건 한눈에 알아보았다. 그것도 어린이용으로 제작된.

「율리아」

표지 안쪽엔 또박또박한 필체로 세 글자의 단어가 적혀 있었다. 율리아. 낯익은 이름의 주인이 누군지 떠올리는 건 어렵지 않았다. 바논 백작의 셋째 딸이다. 무정한 아버지가 딸의 책까지 불쏘시개로 쓴 모양이다. 쯧쯧, 그냥 가볍게 혀를 차고 넘길 수 없었던 건 그 다음 장에 적힌 글귀 때문이었다.

나의 신. 나의 주인. 나의 아버
사랑해요, 카노스 님.
영광스러운 신전에 들어갈 날만을 기
홀로 영광 받으시길.

당신의 종, 율리아가 기도합

"으음……."

종이 끝부분이 타들어 가 내용이 끊기긴 했지만, 상당히 정성스럽게 작성한 기도문이었다. 적어 내려간 한 마디 한 마디에서 마신에 대한 깊은 애정이 느껴졌다. 셋째 딸이 신관이 되고 싶어 했던 게 진심이긴 했던 것 같았다.

듣기만 했을 땐 놀랍기는 해도 크게 와 닿지는 않았는데, 막상 이런 신실한 기도문을 확인하고 나니 가슴 안에서 무언가가 철렁 내려앉는 기분이었다. 아마도 내가 카노스와 개인적인 친분을 가지고 있기 때문에 더 그럴지도 모르겠다. 이곳에 숨겨져 있는 진실을 파헤쳐야겠다는 생각이 더 확고해졌다. 사실이라면 사실 그대로, 아니라면 아니라는 증거라도. 어떤 식으로든 결론을 내리지 못하면 영원히 찜찜한 상태를 벗어나지 못할 거란 생각이 들었다.

'일단 이 율리아라는 소녀를 만나서 얘기를 해 볼까.'

직접 만나서 분위기를 살피면 뭔가 감이 잡힐지도 모른다. 대놓고 독대를 청하는 건 수상하게 여겨질 테니 우연을 가장해서 만나봐야 할 것 같았다. 어떤 식으로 접근해 볼지는 이제부터 고심해봐야겠지만. 그렇게 결심을 굳히고 막 계획을 구상할 때였다.

"어, 형이다."

명랑한 목소리에 고개를 돌렸더니 하인 복장을 한 소년이 보였다. 지난번에 우연히 마주쳤던 소년이었다. 나는 자연스럽게 성서를 품속에 갈무리해 넣었다. 타다 남은 걸 벽난로에서 꺼낸 걸 알면 소년이 곤란해할 것 같았다.

"안녕, 또 보네."

"안녕하세요. 뭐하고 계세요?"

"응, 그냥 용건 없이 배회하는 중이었어. 너는?"

"저는 화구를 옮기고 있어요. 막내 아가씨가 그림을 그리신다고 하셔서요."

"……그래?"

그 말대로 소년은 종이와 붓을 비롯한 갖가지 미술 용품을 한가득 끌어안고 있었다. 마침 막내딸한테 가는 거라니 잘됐다. 노골적인 인상을 주지 않으면서 자연스럽게 마주칠 수 있는 좋은 기회였다. 나는 회심의 미소를 감추며 소년에게 다가섰다.

"혼자 들기엔 짐이 많은 것 같네. 내가 들어다 줄게."

"또 도와주시려고요? 이건 많이 무겁지 않아서 저 혼자서도 괜찮은데."

"어차피 지금 별로 할 일도 없거든."

이미 한 번 도와준 전례가 있어서인지 소년은 별다른 의심 없이 선선히 짐을 나눠주었다. 이래서 사람은 평소에 선행을 베풀어야 하는 건가 보다. 왠지 악용하기 위해 포석을 깔아둔 것 같아서 미묘한 기분이긴 하지만. 그래도 딱히 나쁜 짓을 하려는 건 아니니까. 문제는 없을 거다. 아마도.

"한나 아줌마. 화구들을 가져왔……."

나와 소년은 가벼운 잡담을 나누면서 목적지에 도착했다. 그런데 막상 방에 들어가려 하자 묘한 상황이 펼쳐졌다. 문을 열기 무섭게 안에서 튀어나온 여인이 두 손을 내저었기 때문이다.

"한나 아줌마?"

"쉿!"

놀라서 눈을 동그랗게 뜨는 소년을 향해 한나라고 불린 여인이 속삭였다. 숨을 죽이도록 종용하는 태도의 이유는 금방 알 수 있었다. 문틈에서 새어나오는 소리 덕분이었다.

"으아아아앙!"

그건 서글프게 흐느끼는 어린아이의 울음소리였다. 아마도 이 방의 주인인 율리아의 것이 분명한. 소년도 그 소리를 듣고 당황한 표정을 지었다.

"미안한데 그냥 돌아가야겠다. 보다시피 상황이 별로 좋지 않구나."

여인은 이쪽은 제대로 돌아보지도 않고 곧바로 문을 닫았다. 눈앞에서 매몰차게 닫히는 문을 보고 소년은 아연한 표정을 지었다가 이내 어색하게 웃었다.

"아가씨한테 무슨 일이 있나 봐요."

"……흠."

판단을 내리기까지 고민은 길지 않았다. 나는 망설임 없이 그 자리에서 물의 기억—정령의 눈—을 사용했다. 문 너머에 있는 정령들의 시야를 빌리자 일시에 모든 주위가 투명해진 듯한 착각이 일었다. 훤히 드러나 보이는 방 안, 침대 위에 엎어져 울고 있는 작은 소녀의 모습이 보였다. 한나라고 했던 여인이 옆에 앉아 열심히 달래고 있었다.

"아가씨, 이제 그만 우세요. 그러다 탈진하시겠어요."

"흐으윽! 어어엉!"

"마님을 만나지 못한 건 어쩔 수 없는 일이란 거 아시잖아요. 요즘 입덧이 많이 심하시니까요. 아가씨를 피하시려고 거절하신 게 아니에요."

아무래도 백작 부인과 만나기로 했다가 일정이 취소된 모양이다. 그게 저렇게까지 울 일인가 싶었지만, 소녀의 나이가 아직 아홉 살이라는 사실을 상기하며 납득했다. 아무래도 어린아이다 보니 사소한 일에도 더 크게 서러움을 느끼는 것 같았다.

"그치만! 언니들은 어머니 방에 찾아가도 만나주시잖아! 어머니 쪽에서 언니들 방에 방문하는 일도 많고! 티타임도 같이 하신단 말이야!"

"그, 그거야…… 두 아가씨는 사교계에 데뷔하실 시기잖아요. 특히나 멜리나 아가씨는 곧 수도에 있는 학교로 올라가실 예정인걸요. 그래서 마님이 특별히 신경 쓰시는 것뿐이에요."

"거짓말! 어머니는 날 미워해! 내가 딸이라서 그런 거지? 아들이라고 많이 기대했는데 낳고 보니 딸이어서! 그래서 날 죽이려고도 했었다면서! 다 알아!"

"세상에, 아가씨! 대체 누가 그런 소리를!"

기겁하는 목소리가 높아졌다. 듣고 있는 나도 당황스러운 내용이었다. 딸이라서 죽이려고까지 했었다니. 백작 부인이 그렇게까지 자녀의 성별에 집착하는 편이었나? 그러고 보니 현재 잉태 중인 아이가 꼭 아들이었으면 좋겠다고 말하긴 했었던 것 같다. 어감상 하나쯤은 아들이어도 좋겠다는 느낌이어서 별로 신경 쓰지 않았는데, 이 제국의 분위기를 생각하면 가벼운 의미는 아니었을지도 모르겠다.

스왈트 제국에서 귀족 작위는 아들을 우선으로 승계된다. 딸이 받는 경우도 있긴 했지만 거의 드문 편으로, 직계 가족에 아들이 없으면 사촌의 아이라도 입양해 오는 편이었다. 백작은 별로 신경 쓰지 않는 것처럼 보였지만, 부인의 입장에선 아무도 재촉하지 않더라도 후계자에 대한 압박이 컸을 거다. 심지어 백작가이니 초조해질 만도 했다.

"아가씨, 그땐 마님이 제정신이 아니셨어요. 바로 정신을 차리시곤 얼마나 자책하셨는데요. 지금도 항상 미안해하시고 계세요. 너무 미안해서 아가씨 얼굴을 보시는 게 힘드신가 봐요."

"거봐! 역시 날 피하는 거 맞잖아!"

"그, 그게…… 아이고, 제가 실언을 했네요. 아니에요, 아가씨, 마님이 정말 그러시다는 게 아니라, 그냥 제 생각이 그렇다는 얘기였어요. 마님은……!"

"몰라! 전부 다 미워!"

울음소리가 조금 전보다 더 커졌다. 달래려는 시도가 오히려 서러움만 재확인시켜 준 꼴이었다. 나는 가볍게 혀를 차곤 연결을 차단했다. 이런 이야기를 들으려고 온 건 아니었지만, 그래도 생각지 못한 정보를 얻은 건 나쁘지 않았다.

"형, 죄송해요. 여기까지 도와주셨는데."

"아냐, 죄송하긴. 네 탓도 아닌걸. 이거 다시 원래 장소에 돌려놓으러 가야 하지? 그럼 가 볼까?"

"네."

어쩔 줄 몰라 하는 소년을 다독인 후 우리는 걸어왔던 길을 그대로 밟아 돌아가기 시작했다. 종종걸음으로 따라오는 내내 소년은 한숨을 내쉬었다.

“오늘은 정말 운이 나빴어요. 아네스 아가씨는 평소에 정말 밝은 분이시거든요. 울거나 투정부리는 일도 별로 없으신데 갑자기 왜 기분이 나빠지셨는지. 시기가 너무 안 좋았나 봐요.”

“뭐, 그럴 수도 있…… 근데 아네스라니?”

“아, 막내 아가씨 이름이에요.”

“……음?”

나도 모르게 걸음이 정지했다. 우뚝 멈춰서는 나를 소년이 의아한 표정으로 바라보았다.

“형, 왜 그러세요?”

“저기, 방금 막내 아가씨 이름이 아네스라고 한 거 맞아? 율리아가 아니라?”

“율리아? 그게 누군데요?”

아무렇지 않게 돌아오는 반문에 얼빠진 쪽은 나였다. 너무 태연한 얼굴이라 한순간 내가 잘못 들었나 의심했을 정도였다. 나는 조금 당황스러운 기분으로 물었다.

“셋째 아가씨 이름이 율리아라고, 네가 전에 그러지 않았어?”

“아, 네 맞아요. 셋째 아가씨 이름은 율리아죠.”

“……막내는 아네스라며?”

“네, 막내 아가씨 이름은 아네스예요.”

“셋째가 막내 아니야?”

"그렇죠. 백작님의 딸은 셋이니까요."

"그럼 율리아는 뭔데?"

"율리아가 누군데요?"

"……."

이거 좀 뭔가 이상한데.

대화가 매우 난해한 방향으로 튀고 있는데 소년은 그걸 전혀 깨닫지 못하는 눈치였다. 맑고 곧은 눈동자를 보아 장난을 치는 것 같지도 않았다. 왠지 뒤통수가 싸해지는 느낌이 들었다. 품 안에 넣어둔 어린이용 성서의 감촉이 새삼스럽게 와 닿았다.

당신의 종, 율리아.

애정이 담뿍 담겨 있던 글귀도.

나는 차분히 호흡을 가다듬은 후, 멀뚱하게 서 있는 소년을 향해 말했다.

"있잖아. 내가 여기 아가씨들 이름을 하나도 모르거든. 네가 차례대로 알려주지 않을래?"

"아가씨들 이름이요? 으음, 첫째 아가씨는 멜리나고요, 둘째 아가씨는 아밀라예요. 셋째 아가씨는 율리아, 막내 아가씨가 아네스죠."

"……바논 백작의 딸이 넷이라고?"

"아뇨, 세 명인데요?"

"으음, 그래. 네 기억에 문제가 있다는 건 잘 알겠어. 그냥 다른 식으로 물어야겠다."

"네?"

"……혹시 율리아가 마신의 문장을 갖고 있었어?"

질문을 듣는 순간 소년이 눈을 크게 떴다. 이어지는 대답에 나는 입술을 악물어야 했다.

"그걸 어떻게 아셨어요?"

5.

필요한 용무를 끝마치고 귀환하는 발길이 천 근처럼 무거웠다. 평소엔 거의 걸어서 다니는 편이었지만, 이번만큼은 도저히 그럴 기분이 아니라서 나는 곧장 언령을 사용했다. 공간을 이동해서 도착하자 방 안에 있던 일행들이 갑자기 나타난 나를 보고 당황한 표정을 지었다.

"엘?"

"에, 엘 님?"

안에선 시벨리우스와 아셀이 한창 주술 수업을 진행하고 있는 중이었다. 라피스는 그 뒤편의 침대에 누운 채로 책을 읽고 있었다.

"웬일이야? 공간 이동은 잘 안 쓰더니 왜 갑자기……."

반기며 몸을 일으키던 시벨리우스가 갑자기 사납게 얼굴을 굳혔다.

"너 표정이 왜 그래? 무슨 일 있었어?"

바로 걱정하는 걸 보니 지금 내 표정이 상당히 엉망이긴 한 모양이다. 황급히 다가온 시벨리우스가 분주히 내 모습을 살피기 시작했다. 괜찮다는 뜻에서 고개를 젓긴 했지만 내가 생각해도 힘없는 모습이긴 했다. 오히려 불안하게 만들었는지 시벨리우스의 표정이 더 어두워졌다. "근데 공간 이동도 할 줄 아시는 건가요……." 소심하게 중얼거리는 아셀의 목소리는 그대로 묻혔다. 그 사이 라피스는 읽고 있던 책을 덮었다. 그가 침대에서 천천히 상체를 일으키는 것을 보며 나는 떨어지지 않는 입을 억지로 열었다.

"라피스. 전에 얘기하다 만 거 다시 제대로 설명해 줘."

"……뭘 말하는 건지 모르겠는데."

"마신관의 피를 증폭시킨다는 어둠의 주술, 그거 말이야. 그게 뭐라고?"

"……."

무심하게 응시하던 붉은 눈동자가 가라앉았다. 나를 살피던 시벨리우스의 시선 역시 멈췄다. 두 사람의 눈동자가 혼란스럽게 일렁거리는 것이 느껴졌다.

"율리아 아가씨요, 오른쪽 팔에 마신의 문장이 나타났대요. 정말 굉장하죠?"

"백작님이 조만간 신전에 서신을 보내신다고 하셨어요. 마님이 그때까진 아무한테도 알리지 말라고 당부하셨는데, 형은 그걸 어떻게 아셨어요?"

"……근데 제가 방금 무슨 얘기를 했죠?"

재잘거리던 소년의 목소리가 귓가를 맴돌았다. 마지막 순간 나를 돌아보던 텅 빈 눈동자도.

도무지 믿을 수가 없어서. 설마 하는 심정에 저택의 다른 사람들에게도 접근해 같은 방식으로 질문을 건네 봤다. 그랬더니 전부 똑같은 반응이 돌아왔다.

모두가 율리아를 알지만, 동시에 아무도 알지 못했다.

눈앞을 가리고 있던 모든 것들이 선명해졌다. 상상도 하지 못한 일이 벌어져서 머릿속이 제대로 정리가 되지 않았다. 마음이 짓이겨지는 것처럼 참담했다. 속이 울렁거리는 기분에 나는 주먹을 꽉 움켜쥐었다. 억지로 참고 견디지 않으면 큰 사고를 칠 것 같았다. 이 갑갑한 울분을 쏟아야 할 곳이 필요했다. 방에 돌아온 건 그 장소를 제대로 찾아가기 위해서였다.

"뭔가 알아냈나 보지?"

라피스가 담담한 얼굴로 물었다. 걸터앉았던 침대에선 어느새 몸을 완전히 일으킨 상태였다. 그가 소파 쪽으로 자리를 옮기는 것을 눈으로 좇으며, 나는 살짝 심호흡했다.

"백작한테 딸이 하나 더 있었던 것 같아."

"흠."

"그런데 아무도 그 아이를 기억 못 해. 흔적은 남아 있는데 제대로 알고 있는 사람이 없어. 마치 기억의 한 부분만 도려내진 것처럼."

"……."

거기까지만 듣고도 라피스는 대강의 상황을 파악한 듯 보였다. 가볍게 혀를 찬 그가 더 말할 필요 없다는 듯 손을 내저었다. 시벨리우스 역시 얼굴이 딱딱하게 굳어 있었다. 아셀만은 여전히 어리둥절한 표정이었지만, 흐름을 방해하지 않으려는 듯 조용히 지켜보고 있는 상태였다. 신경질적으로 머리를 긁적인 후, 라피스가 한숨처럼 입을 열었다.

"「타락하는 천사의 피를 삼켜 어둠을 꽃 피우다.」 고대 야만족인 세이렌이 사용하던 흑주술 중 하나야."

"세이렌? 인어의 모습을 한 일족이라는……."

"맞아, 인어. 지금은 사라졌지만. 그 일족은 타인의 육신과 정기를 훔쳐서 살아. 축복받지 못한 일족이라 신관의 성력에 유독 집착했는데, 그중에서도 특히 마신관의 힘을 탐냈어. 그들 일족과 가장 상성이 잘 맞는 힘이었거든. 성인은 사로잡기 어려우니까 주로 어린 신관들을 노렸는데, 원하는 만큼 성력을 얻어내기 힘들어지자 그 주술을 만들어냈어. 결국 그로 인해 마신의 분노를 사 일족 전체가 멸망했고."

그러고 보니 인어가 있었다는 말을 들어본 적이 있는 것 같다. 블루 엘프 종족의 탄생 설화라고만 생각했는데, 실제로 존재한 일족이었던 모양이다. 공교롭다고 해야 할지. 내게 그 이야기를 들려줬던 사람이 신관인 카이테인이었다. '그가 이 자리에 있었다면 상당히 흥미진진해 했을 텐데.' 이런 순간에도 어이없을 정도로 태평한 생각이 지나갔다. 아마도 현실도피에 가까울 테지만.

"마신의 성력은 파괴와 저주를 일으키는 힘이라 기본적으로 어둠에 속해. 그 주술은 바로 그 어둠을 악의적인 방향으로 강화하는 방법이야. 그리고 그 과정엔 소유주인 신관의 심리 상태가 가장 큰 영향을 미쳐."

"심리?"

"배신감과 절망. 이 두 가지 감정에 사로잡힌 채 죽어야 해. 모든 것을 다 잃은 절망감에 자신의 신을 원망하고 증오할 때까지, 고통에 몸부림치면서 피를 흘려야 하지. 말 그대로 타락하는 천사가 되는 거야."

"……!"

"그래서 그 주술은 보통 가까운 사람을 이용하게 되어 있어. 과거 세이렌들은 부귀와 젊음을 약속하고 마신관의 지인을 꾀어내, 의식에 참여하도록 했지."

"참여라니……."

"그래야 더 큰 배신감을 느끼고, 더 많이 절망할 테니까."

"그럼 단순히 상황을 은폐하는 정도가 아니라…….

"살해 과정에도 동참하는 거지."

듣고 있는 것이 괴로워서 천천히 눈을 감았다. 처음 이 저택에 왔을 때 느꼈던 감정이 새삼스럽게 떠올랐다. 거머리처럼 눌어붙어 있는 붉은 사념 덩어리들을 보며 끔찍하고 처참하다고 생각했었다. 누군지 몰라도 여기서 죽은 사람은 아주 잔인한 방식으로 살해당했을 거라고.

이미 알고 있던 사실을 재확인한 것뿐인데 왜 이렇게 충격을 받는 걸까. 나는 삼킨 숨을 길게 토해냈다. 무심코 한 행동이었는데 생각보다 마음을 가라앉히기에 도움이 됐다. 새하얗게 물들었던 시야가 천천히 맑아지면서, 함께 아득해지던 감각도 다시 되돌아왔다. 어느 정도 진정하고 났더니 머릿속이 차가워졌다.

"살인자를 찾아야겠어."

나직하게 뱉은 말에 시벨리우스가 굳은 얼굴로 고개를 끄덕였다. 라피스는 뜻대로 하라는 듯 어깨를 으쓱일 뿐이었다.

"저택 사람들이 죽은 아이를 기억하지 못하는 건 왜인 것 같아?"

"기억을 지우는 주술, 또는 암시에 걸린 거 아니겠어?"

"정말 이 일의 배후에 마왕이 있는 걸까?"

"글쎄."

"그거, 모르면 내가 대답해도 돼?"

"……!"

돌연 들려온 음성에 나는 흠칫 놀라서 돌아보았다. 내 옆쪽에 놓인 서랍장, 그 위에 한 소년이 앉아 있었다. 새카만 흑발을 길게 늘어트린, 붉은 눈동자가 인상적인 소년이었다.

"어……."

"암시라면 그자일 가능성이 높을 거야. 카류안은 최면술을 잘 쓴다고 했거든."

소년은 저를 향해 쏟아지는 시선을 느긋하게 받아내고 있었다. 알던 것보다는 조금 더 낮은 목소리였고, 훨씬 더 매끄러운 화법을 사용했지만, 티 없이 맑은 눈빛은 그대로였다. 나는 천천히 눈을 깜빡거렸다.

"……아스?"

"대부, 안녕."

멍해진 나를 향해 소년, 아스모델이 방긋 웃었다. 시선을 조금 돌렸더니 조금 떨어진 곳에 데르온이 서 있는 것이 보였다. 눈이 마주치자 그가 가볍게 묵례를 건넸다. 그제야 돌아가는 상황이 파악되기 시작했다. 눈앞의 상황에 너무 집중하고 있느라 방 안에 다른 기척들이 새로 더해졌다는 사실을 까맣게 모르고 있었다. 그동안 행방이 묘연했던 두 마족이 드디어 돌아온 거다. 나는 붕어처럼 입을 벙긋거렸다.

"세상에……."

잠시 보지 못하던 사이에 젖살이 통통했던 소년은 훌쩍 커지고, 더 아름다워져 있었다. 그동안 훈련한 결과인지, 육체에 넘쳐흐르던 마력이 전혀 느껴지지 않았다. 그러나 산처럼 고요해졌음에도 오히려 존재감은 더 강렬해진 것 같았다.

마음이 벅차올라 뜨거워졌다. 두 팔을 내밀었더니 아스가 기다렸다는 듯이 뛰어 내려와 덥석 안겨들었다. 하나뿐인 대자의 사랑스러운 체온이 품 안 가득 전해졌다. 복잡하던 머릿속을 단숨에 잊을 만큼 다정한 감각이었다.

"보고 싶었어."

제6화

1.

자정을 넘긴 하늘은 짙은 먹물에 잠겨 들었다. 흩뿌려진 빛의 잔해가 그 사이를 비집고 나오려는 것처럼 광채를 뿜어내도 폭포수처럼 뒤덮은 어둠을 떨쳐내기엔 역부족이었다. 더구나 오늘 밤은 구름마저 짙었다. 새카맣게 물든 공간에선 밤을 지배하는 달마저 맥을 못 추고 자취를 감췄다. 온전한 암흑이었다.

빛을 잃은 대지엔 그 대신 고요한 공기가 내려앉았다. 사람들은 몰려드는 수마에 몸을 맡긴 지 오래였다. 이따금씩 울리는 풀벌레 소리가 아직도 잠들지 않은 자들을 책망하는 듯했다. 정작 그 소리에 귀 기울이는 사람은 우리 중 아무도 없었지만.

“여기에 이렇게 그리면 되는 건가?”

"응. 근데 저쪽 선 삐뚤어졌어."

"윽, 다시 그려야겠다."

한밤중의 작전은 은밀하고 신속하게 진행되고 있었다. 거사를 치르는 장소로는 저택에서 멀리 떨어져 있는 으슥한 창고를 택했다. 라피스와 시벨리우스, 아스와 데르온. 네 사람만이 이 자리에 동행했다.

나는 들고 있는 종이에 적힌 대로, 바닥에 여러 형태의 그림과 문자를 써내려 갔다. 이미 완성된 원형의 테두리에는 각 방위에 맞춰 촛대를 하나씩 놓아두었다. 촛대 아래엔 끝을 가볍게 태운 사각형의 무명천을 받쳐 둔 상태였다.

"여기까진 다 됐고. 그다음은…… '물이 담긴 그릇을 중앙에 둔다.' 좋아, 이것도 완료."

미리 준비해 둔 그릇을 원형 안에 배치한 후, 물을 채웠다. 그러고 나니 어느새 필요한 조건을 거의 다 채워 가고 있었다. 이제 마지막 단계만 완성하고 나면 완벽했다. 그 사이 어둠은 더 짙게 내려앉은 상태였다. 계획을 실행하기에도 알맞은 시각이었다.

"이제 그거 차례인데…… 정말 괜찮겠어, 아스?"

"응, 괜찮아. 날 믿어, 대부."

곁에 다가온 아스가 생긋 웃었다. 그가 완성된 진 앞에 자리 잡고 앉는 것을 나는 조마조마한 기분으로 지켜보았다. 몸을 굽힘에 따라 결 좋은 긴 흑발이 그의 어깨선을 타고 흘러내렸다. 네 개의 촛대에서 위태롭게 타오르고 있는 촛불의 노란 빛들이 아스의 얼굴 위에 짙은 음영을 그려냈다.

한동안 바닥에 그려진 그림들을 훑어 내리던 아스가 천천히 손을 들어 입술에 가져갔다. 무언가 짓이겨지는 소리가 들린 순간, 그의 손가락을 타고 붉은 피가 흘러내렸다. 피부를 깨물어 상처를 낸 것이다.

공기 중에 피 냄새가 섞이기 시작했다. 아스는 피가 철철 흐르는 손을 그대로 그릇 속에 담갔다. 안에 담겨 있던 맑은 물이 그의 피를 삼키고 순식간에 검붉은 색으로 물들었다. 보기만 해도 괴로운 광경이었지만 차마 그만두라고 할 수는 없었다. 이 모든 과정은 이 순간을 위한 거였으니까.

「소원을 들어주는 마녀.」

바로 그 의식을 완성하기 위해서.

"마녀는 아마 세르피스일 겁니다."

표정만큼이나 무뚝뚝하던 데르온의 목소리가 떠올랐다. 깜짝 선물처럼 나타난 두 마족과 감격스럽게 해후한 이후. 서로 마주 앉아 본격적으로 지난 안부를 묻던 자리에서였다.

못 본 사이 더 훤칠해진 아스는 이제 어디를 봐도 어린이로 보이진 않았다. 이미 짐작한 것처럼 알리사의 키도 따라잡은 것 같았다. 그는 제 이야기를 털어놓기보다 이쪽의 상황을 더 궁금해했고, 그건 데르온 역시 마찬가지였다. 한창 심각하던 우리들의 분위기. 더불어 마왕의 존재까지 언급된 상태였으니, 회포를 풀기보다 이쪽의 상황을 더 우선시할 만도 했다. 나는 내 주관을 섞지 않기 위해 최대한 상세하게 설명했다. 혹시나 다른 판단이 내려질까 싶었는데, 이야기를 다 들은 후에 데르온이 맺은 결론 역시 나와 다르지 않았다. 그는 두말 할 필요 없이 마왕이 한 일이라 확신했다. 더불어 떠돌아다니는 미신의 주체인 '마녀'의 정체까지 어렵지 않게 짐작해 냈다.

"세르피스. 누군지 알 것 같아요. 데르온이랑 같이 다니던 그 여자 말이죠?"

"네, 맞습니다. 서(西)공작 세르피아네스. 저와 같은 계급의 고위 귀족입니다."

그녀의 모습을 떠올리는 건 어렵지 않았다. 데르온을 처음 대면했을 때 그에겐 일행이 한 명 있었다. 화려하게 나풀거리는 흑발을 발끝까지 늘어트린, 매우 매혹적인 분위기를 지닌 여인이었다. 적이면서도 어딘지 모르게 엉뚱하고 담담해서 호감을 주었던 데르온과는 달리, 여인 쪽은 우리를 향한 적의를 숨기지 않아 편하게 볼 수가 없었다. 심지어 동료인 데르온을 내버려 두고 혼자 달아나는 바람에 나를 꽤 당황하게 만들기도 했다. 그때 그렇게 가 버린 매정한 마족 여성의 이름이 바로 세르피스였다고 들었다. 당시의 일이 생각났는지 데르온이 얼굴을 살짝 찌푸렸다.

"서공작의 자리는 주술에 가장 능한 자가 차지합니다. 세르피스는 역대 서공작 중에선 가장 능력치가 떨어지긴 합니다만, 이론만큼은 누구와 견주어도 부족하지 않았습니다. 특히 사장된 흑주술을 많이 알고 있었죠. 타락하는 천사의 주술이란 것도 그녀가 전해 준 지식일 겁니다."

"마왕은 마신에게 봉인되었다가 탈출했잖아요. 지금도 금제에 걸려 있는 상태고요. 그걸 알면서도 돕는 걸까요?"

"자세한 사정은 모릅니다만. 제가 마지막으로 세르피스를 봤을 때 그녀는 카류안에게 흠뻑 빠져 있는 상태였습니다. 마신을 저버리고 카류안을 택했을 가능성은 얼마든지 있습니다."

"그렇군요."

그렇지 않아도 기울어졌던 저울추가 완전히 한쪽 바닥에 닿았다. 드러나는 모든 부분들이 마왕과의 관계성을 시사하고 있었다. 이제 와서는 마왕의 짓이 아니라고 하는 게 오히려 더 당황스러울 것 같았다.

결국 그가 본격적으로 움직이기 시작한 거구나. 별로 인정하고 싶지 않은 현실에 쓴 한숨이 흘러나왔다. 대공만 견제하고 있다가 보기 좋게 농락당한 기분이다. 신계 쪽에선 이 사실을 알고 있을까? 어디까지 대비해 두고 있는 걸까? 하다못해 엘뤼엔에게만이라도 이 상황을 전해 둘 수 있다면 좋을 텐데. 막힌 통신로가 새삼 갑갑하게 느껴졌다.

"일단 세르피스가 하는 일부터 막아야겠어요."

"저도 동의하는 바입니다. 그리고 아마 그녀를 잡으면 공범자가 누군지도 알아낼 수 있을 겁니다."

다음으로 이어진 말에는 정신이 번쩍 들었다. 그러고 보니 '마녀'는 이 저택 안에서 벌어진 살인 사건의 모든 내막을 알고 있는 증인이기도 했다. 내가 직접 용의자를 추려내기보다 그녀를 추궁하는 쪽이 더 빠를지도 몰랐다.

"그녀가 순순히 자백할까요?"

"자백을 받아낼 필요도 없습니다. 그녀의 피로 찾을 수 있습니다."

"……! 정말요?"

"서로 계약을 맺었을 테니까요. 위험부담이 큰 일엔 의심이 앞서기 마련이죠. 상대의 협조를 끌어내기 위해서라도 세르피스 쪽에서 먼저 그자에게 계약을 제안했을 겁니다. 제가 그 흔적을 찾아낼 수 있습니다."

무미건조한 데르온의 목소리가 이 순간엔 마치 천사의 노랫소리처럼 들렸다. 막막하기만 하던 여정에 드디어 끝이 보이는 것 같았다. 마음이 들뜨는 걸 진정하기 위해 나는 천천히 심호흡했다. 실마리를 잡았을 뿐, 아직 실제로 해결된 건 아무것도 없었다. 당장 세르피스를 찾기도 쉽지만은 않은 일이었다. 방법을 고심하는 내게 데르온이 제안했다.

"그 미신이라는 걸 활용해 보시는 게 어떻습니까?"

"미신이요?"

"소원을 들어주는 마녀를 부르는 의식 말입니다. 아마 소환 주술이겠지만. 우리 쪽에서 그녀를 찾아다니기보다, 그쪽에서 우리를 찾아오도록 유도하는 겁니다."

"아! 그런 방법이 있었네요!"

하지만 기쁜 마음은 그다지 오래 가지 못했다. 홀가분해지기도 잠시, 나는 곧 한 가지 중요한 사실을 깨닫고 심란해졌다.

"하지만 그걸 하려면 마신관의 피가 필요한데요……."

그랬다. 이 계획엔 반드시 성립해야 하는 전제가 있었다. 바로 의식을 완성해야 한다는 것. 그걸 위해선 일단 마신관이 있어야 했다. 그것도 신의 문장을 지닌 '진짜' 마신관이. 그 주술은 마신의 성력을 품은 피에만 반응할 테니까.

진짜 마신관이 얼마나 있는지도 알 수 없는 상태인데, 그 피는 또 어디서 구할 것인가. 세르피스를 직접 추격하는 것만큼이나 이쪽 역시 만만치 않은 난제였다. 내게도 마신의 문장이 있긴 하지만 애초에 이 육체는 임시적으로 구성된 거라 눈속임에 가깝다. 만져져도 실제 사람의 피부가 아니고, 피가 흘러도 진짜 피는 아니었다. 당연히 같은 효과를 낼 리가 없었다.

"괜찮아, 대부. 내 거 쓰면 돼."

낙담하고 있는 내게 명랑한 아스의 목소리가 닿았다. 나는 당황해서 돌아보았다.

"내 거라니. 아스, 네 피를 말하는 거야?"

"응. 마족의 유체는 마신의 축복을 받아. 그래서 성력도 깃들어 있어. 마신관이랑 비슷해."

"……!"

그건 또 몰랐던 부분이었다. 안 그래도 예뻐 죽을 것 같은 아스의 얼굴이 더더욱 천사처럼 보였다. 감격해서 와락 끌어안자 아스가 품속에서 까르륵 웃었다. 키가 커지고 분위기가 변했어도 사랑스러운 성격은 여전했다.

"그럼 다음 할 일이 정해졌네."

그 모든 과정을 한심하다는 듯이 지켜보고 있던 라피스가 자리에서 몸을 일으키며 말했다. 오늘따라 그의 눈빛에 생기가 돌았다. 저택 안에서 뒹구는 일상을 내내 지루해하더니, 지금 상황이 즐거운 것 같았다. 뒤따라 일어난 시벨리우스도 단단히 각오를 굳힌 얼굴이었다.

"본격적으로 마녀 사냥을 해 보자고."

"대부. 지금이야."

"아, 응!"

부르는 음성에 화들짝 정신이 들었다. 아스가 멀뚱한 얼굴로 나를 돌아보고 있었다. 벌써 그릇 안에 나머지 재료를 다 집어넣어 둔 상태였다. 나도 모르게 너무 오랫동안 넋을 잃고 있었던 모양이다. 나는 얼른 종이를 들었다. 그 안에 적혀 있는 의식의 가장 마지막 단계—주문을 외우기 위해서였다.

"딜라티오. 딜라티오. 밀라. 내 부름에 응답하소서."

적혀진 그대로 단어를 읊기 시작하자 일행들은 각자 대비 자세를 취했다. 이 주술식을 알아내는 과정은 생각보다 쉬웠다. 워낙 유행이 널리 퍼진 상태라서 그런지, 마을에 가서 그냥 묻기만 했는데도 사람들이 별다른 의심 없이 알려주었다. 도마뱀 꼬리라든가 말린 쥐똥 같은, 필요한 재료들을 구하는데도 큰 어려움이 없었다. 시간을 끌지 않아 다행스럽다 여기면서도, 그만큼 누구나 시도하기 쉽다는 점에서 마음이 무거워졌다. 아마 그걸 노리고 미리 시장에 재료들을 풀어 둔 거겠지만.

"데탈토스. 데탈토스. 밀라. 이끄는 방향으로 오소서……."

주술이 실패할 가능성은 염두에 두지 않았다. 라피스와 시벨리우스가 먼저 살펴보고 제대로 된 형식이라는 걸 확인해 줬기 때문이다. 아니나 다를까. 주문을 읊기 시작한 지 얼마 되지 않아 반응이 일기 시작했다. 바닥에 깔아둔 진이 은은하게 빛나더니, 그릇 속에 담긴 물이 부글부글 끓었다. 아니, 단순히 그냥 끓는 정도가 아니라 솟구치는 것처럼 마구 들썩이고 있었다.

순식간에 촛불이 꺼지고 암흑이 찾아들었다. 어차피 이 정도에 영향을 받을 사람은 없었기 때문에 나는 다시 불을 켜는 대신 들썩거리는 물만 주시했다. 물은 가라앉다가 일어나기를 한참 동안 반복하더니, 나중에 가서는 솟구친 상태로 고정됐다. 잠시 후에는 그 부피가 점점 커지며 내 머리보다 더 높은 기둥을 만들어냈다. 검붉은 색이며 꿈틀거리는 형태가 꿈에 나올까 염려될 정도로 징그러운 모습이었다.

한동안 물컹거리던 그것은 곧 하나의 형상을 만들어가기 시작했다. 머리에서부터 다리까지. 베일을 벗는 것처럼 한 사람의 모습이 눈앞에서 천천히 드러났다. 긴 흑발에 화려한 이목구비. 여성임을 확연히 드러내는 곡선의 실루엣을 보는 순간 나는 주먹을 꾹 움켜쥐었다. 세르피스, 그녀가 맞았다. 내가 기억하는 모습 그대로였다.

"……."

"……."

주위가 고요해졌다. 데르온은 나직하게 신음을 삼키고 있었다. 그 또한 실제로 확인하는 충격이 큰 것 같았다.

이윽고 감겨 있던 세르피스의 눈이 천천히 떠졌다. 짙은 어둠 속에서 붉은빛을 품은 안광이 흩날리듯이 퍼져 나갔다. 동시에 꺼졌던 촛불에 다시 불이 붙었다. 사방이 환해진 가운데, 세르피스의 입술이 짙은 호선을 그렸다. 아직 다가온 운명을 깨닫지 못한 듯, 꽤 기분이 좋아 보이는 모습이었다.

"후후, 자격을 가진 자를 찾다니. 이게 얼마 만인지 모르겠네. 나를 부른 행운아가 누굴……."

간드러지게 웃던 얼굴이 그대로 멈췄다. 시선이 한 곳에 고정된 그녀의 얼굴이 천천히 경직되는 것이 보였다. 우리들 중에서 아는 얼굴을 발견한 것이다.

"……데르온?"

"오랜만이군. 세르피스."

데르온이 무뚝뚝하게 답했다. 세르피스는 혼란스러운 얼굴로 주위를 돌아보았다. 라피스와 시벨리우스에 이어 가장 앞에 있는 나까지 확인한 후, 그녀의 얼굴이 와락 일그러졌다. 마지막으로 내 옆에 서 있는 아스모델에 이르러서는 경악에 가까운 표정이 됐다. 그제야 돌아가는 상황을 파악한 것 같았다.

"……정령왕과 드래곤, 성마에 마족이라니. 내 눈으로 보고도 믿을 수가 없는 조합이네. 설마 날 일부러 이 자리에 꾀어낸 걸까?"

"바로 그 설마인 것 같네요."

담담하게 대꾸해 줬더니 세르피스는 바로 입술을 악물었다. 의연한 태도를 고수하고 있었지만 초조하게 흔들리는 눈동자에서 이미 여유를 잃은 게 느껴졌다. 그녀가 억지웃음을 지으며 데르온을 노려보았다.

"굉장하네, 데르온. 꽤나 든든한 뒷배를 뒀는걸? 안 본 사이에 잔머리를 굴릴 줄도 알게 되고."

"물론. 네가 가진 것과는 비교할 수도 없는 뒷배지."

노골적인 도발도 데르온은 무심히 넘겼다. 세르피스의 눈꼬리가 더욱 사납게 치켜 올라갔다.

"정말 얄미운 남자네. 하긴 당신은 늘 그랬지. 뭐든 쉽게 얻고, 쉽게 이뤄내. 남은 어떻게든 아득바득 가지려고 하는 걸 숨 쉬듯이 간단하게 움켜쥐고는 별거 아닌 걸로 치부하지. 당신의 그런 점, 예전부터 정말 싫었어."

"내가 사과해야 할 일은 아닌 것 같군."

"뭐, 됐어. 그보다 저 꼬마는 어떻게 된 거야? 왜 살아 있는 유체가 있지? 이번 번식기는 전부 실패했던 거 아니었어?"

"설명할 이유 없다. 그리고 말을 삼가라. 아스 님은 내 주군이시다."

"하, 주군? 아직 머리에 피도 마르지 않은 저 꼬맹이가? 당신 혹시 돌았니?"

황당하다는 듯이 묻는 말에 데르온은 답하지 않았다. 그저 매를 번다는 시선으로 고개를 절레절레 저었을 뿐이었다. 슬쩍 아스의 표정을 살폈더니, 그는 무슨 생각을 하는지 알 수 없는 얼굴로 세르피스를 빤히 바라보고만 있었다. 웃을 때는 무척이나 사랑스럽고 귀여운 느낌인데, 무표정하게 있으니 제법 날카로운 태가 났다. 말을 걸기가 어려운 느낌이 전혀 다른 사람이 된 것 같았다.

"대체 무슨 꿍꿍이인지 모르겠네. 당신이 이상해졌다는 건 알겠는데, 그 꼬마는 카르텐에 돌려보내는 게 좋지 않겠어? 유체는 전부 데자크 소관인 거 몰라? 당신이 알을 빼돌린 걸 알면 가만히 있지 않을걸?"

"……그럴 수 있다면 나도 바랄 게 없겠군."

"뭐?"

데르온의 대답을 도발이라고 여겼는지 세르피스가 찌푸린 얼굴로 그를 노려보았다. 약점을 탐색하듯이 훑어 내리길 잠시간. 그녀의 곧은 시선이 어느 한 곳에 이르러 크게 흔들렸다.

"잠깐. 그런데 당신, 머리색이 왠지……."

말끝이 점차 흐려지면서 숨을 삼키는 소리가 울렸다. 어둠 속에 가려져 있던 탓에 데르온의 머리색을 지금에서야 제대로 확인한 것 같았다. 마계에서 단 한 사람만이 지닐 수 있는 유일한 색. 검푸른 빛이 감도는 북공작의 증거를.

"뭐야. 왜 당신이 그 머리색을……."

세르피스가 믿을 수 없다는 표정으로 몇 번이나 눈을 깜빡거렸다. 데르온은 아무런 반응도 보이지 않았다. 무덤덤한 그의 모습에 세르피스의 얼굴이 와락 일그러졌다.

"데자크를 죽였어?"

"……."

"대답해, 데르온! 네가 자크를 죽였냐고!"

새빨간 눈동자가 증오를 담아 번들거렸다. 그녀의 긴 흑발이 흐트러진다 싶더니, 주위에 사나운 바람이 일기 시작했다. 손끝이 저릿해질 정도로 강렬한 살기였다. 하지만 숨기지 못한 슬픔이 분노보다 더욱 크게 그녀의 얼굴을 채우고 있었다. 데르온은 끝내 외면하지 못하고 입을 열었다.

"자크의 뜻이었다."

"그게 무슨!"

"내가 찾아갔을 때, 그는 이미 죽어 가고 있었다. 회생이 불가능한 상태였지. 자크는 북공작의 자격을 카류안에게 넘길 수 없다고 말했다. 난 그의 뜻을 모른 척할 수 없었다."

"뭐?"

"그를 공격해서 죽게 만든 건 카류안이라는 소리다. 넌 아무것도 아는 바가 없나?"

"몰라! 난 그런 거! 대체 무슨 말을 하는……!"

사납게 대꾸하던 세르피스가 문득 말을 멈췄다. 그녀의 눈이 부릅떠지고 입이 벌어졌다. 마치 어딘가 얻어맞은 것처럼 멍한 얼굴이었다.

"뭐야, 지금 이 기억."

"……세르피스?"

"떠올라. 그래, 데자크를 만났어. 그가 날 다그쳤었어. 내게 루카르엠을 봤냐고 물었었지. 분명 그랬었는데……."

"세르피스, 왜 그러는 거지? 세르피스?"

갑갑함을 참지 못한 데르온이 앞으로 나서려 했다. 나는 그가 가까이 다가가지 못하도록 손을 뻗어 제지했다. 살기가 느껴지진 않았지만, 세르피스의 태도는 명백하게 수상했다. 드라마나 영화를 봐도 모든 나쁜 일은 가장 방심하는 순간에 일어나는 법이다. 한눈에도 불안정해 보이는 사람 곁에 가까이 가 봤자 좋은 꼴을 볼 수 있을 것 같진 않았다. 고개를 천천히 저어 보이자 데르온도 내 뜻을 이해한 것 같았다. 그는 심란한 얼굴을 하면서도 얌전히 받아들였다.

"나, 나는 안 그랬어. 내가 그러지 않았어. 나는, 나는……데자크를 죽일 생각이……."

그동안에도 세르피스는 계속 이상한 말을 중얼거리고 있었다. 손톱을 마구 깨물어가며 부들부들 떨고 있는 모습이 마치 실성한 사람처럼 보였다.

그녀는 고개를 숙인 채 두 손으로 얼굴을 감쌌다. 앞으로 흘러내린 머리카락이 그녀의 모습을 거의 다 가리다시피 했다.

"쿠흐, 크흐흐……크크큭……."

그런데 흘러나오는 신음 소리가 어딘지 이상했다. 아니, 신음 소리가 맞긴 한 건가? 그녀는 마치 웃고 있는 것 같았다. 그건 단순한 착각이 아니었다. 불안정한 떨림이 멈춘다 싶더니, 세르피스가 천천히 머리를 쓸어 올렸다. 다시 드러난 얼굴엔 선명한 미소가 그려져 있었다. 조금 전까지 혼란스러워하던 기색은 온데간데없이 사라진 뒤였다.

"재미있군, 데르온. 설마 그대가 카르텐의 주인이 되다니 말이야. 그 잠깐 사이에 쥐새끼가 들어왔을 줄이야. 정말 생각지도 못했어."

"세르피스?"

그녀의 급격한 감정 변화에 데르온 역시 당황한 얼굴을 했다. 기분 탓인지 모르지만 왠지 말투나 표정도 달라진 것 같았다.

"그 더러운 마신의 개에겐 좋은 선물이 되었겠군. 그의 마지막 가는 길은 평온해 보이던가? 조금 더 괴롭혀 주지 못한 게 계속 아쉬웠는데 말이야."

"너…… 아까부터 대체 무슨 소리를……."

"부하. 그만해."

어떻게든 말을 이으려고 하는 데르온을 소년의 나직한 음성이 저지했다. 그가 멍한 눈으로 자신의 어린 주군을 돌아보았고, 아스는 한숨을 내쉬었다.

"저거 이제 그 여자 아냐."

"예?"

"보면 알잖아."

"……."

일렁거리던 데르온의 표정이 그 말에 급격히 가라앉았다. 그가 할 말을 잃은 듯이 입을 여닫는 동안, 세르피스는 아스를 새삼스럽다는 듯이 주시하고 있었다. 아스 또한 그 시선을 똑바로 마주 보았다. 세르피스, 아니, 그녀의 겉모습을 뒤집어쓴 무언가가 픽하고 웃었다.

"유체 주제에 제법 상황 판단이 빠르군. 내 손에서 빠져나가 무사히 부화하다니, 운이 좋은 꼬마구나. 대체 언제 알을 빼돌린 거지? 이것도 데르온, 그대가 한 일인가?"

"설마……."

"누구보다 규율에 엄격한 모범생이라고 생각했는데, 정말 여러 가지로 뜻밖의 모습을 보여주는군. 내가 그동안 그대를 너무 과소평가했던 모양이야."

"큭! 너였나!"

데르온의 악문 잇새에서 긁는 듯한 외침이 터져 나왔다. 부릅떠진 붉은 눈동자가 사납게 번들거렸다.

"카류안!"

낯익은 세 글자에 저절로 얼굴이 굳었다. 어떻게 되어 가는 일인지 의아하기만 했던 상황이 그 이름 하나로 명백해졌다. 마왕, 카류드리안. 그가 세르피스의 몸을 빌려 나타난 거다.

밝혀진 정체를 놀라워할 겨를은 없었다. 이성을 잃은 데르온이 검을 빼어 들고 그대로 달려 나갔기 때문이다. 떨어져 있던 두 사람의 간격이 순식간에 좁혀졌다. 하지만 재빠른 선제공격이 무색하게도, 데르온의 검은 상대에게 닿지 못했다. 칼끝이 지척에 이른 순간, 세르피스, 아니, 카류안의 몸에서 무형의 기운이 일어나 그를 곧바로 튕겨냈기 때문이다.

콰직! 콰아앙!

"데르온!"

그는 달려든 속도만큼이나 빠르게 밀려나 바닥에 처박혔다. 요란한 진동과 함께 떨어진 자리가 깊이 파였다. 구덩이 옆으로는 긴 균열이 뻗어 나갔다.

"데르온! 괜찮아요?"

나는 황급히 달려가 널브러진 데르온을 부축했다. 쿨럭거리며 몸을 일으킨 그는 대답 대신 한 움큼의 피를 토해냈다. 단순히 튕겨 나가기만 했는데도 상당한 충격을 받은 것 같았다.

"이런, 이런. 북공작이라 기대했는데 아직 형편없을 정도로 약하군. 데자크의 뒤를 따라가려면 앞으로 수련이 더 많이 필요하겠어."

뒤쪽에서 카류안이 조소하는 소리가 들렸다. 나는 발끈하고 싶은 마음을 누르고 우선 데르온의 몸부터 치료했다. 상처가 순식간에 아물어지고 엉망으로 들끓던 마력도 안정되었다. 여유롭게 웃고 있던 카류안의 눈썹이 꿈틀거렸다.

"그러고 보니 이곳에 물의 정령왕이 있었지. 말로만 듣던 치유력을 실제로 보니 놀랍군."

"만나서 반갑다는 말은 못하겠네요. 당신이 카류안인가요? 세르피스는 어떻게 된 거죠?"

"잠들었을 뿐이다. 그녀의 의식은 내 지배를 받거든. 날 영원히 배신할 수도 없고, 필요한 순간에는 이렇듯 나 자체가 되기도 하니 아주 완벽한 대리인이지."

"그녀를 이용해서 마신관들을 사냥하고 다녔나요? 인어의 흑주술을 써서?"

"그것까지 전부 파악했나? 맞아, 덕분에 한동안 꽤 즐거웠다."

"즐거웠다……고요?"

"즐겁지 않을 수가 있나. 두려움에 좀 먹힌 사제들이 필사적으로 신을 찾다가 결국엔 절망과 비탄에 빠지는 그 모습. 어디에서나 쉽게 볼 수 있는 구경거리가 아니지. 정말 황홀한 절경이었어."

서늘하게 웃는 카류안은 진심으로 그 상황을 즐기고 있었던 걸로 보였다. 이렇게 된 김에 확실히 확인해 둬야 할 것 같아서 물었을 뿐인데, 이런 대답이 돌아올 줄 알았다면 그냥 가만히 있을 걸 그랬다. 원하던 정보를 얻었지만 하나도 기쁘지 않았다. 오히려 찝찝함만 더 커진 것 같았다.

"그들도 깨달았을 거다. 신은, 마신 카노스는 결코 자신을 구원하지 않는다는 걸. 자녀라고 생각하는 건 결국 혼자만의 착각일 뿐. 그에게 자신은 아무것도 아니고, 그저 길가에 굴러다니는 먼지보다 못한 존재였다는 걸 말이야. 제 목숨을 대가로, 인생의 가장 값진 교훈을 얻은 셈이지."

"대체 무슨 말도 안 되는 소리를……."

"왜 말이 안 되지? 카노스가 그들을 진심으로 위했다면 당장 내려와서 구했어야지. 그렇지 않나? 하지만 그는 아무도 구하지 않았지. 결국 말로만 자신의 종이라고 하면서 그들을 전부 기만한 셈 아닌가."

"그런 식으로 떠넘기지 마요. 전부 당신이 죽인 거잖아요! 일은 본인이 저질러 놓고 구하러 왔으면 됐을 거라니! 스스로 생각하기에도 너무 비겁하고 저열한 것 같지 않아요?"

발끈해서 대꾸했더니 카류안의 눈빛이 가라앉았다. 그가 위에서부터 천천히 나를 훑어 내렸다.

"하긴, 정령왕도 결국은 타고나길 고귀한 영혼. 신에 더 가까운 존재이니 그 편에 서는 게 당연할 테지."

"이건 그런 문제가 아니라……!"

"아니지. 혹시 그대와 나는 처음부터 반대편에 서도록 정해져 있었던 건 아닐까? 그렇지 않고서야 이렇게 인연이 깊을 리가 없는데 말이야."

"인연?"

"그래. 다른 정령왕도 있는데 하필이면 이곳에 있는 게 엘퀴네스라니. 인연도 보통 인연은 아니지."

"그게 무슨 뜻이죠?"

상대의 헛소리에 말려들고 싶진 않은데 왠지 물어야 할 것 같았다. 긴장한 나를 향해 카류안이 의미심장한 미소를 지어 보였다.

"이 땅에 가뭄이 있었지. 꽤 오랫동안. 그대가 태어나지 않아서."

"그건……."

"그게 정말로 우연히 벌어진 실수였던 것 같나?"

"……!"

나는 아연한 기분으로 그를 바라보았다. 한국에서 잘못 태어난 건 그저 누구에게나 일어날 수 있는, 예기치 못한 확률의 문제였다고 생각했다. 그 탓에 겪지 않아도 될 경험을 했고, 갖지 않아도 될 감정에 시달렸지만, 그리고 아직도 그 후유증에서 완전히 벗어나지 못한 상태이지만. 그래도 어쩔 수 없는 일이었으니까. 그조차도 내가 운이 없어서 벌어진 일이니 다른 사람을 탓해선 안 된다고 여겼다. 그런데, 그게 우연이 아니었다고?

"전부…… 당신이 한 짓이었다고?"

숨을 크게 삼키자 카류안의 눈빛이 번들거렸다. 나를 괴롭힐 구석을 찾아내어 기쁜 것이 분명한, 희열에 차오른 얼굴이었다.

"늦었지만 감사 인사를 해 두지. 덕분에 제물을 모으기가 쉬웠다. 내 위업을 달성하는 데 그대의 공이 가장 컸다고 해도 과언이 아닐 정도야."

"……네가 내 원수라는 말을 굉장히 길게 돌려서 말하네."

주먹이 움켜쥐어지고 이가 갈렸다. 분노를 숨기지 않는 나를 보며 카류안은 더 짙게 웃었다.

"날 죽이고 싶나? 아쉽겠지만 지금 이건 진짜 내가 아니다. 그대는 진짜 내가 있는 곳을 찾아내야 할 거야. 물론 그 전에 내가 신이 되는 게 더 빠르겠지만. 이제 정말 얼마 남지 않았거든."

"누구 맘대로?"

"하하, 아직은 실감이 나지 않겠지. 하지만 곧 그 입으로 패배를 인정하게 될 거다. 내 앞에 무릎을 꿇고, 내 다리에 매달려 목숨을 간청할 그대의 모습이 눈에 선하군. 그래, 그때가 되면 세상에서 정령계를 가장 먼저 지워 주마. 그대는 특별히 마지막까지 살려 두고 모든 걸 지켜보게 하겠다. 지키려던 걸 하나씩 잃어가면서 절망에 빠져가는 그대를 보는 것도 꽤 재밌을 것 같으니까."

단단히 미쳤군. 나는 속으로 혀를 내둘렀다. 대체 무슨 신념에 빠지면 저런 정신 나간 소리를 아무렇게나 해대는 건지 모르겠다. 아이들을 죽여 그 생피를 마셔댄 작자니 애초에 멀쩡할 거라 생각하진 않았지만, 예상보다 더 제정신이 아니었다. 남의 몸을 빌린 상태인데도 그를 지배하고 있는 광기가 느껴져서 온몸에 소름이 돋는 것 같았다.

"아니. 대부는 아무것도 안 잃어."

그때 나와 카류안 사이로 낭랑한 목소리가 끼어들었다. 아스였다. 곧게 선 아이는 드물게 약간 짜증이 난 표정을 짓고 있었다. 카류안의 눈빛에 이채가 서렸다.

"대부라. 대부. 마족 아이가 정령왕을 대부로 삼았다는 건가? 보호자인 데르온이 아니라?"

"데르온은 부하야. 그는 날 보필하는 것이지 보호자로 있는 게 아냐. 그건 처음부터 그렇게 정해져 있었어."

"처음부터?"

"마신께서 대부에게 나를 맡길 때부터."

"……!"

카류안의 얼굴이 일그러졌다. 그의 입술이 벌어지면서, 날카로운 송곳니가 튀어나왔다. 지금까지 보였던 반응 중에서 가장 큰 반응이었다.

"널 빼돌린 게 마신이었나?"

"그래."

"마신이, 카노스가, 널 선택했다고?"

카류안의 두 눈이 새빨갛게 달아올랐다. 짐승이 으르렁거리는 것 같은 모습이었다. 아스는 움츠리기는커녕 그를 더욱 똑바로 응시했다. 카류안은 비틀린 웃음을 지었다.

"그 사실은 차라리 숨기고 있는 게 더 나았을 텐데. 안타깝구나, 꼬마야. 내가 여기서 널 죽여 버리면 그 선택도 의미 없는 것이 될 테니 말이다."

"못 할걸."

"아아, 정령왕의 비호를 받고 있다 이건가? 하긴, 이 육체가 많이 강해지긴 했지만 아직 정령왕을 이길 정도는 아니지."

"아니, 대부 도움 안 받아도 돼."

"……기고만장하구나. 마신의 선택을 받았다 해서 네가 전능한 줄 아는 거냐?"

"그렇게 생각 안 해. 근데 지금 그건 이길 수 있을 것 같아."

웃고 있던 카류안의 얼굴이 천천히 식었다. 무섭게 노려보는 그의 앞으로 아스가 천천히 걸음을 내디뎠다. 두 사람의 거리가 가까워질수록 초조해지는 건 나였다. 아스는 아직 어린아이였다. 조금 전의 데르온처럼 당했다간 육체가 버티지 못하고 그 자리에서 숨이 멎을 수도 있었다. 내 치유술이 아무리 대단해도 죽은 사람을 살려내진 못한다. 불안해진 마음에 나서려는데 누군가 내 팔을 붙잡았다. 방해한 사람은 라피스였다. 그가 천천히 고개를 저었다. 믿고 맡기라는 뜻이었다.

"아까 대부한테 했던 말 그대로 돌려 줄게. 넌 하나씩 잃어가게 될 거야."

"하?"

"마신께서 알려 주셨어. 때가 되면 얻을 거라고. 그래서 난 그때를 기다리고 있었거든."

"그게 무슨 소리지?"

추궁하듯이 묻는 말에 아스는 대답 대신 한 손으로 자신의 목을 감쌌다. 그러자 그의 손 위로 마력이 모여든다 싶더니 하나의 형태를 이루기 시작했다. 잠시 후 완성된 것은 가시나무를 얽어 만든 것 같은 새하얀 목걸이였다. 그것을 본 카류안의 얼굴이 굳었다.

“마공작에게서 받는 네 개의 증명서. 북과 동에 이어 남쪽의 승인을 얻었어. 이제 마지막 하나만 얻으면 돼.”

“…….”

“마계 본성은 이미 무너졌어. 옥좌도 사라졌지. 지난 왕권은 효력을 잃었어. 그런데도 네가 그 자리를 유지하고 있었던 건, 지금까지 정식으로 인계받은 자격을 갖춘 자가 아무도 없었기 때문이야.”

말을 끝마친 후 아스가 한 팔을 들었다. 이번엔 그 손 위에 새카만 기둥이 생겨났다. 일직선으로 쭉 뻗어나가던 기둥은 어느 순간 한쪽으로 굽혀지며 날카로운 날을 드리웠다. 창처럼 길고 거대한 낫이었다.

어디선가 불어온 미풍에 아스의 머리카락이 흔들렸다. 창고의 지붕, 유일하게 난 창문에서 은은한 빛이 들어왔다. 구름 사이로 보름달이 얼굴을 내밀고 있었다. 달빛에 감싸인 채 검은 낫을 들고 서 있는 아스의 모습이 마치 신계에서 강림한 마신의 사자 같았다.

“이제 내가 마계의 주인이 될 거야. 네가 아니라.”

2.

마족은 부화한 이후 성체가 되기 전까지 카르텐 안에서 기거하며 숲지기의 수호를 받는다. 그동안엔 모두 단체 생활을 하고, 교육을 받게 되어 있었다. 타고난 본능과 충동을 제어하는 법, 마력을 다루는 법, 본인에게 알맞은 전투 방법을 찾아 힘의 각성을 이끌어내는 법, 등등. 대부분 마계에서 살아가는 데 필요한 기본적인 생존법이었다.

그건 달리 말하면 제아무리 마족이라도 유체일 땐 보호자가 필요할 만큼 약하다는 뜻이었다. 이 시기의 마족은 인간 장정에게도 제압당할 수 있는 존재였다. 하물며 마족 성체가 상대라면 비교할 필요도 없는 일이다. 성체는 육체에 내재된 힘을 완전히 각성한 상태기 때문에 운용할 수 있는 마력 자체가 차원이 달랐다. 유체는 아무리 체격이 크고 타고난 자질이 좋더라도 성체를 이길 수 없었다. 비유하자면 적당히 훌륭한 검사와, 소드 마스터의 간극과도 같은 차이였다. 그게 일반적으로 알려진 사실이라고, 데르온이 그랬다. 분명히 그렇게 말했는데…….

"근데 저 광경은 뭔가요, 데르온?"

멍하니 묻는 말에 데르온이 천천히 고개를 돌렸다. 나만큼이나 충격에 빠져 있는 얼굴을 보니, 그에게서도 원하는 답을 듣기는 그른 듯했다.

지금 우리들의 눈앞에선 현란한 전투가 펼쳐지고 있는 중이었다. 무기를 움켜쥔 두 사람이 쉴 틈 없이 자리를 이동하며 공방을 주고받고 있었다. 한쪽은 아직 태어난 지 일 년도 되지 않은 어린 아이였고, 다른 한쪽은 몇백 년을 살았는지 알 수 없는 성인이다. 아스와 카류안. 비교하는 것조차 무의미한 유체와 성체의 대결이었다. 그런데 두 사람의 싸움은 예상과는 전혀 다른 방향으로 흘러가고 있었다.

파지직! 쿠우우웅!

요란한 소음과 함께 두 사람의 무기가 맞부딪치며 강렬한 불꽃이 튀어 올랐다. 일그러지는 카류안의 얼굴과는 다르게 아스의 표정은 여전히 차분하기만 했다. 이미 힘에서부터 그가 더 우세하다는 증거였다. 아스 쪽이 일방적으로 밀리지 않는 것만으로도 엄청난 일일 텐데, 심지어 밀어붙이고 있다.

카류안의 육체가 세르피스의 것이라고는 하나, 그녀 또한 마계에서 가장 높다고 알려진 4대 공작의 일원이었다. 성체 마족이라도 쉽게 이길 수 없는 상대라는 소리다. 그런데 아스에겐 그 당연한 상식이 전혀 통하지 않는 것 같았다. 눈으로 보고도 믿을 수 없는, 실로 경악할 만한 결과였다. 이 사태엔 카류안조차 당황했는지 두 눈에 혼란이 가득했다.

"왜 놀라?"

아스는 당연한 결과를 맞이하듯 태연하기만 했다. 그가 단조로운 어조로 물었다.

"내가 너무 강해서 이상해?"

"큭! 네놈……!"

"말했잖아. 이길 수 있을 것 같다고. 거짓말이라고 생각했어? 근데 나, 이런 거로는 거짓말 안 해."

고개를 살짝 기울 채 아스가 하얗게 웃었다. 상황과는 전혀 어울리지 않는 표정이었지만 그래서 더 오싹한 느낌이었다. 전력의 차이는 시간이 지날수록 더욱 뚜렷해졌다. 공방이 이어질 때마다 카류안의 몸엔 생채기가 하나씩 늘어가고 있었다. 반대로 아스의 몸은 멀쩡했다. 심지어 지치지도 않는지 호흡조차 평온했다. 그가 빠르게 움직일 때마다 바람에 휘날리는 긴 머리카락이 마치 검은 폭풍이 몰아치는 것 같았다. 나는 다시금 데르온을 돌아보지 않을 수가 없었다.

"대체 그동안 무슨 특훈을 한 거예요?"

"으음, 훈련 자체는 별거 아니었습니다. 충동을 제어하지 못하시는 게 제일 큰 문제였기 때문에 그 부분을 집중적으로 단련했을 뿐입니다. 그 외에는 평범한 대련밖에 한 게 없습니다."

"대련할 때 어땠어요? 데르온도 이겼나요?"

"아, 아뇨. 절 이기신 적은 한 번도 없었습니다. ……하지만 최근 들어선 굉장히 여유롭게 상대하시는 느낌이긴 했습니다. 지금 보니 아무래도 일부러 져주셨나 봅니다."

"그런 일이 가능해요?"

"가능하군요. 저도 지금 처음 알았습니다만."

데르온도 기가 막혔는지 표정이 얼떨떨했다. 지금까지 직접 교육시켜 온 아이가 사실은 자기만큼이나 강한(어쩌면 더 강할지도 모르는) 존재라는 것에 그는 조금 넋이 나간 것 같았다.

"힘을 각성했나 본데."

해답은 전혀 엉뚱한 쪽에서 나왔다. 툭하고 던지는 듯 가벼운 음성에 나와 데르온의 고개가 동시에 그쪽으로 돌아갔다. 그곳에는 팔짱을 낀 시벨리우스가 서 있었다.

"힘을 각성해?"

"마족은 성체가 되면 온전한 힘을 각성하잖아. 저 녀석은 그 과정을 벌써 마친 것 같아."

"마, 말도 안 됩니다. 몸보다 힘이 먼저 생기면 어떻게 되는지 이미 봐서 알잖습니까? 그런 일이 벌어지면 어린 육체가 버티지 못합니다. 기혈이 전부 뒤틀려서 죽게 될 겁니다."

데르온이 혼란스러운 표정으로 고개를 저었다. 그러고 보니 아스는 부화 과정 자체가 평범하지 않았다. 당시에도 보유한 힘이 몸의 성장 속도를 앞지르는 바람에 균형이 맞지 않아 큰 홍역을 치렀더랬다. 그나마 부화하기 전의 미완성 상태라 수습이 가능했던 거지, 태어난 이후에 그런 현상이 벌어지면 회생할 방법이 없다고 했다. 더구나 그저 앞지른 정도가 아니라 '각성'이었다. 성체조차도 힘을 각성할 땐 신체가 완전히 적응하기까지 크게 앓아눕는다고 했다. 하물며 어린아이의 연약한 육체로는 절대 버티지 못했다. 과거에도 그런 사례가 몇 번 있었지만 누구 하나 예외랄 것 없이 전부 다 죽었다고. 그런 당연한 법칙에서 아스만 벗어났다는 건 누가 보기에도 이상한 일이었다. 마왕이 될 만큼 강력한 힘을 가졌다면 더더욱.

"내 피 때문인가 보네."

이번에도 다른 곳에서 대답이 나왔다. 시벨리우스의 반대편에서 있던 라피스에게서였다. 좋게 말해서 대답이라고는 했지만, 마치 "저기에 고양이 있네."라며, 딱히 이 상황과는 상관없는 무의미한 정보를 읊는 것처럼 너무도 단조로운 중얼거림이었다. 그래서 처음엔 그가 한 말의 의미를 제대로 파악하지 못했다. 뒤늦게 깨닫고 돌아봤더니 라피스가 뭘 보냐는 시선을 던졌다.

"네 피라니? 그게 왜?"

"저 꼬마, 부화하기 전에 상태 좀 이상했었잖아. 임시방편으로 내 피도 투여했었고."

"그런데?"

"드래곤의 피는 단순히 보완만 하는 게 아냐. 타고난 기능이나 효과를 증폭시키지. 내 피는 그중에서도 특히 더 강한 편이고. 넌 잘 모르겠지만, 그때 꽤 많은 피를 썼거든. 그 엘프 남매를 수술할 때보다 더. 그래서 저 꼬마의 능력치가 상향된 것 같네."

"헐?"

신체의 성장을 돕기 위해 했던 조치가 아예 전체적인 성장으로 이어진 모양이다. 안 그래도 강한 힘을 지니고 태어난 아이인데, 본래 지닌 자질보다 더 뛰어나게 만들어 놨다는 소리였다. 무협지로 표현하자면 타고난 무골에게 온갖 영약을 더한 격인가. 거기에 기연까지 없어진 걸지도 모르겠다.

"그럼 벌써 힘을 각성한 것도……."

"그 영향이겠지. 체구는 작아도 신체 자체는 이미 성체만큼 견고할 거야. 지금도 저 정도니 완전히 다 자라면 꽤나 볼만하겠는걸."

"……라피스. 나랑 한약방 같은 거 열지 않을래? 금방 대박 날 것 같은데."

"무슨 소린지 모르겠지만, 네 눈이 반짝거리는 걸 보니 좋은 의미가 아닌 건 알겠다."

단숨에 시선이 싸늘해지는 라피스를 보며 나는 홀로 아쉬움을 삼켜야 했다. 그러면서도 이러는 내가 조금 어이없어서 실소가 흘러나왔다. 조금 전까지만 해도 불안하고 초조하기만 했었는데 어느새 농담을 할 정신까지 생기다니. 이제 그만큼은 여유가 돌아왔나 보다.

그 사이 아스는 카류안을 완전히 몰아넣고 있었다. 낫의 긴 날이 유려하게 선회할 때마다, 카류안은 제대로 회피하지 못하고 속수무책으로 휘둘렸다. 이미 그는 온몸이 엉망이었다. 팔은 기형적으로 비틀려 있었고, 다리는 크게 베여 피를 뚝뚝 흘리고 있었다. 옆구리와 배 쪽에서도 심한 상처가 보였다. 하지만 외적인 요인보다 내부적으로 무너지고 있는 게 더 빨랐다. 중간중간 카류안이 내는 것이 아닌 듯한 신음 소리가 흘러나왔다. 세르피스의 육체가 카류안의 의식을 더는 감당하지 못하고 있었다.

이윽고 그가 완전히 균형을 잃었고, 그 틈을 타 파고든 공격을 맞아 요란하게 바닥에 처박혔다. 카류안은 황급히 몸을 일으키려 했지만, 아스가 겨눈 낫이 그의 목 위에 닿는 것이 더 빨랐다. 그는 거의 누운 거나 다름없는 자세에서 자신에게 낫을 겨누고 있는 소년을 올려다보았다. 아스를 쏘아보는 두 눈이 증오로 번들거렸다.

"정말…… 믿을 수 없을 만큼 강한 힘이군. 지금의 나조차 탐이 날 정도로. 유체가 갖기엔 몹시도 과분한 힘이구나, 꼬마야. 나를 화나게 만들다니 아주 제법이야."

"그건 칭찬이야?"

"크큭, 그래. 칭찬이라고 해 두지. 아쉽게도 이 육체는 이제 쓸모없을 것 같군. 널 상대하기는커녕 내 힘을 버티는 것조차 슬슬 한계인 것 같으니 말이다."

대꾸를 내뱉음과 동시에 카류안이 울컥 토혈했다. 자신이 한 말을 몸으로 증명한 셈이었다. 그가 퉤 하고 입안에 남은 피를 뱉었다. 마음대로 움직여지지 않는 몸이 답답한지 몹시 불쾌한 표정이었다.

"한심하기 짝이 없군. 그래도 공작 중 하나인데 이렇게 자질이 떨어져서야. 이럴 줄 알았으면 세르피스가 아니라 데르온을 곁에 둘 걸 그랬어."

"데르온은 내 부하야. 안 줘."

"그렇게 말하니 더 갖고 싶은걸?"

"너……."

"주군, 도발입니다. 응하지 마십시오."

눈빛이 사나워진 아스를 향해 데르온이 침착한 목소리로 말했다. 잔뜩 좁혀졌던 아스의 미간에 힘이 살짝 풀렸다. 그 과정을 느긋하게 지켜보던 카류안이 비실비실 웃었다.

"내가 잃어갈 것이라 했던가? 말해 두지, 꼬마야. 나는 아무것도 잃지 않는다. 사라지는 것만큼 다시 채울 테니까. 아니, 그보다도 더 많이. 이전보다 좋은 것으로 말이다."

"……."

"지금은 네가 날 이긴 기분일 테지. 하지만 이 또한 결국 과정에 불과할 뿐이라는 걸 깨달을 날이 올 거다. 그때까지 짧은 승리를 마음껏 만끽해 보아라."

내뱉는 한마디 한마디가 저주를 거는 것 같았다. 입가에 붉은 피를 줄줄 흘린 채, 광기에 젖어 웃고 있는 얼굴이 외면하고 싶을 정도로 기괴했다. 하지만 아스는 그에게서 조금도 시선을 떼지 않았다. 어디 할 테면 해 보라는 듯이.

「곧 다시 보자꾸나.」

마지막 음성은 머릿속에서 직접 울리는 듯했다. 모두의 표정이 굳는 걸 보니 다들 같은 현상을 느낀 것 같았다. 아스 역시 얼굴을 찌푸리고 있었다. 그 순간 눈을 부릅뜬 카류안이 갑자기 경련하듯 부들부들 떨기 시작했다. 가슴이 심하게 들썩거리고 온몸에서 땀이 비 오는 것처럼 흘러내렸다.

"헉! 허억! 커헉헉!"

오래지 않아 뒤틀린 듯한 경련이 끝나고 그가 크게 숨을 몰아쉬었다. 막혔던 숨이 트여 간신히 호흡을 되찾은 모습이었다. 그때까지도 겨누고 있던 날을 치우지 않던 아스가 불만스러운 표정을 지었다.

"도망갔네."

중얼거린 한마디의 의미는 금방 알았다. 카류안이 의식 장악을 푼 모양이었다. 그로 인한 변화는 명백했다.

"아아아! 흐아아악!"

방금 전까지만 해도 멀쩡하던 카류안의 얼굴이 와락 일그러지더니 고통을 호소하기 시작했다. 부상으로 인한 통증을 이제야 느끼는 것 같았다. 카류안, 아니 세르피스로 돌아온 그녀는 사지를 덜덜 떨며 몸부림쳤다. 온몸으로 비명을 지르는 것 같았다.

"으큭, 으흐흑, 크흐으윽!"

어느 정도 시간이 흐르자 거칠게 내뱉던 그녀의 비명이 점차 흐느끼는 소리로 바뀌어 갔다. 질끈 감은 두 눈에선 눈물이 줄줄 흘러내리고 있었다. 그게 신체의 고통 때문인지, 카류안에게 이용당하고 버려진 서러움 탓인지, 그것도 아니면 곧 다가온 죽음 때문인지. 마음을 읽을 수 없는 탓에 그 무엇도 알 수 없었다. 다만 매우 고통스럽고 처연해 보였다. 그러나 그 모습을 내려다보는 아스의 시선은 담담하기만 했다.

"널 어떻게 할까?"

나직하게 건네진 말에 세르피스의 눈이 천천히 떠졌다. 그녀가 흔들리는 시선으로 아스를 올려다보았다.

"너와 카류안의 연결은 완전히 끊어졌어. 저항하지 않겠다면 살려줄 수도 있어. 나한테 항복할래? 하지만 널 거두진 않을 거야."

"……."

세르피스의 눈동자에 빛이 서렸다. 그녀는 가만히 숨을 들썩이다가 천천히 다른 쪽으로 시선을 돌렸다. 무언가를 찾는 듯한 그 행동은 데르온을 발견하자 멈췄다. 쿨럭, 짙은 기침이 울리고 그녀가 검붉은 핏덩이를 토해냈다.

"한 가지 묻고…… 싶은…… 게……."

"말해."

데르온이 차분하게 고개를 끄덕였다. 무시하지 않고 받아준 것이 기뻤는지, 불안정하던 세르피스의 표정에 약간의 안도감이 떠올랐다.

"데자크…… 죽을 때…… 나…… 원망했어?"

이어진 질문은 예상하지 못한 말이었다. 데르온도 마찬가지였는지 조금 움찔했다. 그는 복잡한 얼굴로 세르피스를 바라보았고, 세르피스는 다시 피를 토했다. 내상이 저렇게 심하도록 다치진 않았던 것 같은데. 아무래도 다른 작용이 있는 것 같았다. 카류안의 의식이 빠져나가면서 무슨 짓을 한 건지도 몰랐다.

데르온은 망설이는 얼굴로 자신의 주군을 바라보았다. 아스가 고개를 끄덕이자, 그는 한숨을 토하며 입을 열었다.

"안됐지만, 널 원망할 겨를도 없었다. 느긋하게 죽어가기엔 시간이 부족했으니까."

내뱉어진 말은 어깨가 움츠러들 만큼 냉정했다. 그러나 세르피스는 오히려 웃었다. "그거…… 다행이네. 그거면 충분해." 달싹거리는 입술 사이에서 쉬어버린 목소리가 간신히 흘러나왔다. 얼굴 옆으로 흐트러진 그녀의 긴 흑발 위에 피가 섞인 눈물이 스며들었다.

"대답은 결정했어?"

아스의 질문에 세르피스가 고개를 끄덕였다. 바싹 닿은 날에 피부가 쓸릴 텐데, 전혀 신경 쓰지 않는 듯했다. 그녀가 천천히 아스를 눈에 담았다.

"이상하네. 굉장히…… 먼 길을…… 걸은 것 같아."

"……."

"이렇게나 모든 기억이 뚜렷한데…… 왜 전부 다 낯선 것 같지? 그래도 그건…… 알겠어. 난 아마…… 마신의 품으로는…… 갈 수 없겠지."

말하면서 그녀는 다시 피를 토했다. 세르피스가 서러운 기분을 삼키는 표정으로 두 눈을 감았다.

"죽……여. 이제 그만…… 날 쉬게 해줘."

"그게 답이야?"

"그래."

"응, 알았어."

토해지는 처절한 감정에 비해, 돌아오는 답은 너무나 가벼웠다. 이어진 끝 또한 그랬다. 아스가 낫을 휘둘렀고, 그 즉시 달싹거리던 호흡이 멎었다. 불과 1초였다. 찰나의 간격일 뿐이었는데, 잠깐 사이에 살아 있던 육체에 죽음이 내려앉았다. 동시에 아스의 목에 걸려 있던 목걸이가 작은 빛을 뿌리며 파스스 부서져 내렸다. 그의 팔과 손가락 사이에서도 무언가가 흩어지는 것이 느껴졌다. 하지만 부서진 그것들은 그대로 사라져 버리는 게 아니라 아스의 이마에 모여들고 있었다.

새하얀 빛 가루들이 그 위에서 천천히 하나의 문양을 새겨나가기 시작했다. 두 개의 가죽 날개가 양쪽으로 펼쳐진 듯한 그림. 내 손등에 있는 것과 동일한 형태의 마신의 문장이었다. 다른 점이라면 나는 안쪽까지 전부 하얗게 칠해진 형태였고, 아스의 이마에 새겨진 건 테두리만 있는 형태라는 차이였다. 하지만 그마저도 순간이었다. 잉크가 떨어진 듯 테두리 안에 붉은 색이 생겨나더니, 순식간에 퍼져나가 그 안을 채우기 시작했다. 마치 그가 방금 죽인 세르피스의 핏물이 스며들기라도 한 것처럼.

왕좌의 증거.

나는 이 순간 아스가 마왕이 되었다는 걸 깨달았다. 그가 빈 옥좌를 차지하고 새로운 군주로 등극했음을.

"경하드립니다, 주군!"

그것을 증명하는 것처럼, 데르온이 격정에 차오른 얼굴로 한쪽 무릎을 꿇었다. 아스는 가만히 그를 돌아보기만 했을 뿐, 얼굴에 어떠한 감정도 표현하지 않았다. 그의 발밑엔 여전히 세르피스의 사체가 있었고, 그녀의 갈라진 몸에서 흘러나온 피로 바닥이 흥건히 젖어가고 있었다.

그 광경을 지켜보는 동안 나는 뭐라고 형용할 수 없는 묘한 기분에 사로잡혔다. 아스가 마왕이 된 건 축하할 일이 분명한데, 마음껏 기뻐할 만한 현장이나 분위기가 아니었다. 세르피스가 악한 짓을 하고 다닌 건 사실이지만, 그녀의 의지가 전부 반영된 건 아닌 것이 분명했다. 마음만 먹었다면 그녀의 죽음을 말릴 수도 있었을 거다. 하지만 그렇게 하지는 않았다. 살려 두기엔 그녀의 죄가 너무 크다든지, 카류안에게 다시 찾아갈지도 모른다든지, 그런 거창한 이유는 아니었다. 그냥 그래야 할 것 같았다.

이윽고 아스가 들고 있던 무기를 거둬들였다. 역할을 마친 낫은 손잡이 부분부터 천천히 흐트러지기 시작하더니, 완전히 먼지가 되어 사라졌다. 손을 가볍게 털어낸 아스가 내 쪽으로 다가왔다. 전투에서 승리하고 상대를 죽이기까지. 마왕의 증표를 얻어낸 순간까지도 무심하기만 하던 소년은 내 앞에 멈춰 서자 왠지 조금 난감한 표정이 됐다.

"대부, 미안. 싸워버렸어."

"……."

고개를 푹 떨군 소년에게서 생각지 못한 사과가 흘러나왔다. 조심스럽게 눈치를 살피는 시선 가득, 내게 혼날까 봐 염려하는 기색이 가득했다. 조금 전까지 그 얼굴을 차지하고 있던 냉정한 위엄도, 마왕의 권위도 보이지 않았다. 이제야 내가 아는 소년으로 돌아온 것 같았다.

"으, 으음. 어디 다친 곳은?"

"없어. 근데 나, 대부 곤란하게 했지?"

"아냐, 괜찮아."

불안한 표정으로 묻는 아이에게 나는 괜찮다는 뜻으로 머리를 쓰다듬어 주었다. 놀라지 않았다고는 할 수 없었지만, 피할 수 없는 일이라는 것도 알았다. 아스는 마계의 정점에 있어야 하는 존재였다. 온실 속의 화초처럼 부드럽고 온화하게만 자랄 수도, 그래서도 안 됐다. 쓸데없는 살육은 막아야겠지만, 전투의 승리로 거둔 정당한 권리마저 참견할 순 없었다.

"왕이 된 거지?"

내 질문에 아스는 천천히 고개를 끄덕였다. 내가 화났다고 생각하는 건지 여전히 힐끔거리며 우물거리는 모습이었다. 나는 아스의 머리를 가볍게 쓰다듬었다.

"굉장하다. 역대 최연소 마왕 아니야? 우리 아스 대단하네."

"정말?"

"그럼 정말이지. 잘했어, 아스. 정말 잘해 냈어. 네가 자랑스러워."

끌어안고 어깨를 토닥여 주자 긴장으로 굳어 있던 소년의 얼굴이 비로소 밝아졌다. 그러다 무슨 생각이 들었는지 이내 또다시 시무룩해졌다.

“어떡하지, 대부. 사실은 아직 자랑하면 안 돼. 시간이 더 있어야 할 것 같아.”

“응? 그게 무슨 소리야?”

“권능이 없어졌어.”

“권능?”

“왕의 권능. 마계 심장부와 연결되는 감각이야. 그게 있어야 왕성도 복원할 수 있거든. 아까 전엔 연결되어 있었는데 이제 안 돼. 봐봐, 문장 다시 사라졌지?”

그 말에 나는 자세를 바로 하고 아스의 이마를 확인했다. 정말로 그렇게 선명하던 붉은 문장이 깨끗하게 사라져 있었다. 처음에 나타났던 하얀 테두리조차 남아 있지 않았다.

“헉, 정말이네? 왜 그러지? 자격을 받았으면 끝난 거 아니야?”

“응, 원래는 그게 맞아. 아마 내가 어려서 그런가 봐. 아직 성체가 아니라서.”

“그럼 진짜 왕이 되려면 성체가 될 때까지 기다려야 하는 거야?”

마족은 성체가 되려면 10년이 걸린다고 했었다. 인간에 비하면 터무니없이 짧은 시간이었지만, 지금 당장은 까마득하게 먼 훗날이었다. 얻지 못했다면 모를까, 이미 자격을 가진 상태에서 강산이 바뀔 정도로 오랜 시간을 기다려야 한다니. 그 암담한 세월을 생각하니 내가 더 억울해지는 것 같았다. 그런데 그때 데르온이 대화에 끼어들었다.

"실례지만 정정해야 할 것 같습니다. 일단 주군은 이미 성체입니다."

"네? 아직 열 살이 아닌데도요?"

"사실 태어난 햇수는 큰 의미가 없습니다. 그 나이가 성체의 기준이 된 건 그때쯤 힘을 각성하기 때문이거든요. 마족은 힘을 각성하면 그때부터 성체입니다. 주군처럼 이렇게 빨리 각성한 사례가 지금까지 전무했을 뿐이죠."

"아, 그런 거였어요? 그럼 왕의 문장은 왜 사라진 걸까요?"

"짐작하기엔 주군의 기운이 안정되지 않은 상태라 그런 것 같습니다. 신체가 아직 성장하는 중이기 때문일 겁니다. 그 부분이 해결되면 문제없을 거라고 봅니다."

"흠, 신체 발달이 완전히 끝나야 한다는 거죠? 그건 언제인데요?"

"각자 개인 차이는 있지만 마족의 발육은 대체로 1년 전후로 완전히 끝납니다. 주군은 평균보다 빠른 편이니 몇 개월 정도면 될 겁니다."

"정말요? 그렇대, 아스. 그럼 조금만 기다리면 되겠다."

"응."

뿌듯한 얼굴로 고개를 크게 끄덕이는 아스가 귀여워서 나는 다시금 머리를 쓰다듬어 주었다. 그 모습을 지켜보는 시벨리우스는 영 마뜩지 않은 표정이었다.

“성체면 이제 귀여운 척은 적당히 하지? 본인도 그러고 있는 거 민망하지 않냐?”

“아스는 원래 귀여워.”

“웃기지 마. 아깐 살벌한 기세로 거대한 낫을 휘둘러댄 주제에. 자기 이름을 자기가 부르는 건 또 뭐야? 정신 공격으로 세상을 압살할 작정이냐?”

“아스는 무슨 말을 하는 건지 하나도 모르겠어.”

“으아아! 그런 거 하지 말라고!”

눈을 깜빡이며 고개를 갸웃거리는 아스를 보고 시벨리우스가 발작하듯이 몸을 벅벅 긁었다. 나는 그 모습을 보고 조용히 고개를 저었다. 약점을 고스란히 노출하다니, 오히려 더 하라고 부추기는 꼴인데 본인만 그걸 모르는 것 같다. 그에겐 안된 일이었지만 이미 시작하기도 전에 끝난 승부였다. 시벨리우스가 말로 아스를 이길 가능성은 앞으로도 영원히 오지 않을 것 같았다.

“젠장, 아무리 봐도 아직 꼬마인데! 저게 벌써 마왕이라니! 태어난 지 1년도 안 된 마족이 성체가 됐다는 건 듣도 보도 못한 일이야! 어떻게 이런 일이 일어날 수가 있어? 대체 세상이 어떻게 되어 가려고!”

“그만큼 내가 대단하다는 증거지.”

탄식하는 시벨리우스 옆에서 라피스가 느긋하게 자화자찬했다. 빈틈없이 공로를 챙기는 그를 향해 시벨리우스가 황당하다는 표정을 보냈다.

"그렇게 숨 쉬듯이 잘난 척하는 거, 질리지도 않냐?"

"그게 질릴 수도 있다는 게 더 놀라운데?"

"……됐다. 내가 말을 말아야지. 아무튼 이건 뿌듯해할 일이 아냐. 마족은 힘이 생기면 꼭 쓸데없는 욕심을 부려댄다고. 꼬맹이, 너! 넘치는 힘에 미쳐 가지고 천마대전을 다시 일으킨다느니, 인간들의 땅을 정복하겠다느니, 그따위 야망은 품지 않는 게 좋을 거야. 앞으로 정신 바짝 차리고 살아! 전 마왕의 전철은 밟지 말란 말이야. 알았어?"

"아스는 안 그래. 퍼런 엘프는 참 보는 눈이 없구나."

"퍼런 엘프라고 하지 말랬지!"

무의미한 공방이 시작되면서 옥신각신 떠드는 소리가 이어졌다. 그동안 데르온은 죽은 세르피스의 시체 앞에서 무언가를 하고 있었다. 다가가 봤더니 작은 유리병에 피를 담아내고 있는 중이었다. 이런 상황에서도 그녀의 피로 계약자를 찾는다는 목적을 잊지 않은 것 같았다. 내가 당부하지 않아도 알아서 준비하는 모습을 보니 경험해 보지 못한 성실함이 느껴져서 감동스러웠다.

"다 한 거예요?"

그가 유리병 입구를 봉하는 것을 보고 묻자, 데르온이 말없이 고개를 끄덕였다. 유리병을 품속에 완전히 갈무리한 후에도 그는 세르피스 앞에 무릎을 굽히고 앉은 채 한동안 그녀를 바라보았다. 이제는 숨을 쉬지 않는 아름다운 얼굴을, 차게 식어버린 몸을 응시했다.

나는 걱정스러운 마음으로 데르온을 살펴보았다. 그와 세르피스는 같은 신분이었고, 함께 움직이던 동료였다. 서로 친근한 관계처럼 보이진 않았지만 겉으로 보이는 관계가 전부라고 믿진 않았다. 북공작에 대해서도 늘 투덜거렸으나, 막상 그가 죽자 한동안 공허한 눈을 하지 않았던가. 세르피스를 대하는 자세도 크게 다를 것 같진 않았다. 서로 알아온 시간만큼 지금 이 순간에 차오른 감정이 매우 복잡할 터였다. 마지막 그녀의 모습이 덧없이 스러지는 것 같았기에, 아마도 그래서 더더욱.

"일이 이렇게 돼서 안타깝네요. 도와주지 못해 미안해요."

"결과는 그녀 스스로 택한 겁니다. 엘 님께서 사과하실 일이 아닙니다."

데르온은 담담히 고개를 저었다.

"카류안에게 이용당한 것도, 이런 죽음을 택한 것도. 결국은 전부 그녀가 약했던 탓이죠. 고통을 이겨내고 맞서나갈 의지도 없었던 겁니다. 싸우기보다 편한 쪽을 택한 자에게 동정의 여지는 없습니다."

단호하게 내뱉는 음성에 씁쓸함이 느껴지는 건 내 착각만은 아닐 터였다. 이윽고 세르피스에게서 시선을 거둔 데르온이 나를 돌아보았다.

"엘 님. 괜찮으시다면 세르피스의 사체는 제가 처리해도 되겠습니까? 주군께 여쭈면 엘 님의 허락을 먼저 받으라고 하실 것 같아서 말입니다."

"난 상관없어요. 데르온 뜻대로 해요. 근데 어떻게 하려고요?"

"비록 이렇게 끝났더라도 일단은 공작이었으니까요. 마계에 가져가 묻어 주려 합니다. 그 몸속에 품은 마력만이라도 고향에서 흩어져, 그 땅을 이롭게 하는 데 쓰이게 하고 싶습니다."

'마족들 사이에선 아무리 큰 죄를 지어도 고향 땅에 묻히면 마신의 품에 안긴다는 속설이 있습니다.' 이어지는 말은 거의 혼잣말에 더 가까웠다. 그 말 속에서 나는 그가 세르피스를 마계로 데려가려는 진짜 이유를 깨달았다.

"난 아마 마신의 품으로 갈 수 없겠지."

죽어가면서 세르피스가 중얼거렸던 말을 떠올린 거다. 동정의 여지가 없기는 뭐가 없어. 역시 슬픈 거잖아. 가슴이 아릿해졌지만 나는 표정이 흔들리지 않기 위해 애썼다. 무심함을 가장하고 있는 데르온을 자극하고 싶지 않았다. 아무리 공감한다 말해도 본인이 아니면 그 감정을 완전히 이해하지 못한다. 괴로움을 감당하는 건 오롯이 데르온의 몫이었고, 그는 자신만의 추모 방법을 찾은 거였다. 그걸 말없이 지지해 주는 게 지금 내가 할 수 있는 가장 큰 위로가 될 것 같았다.

3.

아스가 최종 허가함에 따라 세르피스의 육신은 마계로 돌아갔다. 그녀를 수습하고 묻는 모든 과정은 데르온 혼자서 진행했다. 그는 시신을 안아 들고 훌쩍 사라졌고, 반나절 정도의 시간이 지난 후에 조금 개운해진 모습으로 돌아왔다. 무덤은 그녀가 다스린 서쪽 영토에 만들었다는 듯했다. 비석도 꽃도 없는 초라한 봉분이었다지만 한때 동료였던 자를 향한 예우로는 충분했다.

이건 그냥 지나가는 얘기인데, 세르피스의 사망으로 비워진 서공작의 자리는 당분간 아스에게 귀속된다고 했다. 당분간이라고 한 이유는 그가 이미 마왕이기 때문이다. 마계는 왕과 4인 공작이 서로 대칭해서 균형을 이루는 체제라서, 한 사람이 두 개 이상의 작위를 차지할 수 없게 되어 있다고 한다. 운 좋게 두 개가 되면 더 강한 쪽 자리가 우선 승계되고, 나머지 다른 쪽은 몇 년 이내에 다른 자에게 넘어간다는 모양이었다.

"데르온도 작위가 두 개잖아요. 하나가 사라지는 건가요?"

"네. 북쪽이 동쪽보다 우선 승계이니, 동공작의 자격은 곧 사라질 겁니다. 아마 지금 동쪽 마족들 중에서 가장 강한 마력을 지닌 자에게 넘어갈 것 같습니다."

"흠, 그렇군요. 그런데 작위를 계승한 건 어떻게 알아봐요? 마왕이나 북공작처럼 눈에 띄는 표식도 없잖아요."

"일단 마력으로 알아볼 수 있긴 합니다만. 표식도 있습니다."

"있다고요?"

데르온은 고개를 끄덕이며 팔을 걷어 보였다. 옷에 가려져 있던 피부가 드러나자 몰랐던 문신이 보였다. 검은 덩굴장미가 나선 고리처럼 팔을 휘감고 있는 듯한 문양이었다.

"이것과 같은 문양이 북쪽엔 가슴에, 서쪽엔 다리에, 남쪽엔 등에 새겨져 있습니다."

"와, 꽤 예쁘네요."

"그렇습니까? 이것 외에 신체적인 변화도 생기긴 합니다. 하지만 그 부분은 북공작 말고는 알아보기 힘든 편이라, 그냥 있으나 마나 합니다."

"뭔데요?"

"북쪽은 보시다시피 머리색이 달라지고, 서쪽은 피부가 희어진다고 합니다. 동쪽은 반대로 더 짙어진다는데, 솔직히 잘 모르겠습니다. 공작이 되기 전의 저를 알았던 자들도 차이를 잘 모르겠다고 했으니까요."

"헤에."

"아, 그리고 남공작은 눈동자 색이 다릅니다. 조금 더 흐리고 회색빛이 섞인 붉은색이죠."

"아아."

그래, 그러고 보니 루카르엠의 눈동자 색이 다른 마족에 비해 조금 흐리다 싶었지. 하지만 정말 조금이었다. 아아주 조금! 딱히 특징이라고 여겨지지도 않을 만큼 무난한 차이였는데 그게 남공작의 표식이라니. 다른 공작들의 특징도 그 정도 수준이라면 차이점이 없다고 여겨질 만도 했다.

"그러고 보니 말인데요."

"네."

"……아니, 아무것도 아니에요."

남공작의 자리는 앞으로 어떻게 될까요?

입안까지 빙글빙글 올라온 말을 그대로 눌러 삼켰다. 내가 눈치가 없어도 그에 대한 언급을 꺼내면 분위기가 처참해질 거라는 사실만은 알았다. 카노스가 워낙 엉뚱한 신이다 보니 앞으로 일이 어떤 식으로 전개될지 결과를 짐작할 수가 없긴 했다. 하지만 아무리 생각해도 루카르엠이 다시 돌아올 것 같진 않았다. 이미 정체와 목적이 다 드러났는데 여전히 위장하고 있을 이유가 전혀 없었다.

다들 말은 안 하지만 같은 생각을 하고 있을 터였다. 동공작은 북공작이 됐고, 나머지 공작들은 새로운 자들로 채워질 거다. 사실상 마계 지도부가 완전히 세대 교체를 하는 셈이었다.

나는 힐끔 데르온을 살폈다. 그는 어딘지 상념에 빠진 얼굴을 하고 있었다. 조금 전의 대화로 과거를 상기하게 된 것 같았다. 그 모습에 가슴이 덜컥 내려앉았다.

짧은 시간 많은 상황이 달라졌다. 특히 그는 얻은 것만큼이나 많은 것들을 잃었다. 지금 데르온이 어떤 마음으로 이 모든 것들을 감당하고 있는지 짐작조차 되지 않았다. 문득 하루아침에 일상이 달라지는 상상을 해 봤다. 내가 아는 정령왕들이 한꺼번에 전부 사라지고, 다른 자들이 그 자리를 채우는 상상을. 그건 굉장히 참담하고 선뜩한 기분이었다. 물론 시간이 지나면 새로운 동료들과도 적응하게 될 거다. ……하지만 예전과 완전히 같지도 않을 것 같았다.

나도 모르게 너무 빤히 응시한 걸까. 데르온이 의아한 표정으로 나를 돌아보았다. 그리고 그 시선을 그는 다른 뜻으로 해석한 듯했다.

"이제 시작하겠습니다."

"네? 뭘요?"

"세르피스의 계약자를 찾으라고 하시는 거 아니었습니까?"

"아."

그 말을 듣고서야 나는 바로 정신을 차렸다. 그러고 보니 그 문제가 남아 있었다. 지금 가장 우선해서 해결해야 하는 일이기도 했다. 다른 일행들의 눈에도 빛이 감돌았다. 담소를 나누는 동안 흩어져 있던 시선들이 차츰 하나로 모여들었다. 라피스는 그저 눈동자만 굴리는 반면 시벨리우스는 제대로 몸을 일으켜 앉았다. 의자에 앉아 있던 아스도 발장난을 멈추고 얌전해졌다.

이 자리엔 이사나와 알리사도 함께했다. 두 사람은 오늘 아침이 되어서야 아스와 데르온이 돌아왔다는 사실을 알게 된 참이었다. 그런 김에 나는 지금까지의 일들도 전부 알려 주었다. 저택을 조사하게 된 전말부터 시작해서 아스가 마왕이 된 것까지. 모든 과정을 전해 들은 두 사람은 경악을 금치 못했다. 특히 백작의 셋째 딸이 모두의 기억에서 지워졌다는 사실에 큰 충격을 받았다. 바논 백작가는 화목하고 행복한 가정이었다. 그 모습이 보기 좋았던 만큼 벌어진 틈이 더 크게 느껴졌다. 행복했던 꿈일수록 깨어났을 때의 상실감이 더 크듯이.

"정말 이곳에 계약자가 있을까요?"

"확인해 보죠."

데르온이 품 안에서 붉은 병을 꺼내 들었다. 세르피스의 피가 담긴 병이었다. 방 안에 있던 일행들이 모두 그의 행동을 주시했다. 데르온은 병의 마개를 연 다음, 담겨 있는 피를 자신의 오른쪽 손바닥 위에 떨어트렸다. 그리곤 흥건히 젖은 손바닥 위에 무언가 알 수 없는 그림을 그린 후 주문을 외웠다. 주문의 효과는 즉시 나타났다. 데르온의 손바닥에 고인 핏물이 살아 춤추는 듯 꿈틀거린 것이다. 벗겨지듯이 천천히 분리된 핏물은 허공 위에서 둥글게 뭉쳐져 형태를 만들어 갔다. 완성된 모양은 붉디붉은 금붕어였다.

금붕어의 비늘엔 동그란 무늬가 그려져 있었는데, 그 결을 따라 빛이 깜빡거리고 있었다. 붉은 열기를 품었다가 금세 새카매지는 모습이 마치 타들어 가는 담뱃불처럼 보였다. 그 모습을 가만히 지켜보던 데르온이 입을 열었다.

"있군요. 가까운 곳입니다."

"……!"

가장 기다리면서도 동시에 기다리지 않던 소식이었다. 이사나의 얼굴이 굳어졌다. 데르온은 손을 뻗어 금붕어를 띄워 보냈다. 잠시간 공중을 배회하던 금붕어가 흐느적거리듯 어딘가로 헤엄쳐가기 시작했다.

"저걸 따라가시면 됩니다."

가장 먼저 발걸음을 내디딘 사람은 이사나였다. 홀리듯이 금붕어의 뒤를 따라가는 그를 따라, 나와 다른 일행들도 걸음을 옮겼다. 금붕어는 문 밖을 넘어 복도를 쭉 따라 이동했다. 그러는 동안 몇몇 사람이 스쳐 지나갔지만 한 번도 멈추지 않았다. 금붕어는 계단에 이르렀고, 저택의 2층으로 올라가 화사한 복도를 가로질렀다. 향하는 방향이 점점 뚜렷해지는 것이 느껴져서 몸이 바짝 긴장했다. 워낙 자주 탐색하고 다닌 덕분에 이미 저택의 구조는 손바닥을 들여다보듯이 훤했다. 이 길 끝에 나오는 방은 하나밖에 없었다.

아니나 다를까. 복도 끝에 있는 거대한 아치형의 문 앞에 이르러 금붕어가 이동을 멈췄다. 나는 흘러나오는 탄식을 감추지 못했다. 그 안에 있는 건 바논 백작 부인의 방이었다.

"하."

설마.

손끝이 얼어붙는 감각에 몸이 살짝 떨렸다. 백작 부인이 막내딸을 죽이려고 했었다는 이야기가 얼핏 떠올랐다. 후계자가 될 아들이 아니라는 이유였던가. 갓 태어난 아이의 목을 졸랐다고 했었다. 자기도 모르게 무심코 한 행동 같았지만 그 자체가 이미 광기에 사로잡힌 거나 다름없었다. 지금도 자신을 사랑해 주지 않는다며 투정부리던 소녀의 모습이 어른거렸다. 주술을 실행한 자는 강렬한 소망을 가진 사람이었다. 그 소원이 뭐였는지 알 것만 같은 기분이 들었다.

설마. 하지만. 아무리 그래도.

완성되지 않는 문장들이 앞부분만 맴돌다 사라지길 반복했다. 머릿속이 온통 어지러워지는 기분이었다. 원치 않는 딸. 간절한 후계. 소원을 들어주는 주술. ……그리고 임신 중인 아이. 생각이 꼬리를 물면 물수록 점차 방향이 확실해지는 것 같았다. 그건 결코 달갑지 않은 방향이었다.

얼굴이 창백해진 건 이사나 역시 마찬가지였다. 가볍게 한숨을 삼킨 후, 이사나가 그대로 문을 열었다. 다른 남자의 부인, 심지어 지체 높은 가문의 여인의 방을 함부로 열고 들어가는 건 굉장히 무례한 행동이었다. 평소의 이사나라면 있을 수 없는 행동이었지만, 지금은 그도 제정신이 아닌 듯했다.

문이 열리자 안쪽에 있던 사람이 돌아보는 것이 보였다. 금갈색 머리카락을 틀어 올린 청순한 외모의 귀부인이 놀란 얼굴로 눈을 깜빡거리고 있었다. 뜻밖에도 방 안에는 다른 사람도 함께 있었다. 그녀 옆에 있던 남자가 우리를 발견하고 자리에서 벌떡 몸을 일으켰다. 바논 백작이었다.

"폐, 폐하?"

"황제 폐하께서 여긴 무슨 일로……."

당황한 부부는 노크도 없이 무단 방문한 황제를 탓하지도 못했다. 이사나는 그들에게는 눈길도 주지 않고 멈춰 있는 금붕어를 올려다보기만 했다. 백작 가족의 시선도 덩달아 그쪽을 향했다. 그들이 공중에 떠올라 있는 금붕어를 발견하고 흠칫하더니 기괴한 것을 보는 얼굴을 했다.

"폐, 폐하? 저게 대체 무엇인가요?"

백작 부인이 멍하게 중얼거릴 때였다. 멈춰 있던 금붕어가 쪼르륵 다시 헤엄쳐가기 시작했다. 긴 꼬리 비늘이 허공 위에서 우아하게 흐트러졌다. 금붕어와 백작 부인의 거리가 빠르게 가까워졌다. 금방이라도 서로 닿을 것 같았다. 눈을 감아버리고 싶었지만 시선을 떼선 안 된다는 생각에 나는 오기를 내어 집중했다. 드러날 진실이 아무리 끔찍하다고 해도 여기까지 와서 약해질 수는 없었다. 사건은 반드시 밝혀져야 했다. 억울하게 죽은 율리아를 위해서라도.

"꺅!"

"부인!"

금붕어가 코앞까지 다가오자 백작 부인이 비명을 지르며 몸을 숙였다. 그러자 바논 백작이 곧바로 그녀의 어깨를 감싸 안았다. 그가 한 손을 휘둘러 금붕어를 쳐냈다. 아니, 정확히는 쳐내려고 했다. 그 직후 벌어진 광경에 나는 눈을 크게 떴다. 금붕어가 바논 백작의 손에 닿는 순간, 마치 풍선처럼 펑 터지는 것이 아닌가!

"꺄악! 백작님! 얼굴에 피가! 세상에!"

바논 백작은 그 자리에서 붉은 피를 전부 뒤집어썼다. 정면에서 터진 까닭에 앞머리부터 얼굴 전체가 온통 피투성이가 됐다. 당황한 그가 어찌할 바를 모르고 굳어 있는 동안 백작 부인이 품 안에서 손수건을 꺼내 허둥지둥 얼굴을 닦아냈다. 그런데 아무리 닦아도 얼굴 가득 흥건한 핏자국이 사라지지 않았다. 수건에 묻어나는 것도 없었다. 경직된 백작 부인의 손길이 점점 잦아들었다. 그녀가 깨끗한 손수건과 지저분한 백작의 얼굴을 연신 번갈아 바라보았다.

"……."

"……."

사방에 침묵이 내려앉았다. 그게 기이한 현상을 목격한 공포 때문이든, 지독한 진실을 깨달아서든. 아무도 입을 열지 못하고 있었다. 나 역시 마찬가지였다. 이번에야말로 정말 아무 생각도 떠오르지 않았다. 뒤쪽에서 가만히 팔짱을 끼고 있던 데르온이 한마디로 상황을 정리했다.

"찾았군요. 계약자."

4.

"찾았군요. 계약자."

숨을 크게 삼켰다가 내쉬었다. 데르온이 내뱉은 한마디를 이해하는 건 어렵지 않았다. 그건 바논 백작도 마찬가지인 듯했다. '계약'이라는 단어가 언급되자 그가 얼굴을 닦아내다 말고(그래 봤자 닦이지 않는데도 불구하고) 흠칫 굳었다. 돌아보는 얼굴에 동요가 서린 것이 느껴졌다. 애써 억누르고 있었지만 눈꺼풀에서도 경련이 일고 있었다.

덕분에 나는 더 확신할 수밖에 없었다. 세르피스의 계약자를 찾아냈다. 백작 부인이 아니라는 사실엔 안도감이 일었지만 기분은 똑같이 처참했다. 범인이 바논 백작이었다. 아버지가 딸을 죽인 거다.

"백작, 당신이었습니까……."

"폐, 폐하?"

이사나의 시선은 차갑게 식어 있었다. 그가 중얼거린 말에 바논 백작이 움찔했다. 어리둥절해하는 얼굴 위에 당황한 기색이 역력했다.

"왜. 왜 그런 짓을 한 겁니까?"

"폐하, 대체 무슨 말씀을 하시는 건지 모르겠습니다. 이 닦이지 않는 액체는 무엇이며, 무슨 일로 이러시는 겁니까? 부디 제가 알아듣게 설명해 주시지 않겠습니까?"

그가 겁먹은 듯한 어조로 물었다. 정말 아무것도 모른다는 태도였다. 하지만 난 속아 넘어가지 않았다. 그는 이미 그 질문의 의미를 깨달은 상태였다.

침착함을 가장한 얼굴과는 다르게 손끝이 초조한 듯 떨리고 있었다. 억지로 치켜들고 있는 목 근육이 뻣뻣하게 굳어 있는 것도 보였다. 그 모습을 보고 있으려니 저절로 실소가 흘러나왔다.

"본인에겐 기억을 지우는 최면을 안 걸었나 보네요. 정말 여러 가지 의미에서 대단한 사람이네."

범인도 기억이 지워졌다면 찾아내도 자백을 받아내는 게 곤란하지 않을까 싶었다. 하지만 그럴 염려는 없었던 모양이다. 어이없어서 중얼거린 나를, 백작이 굳은 얼굴로 돌아보았다.

"하긴, 계약이 정말로 성사되는지 두 눈으로 확인하고 싶었겠죠. 자신이 모든 상황을 주관하고 있다는 심리적인 안정감을 갖고 싶기도 할 테고요. 범인들이 종종 그런 심리 때문에 범행 장소로 돌아온다고 하더라고요."

"지금 무슨……말을……."

"이게 무슨 소린지는 본인이 더 잘 알지 않아요?"

"무, 무례한 자로군. 자네는 이제 보니 알드레프 경을 호위하는 자가 아닌가? 귀족은 아니라고 들었는데. 감히 무슨 자격으로 내 앞에서 멋대로 발언하는 거지?"

희게 질린 백작이 주제에서 벗어난 부분을 파고들었다. 그의 입장에선 효과적인 압박 수단이었다. 이 세계에서 평민은 귀족에게 허락 없이 말을 걸거나 그들의 대화에 끼어들지 못한다. 같은 귀족들끼리도 작위의 고하에 따라 발언 기회에 차등이 있는 세상이니 피지배 계급의 위치야 뻔했다. 이럴 때는 아군 중에 귀족이 있어도 별로 도움이 되지 않았다. 귀족은 어떤 경우에서도 같은 귀족의 입장을 먼저 헤아리기 때문이다. 만약 내가 정말 평민이었다면 일단 입을 다물고 사과부터 하는 것이 순리였을 거다. 이 순간에도 자긍심을 지키려는 백작이 추하게 느껴져서 나는 얼굴을 찌푸렸다.

"논점을 흐리려고 해 봤자 소용없어요. 이미 당신이 범인이라는 증거는 명백하니까요. 그 얼굴에 묻은 액체, 당신과 계약한 마녀의 피거든요."

"……! 폐하! 저자가 귀족을 기만하고 있습니다! 이 행태를 가만히 지켜만 보시는 겁니까?"

경고에도 굴하지 않는 것에 당황한 백작이 황제인 이사나를 향해 항의의 시선을 보냈다. 물론 당연한 말이겠지만 이사나는 눈 하나 깜빡하지 않았다.

"기만하고 있는 건 당신입니다, 백작. 언제까지 그대의 죄를 덮을 수 있다고 생각하는 겁니까?"

"폐, 폐하……."

"마녀와의 계약에서 무슨 소원을 빌었습니까? 친딸을 죽여서까지, 그대가 원하던 것이 대체 뭐였습니까?"

"따, 딸을 죽여요? 그게 무슨 소리인가요?"

숨죽인 채 대화를 듣고 있던 백작 부인이 깜짝 놀라 들고 있던 손수건을 떨어트렸다. 그때서야 부인의 존재를 상기한 듯, 백작이 화들짝 놀라 두 손을 내저었다.

"부인. 아무 일도 아니오. 아무래도 뭔가 오해가 있는 것 같소."

"하지만 방금 전 폐하께서 당신이 친딸을 죽였다고……."

"그러니까 오해라고 하지 않았소. 아이들과는 조금 전 같이 식사하지 않았소? 우리 딸들은 모두 무사하오."

"모두 무사해? 율리아는 딸이 아닌가 봐요?"

오가는 대화를 참지 못하고 끼어들자 백작이 사나운 시선을 던졌다. 이번에야말로 표정을 감추지 못하고 적의를 고스란히 드러낸 얼굴이었다.

"자네……!"

"왜요? 자신이 저지른 죄를 확인하는 게 두렵나요? 율리아는 친딸이 아니라서 죽인 거냐고 묻고 있잖아요."

"율리아……라고요? 그게 누구죠?"

점점 감정이 격해지려는데 백작 부인이 느린 어조로 물었다. 어딘지 멍해 보이는 모습이 어디서 많이 본 듯했다. 율리아에 대해 물었을 때, 이곳 사람들이 보인 것과 비슷한 반응이었다. 바논 백작이 낭패감을 드러내는 사이 나는 냉큼 대답했다.

"셋째 딸 율리아요. 기억나지 않으세요?"

"셋째라니. 그 아이의 이름은 아네스……."

"아뇨, 아네스는 막내죠. 제대로 기억해 보세요. 부인의 딸이 몇 명이에요?"

"제 딸은…… 세 명……."

"정말요? 정말 세 명이에요? 딸의 이름들은 다 알아요?"

"이름……멜리나와 아밀라, 율리아와 아네스……."

"그래요. 그 율리아 말이에요. 부인의 셋째 딸이잖아요."

"셋째 딸……."

중얼거릴수록 부인의 눈빛은 텅 비어 갔다. 바논 백작이 초조한 얼굴로 그녀를 다독였다.

"부인! 다 헛소리요! 저런 말을 귀담아듣지 마시오!"

"네에? 하지만 여보. 셋째 아이는 율리아가 맞는걸요."

"……!"

백작 부인이 느릿하게 눈을 깜빡이더니, 곧 의아하다는 눈으로 남편을 올려다보았다. 백작의 얼굴이 딱딱하게 경직되었다.

"부, 부인?"

"어머, 그러고 보니 요즘 율리아가 왜 안 보이죠? 그 아이, 왠지 오랫동안 보지 못한 것 같아요. 백작님, 율리아를 보지 못하셨나요? 그 아이가 어디에 있을까요?"

여상하게 묻는 백작 부인의 눈빛은 조금 전처럼 탁하지 않고 뚜렷하기만 했다. 바논 백작이 가만히 숨을 삼켰다. 그의 동공이 믿을 수 없다는 듯 흔들리고 있었다.

부인의 그 반응은 내게도 의외였던지라 나는 반사적으로 데르온을 바라보았다. "최면이 풀리고 있는 것 같습니다." 그가 담담한 표정으로 이유를 설명해 주었다. 아마도 카류안이 세르피스의 몸을 통해 최면을 걸었을 거라고. 그래서 세르피스가 죽자 그 효과가 현저히 약해졌고 그 상태에서 연거푸 자극을 받으니 깨지기 시작했다는 것 같았다.

"아까 식사할 때도 율리아는 보지 못했어요. 혹시 어디 아픈 건 아닐까요? 그 아이에게 가 봐야겠어요."

"부인……."

"네? 어머, 내 정신 좀 봐. 지금은 손님들이 계셨죠."

황급히 돌아서던 백작 부인이 우리를 발견하고는 새삼스럽게 깨달은 얼굴을 했다.

"큰 실례를 했어요. 중요한 얘기 중이셨던 것 같은데, 제가 방해를 한 것 같네요."

"아, 아뇨. 괜찮습니다."

급히 사과를 건네는 백작 부인을 나는 복잡한 기분으로 바라보았다. 이사나와 다른 일행들도 어떻게 말을 해야 할지 모르겠다는 시선을 보내고 있었다.

"무례가 되지 않는다면 저는 잠시 자리에서 물러나도 괜찮을까요? 저희 셋째 딸인 율리아가 아픈 건 아닌지 방에 들러봐야 할 것 같아요."

"상관은 없지만, 이제 율리아가 기억나시나요?"

"기억나다니. 그게 무슨 말씀이신지. 당연히 기억한답니다. 어미가 제 딸을 기억하지 않을 리가 있나요."

"……그래요. 그럼 율리아를 마지막으로 본 게 언제였는지도 아시겠네요."

"마지막이요? 그럼요. 그 기특한 아이가 가문을 위해 집중 기도를 하겠다고 했었어요. 후계자가 될 남동생이 생겼으면 좋겠다고요. 그렇죠, 백작님? 그때 당신도 함께 기도하러 가셨잖아요."

"아, 으응, 그랬었소."

"그때 소원을 들어주는 마녀를 불러 보겠다고도 하셨죠. 그런 건 미신일 게 분명한데도, 둘 다 어찌나 진지하던지. 전 차마 말리지도 못했다고요."

천진하게 웃으며 하는 말에 바논 백작이 난처한 기색으로 고개를 끄덕였다.

"그러고 보니 신기하네요. 시기상으로 보니 그러고 나서 얼마 지나지 않아 아이가 바로 생긴 거 같아요. 신께서 율리아의 기도를 들어주셨던 건가 봐요."

"그, 그렇군요, 부인. 확실히 그렇소."

"……그런데 이상해요, 백작님. 왜 그 이후로 율리아를 본 적이 없는 것 같죠?"

말하면서 위화감을 깨달은 걸까. 우아하게 웃고 있던 백작 부인의 얼굴이 천천히 굳었다. 점차 입술 끝이 내려가고, 얼굴에서 표정이 지워져 갔다.

"맙소사."

그녀가 경직된 모습으로 천천히 남편을 돌아보았다. 마치 모든 사실을 처음 깨달은 사람처럼. 그녀가 새삼스러운 눈길로 백작의 얼굴을 훑어 내렸다.

"……백작님. 당신 얼굴에 묻어 있는 그 붉은 액체가 마녀의 피라는 게 무슨 말이에요?"
"부인."
"당신이 율리아를 죽였다고 하는 말은 뭐죠?"
"부인……."
바논 백작이 창백한 얼굴로 백작 부인의 손을 잡으려 했다. 하지만 그 손이 닿기도 전에 그녀의 몸이 뒤로 물러나는 것이 더 빨랐다. 주춤거리며 뒷걸음치는 아내의 모습에 충격을 받은 듯 바논 백이 신음을 흘렸다.
"백작님. 설마…… 당신이……."
"부, 부인. 오해요."
"뭐가 오해라는 거죠? 그럼 율리아는 어디에 있나요? 백작님과 기도하러 간 이후로 그 아이의 모습을 본 적이 없어요. 그게 벌써 몇 개월 전의 일이에요. 몇 달 동안이나 율리아를 못 봤다고요! 그런데 전 지금까지 한 번도 그걸 이상하다고 여겨본 적도 없었어요!"
백작 부인은 몸을 덜덜 떨고 있었다.
"율리아에게, 제게, 대체 무슨 짓을 한 거예요?"
습윤해진 그녀의 검은 눈동자가 두려움을 담고 남편을 응시했다. 애처로울 정도로 가련한 모습에 백작은 더 다가가는 대신 뻗은 손을 움켜쥐었다.
"……제발 날 그런 눈으로 보지 마시오. 그건 모두를 위한 일이었소."

"모두를…… 위한 일이라고요?"

"소원을 이루는 것엔…… 대가가 필요했소. 새 생명의 탄생을 위한 불가피한 희생이었소."

"……!"

나도 모르게 숨을 삼켰다. 사실상 백작이 자신의 범행을 인정하는 순간이었다. 좀 더 뻔뻔하게 버틸 거라고 생각했는데 생각보다 쉽게 자백하니 당황스러웠다. 아무것도 모르고 있던 아내가 최면에서 풀려난 게 생각보다 그에게 큰 충격을 준 것 같았다. 백작 부인은 금방이라도 비명을 지를 것처럼 입을 벌렸다. 본인이 집요하게 추궁했으면서도 막상 눈앞에 닥쳐온 현실을 믿지 못하는 기색이 역력했다. 부릅떠진 그녀의 두 눈에서 순식간에 눈물이 떨어지기 시작했다.

"말……도 안 돼……. 어떻게 그런 짓을…… 어떻게 당신이 율리아를……."

"부인, 내 말을 들어보시오. 나도 그러고 싶었던 게 아니오. 정말 어쩔 수 없는 선택이었소. 내겐 율리아보다 그대가 더 중요했소."

"그게 무슨 말이죠? 왜 그런 식으로 말하나요?"

"정말 몰라서 묻는 말이오? 그대가 그동안 얼마나 불안정했는지 모른다는 거요?"

"……!"

"그대는 늘 아들을 낳지 못한다는 자책감에 사로잡혀 있었잖소. 딸만 잉태하는 자신을 마치 저주받은 여자인 것처럼 여겼었지! 아네스를 낳고서는 완전히 정신이 나가서 그대의 손으로 그 아이를 직접 죽이려고까지 했소! 그 충격으로 자결을 몇 번이나 시도하기까지! 나, 나는 도저히 그대를 잃을 수 없었소!"

"그런 이유로…… 고작 그런 이유로 율리아를……."

"아니! 고작이 아니오! 내게는 무엇보다 중요한 이유요! 결국 다 잘되었지 않소? 그동안 말하지 못했지만, 그대 배 속에 있는 아이는 아들이오. 율리아가 희생해 준 덕분에 그대가 아들을 얻었소. 그렇게 소원하던 아들을 잉태했단 말이오! 이제 그대는 자결할 이유도, 자신을 원망할 필요도 없소."

바논 백작이 간절한 얼굴로 다가섰다. 하지만 백작 부인은 그가 다가선 만큼 더 뒤로 물러날 뿐이었다. 눈물을 흘린 채 고개를 젓는 아내를 보고 백작이 이해할 수 없다는 표정을 지었다.

"부인……!"

"다 잘되었다고요? 내 딸이 죽었는데, 그 죄 없는 아이가 죽었는데. 아들을 얻었으니 잘되었다고요? 그게 어떻게 다 잘되었다고 할 수 있죠?"

"……어차피 그 아이는 곧 떠날 아이였소. 온전한 우리 딸이라고 할 수도 없었소. 신관의 문장을 받았으니까."

"그래서 죽어도 괜찮았다고요? 그게 진심으로 하는 말이세요?"

"괜찮았다는 건 아니오. 하지만 신관이 되면 가문과 인연이 끊어지는 건 사실이잖소. 그 아이는 장차 우리 가문에 해를 끼치는 존재가 될 수도 있었소."

"그런 말도 안 되는 소리를……!"

"말이 되오! 마신관이잖소!"

돌연 백작이 분개한 얼굴로 소리쳤다. 움찔한 백작 부인이 입을 다무는 틈을 타, 그가 곧장 우리 쪽을 돌아보았다. 그가 바라본 사람은 이사나였다.

"황제 폐하, 당신은 절 이해해 주시겠지요? 제가 한 일은 당신께도 도움이 되는 일이었습니다!"

"……내게 도움이 되는 일이라고요?"

이사나가 굳은 얼굴로 반문하자 백작이 반색하며 고개를 끄덕였다.

"마신관들이 폐하를 얼마나 오랫동안 괴롭혀 왔는지 알고 있습니다. 그런 자가 하나라도 사라지면 폐하께는 오히려 좋은 일 아닙니까? 저는 황제 폐하의 충신으로서 해야 할 일을 했을 뿐입니다!"

"그래서 딸을 죽인 게 합당했다고 주장하는 겁니까? 그런 말도 안 되는 주장을 변명이라고 하다니. 믿을 수가 없군요, 백작."

"아뇨! 폐하께선 기뻐하셔야 합니다! 다른 사람은 몰라도 폐하만은 마땅히 저를 칭찬해 주셔야 합니다! 제가 죽인 건 제 딸이 아닙니다! 그저 마신의 조종을 받아 움직이는 그의 꼭두각시일 뿐이었습니다!"

싸늘하게 식은 이사나의 시선을 보고도 백작은 굴하지 않았다.

궤변이 계속해서 이어지는데 오직 백작 자신만 깨닫지 못하는 것 같았다. 이사나가 파리해진 얼굴로 머리를 쓸어 넘겼다.

"뭔가 큰 착각을 하고 있는 것 아닙니까, 백작? 그대는 본 황제 또한 마신의 신도라는 사실을 간과하고 있는 것 같군요. 난 마신의 교단 전체를 적으로 삼은 게 아닙니다."

"하하, 이제 와서 새삼 마신의 자녀인 척하지 마십시오! 폐하께서는 이미 마신을 떠나 다른 신에게 의탁하지 않았습니까?"

"……무슨 소리를……."

"폐하께서 형벌의 교단을 찾아가 도움을 받으셨다는 걸 알고 있습니다! 아니라 하셔도 이제 폐하는 다시는 마신의 품으론 돌아가지 못하실 겁니다! 대체 어느 마신관이 폐하를 지지하겠습니까?"

이사나가 입을 다물었다. 그저 기가 막혀 그런 것이었지만, 흥분한 백작은 자신의 말에 눌렸다고 생각한 듯했다. 그의 눈빛이 더 강렬하게 살아나면서 번들거렸다. 그간 그를 보고 침착하고 차분하다고 평가를 내렸던 걸 이해할 수 없을 정도로, 완전히 광기에 사로잡힌 자의 얼굴이었다. 제정신이 아닌 사람의 잠꼬대 같은 소리를 얌전히 들어주고만 있는 것도 고역이었다. 나는 그가 또 헛소리를 잇기 전에 입을 열었다.

"진짜 어이없는 사람이네. 그런 식으로 죄책감을 전가하면 좀 나아요?"

"뭐라고?"

부릅뜬 백작의 눈에서 섬뜩한 안광이 쏟아져 나왔다. 그의 전신에서 살기가 일기 시작했다. 그 딴에는 나를 겁주려는 생각 같았는데, 우습지도 않은 시도였다. 나는 그의 살기를 가볍게 흘려보내곤 반대로 그쪽에 압력을 가했다.

"큭, 크윽!"

주위에 수분을 조금 더한 것만으로 백작의 얼굴은 순식간에 창백해졌다. 아마 온몸이 무겁게 가라앉는 기분일 터였다. 그는 오래 버티지 못하고 비틀거리더니 곧 무릎을 땅에 떨어트렸다. 엎드려진 채 숨 쉬는 것조차 버거워하는 백작을 나는 냉정한 눈으로 바라보았다.

"딸이 마신관이니까 죽을 만했다? 말이 되는 소리를 해야지. 딸을 죽인 죄를 감추려고 마신관을 미워하게 된 건 아니고요? 마신을 그렇게 싫어하는 사람이 마녀와 계약은 어떻게 했대요? 세르피스는 누가 봐도 마족처럼 보였을 텐데."

"자, 자네가 뭘 안다고……!"

"다른 건 몰라도 당신이 미쳤다는 건 알겠네요. 그 외에는 별로 알고 싶지도 않고요. 그리고 방금 그냥 넘길 수 없는 말을 들었는데 말이죠. 어느 마신관이 이사나를 지지하겠냐고 했어요?"

한 걸음 가까이 다가서자 백작이 몸을 움찔했다. 그리고 나는 카노스의 선견지명에 마음껏 감탄했다.

"그거 참 유감이네요. 마침 내가 이런 걸 가지고 있거든요."

장갑을 벗고 손등을 보였더니 백작의 눈이 휘둥그렇게 떠졌다.

이럴 때 쓰일 거라곤 상상도 하지 못했지만. 얼결에 받아둔 한 수가 제대로 진가를 드러내는 순간이었다. 경악한 듯 입을 벌린 그가 사시나무처럼 덜덜 떨기 시작했다.

"마신의…… 문장……."

"이제 당신이 무슨 멍청한 망상을 했는지 잘 알겠죠."

바논 백작이 넋이 나간 사람처럼 멍한 얼굴을 했다. 지탱하고 버틸 힘마저 잃었는지 완전히 바닥에 주저앉은 채였다. 저항할 의지를 잃은 그에게 남은 건 그가 저지른 죄의 대가뿐이었다. 나는 의견을 구할 겸 이사나를 돌아보았다. 눈짓을 가볍게 주고받은 후, 이사나가 백작 부인을 응시했다. 충격으로 무너졌을 거란 예상과는 다르게 그녀는 용케 버티고 서 있었다. 얼굴은 시체처럼 창백했지만 더는 울고 있지 않았다.

"백작 부인. 바논 백작은 처벌을 피할 수 없을 겁니다. 천륜을 저버리고 친딸을 죽인 죗값은 참형을 내려도 부족합니다."

"……그렇겠지요, 폐하."

"그에게 할 말이 남아 있습니까?"

백작 부인이 말없이 남편을 돌아보았다. 백작은 마지막 희망에 매달리듯 그 눈길을 간절히 응시했다. 하지만 그녀는 바로 시선을 피했다.

"아무것도 없습니다, 폐하. 제발 제 눈앞에서 저 사람을 치워주세요. 다시는 마주치지 않게 해 주세요. 아니, 배 속의 아이와 함께 제게도 참형을 내려주세요. 전 도저히 이 아이를 무사히 낳아기를 자신이 없습니다."

"부, 부인!"

"제가, 저 자신을 비롯해서 저 사람까지 괴물로 만들었습니다. 모두 제 탓입니다. 저도 죄인입니다. 그러니 제발, 저도 죽여 주세요. 제발."

백작 부인의 눈에서 멈췄던 눈물이 다시 흐르기 시작했다. 이사나는 한동안 무거운 눈으로 그 모습을 가만히 바라보다 한숨을 내쉬었다.

"스스로 죄인이라 하면서 부인은 또 죄를 지으려 하는군요. 남은 자녀들은 돌아보지 않습니까?"

"……하, 하지만……."

"난 연좌제를 별로 좋아하지 않습니다. 백작의 죄질은 죽어 마땅할 정도로 무겁지만, 아무것도 모르고 있던 부인과 자녀들까지 처벌하진 않을 겁니다. 부인은 살아서 아이들을 무사히 키워내는 걸로 속죄하길 바랍니다. 단, 태어날 아들은 아무런 작위도 계승하지 못합니다. 바논 백작가의 작위는 장녀인 멜리나 영애가 계승하는 걸로 하겠습니다."

"……!"

울고 있던 백작 부인이 깜짝 놀란 얼굴로 고개를 들었다. 바논 백작 역시 마찬가지였다.

"폐, 폐하."

"멜리나 영애와는 종종 이야기를 나눠 봤었죠. 그 나이 대의 영식들보다 식견이 넓고 꽤 총명하다고 생각했습니다. 그녀라면 백작가를 잘 이끌어 나갈 겁니다."

흔들리던 눈동자에 눈물이 더 차올랐다. 백작 부인은 그 자리에 주저앉아 흐느끼기 시작했다.

"그, 그런 말도 안 되는! 태어날 아들이 있는데 작위를 멜리나가 계승하다니! 귀족의 법도에 그런 일은 결코……!"

바논 백작의 얼굴은 완전히 일그러져 있었다. 마신관을 탓하고 원망할 때보다 더 흉해진 얼굴이었다. 그 굳어진 얼굴을 보니 백작 부인이 아들에게 그렇게까지 집착한 이유를 알 것 같았다. 자녀의 성별이 아무래도 좋다고 달랬던 건 대외적인 가면일 뿐, 실상 후계를 이을 아들을 가장 바라고 있던 건 바논 백작 그 자신이었을지도 몰랐다.

"있을 수 없는 일입니다! 폐하! 제국 법에 작위와 가문을 계승할 자격을 지닌 건 오직 남성뿐입니다! 그런 건 불가능합니다!"

그가 소리 높여 이사나에게 항의했다. 백작 부인의 어깨를 다독이고 있던 이사나가 싸늘하게 식은 시선을 그에게 보냈다.

"아까부터 역겨워서 들어주질 못하겠군요. 제국 법이라고 했습니까, 백작? 황제인 내가 고칠 수 없는 법은 없습니다. 그리고 앞날이 어떻게 되었든, 이제 곧 숨이 끊어질 그대가 신경 쓸 일은 아니지 않습니까? 앞으로 내가 열어 갈 세상에 그대는 존재하지도 않는 사람일 텐데요."

백작이 말문이 막힌 듯 입을 뻐끔거렸다. 늘 온화하던 이사나가 제게 차가운 경멸을 보낸다는 사실을 믿을 수 없어 하는 듯했다.

"세리크 경."

이사나의 부름에 굳게 닫혀 있던 문이 열리더니, 친위대 대장인 케이가 안으로 들어섰다. 열려 있는 틈으로 밖에서 대기하고 있는 나머지 친위 기사들이 보였다. 그 뒤편에는 백작저의 하인들이 몰려 있었다. 그들 틈 속에 라온휘젠 황태자와 그 일행들의 모습도 볼 수 있었다. 무장한 차림의 케이가 제 앞에 서자 바논 백작이 흠칫 어깨를 떨었다. 다가온 운명을 감지한 자의 절망이 그의 얼굴에 서서히 떠오르기 시작했다. 그 모습을 냉소적으로 내려다본 이사나가 명했다.

"죄인을 끌고 나가세요."

*　　*　　*

바논 백작은 유카르테 대공과 공모해서 황제를 암살하려고 했다는 죄명을 받았다. 다만 남편의 계획을 눈치챈 백작 부인이 사전에 미리 막아낸 덕분에 연좌제는 적용되지 않는 걸로 했다.

후일담을 말하자면, 바논 백작은 지하 감옥에 갇혔다가 나흘 후 자결했다. 정확히는 자결한 게 아니라 자결할 수밖에 없는 상황으로 만들었다. 시벨리우스가 저택의 사념들을 전부 이용해서 그에게 환각 주술을 걸었기 때문이다. 죽은 율리아가 반복해서 그에게 나타나는 주술을. 밤낮에 관계없이 수시로 악몽에 시달리게 만들었다. 그 아이가 당한 고통과 절망만큼, 충분히 절감하고 시달릴 수 있도록.

그가 죽고 난 후 작위는 황제의 명에 따라 장녀인 멜리나에게 돌아갔다. 보통 여성은 작위를 받아도 임시적인 권한만 지닐 뿐, 남편이나 아들에게 넘겨주게 되어 있었다. 작위와 영토가 온전히 정식으로 여성에게 부여된 건 스왈트 제국 역사상 이번이 최초였다. 그것도 하급 작위도 아니고 백작 작위였다. 귀족 세계가 들썩일 어마어마한 파장이 예상됐지만 이사나는 전혀 신경 쓰지 않았다. 나중에 언뜻 들어보니 예전부터 생각해 두고 있었던 일이었다고 했다. 아마 클모어의 카웰 공작에게 문제가 생겼을 때, 혼자 동분서주하던 에이프릴을 보면서 느낀 바가 있었던 듯했다. 분명한 건 개혁의 바람이 불어오고 있다는 것이었다.

"이사나 황제 폐하, 보기보다 강단 있으신 분이네요."

그리고 그날 이후로 왠지 아셀은 시종일관 들뜬 얼굴을 하고 다녔다. 이전만큼 이사나를 똑바로 바라보지도 못했고, 눈이 마주치면 수줍게 볼을 붉혔다. 알고 보니 그는 점성술과 천문학 외에도 아카데미에서 제도법을 공부하고 있었다는 듯했다. 돌아가신 부모님은 학자였는데, 어머니 쪽이 더 학업에서 뛰어난 성취를 이뤘는데도 공로를 인정받지 못했던 것 같았다. 그 결과에 위화감을 느낀 것을 계기로 아셀은 평소 여성들의 사회 진출에 큰 관심을 갖고 있었다고 했다. 물론 카터스 제국도 스왈트 제국만큼이나 남성 위주의 사회라 부딪치는 벽이 많았다. 한 번은 여성도 남성과 동등한 작위 계승권을 가져야 한다고 주장하는 논문을 발표한 적이 있었는데, 학우들 앞에서 조롱을 받았다고. 그때 그가 쓰린 속을 삼키며 물러나야 했던 일을 이사나가 거리낌 없이 실행해 버린 거다. 그의 입장에선 이사나가 동경의 대상이 될 만도 했다.

"알리사 님이 이사나 폐하께 끌리는 이유를 알 것만 같습니다."

헤실헤실 웃는 그는 알리사가 자신을 견제하는 눈으로 보기 시작했다는 건 전혀 눈치채지 못한 것 같았다. 더불어 라온휘젠 황태자의 눈빛이 묘해지고 있다는 것도. 왠지 삼파전을 넘어 사파전으로까지 넘어갈 것 같다고 예상되는 건 내 착각만이 아니겠지. 장차 저들이 이룰 관계도가 무서워지기 시작했다.

한편 그 상황과는 별개로 시벨리우스와 아셀의 주술 수업은 순조롭게 진행되고 있었다. 꾸준히 훈련을 거듭한 결과, 아셀은 환각을 완전히 다스리지는 못해도 환후만큼은 자신이 감당할 수 있는 선까지 제어할 수 있게 됐다.

"이제 대충 기본 형태는 잡혔네."

수업이 시작된 이후 처음으로 내려진 긍정적인 평가에 아셀의 얼굴이 환해졌다.

"오늘은 여기까지 하자. 피곤해."

"예, 고생 많으셨습니다. 오늘도 가르침에 감사드립니다."

꾸벅 고개를 숙이는 아셀을, 시벨리우스가 잠시 응시하다가 고개를 돌렸다. 내색하진 않아도 쑥스러워하는 게 분명했다. 나는 피식 웃어준 다음 아셀을 돌아보았다.

“수고했어요, 아셀.”

“아닙니다. 엘 님. 저어, 그런데 한 가지 묻고 싶은 게 있는데요.”

“뭔데요?”

“새로 합류한 까만 머리 소년과 그의 부하라고 하는 남자 말입니다. 마족 맞지요?”

“아아, 네. 맞아요.”

그러고 보니 아셀에게 그 둘을 정식으로 소개한 적은 없었다. 숨길 일은 아니라는 생각에 고개를 끄덕이자 아셀의 얼굴이 핼쑥해졌다.

“그…… 괜찮습니까?”

“마족이라 무서워서 그래요? 둘 다 좋은 사람들이에요. 걱정하지 않아도 돼요.”

“아니, 그게 아니라…… 시벨 님 말입니다. 유니콘은 마족과 적대적인 관계 아닙니까?”

“그런 것도 알아?”

관심 없는 태도를 유지하던 시벨리우스가 그를 돌아보았다. 아셀은 머뭇거리며 뺨을 긁었다.

“그냥 그랬다고 들었던 것 같아서요.”

“흐응, 그건 유니콘 일족이 이 땅에서 머물 때도 널리 알려진 부분은 아니었는데. 의외네.”

“그럼 그게 정말이었군요? 실은 유니콘에 대해 기록한 자료들은 전부 조사해 봤었거든요. 거기서 한 줄 정도로 언급되어 있었던 내용인데 왠지 잊히지 않더라고요. 실제로 시조님이 마족에게 돌아가셨다는 말을 듣기도 했고요."

"……뭐?"

마지막 말은 생각지 못했던 거라 나와 시벨리우스가 동시에 아셀을 바라봤다. 한꺼번에 쏟아지는 눈길에 당황한 듯 그의 눈이 동그래졌다.

"죽었다고? 마족한테?"

"저, 정확한 건 아닙니다. 저도 그냥 그렇다는 일화만 들은 것이라…… 시조님의 마지막이 어떠했는지 정확히 기록된 건 없습니다. 그분이 돌아가셨다는 사실만 확인되었을 뿐이거든요."

"……그래."

시벨리우스가 천천히 고개를 끄덕였다. 어느새 놀람을 다스렸는지 언제나와 같이 무심한 표정으로 돌아와 있었다. 하지만 나는 그가 꽤 동요한 상태라는 사실을 알 수 있었다. 죽음의 경위보다는, 죽음 그 자체에 당혹감을 느끼고 있는 것 같았다.

"그렇군. 형님은 이미 죽었구나."

혼잣말에 가까운 목소리로 그가 중얼거렸다. 아셀의 시조라는 말에 당연히 이승엔 없는 존재라고 생각했는데, 생각해 보면 유니콘은 수명이 긴 일족이었다. 시벨리우스는 어딘가에서 그가 살아 있을 거라고 생각했었던 것 같았다. 왠지 기운이 빠진 듯한 뒷모습이 안쓰러워서 나는 그의 어깨에 손을 짚었다. 멍하니 돌아보던 얼굴이 나를 확인하고 흐린 웃음을 머금었다.

지워진 지난 4천 년의 세월에서, 그가 잃은 것이 하나 더해졌다. 그게 가슴 아파서 나는 입술을 악물었다. 생각에 잠긴 시벨리우스의 모습 위에 세르피스의 사체를 쓸쓸하게 내려다보던 데르온의 모습이 겹쳐졌다. 언젠가는 그 위에 내 모습도 겹쳐지게 되지 않을까. 소중한 것이 늘어날수록 무섭다. 앞으로는 잃어갈 일만 남은 것 같아서. 내가 그걸 의연하게 감당할 수 있을지도 잘 모르겠다.

그래서 나는 시벨리우스를 꽉 끌어안았다. 놀란 듯 움찔거리던 그가 내 등을 가만히 토닥이기 시작했다. 위로하는 사람과 받는 사람이 뒤바뀐 기분이었지만 곧 그런 건 아무런 의미가 없게 됐다. 마침 방에 들어오던 아스가 우리를 발견하고 그대로 뛰어들었기 때문이다.

"아스도! 아스도 안아줘! 아스도오!"

"야, 이 자식! 갑자기 이게 무슨 짓이야!"

갑자기 덮쳐드는 향해 아스를 향해 시벨리우스가 버럭 소리를 질렀다. 하지만 덮친 건 아스만이 아니었다. 이사나와 알리사도 같이 들어오던 중이었는지 우르르 달려와 체중을 실었다. 단숨에 감당할 무게가 는 시벨리우스가 앓는 소리를 내질렀다. 왁왁거리며 정신없는 틈에 내 뒤쪽에서도 뭔가 더해지는 감각이 들었다. 고개를 들었더니 어느새 데르온이 조신하게 내 등에 몸을 기대고 있었다. 나와 눈이 마주치자 그가 빙긋 웃었다. 나도 모르게 헛웃음이 흘러 나갔다.

"잘들 논다."

침대에 누워있던 라피스가 투덜거리는 소리가 들렸다. 나는 사방 가득 울려 퍼지는 웃음소리에 흠뻑 빠져들었다. 아마 이 순간은 언제 다시 기억해도 즐거우리라. 지금은 그걸로 충분하다는 생각이 들었다.

『정령왕 엘퀴네스』 11권에서 계속

외전:
전하지 못한 이야기

1.

"……해서, 저희는 신계 복귀를 희망하는 바입니다."

짙은 음영이 드리워진 공간. 수 개의 촛불만이 태워지고 있는 어두운 방 안에 십여 명의 사람들이 둘러앉아 있었다. 그들 앞 가장 상석엔 은발의 남자가 앉아 있는 상태였다. 대충 묶은 듯한 곱슬머리, 왼쪽보다 오른쪽을 더 많이 덮어 내린 머리카락이 그의 갸름한 얼굴 선 위에서 살랑거렸다. 백옥처럼 창백한 피부 위에 선연한 푸른색 눈동자가 돋보이는 수려한 미인이었다. 그가 심각한 얼굴로 자신의 턱을 쓸었다.

"신계 복귀라……. 알아보긴 하겠지만 절차가 복잡할 거라 어떨지 모르겠군. 너희들은 이미 중간계에 속하게 된 지 너무 오래됐어. 그동안 성향도 많이 변했고."

"하지만 저희는 본래 신계에 적을 둔 일족입니다."

"그거야 그렇지. 하지만 신계에 왜 굳이 돌아오려고 해? 너희들은 여기서만 살아서 잘 모르나 본데, 신계는 굉장히 단조로운 곳이야. 중간계가 더 재밌는 일이 많아. 너희 선조들은 중간계에서 살고 싶어서 날 얼마나 괴롭혔다고."

"저희는…… 선조들과 다릅니다. 저희는 늘 당신이 그립습니다. 당신 곁에 있고 싶습니다."

"흐음. 맹목적으로 날 따르는 모습이 꼭 병아리 같아서 귀엽기야 하지만 말이지……."

은발의 남자가 짓궂게 웃었다. 안에 있는 사람들 중에선 어디를 봐도 은발의 남자가 가장 어렸다. 그럼에도 그렇게 말하는 것이 이상하기는커녕 잘 어울린다는 느낌이었다. 듣고 있는 사람들도 불쾌해하기보다 오히려 감격한 표정을 지었다.

"아."

고심하던 은발의 남자가 문득 고개를 들었다.

"나를 찾는군. 이만 돌아가야겠어."

"예? 벌써요?"

"요즘 이쪽이 좀 바쁘거든. 섀넌이 일거리를 몰아줘서……. 하아, 어쨌든 이 이야기는 다음에 다시 하도록 하자. 신계 복귀가 확정되면 다시 물릴 수 없다는 건 알지? 쉽게 결정할 일은 아니니까 조금 더 심사숙고해 둬."

남자가 떠난다는 말에 둘러싼 사람들이 아쉬운 표정을 지었다. 은발의 남자는 어린아이들을 대하듯, 그런 그들의 머리를 가볍게 쓰다듬었다.

"그럼 다음에 또 보자고."

가벼운 인사를 마지막으로 멀쩡하게 웃고 있던 남자의 고개가 갑자기 푹 꺼졌다. 마치 실신한 것처럼 그 자리에서 의식이 날아간 것 같았다. 그러나 지켜보는 자들 중 누구도 그 모습을 보며 당황하지 않았다. 곧 그가 아무렇지 않게 눈을 뜰 것을 알고 있었기 때문이었다.

예상대로 오래 지나지 않아 떨궈졌던 고개가 다시 세워졌다. 천천히 깜빡거리던 푸른색 눈동자에 서서히 초점이 잡혀 갔다. 잠시간 창백해졌던 얼굴에도 다시 활기가 돌기 시작했다. 하지만 눈을 뜬 그는 조금 전과는 확연히 다른 분위기를 풍겼다. 압도하는 듯한 위압감과 어른스러움이 사라지고 그 나이 대에 걸맞은 청년의 느낌으로 돌아왔다. 얼굴만 같은 다른 사람이라고 해도 믿을 정도였다. 그리고 실제로도 다른 사람이었다. 그때까지 가만히 지켜보고 있던 사람들 중에서 이미 대기하고 있던 한 남자가 그에게 마실 것을 내밀었다.

"수고하셨습니다. 어서 오십시오, 룬."

"……."

내내 함께 있던 사람에게 건네는 인사로는 적합하지 않았지만 지금 이 순간엔 그보다 더 어울리는 말이 없었다. 은발의 남자는 떠나 있다가 돌아온 셈이나 마찬가지였으니까. 정확히는 밀려나 있던 거지만. 그러니까, 이 육체의 원래 주인이 말이다.

은발의 남자는 지끈거리는 머리를 가만히 쓸어 넘겼다. 접신이 풀린 직후엔 머리가 깨질 듯이 아파서 아무 생각도 떠오르지 않았다. 심할 땐 헛구역질도 치밀었는데, 다행히 이번엔 머문 시간이 짧아서 그런지 그 정도까진 아닌 듯했다. 그는 지친 얼굴로 한숨을 내쉬다가 내밀어진 음료를 받아들였다. 단숨에 액체를 넘기자 두통이 점차 잦아들었다. 그는 비워진 잔을 물리며 다시 한숨을 내쉬었다. 잠깐 사이 솟아 나온 식은땀에 온몸이 푹 젖어서 찝찝했다.

"……다녀왔어."

정말이지 언제 해도 피곤한 경험이었다.

*　　*　　*

유니콘 일족에게 '룬'은 매우 특별한 존재다. 정의와 분별의 신 루세프의 천마, 날개를 가진 유니콘. 일족의 지주이자 상징이며 길잡이이자 제사장. 수많은 특별한 칭호가 부여되는 그 영광스러운 자리에 리글레오가 오르게 된 지도 어느덧 이백 년이란 시간이 흘렀다.

역대 가장 뛰어난 룬으로 평가받고 있는 그는, 동시에 가장 어린 룬이기도 했다. 그는 갓 성인이 되자마자 룬을 계승했다. 대부분의 룬들이 장년기에 자리를 계승했다는 점을 생각하면 지극히 이른 시기였다. 실제로 아무도 예상하지 못한 일이기도 했다. 리글레오가 성인식을 치렀을 때, 그의 아버지이자 선대 룬이었던 남자는 한창 정정한 나이였으며 건강에도 아무런 이상이 없었다. 그런데 그런 그가 예고도 없이 돌연 사망했다. 리글레오는 어느 날 갑자기, 아무런 마음의 준비도 하지 못한 상태로 느닷없이 룬이 되어야 했다. 그날은 동시에 그의 어머니가 숨을 거둔 날이었으며…… 남동생인 시벨리우스가 태어난 날이기도 했다.

"형님!"

"오냐."

해맑게 웃으며 달려와 안기는 자신과 꼭 닮은 은발의 아이를, 리글레오는 가뿐하게 안아 들었다. 아이 특유의 높은 체온이 전해지자 중화제를 마셨음에도 여전히 지끈거리던 머리가 조금은 맑아지는 것 같았다. 그는 뽀얗고 발그레한 아이의 뺨에 입 맞췄다.

"잘 놀고 있었냐, 내 꼬마?"

"네, 형님! 루세프 님이 다녀가셨다고 들었어요. 접신하면 굉장히 힘들다고 하던데 몸은 좀 괜찮으세요?"

"역시 날 걱정해 주는 건 내 꼬마뿐이구나."

"하하핫! 형님, 간지러워요!"

연거푸 쏟아지는 입맞춤에 아이가 까르르 웃었다. 그 웃음소리를 들으니 버석거리던 마음이 조금은 편안해졌다. 그에게 시벨리우스는 그저 동생이 아니라 아들 같은 존재였다. 손수 먹이고 업어가며 키운 내 꼬마. 내 아이. 무엇을 줘도 아깝지 않은 내 귀여운 시벨리우스.

그러나 아이의 사랑스러움을 확인할 때마다, 습관적으로 떠난 부모를 떠올리게 되는 것도 어쩔 수 없었다. 오늘처럼 지치고 힘든 날엔 더욱 그렇다. 리글레오는 일그러지는 얼굴을 감추기 위해 아이를 더욱 꽉 끌어안았다.

"형님? 정말 괜찮으세요?"

"……그럼. 당연히 괜찮지."

의아하게 바라보는 말간 눈길에 그는 오늘도 웃었다. 벌써 몇 번째 반복되는지 알 수 없는 거짓말을 가슴 속으로 삭인 채.

선대 룬과 그의 아내는 한날한시에 태어나 같이 자란 특별한 인연이었다. 무엇을 하건 늘 함께하다 보니 자연스럽게 연인이 되었고, 그 인연이 부부의 연으로까지 이어졌다. 서로를 자신만큼이나 이해하고 아끼는 부부, 그들 사이에서 태어난 축복받은 아들. 장성한 첫 아이가 성인이 되고 둘째가 생길 때까지, 그들 가족은 완벽하게 행복했다.

그러나 둘째 아이를 낳던 아내가 산고를 이기지 못하고 숨을 거두게 되면서, 그 행복은 갑작스러운 종말을 맞이했다. 유니콘은 성혼 전까지는 자유로운 연애를 즐기지만, 반려를 맞이하면 일평생 그 곁에 정착하며 그만을 사랑하는 일족이었다. 죽는 순간까지 그 감정이 식지도, 변하지도 않았다. 신계에서 로맨틱하다고 부러움을 사는 그 본성은, 그러나 때때로 안타까운 비극으로 이어지기도 했다. 어느 한쪽이 먼저 죽는 경우 남겨진 자까지 상실감을 견디지 못하고 목숨을 끊는 일이 생겼기 때문이다.

선대 룬이 바로 그런 경우였다. 아내의 죽음을 견디지 못한 그는 바로 그날 스스로 영면에 드는 것을 택했다. 충동적인 결정이었고, 순식간에 벌어진 일이라 아무도 그를 말리지 못했다. 그렇게 그는 먼저 떠난 아내 곁을 곧바로 따라갔다. 시작과 마지막 날을 함께한, 정말로 운명과도 같은 연인이었다. 그러나 일족의 룬이자 아버지로서는 무책임했다. 리글레오는 갓 태어난 남동생과 함께 남겨졌다.

—네 동생과 일족을 잘 부탁한다.

너무 서둘러 숨을 끊은 탓에, 선대 룬이 유언을 남긴 건 이미 그가 육체에서 떠나 혼이 된 상태에서였다. 싸늘하게 식어 가는 아버지의 시신 앞에서, 그 혼이 남기는 마지막 말을 들으며 리글레오가 할 수 있는 일은 멍하니 고개를 끄덕이는 것, 그 하나밖에 없었다. 그리고 그 순간의 결정은 그대로 족쇄가 되어 그의 목을 단단히 채웠다. 빌어먹도록 질기고, 갑갑하리만치 숨 막히는 족쇄였다.

"……그때 싫다고 말했어야 했어."

입 안 가득 차오른 담배 연기를 내뿜으며, 리글레오는 긴 한숨을 내쉬었다. 물론 그렇게 말했다 해서 결과가 달라지지는 않았을 거다. 그는 거부권이 없는 룬의 핏줄이었으니까. 태어날 때부터 특별한 혈통. 일족을 위해 태어나고, 일족을 위해 살아야 하는 게 너무도 당연한 존재였다. 비록 본인이 그 혈통을 원하지 않았다 해도.

동생인 시벨리우스가 있다곤 하지만 너무 어렸다. 싫어도 자신이 맡았어야 하는 자리라는 건 누구보다 잘 알고 있었다. 하지만 그래도. 조금이나마 불만을 표출했다면 지금보다는 숨쉬기가 편하지 않았을까. 적어도 지금보다는 버겁지 않을 것 같았다. 그 순간 너무 당황한 나머지 한마디 원망 없이 아버지를 편하게 보냈던 게 두고두고 후회됐다. 남들은 좋은 기억을 주지 못한 걸 후회하는데, 그는 오히려 반대였다. 사실 처음부터 그랬던 건 아니었다. 그러나 떠난 부모를 애틋해하고 그리워만 하기엔 지금 그가 감당해야 하는 일들이 너무 무겁고 고통스러웠다.

제사장인 룬의 역할은 신을 몸에 받아내는 것이다. 접신은 체력 소모가 매우 크고, 정신력도 많이 필요했다. 때문에 보통은 힘이 완벽하게 안정되는 장년기부터 감당하는 편이었다. 하지만 리글레오는 지금 청년기에 막 진입한 상태였다.

루세프와의 교류를 원하는 일족들은 어린 룬이라고 해서 사정을 봐주지 않았다. 능력이 부실하다면 그나마 강제로 쉬기라도 할 텐데, 그는 쓸데없이 유능했다. 숨길 수도 없이 이미 날 때부터 그릇이 남다르다는 평가를 받은 몸이었다. 그의 아버지도 이렇게 될 거라는 건 예측하고 있었을 거다. 선대에게 한 톨만 한 양심이 있었다면 그런 식으로 목숨을 버려선 안 되는 거였다. 심지어 그 와중에 젖도 못 뗀 핏덩이까지 떠맡겼다. 그 아이가 지친 일상에 조금이나마 숨통이 되어 준다는 사실과는 별개로, 리글레오 입장에선 이가 갈릴 수밖에 없었다.

"룬, 담배는 영력에 해롭습니다."

타들어 가는 속을 달래려 담배만 뻑뻑 피워대는데, 뒤에서부터 손이 나타나 거두어 갔다. 갑자기 허전해지는 입술을 느낀 리글레오가 눈살을 살짝 찌푸리며 돌아보았다. 언제 나타났는지 연한 다홍색 머리칼을 지닌 남자가 서 있었다. 접신을 끝마친 그에게 속을 가라앉히는 중화제를 준비해 주었던 남자이기도 했다.

장로 아르단. 리글레오는 그의 정체를 속으로 곱씹었다. 룬이 일족의 정신적 지주라면, 장로인 그는 마을을 실제적으로 통치하는 존재였다. 겉모습은 말끔한 청년처럼 보이지만 실상은 성혼을 앞둔 딸까지 있는 중년으로, 선대 룬보다도 나이가 많았다.

"오늘도 수고가 많으셨습니다. 많이 지치셨지요?"

달가운 상대가 아니다 보니 건네는 인사조차 받을 기분이 아니었다. 말은 이렇게 해도 그에게 가장 접신을 강요하는 게 바로 그였다. 리글레오는 그 뻔한 위로에 답하는 대신 다른 걸 물었다. 오늘 접신 중에 내내 다뤄졌던 안건을.

"신계로 굳이 돌아가야겠어? 이곳 생활도 나쁘지 않잖아."

"룬도 아시잖습니까. 저희 일족은 중간계와 어울리지 않습니다."

"그래도……."

"신계로 가시면 룬도 지금처럼 접신을 안 하셔도 됩니다. 좋은 일이잖습니까?"

"……."

그건 확실히 좋은 일이긴 했다. 그때가 되면 본래 지니고 있던 천마로서의 역할이 새로 부여될 가능성이 매우 높긴 하지만. 적어도 접신보다 괴롭진 않을 터였다. 그러나 신계보다 중간계가 더 재밌을 거라는 루세프의 말에도 동의하고 있었다. 리글레오는 복잡한 마음을 삼키며 한숨을 내쉬었다.

"시벨 님은 조금 전에 잠드셨습니다. 시각이 늦었으니 룬께서도 이만 침상에 드시는 게 어떠십니까?"

"내가 알아서 할게."

"그렇게 말씀하시면서 벌써 열흘째 잠들지 않으셨잖습니까. 그러다 몸 상하십니다."

"별로."

"잠이 오지 않으시면 찬가라도 불러드릴까요? 제 노래 들으시는 거 좋아하시잖습니까."

달래듯이 물어오는 말은 다정했지만 리글레오는 오히려 얼굴을 더 찌푸렸다. 그는 아파 오는 미간을 꾹꾹 문질렀다.

"내가 네 찬가를 좋아한다고."

"제가 찬가를 부를 때마다 늘 더 불러보라고 재촉하시잖습니까."

"……아르단."

"예, 룬."

"난 루세프가 아냐."

"……."

"그걸 착각하지 마."

찬가를 좋아하는 건 그에게 깃들어 있을 때의 루세프다. 리글레오는 오히려 싫어하는 쪽이었다. 접신 중에는 강제로 묶여 있는 처지라 꼼짝없이 함께 듣긴 하지만. 그때마다 끔찍하게 싫어서 진저리쳤다. 그런 리글레오가 재밌어서 루세프가 더 찬가를 재촉한다는 건 아르단만 모르고 있는 사실이었다.

"당연한 말씀을요, 룬."

아르단의 눈빛이 번들거렸다가 곧 언제 그랬냐는 듯이 잠잠해졌다. 아무렇지 않게 여상하게 웃는 그의 얼굴을 리글레오는 복잡한 표정으로 응시했다가 곧 시선을 돌렸다. 말과는 다르게 그가 하나도 납득하지 못했다는 건 알고 있었다. 유니콘들은 대체로 그들의 창조주인 루세프의 열렬한 신도였고, 유일한 루세프와의 접점인 룬에게 집착했다. 현 장로인 아르단은 그중에서도 증상이 유독 심한 편이었다. 그는 룬을 소중하게 여기는 정도를 넘어 마치 루세프 본인인 것처럼 숭배했다. 하다못해 선대 룬이 있었을 땐 그의 아내까지 질시할 정도였다. 고귀한 룬 일가에 룬의 핏줄이 아닌 존재가 속해 있단 이유에서였다.

그 비정상적인 애정엔 선대 룬도 혀를 내둘렀었다. 그가 쉽게 세상과의 작별을 택한 건 아르단의 집착에 질린 탓도 있지 않았을까 싶다. 당시엔 생각하지 못했던 일이었는데 지금 보니 가능성이 매우 농후했다.

"아참. 당분간은 뵈러 오지 못할 것 같습니다. 리아의 성혼식 준비 때문에 바빠질 예정이라서요."

"아아. 식이 언제랬지?"

"한 달 후입니다. 글렌 님께서도 어서 성혼하셔야 할 텐데요."

이번엔 내 아내도 질투하려고? 리글레오는 튀어나오려는 빈정거림을 익숙하게 제어하면서 피식 웃었다.

"난 아직 생각 없어."

"그런 말씀 마십시오. 어서 후사를 보셔야지요. 혈통을 이은 후계자를 만드시는 건 룬의 의무이기도 합니다."

"안 하겠다는 게 아냐. 당장 생각이 없을 뿐이야. 그리고 후계라면 시벨도 있잖아. 그 앤 나만큼이나 큰 그릇을 가지고 있어. 룬이 되기에 충분한 자질이야. 오히려 내가 다른 후계를 만들면 서로 부딪치게 될지도 몰라."

"그거야 그렇긴 합니다만."

"알았으면 재촉하지 마."

이럴 땐 동생이 있다는 게 얼마나 다행인지 몰랐다. 그가 없었다면 그는 지금보다 더한 성혼 압박에 시달려야 했을 거다. 리글레오는 안도하는 한편으로 새삼 자신의 신세를 한탄했다. 일족을 위한 대리신 역할로도 모자라 종마 신세라니. 누가 룬이 고귀한 존재라고 했던가. 그가 생각하기엔 아무리 봐도 기구하기만 한 혈통이었다.

"저는 룬이 너무 젊으셔서 걱정입니다. 행여나 허튼 꿈에 시선을 빼앗기실까 봐."

"……그게 무슨 소리야?"

"혈기가 넘치는 시기의 젊은 유니콘들은 곧잘 다른 종족들에게 홀리곤 하지요. 특히 인족에게 말입니다. 저도 그 기분은 이해합니다. 그들의 삶은 짧은 만큼 화려하고 싱그러우니까요. 저희들에게는 굉장히 자극적이죠."

속이 뜨끔해졌다. 얼마 전부터 그가 산책을 틈타 인간 마을 쪽을 구경 다니는 걸 알아차린 게 분명했다. 귀신같은 영감 같으니. 아무튼 일탈 행위는 조금도 봐주질 않지. 리글레오는 속으로 욕하면서도 겉으로는 담담한 표정을 유지했다. 여기서 불쾌함을 내색하면 더욱 물고 늘어질 터였다. 아르단이 몸을 굽혀 그의 귀 가까이에서 말했다.

"하지만 글렌 님. 룬은 결코 이종족과 혼인할 수 없습니다. 그게 누구라도 말입니다."

그건 경고와 같았다. 리글레오는 쯧 하고 혀를 찼다. 그냥 구경하는 게 즐거운 것뿐이다. 혼인은커녕 누군가와 연애할 예정도 없는데 벌써부터 단속하고 들어오는 아르단의 행보가 달갑지 않았다.

"룬의 피가 다른 종족에게 넘어가면 안 된다는 것 정도는 나도 알고 있어. 그렇게 강조하지 않아도."

"정말이십니까?"

"내가 설령 미쳐서 이종족과 혼인하겠다고 설치면, 스스로 룬의 힘을 폐할게. 그러면 됐어?"

"훌륭한 결단이십니다."

룬의 힘을 폐하면 고통은 둘째치고 죽을 수도 있다. 결국 목숨을 걸겠다는 의미와 같았다. 아르단이 흡족한 얼굴로 웃었고, 리글레오의 표정은 더 구겨졌다.

정말 지긋지긋한 일상이었다.

2.

리글레오가 소녀와 만나게 된 건 우연이었다. 평소처럼 몰래 마을을 빠져나온 날, 그는 후드 하나만을 눌러쓴 채 가까운 인간들의 거주지를 향했다. 평소 조용하고 평화롭던 마을이 그날따라 온통 시끌벅적했다. 분수 하나만 있던 광장에 좌판이 즐비하게 늘어서고, 지붕과 기둥마다 색색이 꽃과 장식들이 달렸다. 밤이 되자 한껏 꾸미고 나온 인간들이 모닥불 앞에서 짝을 지어 춤췄다. 몇 년 만에 한 번씩 열린다는 축제라는 것 같았다.

인간들의 축제는 매우 활기차기 때문에 유니콘 일족도 반기는 행사였다. 이미 위장한 유니콘들이 인간들 틈에 끼어 축제를 즐기고 있었다. 리글레오는 축제에 직접 참여할 생각까진 없었지만, 구경하는 게 즐거워서 주위를 배회했다.

"꺄악!"

어디선가 울려 퍼지는 비명 소리를 듣기 전까지는.

화사한 축제와는 어울리지 않는 비명이었다. 마음에 걸려서 훌쩍 찾아가 보았더니 한 소녀가 무언가에 쫓기고 있었다. 기괴하게 비틀린 거대 그림자 도마뱀 같은 거였다. 리글레오는 한눈에 그 정체를 알아보았다. 사념으로 형성된 요괴였다. 아마도 어느 하급 신이 질 나쁜 장난을 친 모양이었다. 잠시 어쩔까 했지만 고민은 오래가지 않았다. 모처럼 즐거운 축제가 열렸는데 누군가 다치거나 죽는다면 금방 끝나버릴 것이다. 리글레오는 소녀를 구하기로 결심했다. 훌쩍 뛰어내리자 한창 도망치던 소녀가 그를 발견하고 눈을 크게 떴다. "살려주세요!" 도움을 요청하기도 전에 리글레오가 움직이는 것이 더 빨랐다.

"델라스. 스코디."

품에서 꺼내든 빈 종이에 주술문을 적고 정화식을 외우자 요괴의 몸이 바로 포박당했다. 요괴가 내뱉는 기괴한 울음소리가 머리를 울리는 듯했다. 하지만 그 순간은 잠시였다.

"멸(滅)!"

파앙! 마지막 명령문과 함께 비틀리던 요괴의 몸이 산산조각이나 찢겨나갔다. 생각보다 쉽게 죽는 걸 보아 별거 아닌 하급 요괴였다. 리글레오는 가볍게 손을 털어낸 다음 눈앞에서 주저앉아 있는 소녀를 힐끔 바라보았다.

"괜찮아?"

"네, 네에."

방금 전 일어난 일이 믿기지 않은 듯 소녀의 얼굴은 넋이 나가 있었다. 리글레오가 손을 내밀었고, 소녀는 주저하다가 그 손을 잡았다.

"고, 고맙습니다."

"인사는 됐어. 이상한 주술이나 미신을 행한 곳엔 가지 마. 저런 게 또 나올지도 모르니까."

주의를 주자 소녀는 고개를 끄덕였다. 여전히 멍한 얼굴을 봐선 그냥 반사적인 행동 같았다. 이래서 집에 잘 들어갈 수 있으려나? 리글레오는 잠시 혀를 찬 후에 몸을 돌렸다. 어쨌건 구해 줬으니 나머지는 알아서 할 일이었다.

"저기요!"

그런데 돌아서서 가려는 그를 소녀가 다시 붙잡았다. 망토에 가해지는 힘에 그는 얼결에 멈춰 섰다. 의아해져서 돌아보니 소녀의 붉어진 얼굴이 들어왔다. 충격이 가시고 나니 이제야 정신이 든 것 같았다.

"보답하고 싶어요!"

"보답 안 해도 되는데. 그런 거 바라고 도운 거 아냐."

"그래도 그럴 순 없어요. 이름이 어떻게 되세요? 전 유엘이라고 해요."

아무리 괜찮다고 말해도 소녀는 막무가내였다. 어떻게든 보답을 하고야 말겠다는 의지에 리글레오는 두 손 두 발을 다 들었다. 그래도 그런 억지가 기분 나쁘진 않았다. 아마도 그녀가 꽤 귀엽게 생긴 편이기 때문일 거라고, 리글레오는 어렵지 않게 추측했다. 미인에게 관대한 건 유니콘의 본성이다. 무엇보다 순수하게 웃는 얼굴이 그의 동생인 시벨리우스를 떠올리게 했다. 후각을 가득 채우는, 그녀에게서 풍기는 꽃향기도 마음에 들었다. 그래서 자기도 모르게 대답했다.

"……리글레오."

"리글레오 님이군요."

"그냥 글렌이라고 불러."

측근이 아닌 누군가에게 애칭을 허락한 건 처음이었다. 소녀, 유엘은 도움을 받은 보답으로 리글레오를 축제의 야시장에 데려갔다. 다양한 먹거리 구경과 볼거리를 함께하는 동안 두 사람은 금세 친구가 됐다. 그의 일생에 처음으로 생긴 친구였다.

"요즘 기분이 좋아 보이시는군요."

아르단이 건네는 말에 리글레오는 얼굴을 굳혔다. 내가 방금 전 기분이 좋아 보였던가? 조심스럽게 자문을 해 보았다가 답지 않게 콧노래를 흥얼거렸다는 사실을 자각했다. 최근 들어 넋을 놓는 일이 많아졌다. 그는 가볍게 고개를 흔들었다. 아르단이 묘한 시선을 보내왔다.

"무슨 좋은 일이라도 있으십니까?"

"……음."

인간과 친구가 됐다고 하면 눈초리가 사나워질 거다. 심지어 여인이라고 하면 쓸데없는 오해까지 살 수 있었다. 유엘은 이미 정혼자가 있었고, 곧 혼인해서 다른 마을로 영영 떠나버릴 몸이었다. 꽤 멀리 있는 마을이었기 때문에 리글레오가 거기까지 찾아갈 수는 없었다. 말하자면 이렇게 어울릴 수 있는 시기도 한철인 셈이었다. 하지만 그런 걸 설명해 봤자 아르단에게 통할 리가 없었다. 그는 룬이 인간 여인과 어울린다는 사실만으로도 기겁하고도 남을 위인이었다.

"뭐, 가끔은 그럴 때도 있는 거지."

그래서 그는 모르는 척 넘겼다. 다행히 아르단도 그 이상 파고들거나 추궁하려고 하지 않았다. 너무 집요하게 굴면 리글레오가 불쾌해한다는 걸 파악했기 때문일 거다.

그래서 방심했다.

사방 가득 신음과 비명소리가 울려 퍼지고 있었다. 어딜 가도 붉기만 한 광경을 리글레오는 멍하니 응시했다. 뜨거운 공기 속에서 잿더미가 한가득 차올랐다. 보이는 광경마다 시체가 가득했다. 제 발치에도 한 사람이 쓰러져 있었다. 그 얼굴이 바로 어제까지 저를 웃으며 반겨주던 친우라는 걸 알아보는 건 어렵지 않았다. 뻣뻣하게 굳어 있는 몸에서 완전히 멎은 숨을 인지한 순간, 그는 주먹을 꽉 움켜쥐었다.

"……대체 무슨 짓을 한 거야."

"룬의 혈통을 지키려 했을 뿐입니다."

낮은 음성이 등 뒤에서 들려왔다. 분명 자신이 하는 말과 똑같은 구성으로 이뤄진 언어일 텐데, 그 의미가 제대로 와 닿지 않았다. 마족이 하는 말도 이렇게 섬뜩하게 들리지는 않을 것 같았다.

"유엘은 그냥 친구였어."

"남녀 사이란 언제든 통정할 수 있는 법이지요."

"그래서 죽였다고?"

"네."

"마을은 왜 없앴어? 다른 사람들은 상관없잖아."

"또 다른 누가 룬을 홀리려고 할지 어떻게 압니까. 사전에 방지해야지요."

"잃고 난 뒤에는 늦으니까요."

"하……."

헛웃음이 흘러나왔다. 리글레오는 머리를 천천히 쓸어 올렸다. 숨을 쉬는 것이 힘들었다. 자꾸만 눈앞이 흐려지는 것 같았다.

"……그래. 정말 그렇네."

그는 천천히 고개를 들고 주위를 둘러보았다. 사방 가득 불타오르고 있는 마을을. 새카맣게 타들어 간 유엘의 시신을 다시금 내려다보았다. 아름답고 평화로운 마을이었다. 그 속에서 저를 반기던 소녀는 그 마을보다도 더 아름다웠다. 잃고 나니 그 자리가 얼마나 컸는지도 알았다. 단지 친구라고만 생각했었다. 그런데 그

따스한 소녀가 어느새 이렇게까지 자신의 마음을 채우고 있는 줄 몰랐다. 저도 모르고 있던 제 마음을 아르단이 먼저 알아챈 거다.

"잃고 난 뒤에는 완전히 늦어버리는 거야."

이대로 그녀가 혼인을 해서 마을을 떠났다면, 뒤늦게 감정을 깨달았다 해도 행복한 추억으로 남겨둘 수 있었으리라. 그 기억으로도 나는 일생이 평온했을 텐데.

정말 빌어먹을 룬.

지긋지긋한 룬.

리글레오는 입술을 악물었다. 눈앞이 흐려진다 싶더니 후두둑 눈물이 떨어져 내렸다. 룬의 삶은 불만스러웠지만 그럭저럭 견딜 만했다. 권태롭고 지겹고, 접신은 할 때마다 고문을 받는 것처럼 고통스러워도. 가끔은 보람도 있고 성취감도 있었으니까. 다들 나만을 바라보고 나를 의지하니까. 그러니 어쩔 수 없다고 생각했다. 견딜 수 있을 만큼은 견뎌야지. 내가 할 수 있는 일을 하는 걸 자랑스러워해야 한다고. 그렇게 다짐했었다. 하지만 이제는 정말로 넌덜머리가 났다.

"미안해. 난 더 이상 못 해먹겠어."

"글렌 님?"

그 순간 그의 등 뒤에서 날개가 돋아났다. 활짝 펼쳐지는 순백의 날개에 아르단의 얼굴이 굳었다. 그가 무엇을 하려는지 깨달은 것이다.

"잠……!"

우드득! 좌아아악!

찢기는 소리와 함께 붉은 피가 분수처럼 솟아올랐다. 아르단의 눈동자가 부릅떠지는 것과 동시에, 지켜보고 있는 이들의 얼굴이 하얗게 질렸다. 리글레오가 자신의 날개를 생으로 꺾어 뜯어낸 거다. "으아아악!" 사방으로 튀는 핏방울에 사람들이 허겁지겁 물러났다. 꺾인 날개를 응시하는 눈동자에 경악이 차올랐다.

"날개가! 룬의 날개가!"

"아아아아!"

리글레오는 멍한 얼굴로 제게서 물러나는 일족들을 바라보았다. 등이 타들어 가는 듯이 아팠다. 지독하게 고통스러운데, 이상하리만치 그 고통이 와 닿지 않았다. 접신할 때의 감각과 비슷했다. 강제로 혼이 밀려나서, 다른 자가 내 몸을 멋대로 다루는 걸 지켜보는 기분이었다. 조금 떨어진 곳에서 절망에 가득 찬 표정을 짓고 있는 아르단이 보였다. 그 모습을 보니 차라리 후련하기까지 했다.

이제 이 지긋지긋한 삶에서 탈출할 수 있다.

"형님……?"

"……!"

정신을 차린 건 작은 목소리를 들은 순간이었다. 눈을 부릅뜬 리글레오가 고개를 들었다. 작은 아이가 눈물을 가득 머금은 채로 그를 바라보고 있었다. 목숨을 내어줘도 아깝지 않게 여겼던, 사랑하는 그의 꼬마였다. 그 얼굴을 보자 멀게만 느껴지던 현실감이 한순간에 그를 덮쳐들었다.

아.

아아아.

입을 벌리면 비명이 터져 나올 것 같아서, 리글레오는 입술을 악물었다. 그가 비틀거리며 다가서자 아이도 가까이 다가왔다. 울먹이는 얼굴로 아이가 피투성이가 된 형의 몸을 보더니 허리를 꼭 끌어안고 부들부들 떨기 시작했다.

"시벨."

"형님. 흐윽, 형님. 어떡해. 날개가…… 어떡해요. 피가 너무 많이 나요. 아파요? 많이 아파요?"

"……시벨."

"혀, 형님, 어떡해. 어떡하지? 얼른 치료해야 해요. 형님. 피가 멈추지 않아요. 어떡해에……."

"……미안해, 시벨. 정말 미안하다."

돌아가는 상황 따윈 상관없이 오롯이 자신을 염려하기만 바쁜 작은 얼굴에 그는 무너지듯 사과를 건네야 했다. 룬의 자리 따위, 일족 같은 건 아무런 미련이 없었다. 하지만 시벨리우스를 생각하면 그래선 안 되는 거였다. 그걸 누구보다 잘 알고 있었는데도!

"내 동생. 내 사랑하는 꼬마."

나도 결국은 아버지와 똑같은 길을 택했어. 아무것도 준비되지 않은 네게 이 버거운 자리를 떠넘기게 됐구나.

악문 입술 사이로 자꾸만 흐느낌이 흘러 나왔다. 리글레오는 피투성이가 된 손을 들어 아이의 눈을 감겼다. 아직 날개가 완전히 제거되기 전, 마지막 남아 있는 힘을 그 손에 실었다.

미안해, 시벨. 이런 못난 형은 잊어버려.

끔찍한 광경은 아무것도 기억하지 마.

원망하고 미워해 줘. 날 증오하렴. 용서하지 말아줘.

미안하다, 내 꼬마. 미안하다.

다시 손을 떼어내자 의식을 잃은 시벨리우스의 몸이 천천히 무너져 내렸다. 리글레오는 그 몸을 강하게 붙든 채, 작은 어깨를 꽉 끌어안았다. 조용히 숨죽여 흐느끼면서, 마지막이 될지도 모를 포옹을 나눴다.

그날 리글레오는 일족의 곁을 영원히 떠났다.

공식적으로 기록된, 유니콘 일족의 마지막 룬이었다.

3.

후드를 눌러쓴 남자가 지저분하고 오래된 술집 안으로 들어섰다. 가장 구석진 곳에 이르자 먼저 도착한 사람이 술을 주문한 상태로 앉아 있는 것이 보였다. 그 앞에 다가선 남자가 덮고 있던 후드를 거뒀다. 보라색 눈동자가 드러나면서, 짙은 밤하늘 같은 머리카락이 쏟아져 내렸다.

"글렌 님. 잘 지내셨습니까?"

"아렐."

남자를 알아본 리글레오가 부드럽게 웃었다. 아렐이라 불린 남자가 서글픈 미소로 그 인사를 받았다.

"이번이 마지막 인사가 될 것 같습니다. 일족의 신계 복귀가 확정됐습니다."

"아아, 그렇군. 드디어 떠나는구나."

자리에 앉은 아렐은 복잡한 얼굴로 리글레오를 바라보았다. 얼마 전 우연히 마을 밖을 염탐하던 그를 발견하고 말을 걸었던 것을 계기로, 두 사람은 소소한 인연을 이어나가고 있던 중이었다. 힘의 상징이었던 은발과 청안은 그가 룬을 버리면서 사라졌다. 지금 리글레오는 평범한 갈색 머리에 초록색 눈동자를 지닌 청년이었다. 그럼에도 아렐은 그가 마을을 떠난 룬이라는 걸 한눈에 알아보았다. 그는 여전히 아름다웠으며, 여전히 청아한 공기를 풍겼다. 이미 룬이 아닌데도 이런 느낌이니, 룬이었을 때는 정말 대단했을 거다. 아렐에게는 아주 어린 시절의 일이었던지라 기억나는 게 거의 없었다. 그게 못내 아쉽다는 생각이 들었다.

그가 스스로 날개를 꺾은 이후로 많은 것들이 변했다. 리글레오는 루세프가 가장 아끼던 룬이었다. 사랑하는 천마의 타락에 루세프는 크게 상심했다. 그의 타락을 제 아이들이 주도했다는 것에는 더욱 큰 충격을 받았다. 이후 루세프는 아크아돈에 있던 자신의 신전을 모두 회수하고 중간계를 향한 간섭을 완전히 거뒀다. 유니콘 일족들에겐 간간이 천사를 보내는 걸로 교류를 유지했지만 그 관계도 예전 같지는 않았다. 신계의 복귀 허가가 떨어진 데엔 다른 이유가 더 컸다. 그들 일족이 이 땅에서 인간들과 어울릴 수 없는 존재라는 사실을 완전히 인정한 거다. 유니콘이 아니라 인간을 보호하기 위한 조치였다.

"시벨은 어때? 여전히 힘을 개방하지 못했나?"

"예."

"그렇구나. 항상 말하지만 이전에도 시벨 같은 경우가 아주 없던 건 아냐. 가끔 룬의 힘이 늦게 개방되는 경우가 있어. 자질은 충분하니 시간이 해결해 줄 거야. 아, 그래. 신계에 가면 개방될지도 모르겠다."

"저…… 그게……."

"왜?"

"시벨 님은 복귀를 거부하고 중간계에 남는 것을 택했습니다."

"……!"

차마 면목이 없다는 듯 시선을 내리깔고 말하던 리글레오가 처음으로 고개를 들었다. 놀란 그의 얼굴에 아렐이 씁쓸한 미소를 지었다.

“시벨이, 중간계에 남아?”

“예.”

“……그렇구나.”

기뻐하는 것처럼 보이는 건 착각만은 아닐 것이다. 멀리서라도 사랑하는 동생의 모습을 볼 수 있다는 희망 때문일 터였다. 그래서 아렐은 다음 말을 전하기가 조심스러웠다. 하지만 안 할 수도 없었다.

“저어, 그런데 아무래도 상황이 조금 이상합니다. 글렌 님.”

“이상하다니?”

“아르단 님이 시벨 님을 봉인했다는 이야기가 있습니다.”

“……뭐?”

리글레오의 얼굴이 빠르게 굳어졌다. 아렐도 이런 사실을 전하는 게 괴롭기는 마찬가지라 굳은 얼굴이었다.

“저도 정확한 사실을 접한 건 아닙니다. 하지만 시벨 님이 봉인되는 걸 봤다는 일족이 있었습니다. 거짓말을 하는 자가 아니니 사실일 겁니다.”

“……어디에?”

“장소는 정확히 모르고, 매개체가 마신전에 바쳐진 신물이었다고만 들었습니다. 죄송합니다. 제가 알아낼 수 있는 건 거기까지였습니다.”

리글레오는 눈을 감았다. 꽉 움켜쥔 주먹을 본 아렐도 한숨을 내쉬었다.

"알려줘서 고마워. 시벨은 내가 찾아볼게."

"도움이 되어드리지 못해 죄송합니다."

"아냐. 그 아이 소식을 전해 준 것만으로도 고마웠어. 지금도. 내게 해야 할 일을 만들어 줘서 고마워."

담담한 인사에 아렐은 입술을 악물었다.

고작 이런 정보에 감사 인사를 받는 게 민망했다. 아무것도 알아내지도, 막아내지도 못한 자신의 무력함에 치가 떨렸다.

제가 유니콘이라는, 평생 긍지로 여겨 왔던 사실이 이 순간엔 부끄러워서 견딜 수 없었다. 룬은 루세프의 축복을 받은 가장 완벽한 유니콘이었다. 일족의 지표이자 상징이었다. 그런 룬들이 일족의 이기심에 휘말려 도구처럼 쓰이고 쓰레기처럼 버려졌다. 룬을 잃고 돌아온 자신들을 루세프가 어떤 눈으로 바라볼지 두려웠다. 그리고 이런 순간에조차 자신의 안위부터 염려하는 제 모습에 참담한 기분이 들었다. 결국 자신도 이기적인 일족들과 똑같은 자였다.

"죄송……죄송합니다. 정말 죄송합니다."

고개를 숙인 채 눈물을 뚝뚝 흘리기 시작하는 아렐의 등을 부드러운 손길이 쓸었다. 리글레오가 어쩔 수 없다는 듯이 그를 끌어안고 토닥였다. 그 따스한 어깨에 기대어 아렐은 더욱 흐느꼈다.

유니콘 일족은 영원히 구제받지 못할 것이다.

반드시 그래야만 했다.

*　　*　　*

일족이 떠나고 수천 년의 시간이 흘렀다. 리글레오는 계속 동생을 찾아다녔다. 그러는 동안 수많은 인연들과 얽혔다 헤어지고, 문명의 종말과 탄생도 지켜보았다. 그들 중에는 그가 사랑했던 사람도 있었고, 그를 사랑했던 사람도 있었다. 그러나 그 어느 곳에서도 동생이 봉인된 흔적은 찾아내지 못했다.

그를 만난 건 리글레오가 동생을 찾는 일에 지쳐, 잠시 한곳에 정착하고 있을 무렵이었다. 우연히 들린 화전민 마을에서, 오갈 데 없는 가여운 처지의 여인을 거두게 됐다. 동정으로 이뤄진 관계라 영혼의 반려가 될 수는 없었으나 아끼는 마음은 있었고, 서로 그걸로 충분한 사이였다. 그녀와 지내는 동안에 아이도 낳았다. 혼혈로 태어난 아이는 미약하게나마 유니콘의 능력을 쓸 수 있었다. 제 능력을 신기해하는 아이에게 아버지가 유니콘이라는 걸 알려줬지만 믿지 않았다. 웃어넘기는 가족을 보며 리글레오도 그냥 웃어넘겼다.

조금은 평화를 얻은 어느 날, 외부인이 거의 없는 마을에 손님이 찾아왔다. 리글레오는 들어오는 손님의 모습을 확인했고, 잠시 멈칫했다가, 그에게 술을 권했다. 흔쾌히 응하는 손님과 술을 나눠 마시면서 두 사람은 한동안 여러 가지 이야기를 나누었다. 주로 리글레오 혼자 떠들었고 상대는 듣기만 했다. 내용은 그의 지난 인생이 주를 이뤘다.

"그래서 동생은 찾았나?"

"아직."

"안됐군."

전혀 안타까워하지 않는 얼굴로, 상대 남자가 동정하듯이 말했다. 리글레오는 피식 웃었다. 그는 담담한 눈으로 눈앞의 남자를 응시했다. 남자의 새카만 흑발을, 살기가 깃든 붉은 눈을 훑었다. 다른 사람은 몰라도 유니콘인 그에겐 몰라볼 수 없는 표식이었다.

"넌 마족이지?"

"그래."

"이름은?"

"카류안."

"날 왜 찾아왔지?"

아마 눈앞의 마족은 자신을 찾아온 걸 테다. 굳이 확인해 보지 않아도 그런 확신이 들었다. 그 차분한 반응에 이번엔 카류안이 피식 웃었다.

"내가 지금 필요한 게 있거든."

"……."

"계속 모으고 있었는데 조금 부족하더란 말이지. 그런데 그게 유니콘에게서만 얻을 수 있는 거라서 말이야. 그들 일족은 전부 신계로 달아난 줄 알았는데, 아직 남은 녀석이 있더군. 정말 다행이야."

아아.

리글레오가 가볍게 탄식을 토했다.

그는 오늘이 자신의 마지막 날임을 직감했다. 지치고 힘들고 지루한 세월이었다. 이제 누군가를 향한 분노조차도 타오르지 않았다. 동생을 찾아야 한다는 목적이 아니었다면, 인간들의 문명이 멸망했을 때 그 또한 멸망 길에 목숨을 던졌을지도 몰랐다. 그래서 더 아쉬웠다.

'……내 동생. 마지막으로 꼭 보고 싶었는데. 아무래도 그러지 못할 것 같구나.'

시벨리우스는, 그의 꼬마만은 꼭 찾아내고 싶었다. 제 손으로 그 아이의 안위는 확인한 후에 가고 싶었다. 그렇게 일방적으로 떠나서 상처받았을 그 아이에게, 괜찮다고 다독여 주고 네 잘못은 아무것도 없었다고 말해주고 싶었다. 이제 그럴 수 없게 되었지만.

그게 조금.

아주 조금 서글펐다.

캐릭터 프로필

이름: 미네르바
애칭: 미네
생일: 10월 1일
종족: 정령
속성: 바람
키: 145cm
외형: 12~14세 사이. 여성형.
머리카락과 눈동자 색: 투명에 가까운 옅은 회색. 받는 빛에 따라 다른 색으로 보이기도 한다.
고유 능력: 바람의 장막을 만든다. 기척과 자취를 완전히 감추게 하여 완벽한 은신 가능.
특징: 무표정.

캐릭터 복불복 QnA

※ 인터뷰 질문은 이공카 카페 회원님들이 올려주신 질문 중에서 제비뽑기로 선정했습니다. **구간 내용 기준, 스토리 언급이 있을 수 있으니 주의 부탁드립니다.**

(벨리 님의 질문)

Q. 자신이 독특하고 엉뚱하다고 생각해 본 적 없나요?

A. 굉장히 무난하고 평범한 성격이라고 생각하고 있습니다만. 내게 독특한 부분이 있습니까? 그런 것도 좋을 것 같다는 생각이 들었습니다.

(레드아이 님의 질문)

Q. 엘은 본인이 남성체라고 우기는데 혹시 엘이 '남자'로 보인다거나 하지는 않나요?(이성의 감정)

A. 그게 무슨 의미인지 잘 모르겠습니다. 엘이 본인이 남성이라

말한다면 남성으로 보면 된다고 생각하긴 합니다만, 남성이라서 따로 가져야 하는 감정이 있습니까?

(별냥이 님의 질문)

Q. 얼굴 근육을 어떻게 움직이면 그런 웃는 얼굴이 나오죠?

A. '그런' 웃는 얼굴이 뭔지 모르겠습니다. 내 웃는 얼굴에 무슨 문제가 있습니까? 내가 웃으면 다들 표정이 미묘하게 어색해지던데, 혹시 그거랑 관계가 있는 겁니까?

(참치보스 님의 질문)

Q. 좋아하는 남자나 정령이라거나 신 있어? 여신이 되고 싶어, 남신이 되고 싶어?

A. 상냥한 사람은 종족을 불문하고 다 좋습니다. 왠지 이런 걸 물어보는 게 아닌 것 같지만 말입니다. 신이 된 후의 삶은 아직 먼 훗날의 일이라 좀 더 많은 유희를 경험한 후에 생각하려고 합니다. 지금 당장은 아무 성별이라도 딱히 상관없습니다. 끝까지 결정을 못 하면 투표라도 받아볼 생각입니다.

(물방울aqua 님의 질문)

Q. 웃는 모습을 연습할 생각은 없으신가요?

A. 웃는 걸 굳이 연습할 필요가 있습니까? 그냥 웃으면 된다고 생각했습니다만. 제가 모르는 뭔가가 더 있는 겁니까?

(초록숲 님의 질문)

Q. 유희를 한다면 어떤 유희를 할지 구체적으로 장렬하게 설명해 주세요.

A. 엘을 본받고 싶지만 그의 상황이 매우 특별하다는 건 알고 있습니다. 아마 나는 그런 경험을 할 수는 없을 겁니다. 그래도 희망사항을 한번 말해보도록 하겠습니다. 본인도 모르는 출생의 비밀을 가진 사람이라거나, 다른 세계에서 건너온 이방이라거나, 또는 기적이 임해서 다시 한 번 동일한 삶의 기회를 얻게 된 사람도 좋겠군요. 이런 특수한 환경에 처한 사람과 인연이 닿아 그와 여행을 함께해 보고 싶습니다. 이쯤이면 엘의 유희에도 견줄 만할 거라고 생각합니다. 마음껏 감탄하셔도 좋습니다. 제가 생각해도 멋진 계획이니까요.

(호키리 님의 질문)

Q. 만약 전대 이프리트처럼 정령왕의 임기가 천 년 정도밖에 되지 않는다면 어떨지?

A. 천 년이란 시간이 정령왕의 임기로 치면 길지는 않겠으나, 짧은 시간도 아니라고 생각합니다. 주어진 기간 동안 충실하게 살아갈 겁니다.

Q. 좋아하는 상대가 있는데, 엘뤼엔의 엘퀴네스 시절의 2배 정도의 성격이라면 어떨지?

A. 선대 엘퀴네스의 성격에 대해서는 들어본 적 없습니다만, 엘뤼엔의 성격이라면 잘 압니다. 거기서 2배가 더 가능한 건지 의심스럽긴 합니다만. 내가 좋아하는 상대라면 괜찮을 것 같기도 합니다. 사랑에 빠지면 눈에 콩깍지가 씌어서 뵈는 게 없다고 들었습니다. 잘 이해되지 않는 논리입니다만, 그런 순리라면 어쩔 수 없겠죠. 받아들이는 수밖에요.

네 칸 만화

1. 쓰담쓰담

부들
부들
키를 빼앗기는 느낌이야.

2. 너마저

귀여워.
대부!
대부!
성장기구나!
대부!
…….
그래, 아스가 쑥쑥 자라줬다면 난 행복해……!
대부!! 울어? 누가 울렸어? 은인이야?!
나 아니거든!
(라피스)

3. 장점

주변인 트라우마

4. 다시 만나요!